苍弯

让青春撒个野

蔡 平 ◎ 著

重庆出版集团 重庆出版社

图书在版编目(CIP)数据

让青春撒个野 / 蔡平著. —重庆：重庆出版社，2015.1
（苍穹）
ISBN 978-7-229-09191-0

Ⅰ.①让… Ⅱ.①蔡… Ⅲ.①长篇小说—中国—当代 Ⅳ.①I247.5

中国版本图书馆 CIP 数据核字（2014）第 307415 号

苍穹·让青春撒个野
CANGQIONG RANG QINGCHUN SAGEYE
蔡　平　著

出　版　人：罗小卫
责任编辑：别必亮　吴　昊
责任校对：胡　琳
装帧设计：重庆出版集团艺术设计有限公司·黄　杨

重庆出版集团
重庆出版社　出版

重庆市南岸区南滨路 162 号 1 幢　邮政编码：400061　http://www.cqph.com
重庆出版集团艺术设计有限公司制版
重庆川外印务有限公司印刷
重庆出版集团图书发行有限公司发行
E-MAIL:fxchu@cqph.com　邮购电话：023-61520646
全国新华书店经销

开本：787 mm×1092 mm　1/16　印张：21.5　字数：340 千
2015 年 3 月第 1 版　2015 年 3 月第 1 次印刷
ISBN 978-7-229-09191-0
定价：39.00 元

如有印装质量问题，请向本集团图书发行有限公司调换：023-61520678

版权所有　侵权必究

第一章　体检 /1	第十五章　记吃不记打 /172
第二章　征程 /17	第十六章　元宝离队 /184
第三章　从军第一仗 /29	第十七章　拍案说法 /199
第四章　入伍教育 /41	第十八章　身体快乐 /206
第五章　写检查 /49	第十九章　被子风云 /214
第六章　学雷锋标兵 /58	第二十章　选择性失忆 /223
第七章　拟定口头警告处分 /72	第二十一章　退学 /243
第八章　军事考试 /83	第二十二章　大刀向鬼子头上砍去 /250
第九章　猪圈会议 /94	第二十三章　跳伞救生 /260
第十章　"暗哨" /102	第二十四章　挑战 /275
第十一章　打赌 /113	第二十五章　我叫废物 /287
第十二章　承诺 /126	第二十六章　野外生存 /306
第十三章　"表妹"来队 /146	第二十七章　报国门 /328
第十四章　放假 /157	

Cangqiong
Rang Qingchun sa ge ye

第一章 体检

最初，我是怀着看热闹的心情、抱着应付的态度参加的招飞体检。其实，对于体检我根本不抱任何希望。

初中毕业时，因为想着"男儿何不带吴钩，收取关山五十州"，我参加过招兵体检，结果，第一关就被接兵的解放军叔叔喊出了队列。他说："这个刷下去，手肘粗了。"这事在我心里留下了一个深深的烙印。从那天起我就认定自己不是当兵的料，尽管有着一米八零的身高和棱角分明的脸，却注定与军队无缘。

所以，我知道，我唯一的出路就是排除杂念面对即将到来的高考，考上清华北大这样的名校，否则迎接我的就是无数双瞧不上的眼睛。

我实在太调皮了。

自打记事以来，我就不停地折腾，极尽所能地与父母、老师、同学以及邻居对抗着。初中的时候在重点班，让所有的任课老师喊头大。父亲是非重点班的班主任，于是把我拎到了他的班上。我对到老爹门下做弟子非常不耐烦，想尽了办法与父亲对抗着，尽管在上他的课的时候装作很老实的样子，可私底下"作奸犯科"的事儿依旧没少干。

无奈之下，父亲把我转到他叔叔的这所学校。

这所学校是省重点，进去的时候学校对我进行了单独的入校考试，除了英语，其他课程的成绩让那些老师十分惊讶。班主任关一鸣是父亲的叔叔，我的叔公。我们这个家族非常讲究家族观念，我的调皮才有所收敛，但也时常干些偷鸡摸狗的勾当。

招飞体检之前，我第一次真正体会到人生里什么叫做刻骨铭心的东西。

高三上学期期末考试完毕以后，我没有参加学校组织的寒假补课，背着书包就回了家。本来，平时的正课我不是在看小说就是在那里拿着笔涂鸦，补课，我就更不感冒了。我认为自己根本没有补课的必要。但是，这事却在同学中间引起了强烈的反响。在我走后，许多同学也提出了抗议，不参加补课。外号叫做"异人"的徐兵同学借此机会向教委写信反映，列举了补课的十大弊病，其中一条就是老师补课并不是为了提高学生的文化成绩，而是为了那可观的补课费，有悖于教师这一职业道德。在前一年，国家刚刚颁布确定"教师节"，整个社会掀起尊师重教的热潮，我们这样做，无疑与整个社会不相宜。老师们非常地震怒，而此事的导火索就是我没有请假且没补课。

再次开学的时候，班主任关一鸣怎么也不要我了，尽管他是我父亲的叔叔，我的叔公。我的行为已经由单一的调皮捣蛋上升到无组织无纪律和不尊重老师的高度。同样身为人民教师的父亲带着我去求情，他不为所动。父亲逼着我写检查，要我从思想深处作深刻反省，同时也是给在场的长辈和老师们一个台阶下。

我却坚持自己没有错，拒绝写检查，并且强调补课要因人而异。

这让父亲和他的父辈更加恼火。我那叔公，不仅仅要开除我，同时还要再加上一个处分。

叔公说："以前是大错不犯，小错不断，而今已是质的飞跃。"

我却宁愿选择让人瞧不上和白眼，也不愿意低头认错。

父亲把手一甩："不管你了！考不上大学，关家就没有你这个子孙！"

我的打死不认错，让父亲和叔公更加没了颜面。

不能读书，意味着我不能参加高考，同时意味着，我将和广大的待业青年一样等待政府给分配一个自己也许并不喜欢的工作赖以为生，然后在这个我已经臭名远扬的地方挣扎，在世人的白眼与不屑中和大多数人一样找个女人结婚生子，过完自己平淡的一生。

此时，学校的教导主任替我说了句话："他的成绩足够考上清华北大，是学校升学率之保证，给他一个改正的机会吧！更何况我们作为老师，教书育人，对于问题学生应该重在教育，而不是一棍子打死！"

他说得没错，如果哪个学校能有几个学生考上清华北大，这所学校的声誉就会上升几个档次，尽管我们是省重点，可一样在乎这些东西。

教导主任发了话，叔公却没有借着这个梯子下去。他提出了一个比开除还让我无法接受的处分：在班会上跪下来承认自己的错误。

在他看来这已是网开一面，我属于死罪可免活罪难逃，不能让一颗老鼠屎搞坏一锅汤。

不仅仅是我，还有徐兵同学也必须接受这个惩罚。

我只有两个选择：跪和不跪！跪下去，我便没了自尊，却能够继续学习。不跪，在得到一时尊严的同时，也得到在社会上流浪的资格。无论做什么样的选择，我，都会失去尊严！

老爹脸色变了。教导主任把他拉了出去。

叔公点上了一支烟，看着我。

我无法将老师、长辈的称呼与眼前这个人具体结合起来，在心里对叔公关一鸣怀着一种刻骨的仇恨。我再怎么不是，也是关家的后代，看在列祖列宗的面上，他也不该这样逼我，"杀鸡儆猴"又不能挽回这事造成的影响。他不就是要个面子吗？哼，我还偏不给。

老爹把我叫了出去，一个劲地吸着烟，在烟雾中他等着我的选择。

"这书，我不读了！"我低着头看着脚尖说。

"家门不幸！"老爹扔掉了烟头，然后一脚狠狠地踩上去，仿佛他踩的不是烟头，而是我这个家门不幸。

"你就不能低低头？"知子莫若父，我是他的儿子，他知道我的脾气和个性。

"这与低头有什么关系？"我依旧看着自己的脚尖，不敢也不能看父亲的眼睛。作为老师，他同样是桃李满天下，可他今天得到的却是作为教师的羞辱，不仅仅是家门不幸。

在这个时候，我却能很清醒地理解老爹嘴里的家门不幸不仅仅是我，也有他自己和叔公，在这个他们为师几十载的地方，我让他们颜面荡然无存。

"低个头吧，儿子，就算当做给长辈敬的一个大礼。"

"与长辈晚辈无关。"是的，在我看来，如果真将我当做他的晚辈，他就不会提出这样的要求，教导主任搭建了多么好的一个梯子，他却逼着我去"跳楼"。

老爹长叹一声，转身，大踏步走了。

望着老爹远去的背影，我终于喊了一声："爸！"

老爹停顿了一下，依旧迈开了脚步。

我追了上去。

老爹没有放慢脚步。

"爸！"

"说吧。"

"他真是你叔叔吗？"

"是！"

父亲走到了我的宿舍，卷起了我的铺盖。

"如果跪了，这辈子，永远抬不起头了！"我试图劝说老爹接受我的选择。

"你不跪，更抬不起头！你想过没有，现在就跟我回去，不是我没面子，而是你自己。我已经活了大半辈子了，对于人生，已经没了想法，唯一能够让我安慰的是你，希望你能够出人头地，有所出息。"

父亲的话我明白，我出息了他的脸上才有光。有一次，老爹和一同事闹上了，那同事的孩子考上了中国科技大学，用这来气老爹，老爹还击说，我家关山除了清华北大，他就没其他的地方可去。而今，我除了清华北大，更多了一个选择，可这选择决不是我想要的。

父亲将我的铺盖卷作了一团，然后狠狠地摔在了床上，胡乱地在兜里掏着，掏了半天，终于找到一支香烟，点上。

烟雾弥漫了他的眼睛。

"儿子，人活这一辈子，有些事，我们是不能不低头的，你想想，现在离高考还有多久，度过了这段时间，发个奋，考上清华北大，就算现在有人瞧不起你，那时也会对你另眼相看，谁还会记得今天这些呢？"

"我记得！"是的，我会永远记得。

"祖宗！要我给你跪下来求你吗？"老爹崩溃了。

看着老爹伤心欲绝，我做出了没得选的选择，因为我不选择，老爹就得选择。

在众多眼睛的注视下，我挺直了身子，奋力地砸下了自己的膝盖。

那一刻，我是木然的，什么想法都没有，既然跪下了，那么只有把这动作磕得尊严一些。

叔公的表情也是木然的，而他的木然肯定与我的木然不同。

在木然之后他的眼睛，有了一些湿润。他没想到我会把地板磕得那么响亮，那么理直气壮。

多年以后，我一直想为这一跪赋予一个含义，可是我不能够，因为这事本身就没有意义，做错了事，就应该付出代价。

同学们是宽容和包容的，在今后几十年的岁月里，没有任何人再提及这一跪，至少没有人当着我的面提。

站起来以后，我对自己说，要做个乖乖"好儿童"，哪怕是表面上的。

同时心里也有了恨。

需要做这道选择题的，还有徐兵。他一直拒绝做检查。学校决定处理他，事态的严重性已经上升到整个学校了，而不是局限于我们这个班。

就在这时，招飞体检开始了。

对于这次的体检，因为胳膊肘，我已经对自己宣布了死刑，我将唯一的希望寄托在七月份进行的高考上面。可我必须参加体检，因为班主任说："所有的男生都必须去。不去者，档案里记上一笔，不爱国！并且，三年内不许参加高考和招工。"

此时，南国的硝烟尚未散尽，时常从广播里听到一些零星的南方边境战事的消息。对于从小就接受爱国主义教育的我们，三年内不许参加高考和招工并不可怕，可怕的是从此在人生旅程上会重重地背上一个不爱国的包袱。不爱国意味着什么？那和叛徒、汉奸、走狗在本质上没有区别。就这样，我怀着应付、毫不在意的心情参加了这次体检。

"不是招飞体检吗？不知道这些眼镜跟着凑什么热闹。"我嘀咕着，体检队伍中不乏许多戴着眼镜的学生。

"谁也不愿意背着不爱国的评语过完自己的一生吧！"外号叫"美人"的同学汪强接过我的话说道。他是常常在上课的时候和我一起溜出去打球、看录像的死党，有时也一起并肩打个架什么的。

"典型的形式主义和教条主义！"徐兵从队伍中探出了脑袋接过了我的话。多年后我依然偶尔会想，如果没有他向教委写信，我的人生会是现在这样吗？

可是，人生无法去假设。

"美人，你觉得我们这群同学能够选上几个？"我没话找话地问道，以此来打发排队给我们带来的无聊。

"你说的选上几个是什么意思？"徐兵问。

"就是说在我们这群同学之间，有几个能考上飞行员。"我说道。

"还几个呢！开什么国际'微笑'！这群人里能有一个就不错了！也许是瞎子踢毽，一个都没。如果有一个，"美人指着我然后又指着自己的鼻尖说道，"是你，还是我？虽然你有一米八零的身高，但你看看你那瘦削的身子骨，是那料吗？这个人绝对非我这样英俊潇洒、风流倜傥的'大美人'莫属！"

他说得没错，那时我很瘦削，莲子也因此常常笑我风都吹得跑。

"你的意思就是说，在我们三个人中间，只有你大美人能够考上，对吧？"徐兵反唇相讥。

"不服气？看看这！"汪强撩起了他的袖子，露出了胳膊上一团团隆起的肌肉。这家伙一直对哑铃和拉力器这些东西进行着折磨，那一身腱子肉，不是我和徐兵这样的文弱书生所能比的。

"老子的理想就是投笔从戎，报效祖国。今天，实现理想的日子终于到来了，完全可以触摸得到那理想之门在向我敞开着，老子已嗅到了它里面的气息！"说完，他闭上眼睛，仰头深深地吸了一口气。

为了教育我，叔公曾经给我们布置了一道作文题《我的理想》。

大凡学生没写过这个作文的概率为零，从小学我们就开始写，没想到到了高三，还会重新再写这个作文。拿着这个题目的时候，我却一片茫然。很小的时候的理想是当火车司机，把外婆、五娘、小舅舅等亲人接到北京去，因为我的亲人太多，所以只能幻想做个火车司机。而现在，我没了理想，不知道将来会怎么样。现在的我，只有一个目标，必须考上清华北大，什么专业没去想，只要能考上就行。

写了还不算，我还必须站在讲台上当着全班的面宣读我的理想。

叔公听完我的作文，咬着牙齿：这不是理想，是短期奋斗目标。

汪强说得没错，他的理想一直就是考个军校什么的，这不是秘密。

他之所以常常跟我一块儿溜出去玩，不是不爱学习，而是这家伙的精力实在太过剩了，他说他的精力就该奉献给我们伟大的国防事业。

"别以为你练就了一身的'强盗肉'，就可以考上！据说，还要看身体的各项综合指标，仅仅体检表就这么厚。"我很夸张地用手比画了一下。

"关山，老子就是想考上飞行员！这就是我现阶段奋斗的目标！"汪强很坚定。

"你要能考上，那么我关山也能考上！"我也不甘示弱地顶了上去。

"我也能上！"徐兵指着自己的鼻子说道。

"赌一把，怎么样？"我想我好赌的天性这时就体现了出来。汪强知道我曾经去参加过招兵体检，他明白我的意思。

"赌就赌！谁怕谁！"汪强充满自信地接招。

"好！不愧是我们的'大美人'，有气质！我也算一个！"徐兵跟了上来。

"队列里不许讲话！"还没等我们说好赌注是什么，如雷般的声音就在我耳边炸响。我不由得打了一个寒战，抬眼，仔细地打量起眼前的这个人来。

足足一米八五的个子，一身得体的空军军装丝毫掩藏不住他身体里的肌肉和活力，一张刀刻斧凿的脸，配上犀利的眼神，完全可以与雕塑大师刀下的那些塑像相媲美。我有个讨打的坏毛病，看到比我高比我壮的人，就想上去踹一脚，可是对于眼前这个人，没了这个想法。

此人深深地镇住了我们。与眼前这个摄人心魄的军官相比，我们完全就是没有发育成熟的小屁孩子。我们三个你看我一眼，我看你一眼，闭上了嘴巴。等那军官转过了身子，汪强说了句："帅！酷！真牛！"

"你不是要献身国防吗？就得做这样的军人！"我悄悄地对汪强说道。

医生利索地量着我们的身高、体重和坐高。

"什么叫坐高？"我还是第一次听说坐高这个词。

"坐下来的高度。这是检查腿的长度以及坐下来的高度，这是飞行员体检所特有的。若太长、太高，机舱会装不下；如果短了，就会够不着，所以要有适当的控制。"那医生非常有耐心，"如果你过了这关，你还会碰到其他特殊的体检项目。"

那些戴着眼镜的同学在第一关就被那高大的"雕塑"无情地拎了出

去。一关又一关地下来，开始和我一起排队的体检队伍只剩下了几十号人。

我、汪强还有徐兵走到了第八大关，每一大关里又分若干小关。这关是外科体检，前面出来的同学一脸的羞涩却又不怀好意地对后面的人笑着。

"他们怎么这样的表情？"我纳闷。

"什么叫外科？就是说让你脱光了衣服，由女医生检查你所有的功能，最主要的是看看你有没有反应，否则今后怎么对得起组织上配发的空姐。"汪强一脸坏笑。

"不是吧？连这个也要检查？还配发空姐？"我有些不相信自己的耳朵。

"配发，当然要配发，你当飞行员是一般人啊？"徐兵说道，"那可是国宝级的，婚姻对于他们来说，是不能自由做主的！"

我下意识地想起了那在重庆女排担当主攻手的莲子妹妹。十二岁的时候她从大连到了重庆，从认识的那天起，她就喊我关山哥哥，喊我的父母为爸爸妈妈。她的节假日基本上都是在我家度过。在所有的亲戚和朋友眼里，莲子就是关家未来的儿媳妇。如果真的考上了飞行员，那么莲子岂不是成不了关家的媳妇？那么这个深得妈妈喜爱的女孩子岂不是会非常难过？

"关山！"

医生的叫声把我从心猿意马中拉了回来，推门进入了外科体检室，排在我前面的汪强和徐兵早已被叫了进来。

"你们三个，把衣服脱光！"体检的女医生面无表情地说道。汪强的玩笑此时得到了验证，我不得不佩服这家伙有先见之明，可要我在一个陌生女人面前脱掉自己的衣服，这事对我来说实在是很丢人的，我转身准备推门出去。

"害羞什么？我儿子都你们这样大了，他也参加了体检！"那女医生有些恼怒地说道。

汪强几下扒光了自己的衣服，赤裸地站在了我们大家的面前，眼前这个和我一般年纪的同学，我非常羡慕却又害羞地看着他的一身疙瘩肌肉。

"你们两个愣着干什么？脱！"女医生又呵斥道。

我极其不情愿地解开了自己的衣服。当我脱完时，徐兵和汪强已在光溜溜地接受着那女医生的东摸西捏了。我跟了上去，脸却发烧一样地烫着，我悄悄打量着汪强和徐兵，后者和我一样害羞，而汪强倒若无其事一般，任由那医生摆布。她一边摸一边还记录着什么。

"你可以穿上衣服出去了！"她对汪强说道，没有半点感情，让人不可抗拒。

当我像逃命一样地穿上衣服奔出外科体检室的时候，却发现汪强哭丧着脸坐在体检室外面的长条椅子上。

"怎么了？哥们？"我上前问道。

"Game over！"他的声音明显带着哭腔。

"啊？"我严重怀疑自己的耳朵，"你说什么？"

"我已经被踢出局了！"汪强再次机械地重复着他的话。

"Why？"

"疝气。"

疝气？疝气是什么？

我是第一次听说这个名词。对于我这个喜欢逃学，喜欢打架，主课成绩却好得出奇的"问题"学生来说，生理卫生课却是不及格的。

已经触摸到理想大门的汪强，此时，情绪低落到极点，我把手放在了他的肩膀上。对这次体检开始有了点感觉。它不是游戏，游戏失败了，还可以重新再来，而这体检，被检人员通关，才是胜利者。

"不是还有高考吗？而且你还可以报考其他军校的！"我说。

"那些地面军校算个毛啊？"汪强失控地吼起来。

我被单独叫进了一个黑暗的屋子，说是黑暗也不全对，还是有零星的一些不知道从什么地方散落出来的光。体检的医生把我拉到一张台子的边上站好，指了指离我有半米的两根绳子，对我讲解这关体检的内容："用手拉着绳子的一头来调整棍子的位置，你认为连接两根棍子底部的虚线与台子那边的端线呈水平状态时，喊一声好就可以了。"

我定了定神，看见面前是一张比乒乓球桌还长的台子，台面上有两根笔直的绳子，一头距我有半米，另一头分别系在两根十公分高的棍子底部，两棍相距五十公分左右。零星的光线就是从台子的那头下方传上来的。

"允许几次？误差是多少？"我问道。

"你是第一个主动提出问题的人。你叫关山，对吧？"黑暗中传来浑厚的男人声音。

此时，我的眼睛已经适应了黑暗的环境，循着声音的方向望了过去，觉得那身影就是那个用汪强的话说叫"真他妈的牛"的那"雕塑"军官。

"拉三次，误差不超过三厘米！棍子离你的距离是五米。"那军官在黑暗中说道。

"哦！"

"开始吧！"那军官命令道，语气中带着不可抗拒的威严。

我坐下来，深深地吸了口气，然后将绳子握在手中，眼睛死死地盯着前方五米距离的两根木棍，调整着绳子。这可是我从来没接触过的游戏，我把它叫做游戏是因为这项检测实在和游戏没有什么区别，只是以前从来不曾玩过而已。

"好！"

那军官从黑暗中走到台子的那头，弯下身子，仔细检查："咦！再来一次！"

我又玩了一遍。

"好！"

"再来！"语气中似乎带点欣喜。

"好！"我大声还有些得意地喊。

他第三次仔细检查完后，走到我面前伸出了手："认识一下吧，我叫崔齐山。我们名字里都有山，也许这就是缘分。"

我变得紧张起来，面对他伸出的大手，不知道怎么办才好，慌乱中伸出了我的左手。他似乎毫不介意地握住了，我却立即感到手像插入铁钳里一般，疼得浑身打了一个寒战。

崔齐山松开手，反过来一把拍在我的肩膀上，我承受不住，身子一歪，蹭了两步。一股不服输的劲儿顿时涌了上来："欺负人是吧？拿枪舞刀的军人，欺负文弱书生算什么啊？如果我经过多年的军营生活锻炼，你还敢这样拍我？"

"好！有气魄！有胆识！虽然你现在柔弱了一些，但是我相信我的眼睛，用不了一年的时间，经过我的调教，你会成为一个好兵！你这脾气对老子的胃口！哈哈……从现在开始，我陪同你进行后面的检查……"

没等他说完，我却推门走出去，把他扔在那里。

他愣了一下，没想到我竟不理会他的话自己走了。

他迈开步子跟了出来，像是自言自语地对我说："要想成为我们中一员，必须通过后面所有的检查，而且还有文化考试和再次的复查，过五关斩六将，不知道你能否经受得起这些残酷的筛选。"后来我才知道，他所说的过五关斩六将其实还是缩小的说法，仅仅体检就有五百二十个单项，体检表像一部厚厚的长篇小说。

"不就是文化考试吗？自打读书开始，我拿第二就没人敢拿第一！"我还了他一句。

"太他爹的对老子的口味了！"他握紧了右拳狠狠地砸在自己的左掌上。他说"他爹的"不禁让我哑然，因为我们也这样说。

"可我不是当兵的料，而且也没想去当兵。"我嘀咕了一句，然后转身，懒得理这个"雕塑"大嗓门嘴里说什么，继续着下一关的体检。

当我在崔齐山的引领下走到神经外科的时候，徐兵垂头丧气地坐在了门外面。很少进医院的我，对于神经外科这个名词还是第一次听说，普通的医院也根本不会设置这样的科室。

"怎么了，哥们?"我走到徐兵的面前。看情形他比汪强好不到哪里去，大概、也许、可能也被踢了出局。

"在这儿，卡住了！"徐兵抬起了头，眼眶里挂着泪水。

刚才的大概、也许、可能变成了肯定！

"像个婆娘抹啥眼泪！好男儿志在四方，难道你就让这一棵树给吊死了？"一个有着白净皮肤的男孩子对徐兵吼了起来。我侧了侧身子打量起眼前这个家伙。

他很帅，是与我和汪强所截然不同的帅气，带着浓浓的书卷气息。就是这股书卷气息，让我有些怀疑刚刚是他在指责徐兵。但他的话，让我生起惺惺相惜之意。

"我叫关山，你呢？"把手伸了出去，现炒现卖，一如崔齐山向我伸出手那样。

"欧阳长河！叫欧阳就可以了。"白面书生也伸出了他的手。他握住我的力度，虽然赶不上崔齐山那样训练有素的军人，但单就这个年纪来说，已经让我倒吸了一口冷气，我不相信眼前这个有着书生模样、与我一般大小的男孩子这样大的力量。

崔齐山冷冷地看着眼前这两个握手的大男孩。

"你为什么被咔嚓了？"我低下头问徐兵。

"神经外科的医生说我脸不对称！"徐兵带着哭腔说道。

我不由爆笑起来，然后迅速地闭上了自己的嘴巴，因为我意识到这里是医院，是我们招飞体检的地方，而不是空旷的野外，可以任由放肆地撒野。

崔齐山冷冷的脸上没有一丝笑容，眼睛却眨巴了一下。

我仔细地打量徐兵，同窗这么多年，居然没有发现他的脸不对称，而今仔细一看，还真是这么回事。

"这又不是选美，那么严格干什么？"

"比选美还严格！"欧阳长河接过我的话说道。

我走进了神经外科的时候，突然想起了胳膊肘的问题。那次体检，就因为这个原因，第一关都没过得去。而这个招收飞行员的检查可比一般的招兵体检严格得不是一点两点吧，一路下来，居然畅通无阻地都过了关。本来我对这次的体检抱着无所谓的态度，可是严格挑剔的程序，却让我有了挑战的想法，同时对这所学校有了向往。徐兵因为脸不对称在这里被踢出局，难道我也会有着同样的命运？刚刚有了一丝期盼的心开始忐忑不安起来。

我坐在椅子上任由医生比画、捏摸、敲打，崔齐山依旧冷冷地伴着我。

医生终于比画和捏摸完，抬头对我说："好了，你可以出去了！"

"医生，我的胳膊肘没问题吗？"我忙问。

"我不管你胳膊的问题！那是外科的事。都走到了这里，说明你的胳膊根本没问题，非常的正常。"

非常的正常？非常的正常！为什么三年前在第一关会因为它被淘汰呢？这中间一定有着什么。走出门外，靠在走廊的墙壁上，我闭上了眼睛，把三年前体检的那一幕想了又想，还是无法想出问题的症结所在。

既然想不出，那就不用想了，我在心里对自己说道。

崔齐山亦步亦趋地跟在身旁，我不张嘴，他竟也不会对我说什么。

我们居然保持着十分的默契。

他领着我进了一间宽敞的大屋子里，室内除了正常的办公桌子板凳外，还多了一把类似现在叫老板椅的那种椅子。

欧阳长河已经先一步到达，见到我，他露出一口洁白的牙齿，欣喜地说："关山！我们又见面了！"

"是啊！没想到你也走到了这里！"我冲他笑了起来，"这关检查什么呢？"

"好像是转椅！"

"什么叫转椅？"这次体检，让我成了十万个为什么。

"应该是用来把我们搞得晕头转向，找不到东西南北的设备吧。"他腼腆地笑着。

"经过了这么多关的体检，感觉自己还没有坐到那张椅子上就已经晕了！"我故作幽默地说道。

"谁晕谁回去准备高考！"医生指着墙壁，"这边是东，那边是西！"

事实上这的确是要把我们整晕的设备。

欧阳长河坐上去，在腰上扣上像轿车那样的安全带，医生便按下了设置在墙上的一个红色按钮，那把椅子就开始疯狂地转了起来。估计转了差不多有三分钟的时间，医生按下了停止键，然后伸手去扶欧阳，欧阳却对他摆了摆手，意思是说自己还能挺得住。

"哪边是南？"医生突然问道。

欧阳用手指了指正确的方向。

"请用嘴回答我！"医生严厉地喝道。

"这边！"

"东北方向在什么地方？"

"这边！"

为什么要张嘴回答呢？欧阳开始不是指出了正确的方向吗？我怀着这样的疑问坐了上去，同样被疯狂地旋转了后，放下来时，我才明白，如果我被转晕了，那种恶心和难受会随着回答医生的问题而倾口喷出，会不停地呕吐，在呕吐的同时是根本辨别不了方向的。一旦呕吐了，下一关就不用再继续了，就会像汪强和徐兵一样被无情地踢出局。

走完这一关，我却记不清楚坐在那椅子上时眼睛是睁着的还是闭着的。为这我和欧阳赌过，因为他也记不清楚了。其实我根本不担心这关，打小我跟小舅舅调皮的时候，他就喜欢拎着我转圈，每次我都特别的亢奋。

做完散瞳检查戴着墨镜走出来的时候，崔齐山把我领到了医院的一个坝子里。我摘掉了墨镜，拿在手上把玩。这玩意架在鼻梁上非常的不舒服，崔齐山却一把抓了过去，依旧架在我的鼻梁上。我隔着镜片白了他一眼。

坝子里或坐或站地有着许多通过体检的学生。还有五个和崔齐山穿着同样军装的空军军官，陪伴他们的是一名陆军军官。

"大家都有了，听我的口令，以这个大个为基准，向右看——齐！"那陆军军官发出了响亮的口令。

他所说的大个就是我，我木然地看着他。他又指了指我："那位同学，当听到这个口令的时候，应该迅速地握紧你的拳头，并且举起来，与头平齐。"

我按照他说的举起了拳头。

或站或坐的学生们立即向我靠拢过来，那陆军军官继续下着口令：

"向前——看！稍息！讲一下！"

六位空军军官站在队列的右前方，随着那陆军的口令笔直地挺着他们的身板，做着相同的队列动作。特别是那崔齐山，在我看来完全就像一座山一样挺拔。

"先作个自我介绍，我姓陆名军，是本市征兵招飞办公室主任……"

"所以他只能是陆军，因为他姓错了，名更错了！"我悄悄地对站在我身边的欧阳说道。

"哈哈！这位同学说得不错，我姓错了，名更错了，所以我才是陆军！但是，你们！"他用力地指向我们，"但是你们，你们这群人，今后大多数人却将成为空军！为什么说是大多数呢？因为今天的体检才是第一步，全市近八万名应届高中毕业生参加了这次的招飞体检，你们能够走到现在这一步已经是非常的不容易。但是这不能代表你们已经是中国人民解放军空军序列里的一员，明天，你们还将接受更多的检查。所以，从现在开始，你们不能离开这里，不能回你们的学校、不能回家，警备区已经为你们专门订了旅馆，明天早上第一关检查就是生化检查，就是查血查尿，今天晚上你们要早点休息，多喝水，明天早上不能吃东西。"

人群里出现了骚动，陆军的眼神迅速地从我们的头上扫了过去："你们，只有通过了这几天所有的体检，一个月以后进行的复检，六月份进行的文化考试，以及政治审查，身体复查，才能成为真正意义上的空军飞行员中的一员！"

这一天的体检已经让我们大开了眼界，而这只是第一步！

新鲜和挑剔的体检让这群本身就热血的男孩子一下就沸腾了，大家开始交头接耳。而在内心，我没那么多的想法，只是想一关一关地过，看看自己的身体到底是怎么样的，像汪强这样的家伙就被早早地淘汰出局，自己到底还能走多远？我本来就没指望通过所有的体检，被逼的，通不过也没关系，还可以参加高考。特别是在被我的叔公那么折腾了一下以后，我就有了想报考师大的念头，隐约着想做个不给学生难看的老师，觉得师道尊严不是建立在摧毁学生自尊之上。

"下面有请飞行学院的白政委给大家作指示！"陆军向站在一边的那群空军中一位年长者敬了一个礼，然后跑到一边。

白政委走到了队列前面，立正，然后举手向大家敬礼。所有动作做得干净利索，气定神闲。

"同学们，我简单地讲两句。什么是飞行？这样说吧，那是真正的、勇敢的男人才能拥有的理想和事业！只有当你飞上蓝天以后，才会知道，天有多高多蓝，你的理想和事业是多么的崇高和伟大，这些是在地面上根本无法想象和理解的，我欢迎在座的每一位成为我们中国人民解放军空军部队这个大家庭中的一员！我的讲话完了！"

话语不多，却极富张力，我们骨子里或多或少的一些血性就这样被简单的几句话给煽动起来。仿佛我们在场的每一个男孩子，不，应该是男人！正驾驶着银色的战鹰在晴空万里的蓝天上翱翔，看着自己的理想在机翼下完全地实现！

我想起了那作文，关于理想的。

我们成了重庆警备区司令员和陆军主任眼里的"国宝"，就像人们常常形容的那样：捧在手里怕飞了，含在嘴里怕化了，放到地上又怕磕着碰着。我却对这种重视不习惯，这种不习惯并不是受宠若惊，而是受不了时时被人盯着看着。

对于我的意外"中奖"，许多老师感到吃惊，物理老师"周歪嘴"说："他要能考上飞行员，我手板心给他煎鱼吃！"虽然我成绩很好，可是他一直不喜欢我，每次都想从我的卷子上挑点毛病，答题本身无法挑出问题就会以卷面不整洁，字迹潦草为理由扣掉几分什么的。数学、化学我从来都是满分,可物理,我从来没有得过满分。

周歪嘴是我们给他的外号,据说是他到北方出差让风给吹歪的。

周歪嘴在高一时阅卷,从我的卷子上闻到了烟味,第二天早上他在课堂上很气急败坏地点我的名。我当然不承认,因为那时我根本不吸烟,我却无法解释这个烟味是怎么来的,为这个,我在课堂上和他闹上了,也是在那次别扭以后,我真的学会了抽烟。

一个接一个的信函飞到了我的学校和家长手里,唯一的要求就是学校和家长一定要把我们这群人好好地看着,别出一丁点的意外。于是,武装部拨了专门的经费到学校,学校专门找地方给我住,单独的生活老师,单独的教学老师,因为那时还没有进行部队组织的文化考试,所有的一切全部是单独的小灶,就等文化成绩早点通过。

更为单独的是,关一鸣把我的座位调到了全班的最前面,一个人单独一排。

"哪怕是狐狸尾巴,你也得给我藏好了!"关一鸣警告我。

"我说过我要去吗?"面对他的警告,我依旧是炖烂了的鸭子,嘴硬。在这个关键的时候,我必须遵从他的教导,必须藏好我的尾巴,哪怕是装,也要装得像那么回事。许多时候,许多事,装着装着就成真的了。

可是,我还是出事了。

第二章　征程

这天早上妹妹小四跑过来找我，告诉我班上的一个同学欺负她。稳住她以后，我让她先回了学校，自己转身找了把菜刀放在书包里，就到了小四学校的门口。

我家四个孩子，彼此相隔三岁，我排行老二，一个姐姐两妹妹。小四小我六岁，刚刚上初一，已经长到了一米六五的身高，出落得楚楚动人。我们这代孩子，父母工作忙，基本上都是大孩子带小孩子，只要我放学回家，就得带着小四，所以在姊妹四个里，小四和我的感情最好，我从来没让她受过任何人的气。院子里那些喜欢欺负人的孩子也知道，欺负谁都可以，就是不能碰小四，因为他们都害怕我的拳打脚踢。为这，妈妈说我是"惹祸的天子"、"天上都是脚板印"，我也没少吃老爹的"斑竹笋子炒腿筋肉"。

快上课的时候，那小子来了，晃晃悠悠的，嘴上叼着一根烟。

当他走到我身边的时候，我拔出菜刀就架到了他的脖子上，左手一拳狠狠地砸在他的肚子上："小子你听好，今天算是给你一个警告，小四是我妹妹！你给我离她远点，否则，老子见你一次打一次！"

我知道那一拳的力量，虽然赶不上那"雕塑"，但并不比欧阳差。他痛苦地想弯下腰，无奈脖子上却架了一把锋利的菜刀，神情非常痛苦。

我提起膝盖顶他小肚子，准备进行深一步教育，身边忽然冒出了一大群人，有军人，有我的校长，还有我的老师。原来上课的时候，"周歪嘴"找不到我，于是迅速地上报学校。学校在找了我几圈没找到以后，通知了武装部。

汪强告诉了班主任关一鸣我妹妹找我的事。

一见我架着刀的动作,他们全都吓坏了,我却冲着他们笑了笑。后来关一鸣骂我:"你这混蛋居然还能笑得出来,不知道那小子是副县长家的宝贝啊!"

"副县长的宝贝就可以随便欺负人吗?"我吼道:"小四是我妹妹,我可不像某人那么六亲不认!"关一鸣黑着脸没再说什么,小四也是他的侄孙,而且他特别喜欢小四的聪明乖巧。

那小子一看我居然敢在大白天提着一把刀架在他的脖子上,挨了我的拳头以后,已经吓得要死,见警察来了,却是哭天抢地吼着说我要砍他、杀他。

这时一个军官走了上来,抡圆了巴掌对着那小子就是啪啪的两耳光,从我刀下把那小子拎了出来。那小子哭开了:"叔叔,我认都不认识他,今天一早刚到门口他就掏出来把刀……"

啪啪!又是两耳光。

打在他的脸上,却把我打傻了。

这时才看清楚,那军官是武装部部长。我们体检通过以后,他专门找我们谈话,交代注意事项。

我还是那样笑着:"其实你不用打他,我只是一个警告,叫他别再欺负人。"

玩笑开大了。此事一出,我再也没了自由。但是我知道,从上到下这么宝贝我,是真怕我再惹出乱子,真出了什么事,大家都吃不完兜着走。

老师们根本就不担心我的学习成绩,就怕我惹事。

如果我的班主任不是我老爹的叔叔,如果学校的校长和教导主任不是我老爹的同学,出了这档子事,别说我不能去飞行学院,恐怕连文化考试都不会让我参加了。

这次,"周歪嘴"居然没有整什么动静出来,按照平常我跟他的"交情",不应该这样安静,这让我忐忑不安。

文化考试后不久,学院的白政委、学员科长、警备区的曾司令、征兵招飞办公室的主任陆军,以及那个在体检的时候始终陪着我的崔齐山到家里来进行家访。

在全市所有体检合格的学生里,我考了第五名。在"周歪嘴"那里从来没得到过满分的物理，也在这次考试里圆了我的夙愿。

当知道我提刀威胁这事后，他们几个人就相视笑了起来。

曾司令问白政委："敢要吗？"

"这样的兵我不要，还要什么样的兵？！"崔齐山替白政委回答了曾司令的提问。

可是我妈妈不愿意。她生的儿子她清楚，她就是希望我考上北大清华，希望她的儿子成为一个学者或者科学家什么的，反正在她对儿子的规划里是根本就没有"军人"这个词。

父亲却把眼睛一闭，说了："孩子是我生的、我养的，同时也是国家的。现在国家需要，你们就拿去吧！"这话要搁现在去说，也许很多人会觉得假，可在他们那代人身上就非常正常，非常自然。

父亲非常大气地挥着手，那气度绝不比当年走访我家的司令和政委逊色半分！后来崔齐山对我说，他特别欣赏我老爹那一挥手的大气。

我问父亲为什么那么爽快就答应了他们，一点要求也没有！老爹笑得很诡秘。他说孩子长大了，翅膀硬了，该飞出去了。提刀挟持副县长儿子的事更刺激了他，一般的人根本管不了我，作为老师的他也管不了，从内心而言他不希望我的天地就局限在这个小县城里。以前的那些调皮捣蛋只是小打小闹，而这次，却是把我血液里遗传的那些东西完全表现出来了。如果上地方大学不定会惹出什么样的祸事，只能让我去部队。当然，一般的部队他根本不会让我去，他说好钢就得用在刀刃上。在此之前，他的观念一直是"好铁不打钉，好男不当兵"，在他看来当兵三年向后转，完全就是虚度年华，浪费青春。我突然想到了初中毕业时的体检，他坦然地笑了："那接兵的军人是我的学生！"

仔细想了想，当时老爹的确到过现场。可我还是不明白，因为我分明看到老爹根本没有跟那些招兵的接触，更不用说交流了，我依旧迷惑。直到临走前，再问父亲时，他哈哈笑了起来："他见我眼睛盯着你，然后对他摇头，就明白了。"

说真的，我很佩服老爹的狡猾。

老爹大气，但是脾气也暴躁，我许多性格遗传自他那里。其实这样的脾气不好，在我自己有了儿子以后，看到儿子第一次犯倔的模样，我脑袋哐当就大了，这小子完全遗传了我、他爷爷和他外公的脾气（他外公也是军人出身）。我知道，教育这个孩子决不能采用常规的教育方法了。

就我的脾气和性格而言，走上行伍是必然，也是唯一的一条正确之路！

我是独子，可从小就很野。许多时候老爹根本管不住我，唯一能压住我的也就是拳脚，从小到大，我没少挨老爹的揍，还美其名曰"斑竹笋子炒腿筋肉"。可是自从参加招飞体检合格以后，老爹的脾气变了，不再动不动就抡拳头或者吼得山响，看我的时候也不再是苦大仇深的目光，温柔多了。我常常想为什么老爹对他的学生那么有耐心，而对自己的儿子却是如此地不耐烦。我找不到答案，也许是他在学生身上耗尽了所有的耐心，对自己的孩子就只有简单粗暴，并不完全是恨铁不成钢，也许我的调皮天下无双，让他对我的未来根本不抱希望却又不甘心。

母亲最喜欢做的事就是在我做作业时看我，歪着头，静静地看着。她常常这样看我，就如画家在欣赏自己最得意的画作那样。但在她得知我将要走了的时候，眼神忽然不再那么安静，常常闪过一丝一丝的慌乱。

"妈妈，我是男儿了！"我自豪地宣布。

她笑了："我知道你是男儿！自从你在我肚子里踢我的时候，我就知道你是男儿！"

"妈妈……我的意思是说……妈妈……我想出去……闯闯……"

对我来说只有两条出路，一条是考学，另外一条就是当兵。还不能是那种当三年就向后转的兵，要那样，别说我不愿意，老爹也不会答应。现在这个时候，我参加了招飞，无论是身体素质还是文化考试，全部合格。这时招飞走了，会减少许多心理压力，也让那些翻白眼的人红下眼睛，同时还会给家庭减少许多负担。父母的收入除了日常的开支外基本上都投入到我们几个孩子的教育上。很小的时候我就喜欢美术，喜欢看小说。可当时家里的条件让我不敢去买书，也不敢去画画。我曾经发誓今后一定要买许多许多的书，就算不看，放在那里也解气。画画更是我不敢想的事情，那是很奢侈的爱好，在八十年代，普通家庭根本无法支撑家里有一个学美术的孩子的开支的。一个擅长画虎的画家刘明语当时就在我们那儿当知青，我最幸福的事情就是在他作画的时候我站在旁边看，看他怎么调色怎么运笔，那时我五岁。也就是从那时起，父亲开始逼我背《古文观止》和"四书"、"五经"等一些老古董。对那些死人东西我根本不感兴趣，可是"斑竹笋子炒腿筋肉"的威胁毕竟比背书要大得多。

我不知道，当兵以后，是否有时间去看那些课外书籍和满足对美术的渴望。

"你真的决定去那个地方？"莲子看着我。从十二岁认识她以来，从来没有见到这个东北来的女孩子如此忧心忡忡地跟我说话。

"是的！"我很简洁地回答。

"那里管得挺严的！"

"也许就是不允许随便逛大街吧！"我耸了耸肩。

"还很苦！"她咬着她的红红的唇说。后来等我学会欣赏女人的时候，才发现这红唇应该算得上漂亮和性感。可是那时，我没长醒，只是把她当作自己的妹妹，和小四一样的妹妹。

"总不会是三餐吃树皮和坐老虎凳吧？"

"而且不许随便出入！"莲子老家在大连海军潜艇学院旁边，对军校有所了解，并且体工队实行的是半军事化管理。

"正是那份神秘才让我如此好奇！"

"据说……据说……那里……不允许谈恋爱！"

我歪着头，看着这个和我一样高的妹妹，奇怪她为什么会说出这样的一个话题来。

老爹组织了一个家庭会议，到会的人员是家里所有的成员：外婆、五娘、爸爸、妈妈、一姐两妹和莲子。

会议的主题只有一个：飞行学院或地方院校，请选择之。

这个主题老爹说得很文绉绉，一反平时他在我心里的形象。尽管依旧有着家长的特权，却在表达上温和多了。

老爹阐述了这个家庭会议的重要性，并且强调，无论我做什么样的选择，都必须遵从一个前提：务必学会独立，自强，纠正过去不好的习惯，不能再做那个成天让父母担忧的孩子。换句话说，在不久的将来我就会离开父母，无论当兵还是考学，我都得尽快地成熟起来，独自去面对今后的生活，不能再调皮捣蛋，必须做一个乖乖"好儿童"。

会议是在饭桌上开的，妈妈做了满满的一桌好菜。在我的记忆里还不曾有过这样庄严的家庭会议和丰盛饭菜。那些饭菜被妈妈反复热了许多次。

对于我而言，不仅仅是做个选择那样简单。

即将启程，妈妈一直跟在老爹身后悄悄地抹泪。我想安慰她，却不知说什么好。突然看到她头上多了几根白发，走上前轻轻拔掉，却发现妈妈的眼睛已经红了，眼泪一串一串地流了出来，她却不着一言。我抱着妈妈："妈妈，我是去读书，不是去打仗，更不是这一别就不再回来了。"想把这离别表现得轻松点，却怎么也轻松不起来。在妈妈的心里，却有着送子上战场的悲壮。许多年以后，我常常回想起当年我离开妈妈时说的这句话，那样地伤着她，而她却没有计较这些，只因为她是母亲。其实妈妈明白，我自己心里也明白，这一走，以前那个喜欢让她静静地看着的孩子长大了！以后的我就会不停地走、不停地爬，直到有一天也像她那样老去，直到走不动、爬不动为止。

"哥，别忘了，你对妈妈说的，你是男儿！"莲子咬了咬嘴唇。

我愣了一下，望着这个妹妹，想着她说的话。

"走吧！"老爹大气地挥手。我敢打赌！如果老爹当年不当老师而去当兵的话，他一定会成长为一名将军。为此，我什么样的注都敢押！

不记得怎么上的火车，又怎么下的火车。只要一上火车我就犯迷糊。上了火车以后，想起关于"手板煎鱼"到底应该是什么变化的事来，于是问坐在身边的欧阳。他大笑，说，是不是有人赌你考不上？欧阳敏锐的反问让我明白了一件事，从此以后将会与什么样的人为伍。

迷迷糊糊地跟着大部队走，飞行学院在整个重庆市只招收到三十四名学员，崔齐山成了这个临时组建起来的学员队的队长。他把我们分成了四个班，看似随意地指点了四个人做班长，我也是他随意那么划拉出来的班长之一。

在成都休息了一天，在那里换上了军装。当时重庆还不是直辖市，所有四川的学员先在省府成都集中。

"你们！从现在开始，连裤头都必须是制式的！"崔齐山说道。我很奇怪，没见他怎么使劲，嗓门却那么大，仿佛每一个字都要震透我们的耳膜。

那裤头真的是制式的，军绿色，裤腿不是一般的肥大，足足可以塞进去我那样的两条大腿。欧阳穿着裤衩在宾馆的床上跳了起来，两条大腿在肥大的裤衩里显得那么苗条、可怜。

"关山，我们给这裤衩取个名字好吗？"

"取什么取，已经有现成的了。你看看你那样子，两条可怜的大腿根本无法支撑起这肥大的裤衩，而你那两条腿，不就是一个完整的八字吗？再加上裤衩里掩藏着的那东西，二者加起来就是八一，所以这个裤衩就应该叫八一大裤衩！"我笑道。

"不对！应该是一个太字！"欧阳很认真地纠正道。

"太字？没那么小吧？我亲爱的战友，你得有自信心！"我笑道。

"关山！我掐死你！"当欧阳长河反应过来，明白我在说什么的时候，他从床上一跃而起，张开爪子扑了过来。

侧身躲开了他的扑击，迅速穿好自己刚刚配发的军装，扣好了扣子，戴上没有帽徽的大帽檐兴奋地问欧阳："帅不？帅不？"

"帅！简直是帅呆了，就如我这可怜的大腿撑着这八一牌裤衩一样帅！"欧阳一脸不屑。

肥大的军装裹在我们身体上，横看竖看前看后看，怎么看都像一个小丑。你看我一眼，我看你一眼，再看看别的人，大家都沮丧得不再说话。

"要不，我们去找崔队长，让他给我们换一套小点的吧？现在这身衣服实在有损军人的形象！"我提议道。崔齐山那高大笔挺的军人形象已经深深地扎在了我的脑海里，我和欧阳都一致认为，他的威武除了他的个子外，最重要的因素是他那身合体的军装。

我的提议得到了大家的一致拥护，于是嘻嘻哈哈地找到了崔齐山。他耐心地听完要求以后，大笑起来："不合身是吧？保证不出三个月，你们会嫌这套军装还小了！"

这怎么可能！尽管我们执怀疑的态度，可是面对崔齐山，我们不敢反驳，没办法，只能回来垂头丧气将就地换上了肥大的军装。然后每个人把自己穿的衣服塞进了包裹里邮寄回家。

"都整利索了？"回到宾馆后，崔队长问我们。

"嗯！"我回答。

"应该答'是'！"崔队长纠正了我的回答，"你们现在已经穿上军装了，必须用军人的语言！"

"是！"我挺直了胸脯响亮地回答。

欧阳从侧面过来，一拳头砸在我刚刚挺起的胸膛上："小鬼，你今年几岁了？"他用电影里将军的口吻问我。

"报告首长，俺今年十八！"我一本正经地回答。

崔齐山皱皱眉头，环视我们的床铺："都围过来！"

大家围在了崔齐山的身边，眼神充满敬意。

"现在给你们上军人最基本的一堂课，打背包！"

他弯下腰，将背包绳的两头对折起来，放在床上，把我刚刚配发的被子散开，重新把被子叠了三折，然后四折。叠好的被子放在背包绳上。一提左腿，连绳子带被子移到膝盖上，只见他双手翻飞，三横压两竖，瞬间，一个标准漂亮有型的背包就出现在我们的眼前。

"慢点！我没看清楚，能否再来一次？"提要求的是跟我们一起体检的另外一个孩子，叫杜翔鹏。

我闭上眼睛，快速地把他刚才的动作回想了一下，如何理绳，如何叠被子，怎么捆扎，前后的顺序是怎么样的，然后睁开了眼睛，对崔齐山说了句："可以让我试一下吗？"

崔齐山侧了侧身，面向我，不相信的神情出现在他的脸上。

"你？你打过背包？"

"没有！"我很肯定地告诉他。我们这个时代，初、高中时期没有军训这个科目，我家三亲六戚也没有谁当过兵。

"那么你试什么呢？"

"我刚才见你打了！"

"就这样看一遍，就记住了？你看清楚了我的动作？"

"也许没有，所以要求试一下！"

"好！"他解开了背包绳的结，拽着一端，手一抖，被子又重新摊在了床上，几个动作干脆利落。大家不由发出一声喝彩。他让开身，伸出手做了个"请"的动作。

我站在床前，再次把刚才他做的动作回想了一遍，然后弯下了腰，重复起他的动作，尽量地把动作放慢，以免出错。当我用了差不多五分钟的时间打好背包以后，发现自己已经浑身湿透了。

崔齐山眼里露出了难以置信的惊喜，"告诉你们，刚刚演示的是快速打背包的办法，而不是标准的打法。我当兵十多年，第一次看到有人能只看一遍就学会这种打法。小伙子，不错！"

后来我见识到许多许多的牛人，包括我的战友们，他们学东西非常非常快，看一眼就会，特别是枪械，这些人根本就不用学，到手不超过五分钟时间就能把整把枪大卸八块再原样装回去。

迷迷糊糊出北京站，唯一的记忆是那又长又宽又明亮的通道。在空军司令部的招待所里，我们只休息了一个下午和一个晚上，第二天早上又开始了新的行程。

"关山，我们不是飞行员吗，为什么不坐飞机，而是这样不停地倒着火车？"欧阳拉了拉我的袖子悄悄说道。

"你问我，我问谁去啊？"

"我觉得我们上当了，不是去当什么飞行员，而是和其他的兵没有什么区别！"欧阳有些失望地说道。

"上当受骗，自觉自愿！"我说，"最起码没像电影里演的那样坐大闷罐车。根据我的观察，在我们这群人身上仅体检所消耗的费用就是一个天文数字，国家不会拿着这样的一笔钱来哄我们这群孩子玩吧？我直觉啊，到达学院以后等待我们的将是野兽一般残酷的训练，否则这些钱就浪费了。既来之，则安之！现在我们的任务就是闭上眼睛，睡觉！幸福的时光今后不会太多了！"不再理会欧阳，我闭上了眼睛，任列车轮子哐当哐当在铁轨上摩擦出来的声音刺激着脑神经，却无法想象即将到来的野兽般残酷的训练是什么样子，因为在这方面的知识我还少得可怜，那时的文学影视作品什么的没有现在这样发达，仅有的知识也只是从《林海雪原》、《敌后武工队》这些小说了解到的。

迷糊中我感到一道犀利的目光从不远处在我身上扫来扫去，睁眼，却什么也没发现。闭上眼睛以后，那目光又会出现。

如是再三，会是谁呢？

再次地闭上了眼睛，但是这次不是真的闭上，而是假寐。从虚眯的眼缝里，我发现那个坐在我对面叫崔齐山的临时队长不时地用眼光在我脸上扫来扫去，像是在研究着什么。

发现是他以后，我索性真正地入睡了。这个人从开始和我打交道，先是几声惊奇的"咦！"然后握手、拍肩，最后是陪同检查，教我们打背包，任命我为临时的班长，他一直对我怀着一股好奇。自小就调皮捣蛋的我，早就习惯了坦然面对各种各样的目光：赞赏的、鄙视的、不屑的，但是这样仔细地研究的目光，他却是第一个。

我坦然地在他研究的目光中进入了梦乡。

"兄弟们，起床了，我们到家了！"吼叫声把我惊醒。揉了揉惺忪的睡眼，我噌地一下站起来就向外走，走了两步才想起忘记拿行李架上的背包。伸手拉下背包背在身上，我跟着大部队就下了火车。身子刚刚蹿出车门，一股寒气就迎面扑来，我不禁打了一个哆嗦，人也清醒了大半。

"这是哪儿啊？怎么这样冷？"欧阳紧紧地跟在我后面，他也有着同样的感受，"这可是六月天啊！"

"北国春城，离家几千里的地方。"牙齿打着战，我蹦出了这样一句话来。

"这么说来，算是真正地背井离乡了？"

"你以为是几百年前的闯关东啊？我们是来学习的！"杜翔鹏接过了欧阳的话。

"难道这不是关东吗？"我还击了他一句。

"各班长集合好你们自己的队伍，以班为单位到我这里集合！"崔齐山的声音又在耳朵边上炸响。我数了数我所带的人，包括我自己，九个，一个不少。

集合完毕，崔齐山带着我们走出了火车站，再换乘早已经等在那里的大客车，来到了一个戒备森严的大院。大院的门口两边分别笔直地挺着两名持枪的哨兵，车队通过的时候，哨兵齐刷刷地行了持枪礼。

我看了看手上的表，此时已经是凌晨三点四十五分。表是走的时候莲子悄悄塞给我的。

公元一九八六年六月十五日凌晨三点四十五分，我、欧阳长河、杜翔鹏以及另外的三十一名重庆孩子成为了这个大院里的一员。

院子里静静地挺立着一列军官，给这个凌晨添了几分肃穆。好像专门等待着我们的到来。当我们再次列队完毕以后，崔齐山从背着的挂包里掏出了一本花名册，开始对照着上面的名字念了起来：

"李江！"

"到！"李江响亮地答了一声"到"。几天几夜的行程，我们已经在崔队长的改造下，学会了一些简单的军事术语。

"出列！"

"是！"李江背着自己的背包跑了几步，然后立正站好。

"李向东！"

"到！"

"出列！靠着李江站好！"

"是！"

就这样，一个又一个和我同来的战友被那些军官给领走了。我身边的人越来越少，到最后只剩下了我、欧阳和杜翔鹏。

我们三人，你看我，我看你，茫然不知所措。

"难道我们三个成了弃儿啊？"欧阳长河道。

"我们像是弃儿的样子吗？"杜翔鹏反问了一句。

"有句俗话叫做好菜留到最后吃，我严重怀疑这个崔队长有什么私心！"我悄悄回答。

"这样说来，我们三个属于优良品种了！"欧阳笑了起来。

"就你们三个话多！跟我走！"崔齐山的声音在耳朵边上炸响。

我们三个迅速地跟在崔队长的后面，和他一起进了一栋大楼。他一脚踢开了进门的第一间屋子，指着第一张床铺说道："关山，你睡这里，欧阳长河，你睡第二张床。杜翔鹏，跟我走。"没有一点商量的余地，仿佛他的话就是命令，如山一样地不可动摇。说完以后，他带着杜翔鹏就去了另外的房间。

我解开了背包，床上已经铺上了褥子，再铺上了配发的白床单，床单是纯棉的，上面隐约还能见到一些细小的棉花籽，约约有些发黄，我知道这种布质的东西一般是越洗越白越柔软，贴身非常的舒服。抖开了被子后，发现了一个实际的问题，什么都配发了，却没有枕头。

"没有枕头怎么睡觉啊？"我向欧阳说道。

"是啊！没有枕头我也睡不着！"欧阳附和道。

"你们两个不赶快洗漱睡觉，还在这里嘀咕什么？"崔齐山的声音再次炸响，我真想知道他会不会小声说话，在这样夜深人静的时候，这样的嗓门足够吵醒整栋楼的人，不过现在整栋楼除了我们四个刚刚风尘仆仆到达的以外，似乎没有其他的人了。

"报告，不知道在什么地方洗漱，就算洗漱了也无法睡觉，因为没有枕头！"我努力地挺着自己的胸脯向崔齐山大胆地说出了自己的想法。

"哈哈！我忘记了你们对这里的地形地貌不熟悉。"他回头，"杜翔鹏，你也过来。来来来，我给你们介绍一下。这里就是洗漱的地方，再向里去就是厕所！赶快洗漱以后去睡觉。至于枕头嘛。从今天开始，睡觉就不能有枕头，你们必须得保持良好的军容军姿！枕头那些破烂玩意，在这个大院里属于垃圾！"

第三章　从军第一仗

不知道自己是怎么睡着的，连日来的舟车劳顿，已经让我和欧阳疲惫不堪，在没有枕头的情况下居然也能安然入睡，也许是崔队长那句话断绝了我们非分的奢侈念头。

我醒来的时候，猛然发现在眼前不到五厘米的地方凑着一个圆溜溜闪亮的东西。要不是看清楚了上面长着一双明亮的眼睛，我一定会迅速地用热爱篮球运动的大手扣在那物件上面。

"嗨！你醒了啊？你睡觉的样子非常可爱，完全可以用楚楚动人来形容！"那球状物件离开了我，然后从那圆圆的东西上面叫做嘴的地方吐出了一串词组来。当他离我有一定的距离之后，我发现这个世界上除了李连杰以外，居然还有这么帅的光头。

我翻身下床，穿好军装。

"认识一下吧！刘大千，来自于大运河边上的济宁，你呢？"他的声音非常浑厚，与他的年龄极其不符。

"关山！来自于长江边上、大山深处的重庆。"学着用普通话回答他，我却发现自己的普通话与他的比起来实在是逊色太多。有句话叫做："天不怕，地不怕，就怕四川人说普通话！"那意思就是说四川人说的普通话，一般来说都属于大舌头，实在上不得台面。

"男儿何不带吴钩，收取关山五十州！好名字！有着这样名字的人不当兵实在是浪费了！"他居然听明白了我的椒盐普通话，"哪里像我爹妈啊，取个名都没文化，刘大千啊刘大千，干脆就叫刘万财得了！"

"为何不是'悬心秋夜月，万里照关山'？"我反问了句。

"因为现在是六月,还不是思念的时候!"刘大千耸了耸肩膀。

我被他的机智逗得哈哈大笑起来,心里却嘀咕了一下,因为唐代布燮的这首《思乡作》,知道的人不多。真不敢小瞧了他。

在我的笑声中,欧阳长河也睁开了眼睛。

"啊!这里还有一个帅哥哥啊!"他故作惊诧般地叫道,我想他进这个屋子的时候肯定早已发现了我和欧阳。

"你好!"欧阳依旧彬彬有礼,"我叫欧阳长河!你也可以叫我欧阳。"

"你们的名字咋都取得这样气势磅礴啊!我自惭形秽!得了,干脆立即打起背包回家,让爹妈把名字改好了再来当兵。"

"大千世界,随我而行,何等的快意洒脱!如果有谁敢说这个名字不好,我欧阳第一个就不答应!"欧阳果然早就醒了。

"哈哈!好口才!"刘大千放声笑道。

"你应该说大千世界,无奇不有,我看他还怎么表扬你!"我幽幽地说道。

"咦!这位兄台肚子里有点东西!"刘大千转过身面向我笑道。

"当然有东西,除了一肚子的垃圾还是垃圾,造粪机而已。"欧阳在一旁打趣。

"你什么时候窜进来的?哪个班的?"我觉得应该保持应有的警惕,虽然刚穿上军装。

"什么叫窜啊,我是被崔大嗓门拎进这个班来的,这不,背包刚刚才卸下来呢!"刘大千做委屈状。

一听他把崔齐山叫做"崔大嗓门",我和欧阳不禁相视而笑。

后来的几天时间里,从上海、浙江、山西、山东等地招收的飞行学员也陆续地到达了这个大院。当我们班分到一个来自山西叫元宝的战友时,刘大千的眼珠子先是快掉到了地上,然后跑上前去接过他的背包,利索地为他铺床。

欧阳悄悄地问我:"刘大千为什么那么热心啊?鞍前马后的!"

"第一,我们都是来自五湖四海的兄弟,相互关照是应该的;第二,从此他刘大千就不用改名叫刘万财了!"我悄悄回答。

"第二点才是重点。"刘大千听到我的话以后回过头对我心领神会地笑道。

这时，我突然对崔齐山总是那么大的嗓门说话若有所悟。对于这些耳聪目明的家伙而言，所谓的悄悄话，没什么意义。

"你为什么叫元宝？"当我说出这句话以后，才发现问了个类似于弱智的问题，但这丝毫掩饰不了我对元宝的好奇，一如大千趴在床头对我的研究一样。

我问得弱智，可是他的回答却一点也不弱智："因为我叫元宝！"

十几年的人生经历已经告诉我，叫富贵的不一定大富大贵，刘万财更不会是家财万贯。可看着眼前这个叫元宝的人，我不得不佩服他爹妈的远见卓识。圆的！脑袋是圆的，眼睛是圆的，胳膊是圆的，腿是圆的，整个身体都是圆的，站在那里就如一个可爱的肉球。

"我一定要帮你减肥！"欧阳笑嘻嘻地看着元宝说。

"恐怕难度很大！为了这个目标我和我的老爹老妈不懈奋斗了近二十年，到目前为止，未见任何成效！"元宝一副无可奈何的样子。

"那是你们的方法不对，减肥要用科学的办法！"刘大千肯定地说道，"书上是这样说的！"

当听到刘大千补上"书上是这样说的"的时候，我狂笑起来，咋又来一个书呆子？

刘大千背着手围着我和欧阳转起了圈，我坦然地看着他，欧阳却很不自然。

"有什么不对吗？"欧阳终于忍不住问了起来。

"很好！很帅！"刘大千听到欧阳的问话以后停止了脚步，然后直盯盯地看着我和欧阳。

"本来就很好，本来就很帅！"欧阳被他看得有些不耐烦。

"是！我不否认！目前本室四个人，你俩不是第一就是第二帅，位列前三甲！"刘大千说。

对于刘大千的评价我若有所悟："他的意思是，我们身上的某个部位或者配置跟这个大院不相符！"

"关山，我发现你悟性特高！"他的这句话听不出是在表扬还是在讽刺。

"笨蛋进不了这个大院。"元宝接过了刘大千的话，他说的是大实话。

"我没觉得有什么不相符和不适的。"欧阳看来没明白我说的是什么。

我用左手抓着了自己的长发,同时用右手指了指欧阳的头发。

"古人云,身体发肤,受之父母,不敢毁伤,孝之始也……"欧阳摇头晃脑起来。

"Stop！"我叫了停,"欧阳你想酸死我啊！"

"你着急啥？你这样踩刹车会把人憋死的！"大千微笑着说,"想来,欧阳同学还想说父母在不远游这样的话语,是吧！"

"否！"欧阳摇了摇头,"我的意思却相反,如今已是我行千里,来到这北国春城,初入军门,对于顶上功夫,不就是毛发之事,板寸抑或光头,该怎么着就怎么着！关山兄,剪刀伺候！"

"剪刀？我非闺中女子,行伍之人携带那玩意干啥？"

"请问,推子可以吗？"元宝凑了上来。

"推子？你说的可是剃头匠那吃饭的家伙？"刘大千歪着头问元宝。

"然也！"

元宝变魔术般地从口袋里掏出了一把理发推子:"这是本人从军所携带的唯一一件私人用品！"

"我操！"大千骂了一句。

"主谓结构,省略了宾语。"我说道。大千与欧阳听到我这样解释这句脏话,不由一愣,然后抱着肚子弯下了腰。

这家伙居然带着理发工具入伍,看来是有备而来。工具有了,我们四个人拿着这工具却都不会使用。

"这样吧,既然元宝带了这个工具,那么我想今后本班的理发大师就非你莫属了,首先拿我的脑袋做实验田吧！"我端了把马扎,坐在上面仰着脑袋对元宝说道。

"OK！"元宝念的是"喔尅"。

欧阳从他的床上扯起了床单准备围在我的脖子上。

我推开了他,把军装剥掉,露出上身:"来！整裸体！"

刘大千扯过了欧阳的床单依旧要围在我的身上,"就你这排骨,裸个啥？影响食欲！"

"崔大嗓门给了保证,不出三个月,我们就可以去参加健美比赛！既然要参加健美比赛,那就从现在开始练习基本功！第一个训练科目就应该是裸体！"我拒绝了欧阳的床单。我发现自从经过了第一次的外科裸体体检以后，开始对裸体习惯了。

元大师蹑手蹑脚地给我理完，大千一副审美专家的表情："不行！完全就像狗啃的一样！而且亮度还不够。"大千为了证明光洁度和亮度没达到要求，他把脑袋和我脑袋碰在一起作了对比。

"天啊！"欧阳叫了起来，"刘大千同志，你是否还想给关山同志打点摩丝？"

"正有此意！"大千很认真地回答。

"俺要睡第一床！"一个以前只有在电视上才能听到的山东口音响了起来。我、欧阳、大千还有元宝转过身，一个硕大的身子弯下腰正把我的被子褥子卷起来放在一边，随后将他自己的背包摔在了我那木制床板上，床板很夸张地跳了一下。

我倒吸一口冷气，这是从哪里杀出来的黑旋风啊？

"嘿！胖子，你干吗呢？"大千问道。

"俺要睡第一床！"那胖子继续重复着他的话，"俺告诉你，俺不叫胖子，俺叫施舜牛！"

"死水牛"？这样的名字？胖子，你要闹哪样？我敲了敲自己的刚刚理出来的光头。

"我真不明白，胖子和弱智是怎么过了招飞检查的！"元宝嘀咕道。

"你说啥呢？""死水牛"站直了身子，将蒲扇一样的巴掌叉开，向元宝走去。

再次吸了口气，这"死水牛"不仅身高吓人，跟崔大嗓门有一比，而且体重足足有两百五十斤。

"你这么胖不怕把飞机压垮啊？"欧阳长河迅速地一边试着和他说话，一边走过去挡开了元宝，绝不是小心翼翼的那种。虽然欧阳外貌看似文弱，可我知道这家伙有点身手。

"轰炸机能压趴吗？""死水牛"面对欧阳反问了一句，不知不觉地将那蒲扇似的巴掌收起来。

"为什么你要睡第一床呢？"我问道。对眼前这个胖子粗鲁地卷起我的被子和褥子的行为，非常不感冒。

"因为我最高，因为我最胖！因为我做什么都是第一！"那胖子朗声说道。

我猜不透崔齐山是怎么想的，到目前为止，分到这个班的五个人，包括我自己在内，没有一个是好惹的主。

"你以为这里是金庸古龙的热血江湖，谁拳头大谁说话吗？"我考虑了一下，冷冷地甩出这样一句话，"那是老子的床位，看谁他妈的敢乱动！"

我这句话一蹦出来，室内的空气立即就紧张了。

照常规来说，刚刚进入这个大院，我应该非常老实，哪怕是装几天老实也可以。但目前的形势是，崔齐山把我和欧阳扔在这里，看似随意地安排在第一、二床睡觉之后就不见了踪影。根据看电视、电影和小说所得出来的经验，第一床常常是班长睡的地方，也就是说崔齐山把我安排在这里，其目的和意图就是要我挑起班长这个担子，管理好这间屋子里的兄弟。而现在，还没走马上任，这位兄台公然挑衅，要给一个下马威。此时如果退缩了，等待我的必然又是所有人瞧不上的眼光，永远抬不起头。原本想，来到部队，换了新环境，应该改头换面，重新做人，退一万步来说，哪怕是装几天好人也可以。

离开家的时候，那场家庭会议还清晰在目，那次会议的目的亦记忆犹新，做个乖乖"好儿童"。可是目前的形势，却是这个死胖子不让我做"好儿童"，也不让装几天好人。同时，在心里自我安慰：没有谁知道你关山曾经下跪，没有谁知道！而今这里一切都是新的！

这仗是非打不可，打得赢要打，打不赢更要打！

明知山有虎，偏向虎山行！

"我支持你！"欧阳走向我悄悄地给我鼓劲。

我们所在的队是这个大院的第一队，我所在的班是这个队的第一班。崔齐山就是第一队的老大，是个做什么事都绝对争第一的主，他的语录就是全院十六个学员队我老大，不想争第一就自己回家抱老婆孩子去！骨子里有着一种好勇斗狠的血性。人们都说他看兵的眼神用一个字来形容：毒！所谓的毒，就是看一眼就能知道这个人是否是可用之材，能够担当什么样的任务，这是多年军旅生涯所得出的经验。他第一次注意上我，是在我和汪强、徐兵他们打赌的时候。那时，我那俩同学信心百倍地进行体检，而我却一副无所谓的神态，在上千名体检的人中显得那样格格不入。他不明白为什么会这样，仅仅就飞行这两个字，对于男孩子来说是怎么样的吸引力，多年军旅生涯的他再明白不过了，但眼前这个孩子怎么会流露出一副无所谓的样子？他不由得多看了我几眼。

他再次注意上我，是我闯过了许多关进入那个黑暗的室内时。许多学生是医生告诉他们怎么做他们就怎么拉，而我却率先提出了问题："允许几次？误差是多少？"说明眼前这个大男孩已经通过自己的观察，明白这项检查是如何进行、检查的目的是什么，其观察和领悟能力已经超出了常人。更难能可贵的是适应黑暗环境的速度也超过了其他人，这是作为一名飞行员所必须具备的起码素质。许多飞行员要经过一定的锻炼才能够达到这样的状态，而他却似乎在这上面天生就胜人一筹。

当我第一次拉齐两根木棍的时候，两根木棍之间的误差可以用毫米计算，这令他不由自主地叫了起来，怎么会这样？如非经过长期的训练，一般人达不到这样的水平。也许第一次是碰巧而已，他静下心来，想看第二次和第三次。后面依旧是几毫米的误差，这让他无法再用巧合来解释了，其结果只能说明：这个家伙天生就是干飞行的料。

这时的崔齐山已经喜欢上了我，所以特想和我认识，想把我带到自己的队里。他这次出来招收学员，不就是想找那么几个嗷嗷叫的家伙吗？人们常常说川兵不好带、不好管，可是打起仗来，这些人却是置生死于度外，都是玩命的主，他喜欢这样的兵，所以这次接兵他申请到了重庆。他情不自禁地拍在我的肩膀上，他忘记了自己有一米八五的身高和一掌下去三百斤的力量，换作一般的人，这一掌下去就拍在地上了，而我却只是蹲了几步而已。

我很瘦，也没有功夫底子，怎么能够承受他那样的重量？他想不明白。后来我告诉他是因为从小在农村，放学以后要帮妈妈做些农活，到后来担着三百来斤的玉米去交公粮，三五里地不用歇气。

他拍了我一掌，我却无所畏惧地顶了他一句欺负人，在那些畏缩怕事的学生中，这一股无所畏惧的劲头让他心里更加喜欢了。于是他决定陪同着我参加完后面所有的体检，看我是否能够闯完所有的关卡。在他看到我智力测验得到满分四十的时候，心里就想：如果他在其他方面有点什么瑕疵，哪怕是文化成绩不过关，也要缠着政委开个后门收下来。

我的文化成绩考了整个市的第五名，这让他更是喜欢得不得了，却没想到就在这个时候，我提了把菜刀差点割下副县长公子脑袋的事传了出来。当时一块儿去接兵的几个干部听到这事的时候，全部呆了，白景峰政委对他发火：

"你所说的全才就是这样一个人？"

"碰到亲妹子被人欺负，还不能热血沸腾，要来何用？更别指望他保家卫国！如果他不提刀，老子还不定要他！"崔齐山顶了他的政委一句。

"强盗遇到土匪，一样的货色！"白景峰政委实在是拿他的这个爱将没有办法。

在政审的时候，却遇到了麻烦，镇党委书记抛出了我外公曾经蹲了三年监狱这件事。这事让他心里急得不得了，飞行部队对于政治要求的严格不是一句空话，曾经有人开玩笑说，飞行员的政审就是"上查祖宗八代，横查海内外"。如果因为这事而刷下了，他也无能为力。

"查！查清楚他的外公为什么坐牢，是否健在！"白景峰政委下了这样一道命令。

当得知我那喜欢喝酒的外公是因为打抱不平失手打伤人入狱，已经去世了二十多年，而我自打出生根本就没见过外公之后，崔齐山心里终于舒了一口气。更让他哭笑不得的是，那抛出我外公问题的镇党委书记居然是我外公的干儿子，而他就是那不平事件的主角。

"我靠！恩将仇报！"

外公出身于书香门第，其父亲本是前清进士，因为官场的不得志，便寻了一山清水秀之地归隐，养了四个儿子一丫头。外公排行老五，也是最小的一个儿子，其兄长遵从家训，不为官。于是有两兄长在重庆和涪陵做教师，老三在重庆做点小生意，四姐在抗战时期死于日本对重庆的无限制轰炸。因为最小，按照"皇帝喜长子，百姓爱幺儿"的传统说法，老五，也就是我外公留在了乡下父母身边。在五个孩子中，老五最有才，琴棋书画诗词歌赋，样样有几手，却因为父母在不远游。老五不得志之外骨子眼里却有种江湖人的义气，川人虽然个头不如东北、山东那样的牛高马大，但是特殊的地理环境造就了这个地方人民火辣辣的性格。老五在年轻的时候也曾经因为这些东西热血澎湃，也曾做出惊天动地的事来。老五极其热爱喝酒事业，几杯酒下肚，胸中的热血就会燃烧，再加上眼里糅不得沙子的性格，难免会惹下一些事儿。那不平事件是他一生诸多酒后事儿中的一起特殊的案例，事情整得有点过，以至于搭上了自家的前途和几十口家人几十年的命运。老五被判了三年，三年后回到家里，从身体到思想各方面的状况与出事前已完全不同，却依旧热爱着他的杯中之物。有一天，老五拎着酒壶在青山绿水间且喝且吟，酒完吟罢，倒头睡在乡间的田埂上再也没起来。这是我出生前的事情，一九五九年的秋天，时年四十六岁。

老五去世以后，外婆当了家。许多人一直喊外婆为五娘，以至于小的时候我们也跟着叫五娘。五娘一共生了七个孩子，除了老大夭折外，另外六个都活了下来，两子四女都各自成家，但是这六个孩子都没离开五娘，而是在一个大家庭里生活。一个女流之辈带着一个近四十人的大家庭是怎么度过三年灾荒、四清运动和"文化大革命"十年的，在外人看来这本身就是一个传奇。五娘六十岁的生日那天，她把象征着这个家庭权力的钥匙交给了大舅舅，"六十不当家，七十不主事，我该退休了，你们高兴怎么着就怎么着。"于是五娘成了我们的专职保姆，一干孙子外孙全部是五娘带大的，她常常是背一个牵一个，其乐融融。外婆对外公的喝酒闹事深恶痛绝，所以当家以后的第一件事情就是颁布禁酒令，严禁后辈沾酒，并把禁令纳入了家规。在后辈里，外婆五娘最不喜欢的人就是小舅舅和我，只因为我二人在性格上遗传了外公太多的东西，包括喝酒，可是一到关键时刻她却总站我和小舅舅这边，老爹揍我的时候，他得关着门揍，而且还不许我哭，否则五娘会把门给砸了。

被外公老五救下来的那人成了老五的干儿子，后来这干儿子参加国民党范曾部打鬼子，独劈了八个鬼子。解放战争的时候他成了解放战士，在部队入了党，从了政，转业以后回到老家，先担任村支书，后来任公社革委会主任，拨乱反正后做了镇党委书记。自从他担任支书开始，就以有个蹲了监狱的干爹为耻，尽管老五一醉不起，他依旧没放过对这个家的打击和摧残，对他的干兄弟姐妹的能卡就卡，能给多少难处就给多少难处，绝不心慈手软。我的表哥表姐升学的时候，他公开放出话来，这个家的孩子能上初中就不错了，上高中想也别想。要知道，那时正是"文革"期间，上高中实行的是推荐上学。后来大表哥报名参军，那镇长再次作梗，因为大表哥有一个蹲了监狱的爷爷，大表哥体检合格却因为政审不过关给刷了下来。

所以，对于我的政审，他不作梗才是不正常的事，只不过故技重演罢了。

几人和警备区司令以及招飞办主任陆军商议以后，决定这事只能由警备区出面解决，否则还会有其他麻烦。

陆军对那镇党委书记说："我们主要查孩子本身以及父母，对于已经不在的人，没有必要再去追究什么。"

那书记抛出了我调皮捣蛋的那些破事儿，强调我不仅仅成绩全年级第一，调皮捣蛋更是全校第一。

司令火了："不调皮不捣蛋叫孩子吗？"警备区司令一句话把那人的嘴巴堵得严严实实。

后来在成都，崔队长教大家打背包，本来想按照正规的一横一竖慢慢地演示给大家看，可在理背包绳的时候，却改变了这个想法，他想用快速打法来检验这几个孩子，所以在做动作的时候，故意加快了节奏。在大家眼花缭乱的时候，我却看清楚并且记得了所有的动作。

"这孩子不仅仅只是调皮，胆大冷静，记忆力非常强。"崔齐山在那时已经把我当成了一班长的不二人选。

从小到大，我虽然读书成绩好，却没当过班长，就是因为我太调皮了，老师是不会让这样的典型去当班长的。我当过最大的官也就是劳动委员。崔齐山却发现了我无所谓后面掩藏着的桀骜不驯，准备让我做第一队第一班的班长。

这意味着什么？他就是想加份责任在我身上。

我们这群来自五湖四海的孩子，没有谁简单，基本上把全中国这个年龄段的精英集中到了一起，用崔大嗓门的话说，这群人，如果不到这里来，那么有一半是上清华北大的主，而另外一半却是属于进班房的料。聪明、灵活、调皮、好动和好战是这群人共有的特点。欧阳长河虽然外表看起来是个文弱的书生，可他和我那一握之力已经让我感到了这老乡的不简单；刘大千肆意地开着自己名字的玩笑，谈笑间拉近了我和欧阳之间的关系，这是怎么样的一个人？那个叫做元宝的家伙，浑身上下圆不溜秋却能够进入这个大院，本身就说明这个家伙的不凡；眼前要揍的这个死水牛，庞大的身躯、老子天下第一的个性，也足以说明今后我将会与什么样的一群人寝食与共。如果要在这里活得自在与舒服，活得有尊严，就必须搬掉眼前这座大山！如果想要当这个班长，当好这个班长，就必须干掉这个家伙！军校虽然也是学校，但是它首先姓军，必须要有血性。关一鸣让我下跪，已经丢了人。到这里，一切从新开始，我必须捍卫自己的尊严。

打得赢要打，打不赢更要打！已经没有退路，我丢不起人了！这不仅仅是血液里遗传的问题。

他这样的体重是怎么进了这个院子的？已没那闲工夫去推测，而且那也不是该我关心的事儿。眼下最重要的任务就是把他打翻在地，然后在他肥大的身躯上踏上一只脚。

既然一进这个大院你就让我不自在不舒服，我何必跟你客气呢？

却没想到这个"死水牛"硕大的身躯居然非常灵活，在我刚刚蹦出那话以后，他就挥舞着他的双臂将他的身躯向我压了过来。

当"死水牛"压向我的时候，我死死地盯着他的眼睛，同时心里告诉自己，不要慌张不用着急，这家伙一定会被我打趴在地。小时候我常常和莲子一块儿玩，当时她已经达到了一米七二的身高，而我却只有一米六，也正是这样的差异练就了如何对付比我高大强壮的人的各种招数和办法。

在身体即将接触的那一瞬间，我将身子一矮，从他的腋下穿了过去，头也不回，乘势一脚蹬在了他的腿弯上。我知道这一脚的力度，笑着望着大千和欧阳。只见二人的眼神在我蹬出那一脚的时候，已然呆了！我再反身一腿跪在了"死水牛"的腰背上，将他死死地抵在地上，右手绕过他的脑袋，将手腕卡在脖子上，然后用力地向后一拉。无意之间就自学成才般地完成了侦察兵的锁喉动作。

"从今天开始，施舜牛，你给老子记好了，我不管你在你们那地方是多么优秀，但在这个地方，这间屋子里，老子才是第一！老子将是你们的班长！如果你不服气，想当这个班的班长，可以，你就得放开了手脚跟我干。否则，有的是办法收拾你！"

"耶！关山！不！班长，你太帅了！"刘大千跳了起来，右手狠狠地在空中一挥。

欧阳松了口气，微笑地看着我。

谁说热血江湖，不是拳头大的说话?!想做几天"好儿童"的愿望，在我一脚踹出去以后已然落空，与此同时，绝对的权威在这间屋子里建立起来了。

有时，装"好儿童"是很累的。当然不做好儿童也必须付出代价。

第四章　入伍教育

　　和所有新兵一样，我们必须接受入伍教育，只不过其他部队是干部做教育，老兵带新兵，整个新兵连一起。而我们的教育却是由清一色的政治教官进行，学院统一安排，各个队分头组织。上课前，我们猜想这些教官应该个个政治素质贼高，马列主义、毛泽东思想信手拈来，有人透露这些政治教官起码都是正团以上的级别。

　　上第一堂课的教官是一个精干的五十多岁的老头，走进教室的时候，随和得就如同隔壁家的大爷，所不同的是身上多了套军装而已，以为他会像高中上政治经济学的那些政治老师一样，对我们进行再教育。真的，当时台湾的飞机起义飞过来，卓长仁劫机叛逃过去，在那样的政治大环境下，我们有充分的思想准备去接受教育。

　　老头走进来，雄赳赳地动了动胳膊。对！就像做广播体操那样地动了动胳膊。然后，在讲桌旁趴下，做起了俯卧撑。

　　"1、2、3、4……"老头边做边数数。老头完全忽视我们的存在。

　　他这一数数，本来交头接耳却还陌生的战友们全部静了下来。

　　可这帮小子谁是善良的？谁是耐得住寂寞的主？没一会儿，有人就小声地跟着数了起来："7、8、9、10……"

　　"我打赌，老头做不了50个就会起来……"我小声对欧阳说道，眼睛却瞟向刘大千。

　　"我赌100！"后面传来了一个声音。心里忍不住乐了起来，这里还有和我一样有赌性的同类。转过头，想看清楚是谁在挑战，可是茫茫人海清一色的大秃瓢，根本找不出来是谁在应战。

"我赌150！"当我们数到120个的时候，刘大千终于应战了。

"我赌200！"这声音比谁都洪亮。教室里顿时鸦雀无声。

赌200的就是那老头！

接着只听见大家吼破天的声音："159、160、161、162……"

当数到200的时候，老头挺身站了起来，拍了拍手，喝了口水："不错！这声音有点军人的味道。"

一百三十多号人的吼声才只是有点味道？我们谁也不敢吭声，这老头把我们震了。

此时，那随和得像隔壁大爷的概念早没了踪影。

"怎么样？我很厉害是吧？"看他那样子我们怎么都感觉不到那老头在自我陶醉，"鄙人是第3期的学员，朱伯儒是我同门师兄！鄙人姓邰！"老头在黑板上写下了这个"邰"字。

"可能是满族的！"马上有人对老头刨起根来。

"答对了！加十分！"邰教官不但精干而且还很幽默。

"在这里，像我这样的，多得很！你们的队长，你们的教导员，随便拉一个出来，都能超过我。但是，具有这样的能力仅仅只是成为一名军人的开始。所以，从现在开始，你们就得有吃苦的准备，我希望你们是天之骄子，而不是爹妈的娇子！"

可第二堂课的时候，他却差点下不了台。

邰教官让我们自由讨论，我们却借此机会大家相互认识。认识以后开始天南地北地胡扯，最后大家一致地把讨论扯到了邰教官身上，从朱伯儒是他的师兄扯到了学雷锋。朱伯儒是当时很有名的学雷锋标兵，是成都军区空军政治部副主任，到处都在刊登、播送他的先进事迹。因为有这个榜样的存在，我们对邰教官更是高山仰止。

"雷锋不可学！"此言一出，语惊四座。

是那个叫元宝的山西佬说出来的，我终于也查到他就是跟我赌100个的家伙。看着这个家伙我就乐。在这个帅哥云集的地方，元宝和后来被我们叫做潘土匪的绝对是两个另类，不帅！真的不帅，身材、长相如同他们的名字，二者相得益彰。

教室一下子静了下来。

"语不惊人死不休。"我叹了口气。

"他狗日的不叫元宝，是'发宝'！"欧阳直接打击了元宝。

如果一个年轻的教官遇到这个论断，肯定非常尴尬，可是我们敬爱的郗教官却只是歪着头，静静地看着元宝！那神情分明就是在鼓励他继续讲下去。

"元宝，你狗日的在'发宝'！"欧阳终于忍不住用重庆方言骂了起来。"发宝"的意思类似于普通话的出风头。的确，我们敬爱的郗教官凭着他漂亮的两百个俯卧撑已经成了我们这群孩子心目中的偶像。偶像的尊严是不可侵犯的，元宝这么明目张胆地反驳郗教官的行为，比他"雷锋不可学"的论断更加让我们难以接受。

可我们元宝这宝贝还真的是很宝贝，他不慌不忙地说："军队是一个以铁的纪律作保证的组织，如果没有铁的纪律，这支军队就无法去打胜仗，也无法去保卫祖国和人民的生命财产安全，实现人民军队全心全意为人民服务的这个宗旨……"

妈哟！在我们还稀里糊涂的时候，这小子居然已经开始非常自觉地学习起条例条令来了。看看周围同学们的表情，这小子的行为已经犯了众怒了！

"既然条例条令是这样规定的，那么请问郗教官，雷锋叔叔哪里来那么多的时间外出去做好事？请问他请假了吗？他按时归队了吗？我们到这里也有些日子了吧？连这个大院的门向东还是朝西都没搞清楚，同样作为军队家庭中的一员，为什么他与我们不一样？"

这下轮到我们瞠目结舌了。

我忍不住笑地打跌。他立刻把矛头转向了我："我说关山战友，这很好笑吗？"说完便不再理会我，"再提出一点看法，仅仅是个人的观点，不足为凭。"

"啥看法？"我绝对不是煽风点火，我打小就没认为雷锋是一个人，而是一个精神名词，有这样的想法的，肯定不止我一个。

"这位战友，我很佩服你的学习精神。"一个声音果断地打断元宝，"这位战友能够在刚刚入伍就深刻地去学习、领会部队的条例条令，这值得我们去学习。但是，你说的这些我不敢苟同。"一个脑袋比我们都光亮，长着一只像刘德华那样漂亮鼻子的战友理直气壮地站起来，对元宝同志进行了有力的反驳。

接下来，该战友介说了雷锋叔叔的苦难家世，到最后，该光头要求元宝同学必须为刚才错误的主观论断向我们敬爱的雷锋叔叔道歉，顺便也向我们尊敬的邰教官以及广大战友兄弟们致以诚挚的道歉！

"就是，必须道歉，我们无所谓，关键是雷锋叔叔和邰教员，他们都是我们的偶像！"欧阳也趁火打劫。

"借这个机会，我也向我们尊敬的邰教官和亲爱的战友们做个自我介绍。我叫王伟，王就是'山中无老虎，猴子称大王'的那个'王'，伟就是伟大的伟，不是经韬纬略的纬。我来自著名的鱼米之乡——湖州，古语云'苏湖熟，天下足'，这个湖就是指我的家乡湖州……"

"谁不说俺家乡好，得儿哟，依儿哟……"有战友在唱。

"一阵阵歌声随风传……"刘大千接了过来。

妈妈哟，瞧这一场非常严肃的政治教育课让我们这群人给搅和的。

"重点呢？重点呢？"我发现我们都跑题了，于是想把大家拉回来。我知道元宝的观点有问题，并且存在着明显的漏洞，可是，我觉得这事不能让我去干，也不能把矛盾转移到我这里，那么谁才是重点呢？

我们这群家伙在没跨入这个学校以前，每一个人基本上都属于当地学校的"孩子王"，没有一个甘于寂寞，骨头里都有着一股不认输的劲头，全是唯恐天下不乱的主！邰教员第一堂课的俯卧撑的确震了我们一把，但是，我们这群人又岂是两百个俯卧撑就能震得住的？这会儿，大家都静了下来，静静地望着邰教官，大家心里都抱着一个目的：想看看偶像邰教员是如何化解这个局的。

欧阳明白我想做什么，于是直接把问题的关键从元宝那里拉到了邰教员那里，而且是不着痕迹地。

"邰教官，你怎么看？"欧阳说，我这个老乡很主动地配合着我。

邰教官不慌不忙地说道："我不会去给你们详细解释'雷锋精神是以雷锋名字命名的、以其精神为基本内涵的、在实践中不断丰富和发展着的革命精神'这些东西，更不会对你们说雷锋精神其实质与核心，是全心全意为人民服务，是为了人民的事业无私奉献。如果我对你们说，雷锋不再单单是某一个人的姓名，而是一种文化和精神之所在；如果我讲这些东西，在你们看来，这老头讲的就是为了政治教育而政治教育，你们会说，这老头，只不过如此而已！"

政治教官就是政治教官！我不解释、我不说，却把什么都解释了，什么都说了。

"是的，我这老头不过如此。我非常欣赏各位同学渴望对事物深入了解的这种精神，这是我们作为飞行员所必须的也是应该发扬光大的精神。在此，我应该对你们进行表扬，当然，这个表扬只是口头的，因为不是你们队领导，鄙人不敢越俎代庖！"

大家一顿大笑。

"单单就刚刚这位同学所提的重点，其实就是作风纪律问题。什么叫作风纪律？作为军人，自打穿上军装这一天开始，就要不断地与这个词打着交道，只有真正的领会和贯彻落实了这个作风纪律，你才会成为真正意义上的军人。雷锋同志和你们一样，都是军人！"

他没有说我们和雷锋一样，而是将主谓颠倒一个顺序，听起来特别受用，作为天性逆反的我们也一点不抗拒，并且乐于接受他将我们与雷锋同志相提并论。

邰教员缓了缓，让我们思索什么叫做真正的军人，然后又继续他的论证，"雷锋同志是什么兵种，请问？"

"汽车兵！"王伟很响亮地回答。

"你们见过只在营区溜达的汽车兵吗？"老头问。

"见过！"大千很不给面子。

"见过？"老头没有崩溃，很淡定地一笑。

"是的，见过！新手不敢上路，只好在营区练技术了！"大千的理由绝对的充分，这家伙也是唯恐天下不乱啊。可我发现，他和我的目标是惊人的一致，也就是这风头不能让元宝去出，怎么也得打压下去，否则，今后我们的日子就难过了，就如元宝说的那样，来了这些天了，大院门的朝向都没搞清楚，怎么能恣意妄为呢？咱们还是军人不是？最起码也得摸个水深水浅再下河吧，否则怎么淹死的都不知道。大千的接话不是出风头，但绝对是替兄弟挡一把。

"恭喜你答对了！"老头很幽默，"可雷锋同志不是新手，而是老兵，老驾驶员应该做什么？这个问题不用我回答了吧？外出执行任务的时候，做做好事，且不说道德伦理，起码我们的条例条令也没规定不允许，既然没有不允许，那么就是理所当然了，并且也体现了军民的情感之所在，这也说明了为什么我们是人民的子弟兵。"

这巴掌扇得元宝找不到北，我隐约感觉到的漏洞被老头敏锐地找到，轻重恰到好处地教育了大家一下。如果再在这事上纠缠，我们就不是人民的子弟兵了，而是兵痞耍无赖。

"说个题外话，我曾经去过抚顺的雷锋纪念馆，根据纪念馆所展示的一些物品来看，雷锋同志在入伍前是谈了对象的，而且这个对象的工作、经济收入比较稳定，不排除雷锋同志有坚强有力的后勤保障这个可能嘛。"

偌大的教室，一百多号人，只有邰教官侃侃而谈的讲课声和大家的呼吸声，连惊叹都没了。

雷锋叔叔居然是谈了恋爱的，闻所未闻！我想起了莲子，虽然才到这里几天，我却感觉像分离了很久很久。

他说不排除的时候，我们大笑，可还没等我们笑完，他却将手用力指向我们。

"雷锋有女朋友，但是，你们……"

笑声戛然而止，我们被他的那种决然的语气给镇住了，我知道他会说什么。

"但是，你们却不能有！"

"《飞行基础学院管理条例》之第三章第一十五条规定，飞行学员在学习期间不能谈恋爱。这是首任司令员刘亚楼将军提出来的，任谁也不能碰，任谁也不能破，这是本校铁的军规！"

"在此，我警告你们，你们谁胆敢去触犯条例，等待你们的将是比头破血流还惨的结局！"

这下轮到我们目瞪口呆了。由此看来，这老头不仅仅是为了我们的入伍教育而来，更多的是为了让我们从此体会那些深入到军人骨髓里的东西。

邰教官抛出这个命题的时候，我们沉默了。老实说，在读高中的时候，我们的老师对早恋如临大敌。这个年龄阶段，叛逆心都非常强，越是禁止的东西越要去碰，原以为我们上大学了，这些感情上的东西不用再偷偷摸摸，可以浮出水面了，可是这老头在这个时候却砸出了这样的一个命题。

他没有说不能谈恋爱，而是很决然、果断地说不能有女朋友。这个不能有的含义比不能谈来得更加地不可抗拒。

我呆了几许，却没把这个警告放在心里，总以为凭自己的聪明对付这些事儿也就是小菜一碟了，我想我的这些战友跟我的想法应该差不多。因为，我们都是一群年轻且躁动的人！

老头的教育影响了我们太多。老头很跩，更多的是一份悠然的自信，谈笑间总结出问题的所在，并且有了应对之办法。这份处理突发事件的应变能力已经远远地超越了那两百个俯卧撑，更加巩固了他在我们心目中的偶像地位。

后来，我们一直叫邰教官为"大爷"。

王伟的那次闪亮登场同样让我记忆深刻。

当时，刘大千就给王伟取了个外号，每每我想起都想乐——"鸵鸟"。因为他的头发柔软得如同刚刚孵出的小鸟的羽毛，他索性就剃了个光头。当然这光头也是元宝的杰作了。

王伟和刘大千的都属于脑袋锃亮的那种，我常常不明白他们的光头为什么和我们的光头"瓦数"不一样，难道他们打了摩丝或是擦了油？到现在都没搞明白原因。这两光头都是我们一个班的，一直想不通当时我们队长怎么分的班，因为全队最跩最牛也最能折腾的人都分在我们班，该不会是因为我这个当班长的人能折腾吧？一直认为结论不应该是这样的。

还记得王伟曾问过我们的邰教官这样一个问题："请问教官，把被子叠成豆腐块与塑造军人的基本素质，这两点存在何内在的本质联系？在现代战争条件下还有必要去把被子叠得那样整齐吗？如果需要，行军背囊又有什么用？"

其实这些问题本身其实都不重要，重要的是我们在这些讨论中明白了作为军人的意义。

邰教官修正了我们的理想，他说："来这里之前，大家都做着或这样或那样的梦，梦想自己成为科学家，成为工程师，成为教师或者医生，这就是理想。现在，你们的'航线'，必须修正！在这里，你们的奋斗目标只有一个，成为优秀的军人，成为合格的飞行员，为我们的国防事业献身。"入伍教育还有更深的一层意义，那就是端正我们的入伍动机，虽然都是万里挑一选出来的，但在那时，我们又有几人对军人、对飞行的意义能真正理解呢？拿我自己来说，最初的目的不就是换一个环境吗？到后来却是要遵循父母的愿望变成一个"好儿童",别再那么调皮捣蛋,希望部队铁的纪律能够把我彻底地改变。

我能成为传统意义上的"好儿童"吗?能够吗?

第五章　写检查

我们常常利用入伍教育课间休息的空当躲在楼下的小树林里抽烟。这天，我、大千、欧阳还有王伟刚刚点上火，潘一农钻了进来。

"班长、班副！"潘一农急迫地呼唤着我和大千。队里已宣布我任一班班长，刘大千任一班副班长。

"慌慌张张做什么？"我掐掉了烟头，低喝道。一进这座大院的大门，崔齐山就很明确地告诉我们，在这个院子里是严格禁止吸烟喝酒这些行为的。

"队长来了！"潘一农一边说一边回头张望。

"搞啥子飞机！"我踢了潘一农屁股一脚，"你看你，完全就是一栾平，整得我们都跟座山雕似的。本来没啥事也会被你搞得有事！"

"九爷！不好了！"欧阳用潘一农的声音学着栾平的腔调怪叫。

"你就算穿上解放军的衣服，骨子眼里依旧是一土匪！"大千随口掐了句土匪出来，却不承想这"土匪"二字就跟随了潘一农一辈子。

"能不能把你的军人仪态整利索了以后再跟我们混！"王伟差点说出如果潘一农死不悔改的话，他就准备不认这个老乡了。

潘一农冲我们几个讨好一般地笑了笑。

这个班集体，至今有着许多不解之谜，眼前这潘一农就是其中一个。小眼睛、冲天狮子鼻，为此大千为他编写了一首打油诗：蒜头鼻子蕎头脸，绿豆眼睛鸡脚杆。实在想不通这样一副尊容是怎么混进这支最值得骄傲的革命队伍里来的。潘一农的形象跟这个大院的孩子有些格格不入。

潘一农说的队长其实不是崔齐山队长，而是我们的区队长张天啸，二十四期的,停飞以后参加了八四年天安门阅兵。停飞学员转入地面院校继续学习是二十六期以后的事情,在此以前,一般遵循哪里来哪里去的原则。因为参加了天安门阅兵后学院授予了三等功,于是便留了下来等着提干。却不承想在这期间休探亲假没按时归队挨了一个处分,提干一事也就这样拖了下来,队里让他暂时代理一区队长,一边管理着我们,一边等着提干,全大院的区队长也就这个张天啸不属于干部编制。

张天啸是找我的。教室和寝室里没找着,于是带信给潘一农要我去他那里报到,带完信以后感觉情况不对,于是便一路跟随潘一农。

当我们作鸟兽散逃回到教室的时候,张天啸在走廊拦住了我。

他抽了抽鼻子说:"你违纪了!"

"怎么会!"

"哼!你当我是干什么吃的!"他转过了身,"跟我到办公室去一下!"

在我跨进他的办公室的时候他把手伸向了我:"拿出来吧!"

"拿什么出来?"我装作什么都不明白一副委屈的样子。

"烟!"

"开什么玩笑!都参加革命了,而且正在进行入伍教育,我身为班长,怎么能'作奸犯科'呢?"

"准备顽抗到底,对吧?"他背着手围着我转了起来,"这事可以不计较,希望没有下次,可……"

可什么呢?听话听音,貌似还有什么事被他抓住了把柄。

我静静地望着他,心里却在敲着鼓,不知道什么事犯到这位阎王爷手里了,他为了提干可是时刻准备着从我们身上找点什么东西来做他的资本。

"好你个关山!才当兵几天,军用裤衩都没穿热!"

我依旧不说话,除了他刚刚从身上闻着了烟味,实在不知道他所指的是什么。仔细地回想着到了这大院后的这些日子,也想不出自己在行动上有什么出格的地方。

"现在承认错误还来得及,如果到了需要我提醒的时候已经晚了!"他的意思很明白,明人不用指点,响鼓不用重锤。

"我不明白你在说什么!"其实兜里就揣着包"重庆"牌香烟,我赌他不敢搜身,他找我,绝不是为了抽烟而是为了别的什么事,抽烟只是个意外。

"你……你……你！"他有些气急败坏。

"我什么了？自打从穿上这身军装起，从思想、行动上就开始严格要求自己，不曾做过对不起党和人民军队的事儿！"面对他的气急败坏我有些不屑，心里却在想，你不就是一停飞学员嘛，凭什么这样来对我。一定要理直气壮，不管发生什么事，都要发扬死猪不怕开水烫的精神。

"是吗？这事你是不愿意承认错误的了，更不想进步了，作为刚刚入伍的同志，你怎么能这样呢？"

"不这样，那么，我应该怎么样？请区队长指示！"

"我问你，施舜牛同志的腿怎么回事？"他直奔主题了。我也搞明白被我揍趴的那小子不叫死水牛而叫施舜牛，可我们依旧叫他水牛。

"他的腿不是好好的吗？在他腰下长着呢！"我故意装迷糊，心里盘算他是怎么知道我和死水牛的那一仗。虽然我们认识才不久，但是，根据对这个班集体初步的了解，这几个人根本不具备当叛徒告密的素质。

"关山同志，我再次提醒你，我是代表队领导、代表组织在同你讲话，希望你能本着组织原则，将这个事情交代清楚！"

"区队长同志，我不是党员！请你别把问题上升到组织的高度。"我耍上了赖皮，忽悠我没吃过猪肉啊。

"作为一名军人，殴打同志，你难道不知道后果的严重性吗？更何况是身体不能有任何损伤的飞行学员！事情到了这地步，你还一味地进行狡辩，拒不承认错误，你等着瞧！"

"区队长同志，他个子比我高，块头比我壮，我怎么能够如你所言地去殴打他呢？"我只能顽抗到底，同时心里在盘算着这事是谁出卖了我。

"据说你在入伍前就干了提刀要割别人脑袋的事儿，这事没冤枉你吧？为此，在班长的任命上，教导员和队长之间就存在分歧。"他停止了转圈，狠狠地盯着我说，"现在回去，把事情的经过写个书面材料上来并且做出检查，然后根据认识的态度好坏再决定如何处理！"

不就是写个检查嘛，拐弯抹角、上纲上线说那么多干啥！

原来那一脚踹得狠了点，死胖子在队列训练的时候动作变形，张区队长细心地发现他腿弯子有瘀青一块，连哄带骗威吓加恐吓地弄清了事情的真相。本着治病救人的态度，所以私下先找我谈话，希望这事就在本区队解决。可没想到我会对此事来个不承认的态度，他很气愤，想把这事告诉队里，却又怕队长教导员对他有什么想法，他本身就处在预提干的考察阶段。如果这事处理不好，收拾不了这个关山，今后在这个区队，作为区队长，他的威信就会打折，还会影响他的前途命运。

他很为难。

可是，他所说的在班长的任命上队长和教导员之间存在分歧是什么意思呢？

是是非非，我习以为常，从未在意过。但现在，我发现已经开始在乎了，我不想只简单地装几天"好儿童"。在我们队首长眼里，照张天啸的说法，至少有人知道我不是"好儿童"了。我想把这个分歧弄明白，知道具体是怎么回事，才好照病抓药。

烟是莲子夹在一大堆体育用品里邮寄给我的，我找她要的，"重庆"牌的，那种带过滤嘴的香烟。她在信中说："哥，你们需要一个好的身体，这是你们事业最起码的基础，希望你戒烟，不仅仅是我这样要求你，但你的烟瘾让我担心，所以这是第一次也是最后一次给你，今后我不会再犯这样的错误！"体育用品是四套护腕、护肘、护膝、运动袜子和两套运动外套。她知道我们班还有个欧阳也是重庆人，所以多寄了一套。我想这应该是她用平时节省下来的津贴去买的，虽然这些东西她们是供给制，但是成天的翻、滚、腾、跃，所供给的远远不够。

最后一批学员到达的第二天，队里进行了点验。将我们带去的香烟、手表、收音机等私人物品一一登记、收缴，统一保管。我藏住了莲子给我的手表，却没能保住从家里带来的一条香烟。为不让收缴收音机，我们与队领导进行了激烈的辩论。

我们最有力的理由是——我们要听到党的声音。

教导员说："每天晚上七点集体收看新闻联播，倾听党的声音！"

收到莲子的包裹以后，我把欧阳那份给了他，然后悄悄地把欧阳、大千、王伟等人叫在一起，一人甩了一包烟。甩出烟以后，我不禁在心里问了问自己，这样做合适吗？同时又在心里安慰自己：这是最后的一条了，莲子已经断了我的后勤供给线，她把这事告诉了爸爸妈妈。

"老白干！"欧阳抽了一支出来，放在鼻子下来回地闻，鼻子也随之一张一合："久违了，我的最爱！"

"老白干？那不是酒吗？这可是烟！"刘大千、王伟一干人不了解这个典故，我和欧阳笑了笑。

老重庆人应该对这个20世纪80年代牌子的香烟不陌生，我们都叫它"老白干"，深红色的包装，盒子上面是邓小平同志题的"重庆"二字，其档次比"朝阳桥"、"飞雁"要高，当时的市场价格是四毛五一包，带嘴的是五毛，入口清醇，后劲足。在我们看来，比"大重九"、"黄果树"等烟的味道要纯正得多，当然，那时的经济也只允许我们吸五毛以下的香烟。宏声公司兼并了"重庆卷烟厂"后，这个牌子不复存在，对于老重庆的烟民来说，它成了一个遥远的记忆。

"轰……"一盆水从天而降，将我和躲在厕所最后一格悄悄吸烟的欧阳、大千淋成了落汤鸡！

之所以判定是一盆水而不是其他，因为这之后没有后续。

我们几人迅速地交换了眼色，除了惊愕以外就是——他奶奶的，谁干的？居然敢暗算我们！不约而同地伸手一起去拉厕所的门闩。走出格子，我拧开了水龙头，漱了漱口，想借此消除口中的烟味。我们的队长、教导员和区队长这些领导是不吸烟的，不吸烟的人对烟的味道非常敏感，更何况这些人都曾经是"老飞"，嗅觉器官相当灵敏。吸烟的人都知道，吸烟以后吃一个柑橘可以消除烟味，可是这时正值六月黄天，而且我们身在军营，上哪里去找这玩意？所以只有就地取材了。

"找死！"刘大千率先吐出了这样一句话！元宝在不久之前出的风头，让大家都明白一班这个集体不是好惹的主，身为班副的大千有足够的资本说这样的话。

我把风纪扣整理了一下，然后迅速地窜出了厕所，欧阳、刘大千、王伟也紧紧地跟在身后。

走廊上有个高大的身子背对着我们。

"吸烟了？"

崔队长！

该死！是我们自己找死。

我们挺直了身子，面对着崔队长的背部连大气都不敢出。

"别告诉我你们是在烧废纸！"他转过了身子。

他说得很幽默，可我无法从他的脸上看出任何的表情，哪怕是愤怒！

"是！"我学着崔队长的样子去磕脚后跟。

"是？"他朝我走了过来，离我不到两步的时候站住了，"你！关山！跟我来，其他人回去！"

当我跟着崔队一起走到他的办公室的时候，却发现欧阳他们居然也跟了进来。

"你们干什么？叫你们来了吗？"

"报告！没有！"欧阳立正回答。

"报告！我觉得这事是我们一起干的，就应该我们一起承担，而不是他关山一个人！"刘大千很仗义。

"扯淡！"崔队不是张天啸，他把手一伸，我们只好乖乖地交出了烟和火柴，因为他真敢搜我们的身，且做得光明正大、做得理直气壮。收缴了我们兜里的烟和火柴，狠狠地批了一通，并且要求我做出书面检查，然后把我们轰出了他的办公室。

只要我关山写检查！

我张嘴想问队长，同时还想问为什么在任命我为班长的时候和教导员会发生意见分歧。

我却张不了这嘴。

想来，提菜刀砍人这事在人还没到这大院的时候，已经在这大院传开了，张天啸不就提了这档子事儿吗？作为教导员，他没有理由不知道。

教导员姓韩，大名耀光。根据韩教自己说，当了六年的教导员，我曾经为这个"据说"迅速地算过一笔账，他起码是70年代初期入伍的老军人，兵龄少说也有十五六年，可是我却无法推算出他的实际年龄。先是有张天啸清理我的从军第一仗，接着抽烟又被崔队抓了现行，再加上人还没到大院，提刀砍人的事就已经传到学院里。队长、区队长都要我写检查，这些事如果韩教知道了，会让我做什么呢？

我想不出。对崔队长我是敬畏，敬畏他一身高大威猛的军人形象；对张天啸，我相信许多战友都一样的感觉，就是不"甩"他。不就先穿几年军装嘛，本身就是待提干、畏手畏脚、患得患失；可是韩教，在心里对他有着莫名的说不出的感觉，也许本身就是教导员的身份，首先在心理上就想疏远他。

我决定只承认抽烟。被崔队抓了现行,想不承认也不行,对打架这事只字不提。我不想把这事整大,大到让教导员过问的份上。有些事情,承认了比不承认死得还难看。

避重就轻!

在提笔写检查的时候,欧阳和刘大千笑嘻嘻地望着我。

"去!你俩一边玩去!"我驱赶二人。

"不行,怎么也得'观摩学习'。我觉得啊,今后将要长期地跟这玩意打交道,所以首先就得向班长学习,欧阳你说是不?"刘大千没有幸灾乐祸,却是一副志存高远的样子,这样子在我看来怎么都有点不厚道。

"一起干的事,干吗让我一个人写检查呢?"

"因为你是班长。"欧阳说,"所以你现在就得让我们学习学习。"

"学习个啥?一式两份!我可没闲工夫跟你们扯。"我有些无可奈何。

"找拓蓝纸!"刘大千立即给我出谋划策。

"为什么要写两份?为了加深认识?"欧阳追问了一句。

当二人得知是为了跟施舜牛那一仗被张天啸逼着写检查的时候,欧阳不干了。

"凭什么嘛!是施舜牛主动挑起事端的,凭什么要你写检查?要写也是他施舜牛写,而不是你!还有这检查要写也得是给队长教导员他们写,给张天啸……"欧阳公开地表示了他的不屑。

"毕竟他是我们的区队长,不管他是干部还是准干部!首先,我们起码在表面上要尊重。"刘大千开始分析目前的形势,"如果这事让他下不了台,恐怕今后他每天就会盯着我们,没事也得找事出来。"

我说出了只承认抽烟不承认打架的想法。

"我还是支持你!"欧阳很严肃地说,"谁让我们是老乡呢?"

"这样说来,我就得出卖那老乡了。"大千看了欧阳一眼。因为施舜牛是他的老乡。

"什么叫出卖?"我发现刘大千的脑袋转得比我和欧阳快多了。

我眨了下眼睛。

刘大千对我笑了笑,转身出去了。

他肯定是找施舜牛去了。既然我不想承认打架，而事实上我已经打了，可是这个不承认就得做得完美一点。我眨下眼睛，他已经明白我想干什么，要他干什么。这个人不是一般的聪明。

当我写得差不多的时候，大千回来了，一脸的笑意。

"搞定！今后不会再提这事了。"

怎么说服施舜牛这头牛的细节我不用去猜想，只是没隔多久我就听见张天啸在对施舜牛发火。

"你自己摔的？既然是自己摔的，你为什么要说是关山踹的你？我说新同志你怎么能这样做呢？这不是破坏战友之间的感情吗？你怎么能这样呢？"

把检查交给崔队的时候，同时还递交了一份辞去班长的申请。列举了诸多的事实说明我缺乏管理经验，起不到带头作用，无法与班长这个"军中之母"的称号挂上钩。崔队直接将申请塞到了抽屉里，然后看了看检查说："认识还算深刻！我说关山，你能不能少给我惹点事？打了架还串通战友一起帮你做伪证，你到底要干什么？难道这就是我崔齐山招的兵？"

崔队的表情跟我老爹有点类似，失望！

所有的一切都没能逃过崔队的法眼。

我昂着头，挺直了身子，目不转睛地看着队长，不做任何解释。根据多年调皮的经验，这个时候如果去解释什么，往往后果比解释还糟糕。

"你回去，把你怎么打架，怎么想不承认，怎么教唆着你的战友一起串供这些经过写出来，包括你自己的想法。别跟我玩虚的！"

事情到了这地步，敢玩虚的吗？崔队长的这招写经过比要我写任何检查更狠！

当我把经过交给崔队的时候，他却看也不看，用从我这里收缴过去的火柴点燃了它。

"尽整这些东西，关山，你飞不出来！"崔队望着眼前的青烟说道。

"凭什么说我飞不出来，就因为这？你小瞧人！"我不服气。

"我后悔把你招来了！"

"你可以把我退回去，但是退回去以前，我必须是飞行员，合格的！"

"是吗？天天带领着战友抽烟就合格了！"

"我能飞出来！"

"哦！嘴巴上能飞就飞出来了！"

"赌一把，怎么样？我飞出来了，你手板心煎鱼给我吃！"我想起了周歪嘴对我的不屑。

"行！我陪你赌了。"他拉开了抽屉，将辞职申请拿了出来，"在开赌以前，先得把这个给我收回去！关山，我警告你，少给老子耍花枪，这个班长你不但要当，还必须给当好了！出一点问题唯你是问。"

"强买强卖啊？"敬礼，退了出去。

走出队长的办公室，却发现，上了老大的一个当。

关山你不是很嚣张吗？写的经过他根本不看，直接烧了，首先在气势上就把你压了下去，紧接着用"飞不出来"几个字来刺激你的大脑，然后是"后悔把你招来"扰乱你的神经。一步一步带进了他的圈套，我居然很听话地跳进了他的陷阱，而且还让我自己主动提出打赌。

当我明白这些的时候，已经晚了，赌局已成。

第六章　学雷锋标兵

　　一个月以后，也就是在"八一"建军节以后，我们尊敬的崔队长宣布，新兵入伍政治思想教育活动暂时告一段落，我们将像老学员一样进行文化学习、体育和军事训练。

　　"在即将到来的紧张训练生活之前，先带你们去熟悉熟悉这个城市。"崔队长说。

　　在被关了一个月以后，崔队长宣布的消息，让我们欢呼雀跃。不仅仅是可以出去看看这座城市的风景，而是这一个月的各种教育把我们都整烦了。一个个精得似鬼的家伙，一到队列训练，除了立正稍息，其他什么都变样。路也不会走，步也跑不好。以为队长、教导员会生气，没想到他们还挺有耐心。我们也奇怪，平时不是好好的吗，怎么一上训练场，千奇百怪的洋相都会出来呢？顺拐的、撅着屁股跑步的、身子左摇右晃的，要什么样有什么样。我常常出现的情况就是顺拐。

　　抱着把自己锻炼成为"好儿童"的目的，更为与崔队长的那赌约，把这些都忍了下来，却无法忍受晚餐稀饭馒头对我的折磨。南方来的孩子情况都跟我差不多，这才理解教导员所说的必须过的三关之一的"饮食关"是什么概念。杜翔鹏利用帮厨的机会用辣椒面做了一大盆红红的油辣子出来，和在菜和馒头里，暂时解决了饮食关，可这也不是长久之计啊。

　　杜翔鹏我们叫他阿杜。第一次早餐的时候，那稀饭清澈见底，我以为是洗碗的水，直接把碗扔进去，招来了崔队的臭骂。阿杜却把头一扬，转身走了出去。他的区队长拦住他，问他想干什么，他说："没吃过这样的稀饭，不爽，这兵，老子不当了。"哈得区队长在那里半天不语，思索崔队长这次到重庆都招的是哪路神仙，关山我一进门就抡胳膊抡腿，这个杜翔鹏根本视他区队长为无物。

不承想崔队却因为这事让他做了四班长。

我原以为会是学院派车送我们出去观光，没想到队长带着我们直奔火车站，而且是跑步行进！当我们一个接一个、上气不接下气如同散架般地从火车站回到学院时，崔队长早在那微笑着等我们了。

他见人到齐了，立即整理好队伍，然后用很平淡的语气说："从学院大门到火车站，地图上的距离是8.6公里，来回就是17.2公里，这账你们谁都会算。今天已经跑了一个来回，同志们都值得肯定，没有一个喊受不了的，在此我飘扬一下大家（他没有说表扬，而是和我们一样说的飘扬）。今后，每周一、三、五早上，就像今天这样整一个来回。"说完，他看都不看我们一眼，甩手就回了宿舍，留下我们这群孩子你看我，我看你，就差当街跪倒。

天！17.2公里！一周三次！

原以为体育训练就是这样的长跑，事实上，这只是其中微不足道的一个小儿科项目。单、双杠我们得学完一到八练习，在学习这些之前是教官带着我们小跑一千五百米。器械训练完以后，"老佛爷"掐着秒表开始了百米短跑训练。

"老佛爷"是我们赏赐给体育胡教官的雅号，以至于我到现在都想不起他的真名叫什么，大千说他人面兽心，所以叫"老佛爷"。他粉碎了我们所有的自信和骄傲。长短跑、单双杠、旋梯、滚轮任何一个项目，自己认为拿得出手的，都可以向他挑战，只要赢了其中任何一个项目，这个项目就可以不练了。他唯一的一次失败是输在十队的黄超手上，他不知道黄超是"跳马王"楼云的师弟。战胜不了"老佛爷"，我们就得拼命地练，直到战胜他为止。后来，从地方大学招了不少飞行学员，那些家伙每一个尾巴比我们翘得还高，都比我们骄傲，可是，这些人，跟我们的结局一样，进了这个大院，不出一个月，那些骄傲，没了！首先就是被我们的这些体育教官给打没的。

"不但需要耐力更需要速度，强健的体魄是作为飞行员最起码的条件，否则你就是那百分之七十的淘汰对象之一了。我先告诉你们这个大院的精神，那就是剩者为王！'剩'者不是胜利的胜，而是剩下来的'剩'。"

"老佛爷"如是而言。

这是我们第一次听到"淘汰"这个词，它离我们是那样的遥远却又是这样的近。"剩者"本身就是达尔文所谓的"适者"，因为适应，所以剩下。剩者，还意味着有出头的机会，而被淘汰的，却连翻本的机会都没有。我们虽然没参加高考，可是，这比高考来得更加残酷。高考失败了，还有补习重新来过的机会，而这里，没有！

"飞行无小事，你们的人生没有补习；百炼成钢，剩者为王。"老佛爷说。

在电视上才能看到的自由体操也进入了我们学习训练的范围。

刚刚进这个大院的时候，除了引体向上能拉10来个，单双杠的其他练习我都做不了，因为腹肌差，更因为技巧掌握得不到位。一般说来，个子高了，做这些动作都比较难，你看看那些体操运动员有几个是超过了一米七的？可是同样和我个子差不多的欧阳和大千做起单双杠来，却比我轻松得多。每次欧阳、大千把我费力地弄上单双杠的时候，潘一农在边上笑开了花。作为一班之长，这很让我没面子。

当大千第N次托着我身子弄上器械的时候，那眼神分明在告诉我：你凭这个就能当我的班长？

大千是个聪明的孩子，所以他那眼神很神秘很短暂。恰恰在这短暂的一瞬间，生生地刺痛了我。我松开了抓住单杠的手，于是，身体做了自由落体运动，砸在了沙坑里。

我躺在了沙坑里，两眼直勾勾地盯着天上飘忽的白云。那一刻，很绝望，认为这不是力量和技巧的原因，而是协调性的问题。于是认定自己根本就不是干飞行的料。如果真的是这样，无论怎么练我都属于被淘汰的主。

崔齐山的赌不是没有道理，这一刻，我认为。

蓝天上飘忽的白云，让我听不到周围的声音。

欧阳把脑袋凑过来，用手在眼前晃了晃，发现我一直直勾勾地看着蓝天，没有一点动静，于是大叫了起来："胡教官，关山他……摔死了！"

这天晚上自习结束，我将大千拉到了宿舍的楼顶。

我们的宿舍是那种年代很久的红砖建筑。当年小日本在这里修了许多工字形的房屋，据观察，我们的宿舍不属于小日本留下的。自从躲厕所抽烟被崔队逮了个正着以后，我把据点转移到了楼顶，踩着三楼的窗沿不费力气就可以翻上去。欧阳笑着说在跟队长教导员玩猫捉老鼠的游戏。我纠正了他的说法，准确地说是游击战术，打一枪换一个地方。这楼顶后来成了我们的根据地，原因有二：一般情况下队长教导员他们碍于身份不会干这种翻窗子的事儿；在楼顶，天高云淡，微风吹过，自然是灰飞烟灭了无踪影。

我抛了一支烟给大千，自己也叼上一支，点上。

"我是独儿。"我望着鼻子前面火红的烟头说，"家里两个姐姐一个妹妹。"

大千也点上了烟。

"我也是。"大千吐出了一个烟圈以后说。我从单杠上摔下来，作为保护人，他吓得够呛。

借着月光，看着这烟圈，很飘忽，就像摔下来时看到天上的白云那样。拉上大千，是因为他那眼神刺痛了我，在这个班，谁都有能耐做这个班长，首先不服的就是我的这个班副；还有欧阳，他只是碍于老乡的情面，无法去捅破；施舜牛不是一来就想给我一个下马威吗？王伟也不是个善茬，最起码他在单双杠上的翻飞就证明他比我这个班长强。我踹施舜牛那一脚，只是为了今后活得有尊严。

"到这里来，我觉得很意外，这辈子，我没想到自己会当兵。"我说。

"这里不是理想能够规划来的。"大千呵呵一笑，"在此之前，我们有谁知道这学校呢？"

"入伍动机也没那么崇高和伟大。父亲希望能够通过这里的纪律约束我，改变我，别太捣蛋。"

"我们都让父母、老师和周围的人头痛。我只有一个姐姐，父母特别疼爱我们俩。每每到夏天，父母都要提心吊胆，我总爱吆喝着我的那些玩伴去运河游泳。大运河每年都要淹死许多人，每到暑假我都是在河里和父亲躲猫猫，逮住以后免不了挨一顿揍。有次，在床上整整趴了半个月，刚刚能下床了，又钻到水里去了。"

大千的话让我想起在家的那些暑假，父亲拎着棍子沿着长江寻找我的样子，我的屁股曾经无数次"开过花"。

我将夹在手指上的烟头弹了出去，火红的烟头在夜色中画了一道漂亮的抛物线，落在了围墙外面的人行道上。

"虽然认识不久，但是直觉告诉我，你是个值得交往的兄弟，在许多方面比如经历，比如性格，都很相似。坦率地说，我没当好这个班长，也没那个能力，不仅仅是指我的器械。器械这玩意通过努力，可以达到最优秀，而是管理能力的问题。就目前来看，班上出现的那些问题，比如元宝喂猪，说了多少次，他听了吗？我有班长的威信吗？没有！还有你，别告诉你心里没有想法。"

直接把事情的要害抛了出去，我知道面对聪明的人，对于一些关键的事情和问题，要么永远别说，要么就直奔主题，否则遮遮掩掩吃亏的肯定是自己。

大千笑了起来，他明白拉他上来的目的不只是为了吸烟，可没想到我会直奔要害。大千像我那样弹出了烟头，眼睛死死地盯着我，然后放声大笑。

手里没了烟，心里的那些东西揭开，大家都只能直接面对。

"关山，在这之前，如果说我对这个班长的任命没有想法，那是假的。你凭什么做我们的班长？就凭一脚踹趴了施舜牛？原来以为是这样，所以在许多事情上是配合着你去完成。现在不得不承认差距，我明白为什么你是班长而我是班副了。因为你比我男人得多！"

我不想做这个班长，他刘大千做也好，欧阳长河、王伟做也罢，谁愿意干谁干去，我只是来这里改变自己的，对于这个班长我真的没什么想法和欲望。我不想做这个班长，也没想去抢这个班长来做，提交辞职申请绝不是以退为进，而是知道自己有几斤几两，没有能力带好这个班。并且，不做班长，还可以很好地完成跟崔队的那一赌。

后来，大千告诉我，他也是在那一刻改变自己，从被动到主动地配合。我慢慢明白，不是没有管理能力，而是缺乏管理经验，谁又是生下来就是领导的料呢？这次彼此坦诚的交流，拉近了我们的距离。常常想如果不是这次主动出击，后来的管理工作也许会碰上许多许多的难题和麻烦。

打那以后，每天晚上睡觉前，为了弥补力量的不足，我都会躺在床上做仰卧起坐和俯卧撑，50个为一组，每天完成10组，折腾一身臭汗后，稍事休息，跑到洗漱间冲洗干净。开始，欧阳和潘一农在边上加油呐喊助威记数，到后来他们没了加油的乐趣，自己也躺在床上或者趴在地上开始锻炼起来。

"天将降大任于斯人也,必先苦其心志,劳其筋骨,饿其体肤,空乏其身,行拂乱其所为,所以动心忍性……"欧阳每次运动的时候都要背《孟子·告子下》。

"在中国,石家庄陆军学院和大连陆军学院为争夺谁是'中国的西点军校'明里暗中较着劲,当他们了解到我们学院的学习、训练和生活以后,两个学院再也不争了。"休息的时候,"老佛爷"盘腿坐在地上和我们聊了起来。

"为什么呢?"潘一农很好奇。

"他们只说了一句话,这里是中国军校的骄傲,你们都不争,我们还争什么呢?""老佛爷"回答。

"那是!"我挺了挺腰。

"可是,我还是不明白!"我望着胡教官,一脸的虔诚,"我们拿什么和人家资本主义的西点去比?那可是世界上四大军校之一啊!"

"长人家的威风做啥?四大军校里也有中国的嘛。"欧阳顶了一句。美国西点军校、英国桑赫斯特皇家军事学院、俄罗斯伏龙芝军事学院以及中国黄埔军校并称世界"四大军校"。

"西点很牛,这没错!可是他们的那些学员有你们牛吗?"胡教官反问了一句,不等我们回答他自己继续说了下去,"西点招生对象是年龄为17岁到22岁的未婚高中毕业生,经政府高官如副总统、国会议员、陆军部高官推荐、考试和体检后择优录取。考试范围包括学业能力倾向测验、体育等。你们想想你们自己是怎么到这里来的?如果仅仅是靠推荐你们能来这里吗?起点就比他西点要高得多!"

"政治教育的时候,邰教官说我们是站在同一起跑线上的,和西点比,哪一个训练更残酷?"施舜牛接了句,眼看这头牛就要跑山那边去了。

"到底是西点的训练残酷,还是你们更艰辛,我们拭目以待!""老佛爷"很亲切,可是这个亲切却让我感到里面有一丝同情。

"我不喜欢把我们学院比作西点!"我坚持我自己的看法,"如果要摈弃自己本身,硬要拿什么来形容的话,我觉得用'空军的黄埔军校'更适合一些。"

"是啊！是啊！毕竟黄埔初期为我党我军奠定了军事斗争基础。"欧阳支持了我的观点。

"我们虽然在这里不到两个月的时间，了解不是很多，但是经过之前大半年的体检、考试、政审这些东西下来，对这地方已经有了感情了！"

"老佛爷"胡教官看了看大家："至于感情是爱还是恨，这个问题时间会给一个答案，而你们目前最主要的任务就是成为合格的飞行员，你们的路还很长。现在，还是从最基础的开始吧。"

刘大千曾经这样写过："滚轮左打200，右打200；旋梯前翻300，后翻300。浩浩乎如冯虚御风而不知其所止，飘飘乎如遗世独立羽化而登仙。天是那样的蓝，蓝得让人想晒被子，却怕被染蓝了；地是那样的白，白得让人想晒被子，却怕被漂白了。"

不得不佩服刘大千的语言天才和活学活用。他常常把我们枯燥生活中的一些事情用很滑稽幽默的语言串起来，开始听的时候云里雾里，静下心来一想，不禁哑然失笑，笑完以后却带着一份说不出来的酸楚。

元宝成了本队"学雷锋标兵"。

在这之前，大千是"体育训练标兵"，欧阳是"文化学习标兵"，我是"军事训练标兵"。大千无论长跑短跑还是器械都是队里的第一，欧阳的文化学习一直都比我好，招飞考试的时候，就是他拿的重庆的第一。而我自从看到崔队第一眼起，就被他的军人姿态所折服，穿上军装以后，举手投足之间莫不以其为样板，更因为赌约在身，不得不付出比他们还多的精力。同时身为班长，必须担负起责任，做一份表率。

可是在队委会上，我却对树立元宝这个标兵发出了杂音。

元宝利用午饭和晚饭后的时间去帮厨，这个帮厨却不是帮炊事班烧火切菜洗碗什么的，而是担着潲水桶去喂猪。是什么时候开始有这个爱好的，现在已经无法考证，有人说是元宝在发出"雷锋不可学"的论断之后的第二天，被邰教官的教育深深地感化了。可是，我不这样认为，总觉得元宝喂猪有些目的不纯，为这，我和大千没少进行过劝告：咱们是来干什么的？学习飞行的！喂猪就能喂出驾驶飞机的本事？当兵的都这样去学雷锋，是不是打仗的时候都担着潲水桶？

"哥们，你应该扛着扫把去扫走廊和马路，这样才会吸引广大人民群众的注意。"王伟一针见血地指出元宝喂猪的目的。

"可是,清洁是划分了区域的,连床底板韩教张区队都要戴着白手套检查,元宝到哪里去找垃圾清扫!"潘一农反对王伟的说法。

"干脆这样,元宝,我们的臭鞋烂袜子脏衣服你给承包了,这样我们才能充分体会到你学雷锋的诚意。"欧阳很真诚地建议。

"我可记得有人曾经说过雷锋不可学的!"施舜牛被我揍趴以后,平时跟在我们屁股后面很少开腔出气,这个时候忍不住跳出来揭短。

对他的揭短,我很不感冒。我们一直就在避着"雷锋不可学"这个论点,那可是我们踏入这个大院以来吃的第一个败仗。

在广大人民群众也就是我们一班绝大多数的战友帮助下,元宝认识到喂猪的危害性和这样做带来的后果,并在班务会上做了深刻的认识。认识完了,他照样我行我素,依旧风雨无阻地担着他的潲水桶去喂猪。

我真的有点不耐烦了!总想,崔队如果不让我当这个班长,多好!其实我在乎的不是这些东西,不就出点风头嘛,都是十七八岁的年轻人,谁不想引起别人的注意和重视?刚刚踏入这个大院,都想努力地表现自己,这些东西是再正常不过的事情。大千、欧阳、王伟等人都各有绝活,都有吸引别人眼球的本事,元宝除了长跑有时能和大千叫下板外,其他拿得出手的本事实在没多少。由此可见,他带着推子入伍的行为也跟喂猪差不多了。给大家理发这样的学雷锋行动,大家都支持,并且元宝的手艺在我们的头上也有所提高。而对于喂猪,我不感冒,担心元宝这样长期地脱离群众,放单飞,早晚会整点事出来。

自从队长教导员把这个班集体交到我手里,隐约地知道了一些东西,知道自己应该肩负起什么样的责任,更不用说这个班出了什么事崔队要唯我是问。有时,会对以前在初高中时期的那些调皮捣蛋有所反思,常常想以前如果我任过班长副班长什么的,打小就积累起管理的经验,对于这个班的管理也许不会像现在这样的累。这个班集体真出了点什么纰漏,恐怕不是想做个"好儿童"那样的简单,真就如崔队所赌的那样。这个班集体让我累,生怕这些家伙整点什么事情出来,而且这些人,不出事则已,一出事就会惊天动地。从某种意义上来说,我们都不是真正意义上的"坏儿童",只是因为年轻,因为好动,因为怕寂寞,本质上都不坏,却常常会因为聪明反被聪明误。

我很不客气地对元宝进行警告:"你他爹的有那精力和时间,把队列动作给练好了都!你看你那跑步,每次我一下口令,看到弹出来的就是一个肉球,完全就是对队列条令的亵渎和玷污!"别人跑步先迈腿,而元宝却是先撅屁股,然后才是出腿,加上他一切都是圆的,稍微站远点就只见一个肉球翻滚。大千和欧阳无数次地想模仿元宝这个动作均以失败告终,每一次的模仿都让我这个军事训练标兵恨得咬牙切齿。

这话传到了张天啸的耳朵去了,在这个参加了1984年国庆阅兵的老兵看来,我的话无疑是对的,但是说这个话的对象和目的却不单纯了,于是我再次被他叫到了办公室。

元宝喂猪这事就这样通过张天啸传到了队长、教导员耳朵里。队长的意见跟我差不多,不提倡也不反对。教导员却觉得是好事,应该加大力度进行宣传,成为典型,树立榜样。

"我不反对学习雷锋,而且应该更深入地学习雷锋。但是,我反对树立这样的标兵。"在队务会上我率先提出了观点。

韩教睁大了眼睛盯着我,崔队却是不动声色地翻着自己手中的笔记本。

"众所周知,飞行是在三维空间内进行的,飞行状态瞬息万变,飞机设备异常复杂,是一项复杂的集脑力、体力于一身的特殊劳动。要成为一名飞行员,必须具备更高、更严的综合素质。所以王海司令员对我们提出了八项素质的要求,这就是必须具有崇高的理想、高尚的道德、宽广的胸怀、丰富的知识、过硬的本领、严格的纪律、顽强的作风和强健的体魄,可是你关山作为一班之长不但不带头执行,相反在思想上首先就放松了对自己的严格要求。我建议,关山同志应该端正自己的思想认识。"张天啸率先发难。这个榜样是他提议的,并且得到了队领导的认可,关某人却冒天下之大不韪,不仅仅在思想上不够重视,并且在行动上更没把区队长、队领导放在眼里。所以他一上来就上纲上线,把我的反对与"八项素质"的要求挂上了钩。

问题有点严重,已经上升到了政治高度。

"我军实行的'三大民主'其中一条就是政治民主,所谓的政治民主就是官兵政治上平等,只有职务和分工的不同,没有人格的贵贱,都是军队的主人,都有关心军队建设、关心国家大事的权利。干部尊重战士的民主权利,发扬民主作风,实行群众路线。战士参加连队管理,并有权批评和监督干部。所以完全没有必要把反对的理由上升到'八项素质'的要求上去。"韩教纠正了张天啸的说法,"让一班长把话说完,我想知道一班长反对的理由是什么。"

队长依旧翻着他的笔记本。

参加会议的其他三个区队长和十二个班长也都盯着我,我清楚地知道自己目前所处的位置。自从崔队一脚踢开了那房门,将我安排在第一床以来,我就模糊地意识到自己所处的位置,直到正式任命班长,经历了一些事情以后,我领教了什么叫风口浪尖。别说全队一百三十多号人盯着我,仅仅眼下参加这个会议的人这些人的目光就有好受的。一班长不是谁都能做,也不是谁都能做好的。我也做不好这个班长,一直不停地激励着自己,给自己打气,每一步都想走得端正稳当。可是每次迈出步子以后,血液里的不安分却总是事与愿违。所幸的是这个班的兄弟都能折腾,这样那样的红旗和标兵都往家里扛,如果仅仅靠我和大千二人去努力,我俩也折腾不起来。照常理来说,一个班集体里又多增一个标兵,作为班长应该是非常高兴的事儿。而我却提出反对,这不是没事找事吃饱了撑的?

"树立元宝成为标兵这个事从本意上来说是好事,可我却担心因此而带来的负面效果。就如区队长说的那样,我们干什么来的?就是为了学习飞行。我觉得,首先要弄清自己到这里的目的,找准自己前进的目标,并且为这个目标而奋斗。不是为了引人注意而去投机取巧。我不反对学雷锋,但学雷锋要与自己的实际结合起来,干好自己的本职工作才是最好的学雷锋。这是我想表达的第一个观点,仅仅代表我自己,与一班无关。"

队长抬头看了我一眼,没有表情,看不出是赞扬还是否定。

"第二点,我班已经有了军事训练、体育训练和学习训练标兵,如果再加上一个学雷锋标兵我不反对,可是什么荣誉都让我们占了,这会激起公愤的!如果枪要打出头鸟,我现在就准备先挨打。"我说得很狂,狂到忘记了自己的身份,换现在的说法,很二。

"放肆!"崔队把手中的笔记本摔在了桌子上。

我把身子挺直了,完全就是一只等着挨打的鸟儿。我知道队长为什么发火,因为我的确放肆了。一直不明白张天啸所说的教导员和队长在关于班长任命上的歧异到底是什么,抛出这第二点,不是想激怒队长,而是想等韩教说话，只有他开了口我才明白这歧异在什么地方。

我激怒了队长，可是韩教却什么话也没说。从目前的形式来看，二人的配合还比较融洽，无懈可击。

队长当即取消了我的"军事训练标兵"，理由就是我们要求的是"又红又专"的飞行学员。队长说出这个"又红又专"的时候，他自己也笑了起来。我明白他这笑的意思，他不会取消我的班长，虽然一开始在对班长的任命上是轮流担任班长，锻炼大家的管理经验，大家都处在同一起跑线上。可是按照一班的发展形势，这个一班之长目前尚未出现候补对象。再联系上张天啸所言之歧异，无论怎么放肆，我这个班长的位置还是比较稳的。

在队长说出"又红又专"以后，韩教及时地跟进，发动了在座的区队长、班长对一班长的两点意见各抒己见。在这之前因为我说了枪打出头鸟这话，所以大家的批评帮助的言辞也不敢太过火，在各班长的言辞里，最严厉的是四班长杜翔鹏，批评我是目无组织目无领导，因为班里有了几个标兵就骄傲自满，目中无人。四班长一边进行着控诉一边眉眼含笑地看着我，很真诚的样子。我也眉开眼笑地望着他，很真诚地接受的样子。

批评和被批评之间配合得非常默契。

可是张天啸的批评就没有大家这样温和了，他说，"首先，在我们区队出现这样的骄傲自满的现象，作为一区队之长，未能发现这些思想上自由主义和骄傲自满深深地自责，这是在工作上的失职和马虎，我首先做个自我批评。"自我批评完了以后当然是批评，可是他这个批评就扯得有点远了，把痛打施舜牛一事端了出来，再联系上入伍前提刀抹人脖子事件，说明一班长对反对树立雷锋标兵是有其历史根源和思想动机的。最后他还是把这些责任扯到了自己身上，说自己参加了天安门阅兵，躺在功劳簿上睡大觉，自己区队的班长在思想上发生了这么大的变化而自己依然不知不觉。

四班长的批评是眉开眼笑，张天啸的批评却是横眉冷对。

崔队打断了张天啸的批评与自我批评，他将我提刀挟持人一事提了出来，讲了整个事情的经过，然后说："这事今后请大家别再提，一班长这个学员是我招的，并且得到学院白政委的首肯。他的这个行为我自个儿觉得没有什么不好，我们是干什么的？军人！军人就得有血性。如果没有血性，我想，他作为军人首先就不合格。"

崔队的发言让杜翔鹏悄悄地在桌子下面对我竖大拇指。其实崔队这话摆明了告诉大家，谁若一而再再而三地对我关山那提刀事件纠缠不清，就是跟他崔齐山过不去，是对崔齐山眼光的否定，是对他招兵工作成绩的否定，是对白政委在政治上把关的否定。

"对于关山同志，大家都清楚，如果真正在政治上有不合格的地方，他现在也不会和大家坐在一起了。如果总是纠缠在别人的过去上，怎么能够用发展的眼光去看待我们的同志？过去的事情到此为止。大家来到这里，都是处于同一起跑线上，过去怎么样只能代表曾经，不能代表将来。今天开这个会议的目的不是针对关山同志的骄傲自满，而是要树立我们学习的榜样，关山同志刚刚提出的两点反对意见，我仔细地想了一下，不是没有道理。第一点，其核心是学雷锋的态度的问题，也就是怎么去学雷锋，如何学雷锋，如何学好雷锋。学雷锋不能形而上学，更不能做表面文章，如果说是为了做给大家看的，那么首先在学雷锋的目的、动机的不纯上，是对学雷锋的亵渎。而第二点，关山同志没有完全表达清楚他的意思，他的意思是要大家共同进步，而不是一枝独秀。一花独放不是春，百花齐放春满园，如果仅仅是一班这样那样的标兵全部拿了过去，那么在座的诸位没有存在的必要，明天就可以卷铺盖回去了，继续下去也就是浪费军粮，只针对一班进行训练就可以了。同志们，我们应该认识到来这里的目的和任务，严格按照王海司令员提出的飞行员的'八项素质'去要求自己，这样才能培养出更多合格的军队栋梁之才。"韩教发表了一通演说，把刚刚诸位的批评与自我批评全盘否定。韩教强调了学雷锋的重要性和必要性，同时也说明了树立元宝这样的学雷锋标兵之深远意义。

开完会以后，我觉得很累。心累，为元宝，也为自己。这累却无法去向任何人诉说，如果仅仅是只当个"好儿童"，完全没有必要在会上去提出反对意见——做为一班之长只需管好班里的训练和学习。更不是因为崔队要唯我是问。隐约觉得更多的是责任，而这个责任却很模糊，不仅仅是为这一个班。

大千和欧阳在小树林里找到了坐在地上背靠小树一脸茫然的我。

他们知道了张天啸在会上提我当兵前的事儿，二人有些愤怒。

"哼！不就一停了飞没提得了干的学员嘛，还真把自己当回事了。"欧阳不屑。

"他如果真的提干了，还不会这样，正因为处于待提干的时期，所以才这样。"大千开始分析起来，"我们已经够累的了，还整这些事，不是更累吗？没事找事！"

"其实我很佩服崔队，他能够那样地去说话！"我说。

"他不那样做就等于他的脸让别人扇了，关山你、欧阳和阿杜是他招的，再怎么不是，在这个队，轮不到别人来说什么。"大千说得很实在。

"我还是担心元宝，真正的担心，我怕他利用这个喂猪干点别的什么。在这里，我自个儿觉得我们大家都要抱成一个整体。"我掏出了一包"重庆"，撕开了包装，一人丢了一根。

"队长没收缴完？"欧阳一边点一边问。

"废话！他是猫，我们是耗子，你什么时候见过耗子被抓完过？"

"刚刚班长说什么来着？对，就是大家要抱成一个整体，我的理解就是无论好和坏，都要齐心，一班如果要坏，也是整体地去坏。"大千为我的话做了补充，"所以，当务之急是把元宝拉回来，拉回到一班这个整体来。"

"当务之急不是元宝，而是张天啸。他完全就像一条狼犬一样盯着我们，如芒在背。"欧阳说。

"呵呵，他走入了误区，他把我们当成了他进步的阶梯而不是他的战友、他的兵。"我吐出了一串烟圈。

二人看了我一眼，然后笑了起来。

这两小子明白我想干什么了。

可是，还没等我们能干什么，吸烟行为就让张天啸给发现了。

然后，韩教理所当然地也知道了。

点就是这样背，难逢难遇吸一次烟，总逃不过领导的法眼。韩教没有像崔队和张天啸那样要求我写检查，他来了招更狠的。他决定写信把此事告诉我老爹。

这让我很愤怒！

在我老爹眼里，我就是那种在他的能力范围内无法挽救的"坏儿童"，把我交给部队，也是希望通过部队铁的纪律能让我有个正形，不再作奸犯科，更希望能够把聪明用到正道上，能够有所作为和有更大的发展空间。

队领导和老爹在目的上是非常一致的。可是，无论什么样的目的，我无法接受韩教要写信给父亲告诉不良表现的这种做法。

　　"给我父亲写信，我不反对，因为这是你的权利和自由。但是，你这样做的利和弊是什么呢？我才进入部队没几天，你们就采取这样的行动，还说明什么呢？"差点将"无能"和"平庸"二字吐了出来。可这层意思，作为教导员的他，怎么能够不明白呢？

　　他勃然大怒，却碍于他的身份和地位无法发作。他没要我做检查，而是在军人大会上将这事作为反面教材进行了宣传。

　　家长不请了，却让我在广大人民群众面前颜面扫地。

第七章　拟定口头警告处分

在残酷而有序的训练中不知不觉就到了十月。在遥远的南方，这个金秋的季节，人们还身着单衣，品尝着收获的喜悦。在这里，我们已经开始裹上了制式的棉衣，个个显得身材臃肿。教学楼后面的小湖，不知道什么时候结了厚厚的一层冰，我们这些来自南方的孩子，最乐意做的事，就是敲开了冰层，掰下一块，用吸管在冰块上吹一个洞，然后找条绳子，将冰块串了起来，光明正大地拎着它走向教学大楼。我们严肃认真地干完了这项工作，没想到被来自山西的元宝无情地嘲讽——来自南方的没见过落雪飞花的乡巴佬。元宝为之得到的代价是被我、欧阳、王伟和潘一农这几个南方的孩子无情群殴！

渐渐地适应了学院紧张而又严肃的气氛。通过锻炼，我力量上去了，单双杠也能像王伟那样翻滚自如，终于也弄明白这不是协调性的问题。

一班依旧是一班，班里出现这样那样的标兵班，可这个班始终让我战战兢兢如履薄冰。大家认真地贯彻落实着我的关于抱成一个整体的指示精神。这个精神换句话说就是集体荣誉，可是刘大千同学却演变成就算坏也要整体地去坏。碍于他是我的班副，没及时地纠正。

没事的时候，我们班的几个孩子总爱凑在一起搞点什么事出来玩，连下课的十分钟也不放过。最后实在没乐子可找的时候就伸出手去接天上飘下来的雪花。

"雪花真的是六角形的！"刘大千好像发现了新大陆！

这个来自山东的孩子抓住一片雪花以后惊叫道，似乎真的比我们这群来自南方的孩子看到雪花还激动。

"报告!"潘一农屁颠屁颠地跑了过来。

"我说老乡,告诉你N+1遍了,要稳重,要矜持!你不再是'土匪',你已经是正规军人,你要有解放军的样子!"王伟乐不可支。这时我们正在学《高等数学》的微积分。

"嘛事?你说吧!"吐出这句带有天津味的话以后,刘大千歪着脑袋像看稀有动物一样看着我。

"看嘛呢看?"我冲着刘大千说。

"班座!我发现,甩掉你的四川口音后,说起天津话来居然倍儿遛!"

瞥了他一眼,我望向潘土匪。没事的时候我和战友们总爱相互学习彼此的家乡话,并且乐此不疲,这也是打发无聊时光的有效办法之一。

"我发现教学楼旁边的草地上有老鼠,就是你们四川话里的耗子!"潘土匪向我们报告。

有耗子?在这千里冰封万里雪飘的北国冬天的大地上,居然有耗子!

"走!兄弟们!"王伟兴奋地招呼。

"站住!"我一声厉喝。

按照张天啸的要求,我们在冬天课间休息时以班为单位靠在教学楼的墙角根站军姿。军人的仪态是站出来的,进入这个大院以后,所接受的第一堂正规的军事训练就是站军姿。抬头、挺胸、收腹,双手自然下垂,食指贴于中裤缝,两眼平视前方。这些基本的要素,当过兵的人都知道。然而,知道和养成却是两回事,一个良好的军人姿态,如果没掉几斤汗水是练习不出来的。自打刘亚楼将军拉起空军这支队伍开始,首先在军人姿态上就赋予其与众不同的含义,特别是在对飞行员的塑造上,更是严中之严。

"都给我靠墙站好了!"

潘一农拔出的腿硬生生地被我这喝声给定格了,他回头冲着我尴尬、讨好地笑笑,不情愿地回到队伍里。

"俺有5分钱!"刘大千忽然用童腔山东话说。

"俺也有5分钱!"王伟跟得非常及时。

"俺们买棒棒糖吧。"刘大千。

"不!吾拉(我们,江话)No!"王伟一边有节奏地摇头有节奏地摆手一边继续用童腔说:"吾拉合起来。去买大棒冰。你一口,我一口!"

我差那么一点就被这两个宝贝给乐晕过去。学院里的牛奶棒冰一毛钱一根，非常好吃，在大冬天吃棒冰也就是在那时养成的习惯。

"我打赌！这个季节，不可能有耗子的！"元宝再次蹿了出来。

"不说话，没人会把你当哑巴！实在没事你自己去照看那几头猪去，死老西！老子才把他们的注意力忽悠到棒冰上来！"刘大千恨恨地说。他也看不上这个来自山那边的兄弟，虽然他的老家就在山这边。我的这个副班长在任何时候都始终紧密团结在以关山同志为领导核心的班集体周围。天冷了，元宝依旧坚持着他的喂猪事业，我曾经派潘一农悄悄跟踪了几次，看看这小子除了喂猪还会顺便捎带点别的什么。结果元宝除了喂猪，其他任何事都没干，潘一农却用他那"美能达"单反相机拍了许多照片回来，拍得最多的就是猪圈旁边树枝上一群一群的乌鸦。然后悄悄地把队里的工具房收拾出来当暗房，冲洗那些黑白乌鸦。

天知道哪儿来的那么多乌鸦。

"你赌什么？"潘一农打蛇随棍上。

"元宝，你早就输得倾家荡产了，还能有什么可赌的呢？"欧阳是生怕事情整不大，也主动掺一脚。

我想，男人，只要是男人，好色和爱赌都是他们的天性，这个天性不会因为你的皮肤是什么颜色，也不会因为你穿的是什么衣服而有什么不同。当一种事物出现两种或者两种以上的不定结果时，常常有人愿意付诸一定的代价以待事态的最终裁决。书上说，这叫打赌。赌博是人类堕落和蜕化的开始，而打赌却对人类社会向前发展有着积极的推动作用。欧阳总跟元宝在闲暇时间赌点什么，他用着自己的方式去一步一步地悄然改变着元宝。每次欧阳都变着法地坑着元宝，让他输掉。我常常看着二人的赌乐开了怀，碍于班长的身份不好参与，自己却跟崔队赌了一把，这一赌，是否能达到各自的目的，还得静待事态的最终发展。

"这样吧！如果有耗子，我愿意把这个月的津贴拿出来请大家喝榆树大曲！"元宝急了，生怕这么有趣的事没他的份，因为喂猪大家都对他有看法，时不时总要疏远他，然后再把他拉回集体中来。

他本身成了我们找乐子的一个道具。

"得了吧，就你那点津贴仅仅够买一两瓶酒而已！"我呵呵一乐。

"难道还要让我掏菜钱？不干！"

"这样吧，如果你输了，你买榆树大曲，菜钱是我们几个的。如果我们输了，酒钱也是我们的。"我加了个砝码。

"好！就这么定了！"元宝也很爽快。

刘大千和王伟冲着我直挤眼睛，他俩那个乐啊。

"这家伙也太好骗了！"潘一农嘀咕道。

"你以为他真的那么好上当？"我笑了起来。

正当我们整装去找耗子的时候，上课铃响了。

"怎么还没有我的信呢？"在回教室的途中，施舜牛不知道从哪里冒了出来。

"昨天不是给了你一封吗？"我很奇怪地望着这个山东来的胖乎乎的兄弟，经过这些日子魔鬼般的训练，他的身材的确是苗条了许多，但是离党和人民军队的要求还差得很远。

"不是家里的，其实你也知道……唉！都快两个礼拜没收到她的信了！"

"咦……看不出来，我们的水牛还是一只多情的小蜜蜂呢！"这土匪真的是应了那句俗话，十处敲锣九处有他。任何时候他都不会放过任何一个可以取乐的机会。

其实这不能怪他！我们的生活需要快乐，在那么高强度的军事体育训练、文化学习的情况下，还要时刻承受自己可能被淘汰出局的巨大压力，如果我们再不找点乐子，我想我们会疯掉的。没有乐子，我们就只有自己去找。

剩者为王，我们都不想做流寇。

在这里顺便介绍下我们的训练和学习概况：

5：30 起床，（冬季是6：00）上厕所，简单迅速地解决个人问题。

5：35 出早操。（除了17.2公里的长跑就是队列和体育训练）

6：35 整理内务。被子必须叠得像豆腐块一样整齐，然后打扫室内室外卫生；空军有个优良的传统，天天检查内务卫生，据说，当年刘司令检查内务的时候，戴着白手套，专门摸比如床板下那些平时看不见摸不着的地方，以白手套没有痕迹为合格。我们的队长教导员沿袭了这个光荣的传统，却苦了我们这些孩子了，在家谁叠过被子啊，现在不但要叠，而且必须叠好，叠不好，挨批评的不仅仅是你自己，还得牵连整个班集体。战友相互之间开什么玩笑都可以，但是千万别去动他的被子，否则，他是真跟你急！

7：00 早饭。内容是包子、馒头、花卷、面包和牛肉；可是稀饭真的叫稀饭，偌大的饭桶里米粒完全数得清。记得第一次吃早饭的时候，杜翔鹏和我以为那稀饭是拿来洗碗的，将碗伸到桶里捣鼓，被崔队一顿狠骂。我的脸皮厚，怎么挨批都没事，当没来，可是欧阳同志却"哇！"的一下哭开了。

7：30—11：30 操课。在这四个小时里，常常有2个小时的军事或者体育训练，其他的时间才是文化学习。

11：30—12：00 吃午饭。午饭的内容比较丰富，鸡鸭鱼肉都有，飞行员的伙食不是盖的，可是，我们常常只想喝汤。

12：00—13：00 午休。千万别误会，你要认为可以上床摊开被子很舒服地摆开身体睡觉就大错特错了，不允许破坏内务，只能搬着小马扎靠着床尾迷糊那么一会儿。后来，潘一农发明了一个办法，在床下铺上报纸或者塑料布，然后钻进去睡觉，虽然是蜷缩着，但是总比蹲在小马扎上舒服。这办法很快就在全队推广和流行开来，但是也只能是悄悄地进行，如果被我们的韩教导员逮着了，少不了一场思想政治教育！

13：00—17：30 内容与上午一样。

18：00—18：30 吃晚饭。内容丰富，但是难以忍受。常常是包子馒头为主的面食。对于我们这群来自南方的孩子来说，在晚餐对大米的渴望，已经远远超过了对有个美女出现在这个院子里的期待。我时常回忆当初是怎么通过这个饮食关的，却怎么也想不起来。

19：00 看中央电视台的新闻联播。拿半小时的时间关心国内、国际时事。

20：00 处理个人事务时间。你别指望在这个时间真正能够处理你自己的那点破事，比如串门看看老乡什么的。那样的美事得等到周末才可以。所以许多时候这点时间我们都是在健身，举举哑铃、拉拉健身器材、握力器和做俯卧撑。在肥大的军装笼罩下通常是看不出飞行员的肌肉怎么样，只有到了澡堂才知道什么叫飞行员的肌肉，那真的不是吹的。

21：00 熄灯。

美好的夜晚终于开始，比如说可以做梦娶个媳妇什么的。

为什么说可以做梦娶媳妇？因为部队要求所有的东西必须是步调一致，用我们队长的话说哪怕是做梦！

做梦的形式可以统一，而内容却无法统一了。

"如果，明天再不来信，我就不写了！"施舜牛自言自语道。

"我说兄弟，干吗这样跟自己赌呢？你会后悔的！"王伟一脸同情。

我知道施舜牛这小子盼的是什么——表妹的情书。

在这地方，除了军队应有的条例条令外，还有 13 条校规、26 条校纪，谁也没那胆子明目张胆地去触及。不许喝酒、不许抽烟、不许随便逛大街、不许……更要命的是不许恋爱。

一进这大门，邰大爷在入伍教育的时候，很不和蔼告诉过我们，不许恋爱。

上面有政策，有铁的纪律，可是下面也有对策，明的不行，那就开辟"地下航线"。收到异性的信件，年长的是没有关系的，但是跟自己差不多或者小那么一点点，而且姓是不一样的，情况就复杂了。我们的教导员、队长私拆信件有一整套的本领，拆了看了后复原，压根就看不出来它被人动了手脚。他们的目的就一个，看看这群孩子谁动了芳心。在抓了几个现行以后，我们也学乖了，亲爱的不能叫亲爱的，得叫表哥，落款不能有吻你、亲你、啃你等这样刺激眼球的字眼，更不能有诸如"你的小芳"这样的签名，格式统统地简化了，就是一个"表妹：某某某！"这款还必须落，不落款，斗争更加复杂化。我不知道这是我们的发明还是老一代前辈传下来的，无法考证，反正在我们中间大家都心照不宣：表妹就是等于女朋友。如果上面查着了，一口咬死，就是我的表妹！其他的打死也不能承认，表妹们也极其配合。

"俺那表妹可漂亮了，水汪汪的大眼睛，这么长的辫子，细细的腰……"施舜牛时常给我们形容那遥远的姑娘。

"美女哇！"潘一农摆出一副仰慕的样子赞叹道。

"屁！那叫村姑！"我怎么就这样爱打击人呢？

别说，还真有耗子！

我一直在纳闷，潘一农是怎么发现耗子的？

很快就分工下来，刘大千不知道从什么地方找来了铁丝，王伟负责找棍子，潘一农和元宝负责找耗子洞，欧阳和我负责围剿跑出来的耗子，施舜牛一个人站在墙边发呆般地想他的表妹，顺便也帮我们站岗放哨。

捅、搅、围、追、堵、截、烟熏、火烤，所有军事教官教我们的战术思想和战术动作全部用上了，一场声势浩荡的打老鼠行动就此展开。

"我想，当年红军反'围剿'的时候，惨烈莫过于如此。"

"土匪！讲不来人话，你就最好把嘴巴闭上！"大千喝道。

战果辉煌，十分钟的时间，刘大千就拖了长长的一串老鼠。

从捅开始，到穿上铁丝，我始终未曾听到一声耗子的叫声，可见鼠辈亦有其不屈精神！

做一名解放军战士，生活未必精彩，我很负责地说，起码你得耐住寂寞。耐不住寂寞你就要学会像我们这样去打老鼠。打老鼠可不是一个人就能完成的，所以在部队这个大家庭里，你首先就要学会团结你身边一切可以团结的力量。

否则，寂寞会杀死你！

老鼠的数量毕竟有限，打了一个礼拜以后，我们才知道，这世界上最悲哀的事情不是盼不到表妹的信，而是已无鼠可打！

打赌输了就得认账，这叫做愿赌服输。我们理直气壮、心安理得地等着元宝请我们。

"要不，我们这样……"王伟说。

"你的意思是一身酒气回来，被队里逮着了就麻烦大了是不？"我笑了起来，明白王伟的意思。

"要不，等到周末聚餐的时候，我们就飞出去……"欧阳说道。

对于现在的这群人来说，两三米高的院墙我们根本就没把它当回事，跑两步，右脚在墙的半腰上借力，身子往上一拔，左脚就上了墙头，接着右脚提上来，在墙头上一踮，人就飘了出去，根本不会去用手爬。用手爬的那就不叫飞出去了，只能是爬院墙，属于幼儿园水平。

出大门需要外出证，而我们也只有在周日的时候，一个班才能拿到一张外出证，平时想出去干点什么，只能翻院墙。翻院墙是这个大院孩子的

"光荣"传统,在我们前面有多少期的英雄干过这事,我不清楚。在我们之后,还会有许多许多的师弟前赴后继,这点我深信不疑。

爬院墙被抓对于这个大院的孩子来说,那是耻辱。飞院墙却是自豪。因为这是对飞行学员的观察能力、身体素质和反应能力的综合考验。当然,这个考验是上不得台面的,被抓住了更是不光彩的。曾经有人对我说,你尽渲染你们做学员的时候怎么翻院墙怎么捣蛋的这些破事。静静地想了想,不是我想去渲染这些破事,而是我们这些孩子的特殊性与这个大院的性质决定二者的矛盾,飞行学院的管理的严格不是一般的军校所能比的,而学员却都是一些高智商的调皮孩子,不喜欢受约束。在这对矛盾的发展中,这些孩子得以成长和完善。如果这些孩子像普通学校那样的去管理,或许就废了这些孩子。

"还不如这样……到聚餐的时候,土匪拿着元宝的钱出去买酒,多买几瓶,用啤酒瓶子换下后带回来,我们就利用队里加餐的菜,这样一来不会被发现,二来也可以节约'军费开支'。"每到礼拜六的时候,炊事班都要加餐,同时我们还允许喝点啤酒。

我抱着刘大千的脑门就来了一下:"大千,你真的是太可爱了!"

大家一算日子,妈妈的,今天就是礼拜六!

我决定派潘一农出去,他那形象就算有人逮着了,谁也不会相信他是从这个院子里出去的人,空军的一所机务学校就在我们大院的对面,那边的纪律可松多了。现在这所机务学校与我们原来那大院以及第七飞行学院合并了,统称空军长春航空大学,级别上升到正军级。

元宝说他也想跟着出去,我看了一眼,知道这小子安的是什么心,一是想出去呼吸一下外面的新鲜空气,成天在猪圈边上溜达,那味儿是有点不好受;二是想看看外面的大姑娘,每天面对着一群瓦亮瓦亮的光头是会出现审美疲劳的;三是发扬我军的经济民主,看潘一农是否浪费他的每一分钱;四是监视一下土匪。曾经被潘一农监视跟踪,难得有报仇雪恨的时候,而今这样光明正大找回来的时机,怎么能够错过!

既然是集体行动,既然元宝想做督军,我也乐得送个顺水人情。

派出二人以后,我内心有点后悔,隐约着觉得有什么不妥,这似乎与我想做"好儿童"的愿望有所违背。可内心又觉得这没有什么不好的,自个儿又没翻出去,就算被抓住了,最多担个管理不善的罪名,连教唆犯都算不上，崔队怎么的唯我也是不了问。

当我们醉醺醺地从食堂出来的时候，刘大千用脚踢了踢雪地，他对我挤了挤眼睛，掏出从元宝那里"严刑拷打"才弄出来的"大参"牌香烟，抖了一把，每人甩了一支。

妈的！元宝这混蛋营私舞弊！

在大千抖出烟以后，我就知道这小子肯定又要来事了。

"兄弟们，现在雪度20厘米！气温嘛，是撒尿成冰……"

我是第一次听说雪度这词，想必就是雪的深度吧。而撒尿成冰是非常形象生动的，记得有次，我从开水房拎着水瓶回宿舍，不小心摔着了，那开水到地面，不一会儿就结成了冰。

"有谁敢在这雪地里站上10分钟，我就敢待上20分钟！"

乖乖！又开始赌了！

"10分钟？小case了！"王伟应战。

"当然不是现在这样穿着厚厚的棉衣了，而是光着身子！"

这事要放在平时我肯定不会参与，不但不会参与，相反还会有力地制止。可在喝高了的时候，哪里管得了自己啊?！酒是一包药，这话肯定就是针对我们这群混小子说的。

"是不是像游泳那样？"元宝小心翼翼地求证。

"对！游泳时我们常常那样干！"刘大千的回答斩钉截铁。

"如果我们站上了20分钟，你愿意待上30分钟吗？"欧阳将了刘大千一军。

"能！"

于是雪地上多了七个光着身子的军人，七个坚强的男子汉！

第二天多了七个躺在床上发着高烧的全休病号。

玩笑开大了！学院派了医生过来检查，没有查出任何的病因，就是高烧。崔队长也在那东瞧瞧西望望，看是否因为我们班睡觉的时候没关好窗户或者窗户纸被北风刮破了。结果还是很令他们失望。

"是不是昨天聚餐的菜有问题？"韩教导员提醒道。

"张天啸！"崔队长如雷般的声音响了起来。

"到！"张天啸紧张万分。

"通知司务长和炊事班长跑步过来报到！"

"是！"

司务长和炊事班长免费挨了一顿骂，非常委屈地走了。

"你们昨天聚餐了？"医生问。

"是啊！"

"问题出在酒上。你闻闻，这些人身上到现在都还有酒味！"

"不至于吧，几瓶啤酒会把这群爷们弄成这样？"

找来查去，最后把事情的起因放到了聚餐时候的啤酒上面，给养员受了一个警告处分。

他是非常地委屈！

等这事稍稍平静了一点后，我把几个人召集在一起，合计了一下，不能让战士去背这个冤枉处分。大家一致觉得应该坦白，但是这个坦白要有个度，还是那句老话，打死你也不能说喝了白酒，只能统一口径，那就是聚餐完以后觉得热就去打了一场篮球，着凉了。喝白酒也在违规之范围。这事最终还是让崔队长和韩教导员他们知道了，不过已经是一个月以后的事了，至于谁告的密，据说是我跟老乡吹牛的时候，溜进了张天啸竖着的耳朵，是否如此，已无法考证。基于法不责众的原则，我们七个人得到了"拟定口头警告处分"一次的处罚。

"拟定口头警告处分"，这个处分应该是我们崔队长的原创，"只此一家，别无分号"。你在任何纪律条例条令上是查不到这个词语的。

爱之深，恨之切，责无奈。

如果真的在档案里塞进处分这玩意儿，影响这群他非常喜欢的孩子们的前途，这事，我断定他肯定不愿意干。但如果不处罚，歪风邪气就会在队里蔓延滋生，所以在"口头"前面还加上了一个"拟定"，口头之口头，属于捏着鼻子哄眼睛的范畴。

后来才知道，该事件是大千和欧阳带领大家共同导演的一个局，巧妙地借用了老鼠这个看似在冬天不会出现的道具。目的就是把元宝从张天啸和韩教身边拉过来，把他彻底拉下水，照样可以喂猪，照样是你的学雷锋标兵，但是，你是一班这个集体中的一员，好事你有份，坏事你也跑不脱。把柄在这几个小子手里捏着呢，酒钱可是元宝出的，你是主谋，你才是真正的罪魁祸首。这一切都是背着我和元宝干的。欧阳说如果让关山知道肯定不会答应，为什么在会上吼着闹着不同意元宝的标兵？就是因为他不愿意干偷鸡摸狗的勾当，但是这个勾当如果不干，就不能在真正的意义上实现把一班抱成团的奋斗目标。他们没有我那样的经历，也没有我这样的做乖乖"好儿童"的强烈愿望。我也明白他们这样做也是为了整个班集体的团结，对于非常人只能用非常的办法，不是这些孩子不懂道理。

　　崔队、韩教原指望凭借这"拟定口头警告处分"的东风，让几个人能够消停点。可算盘打错了！这几个没一盏是省油的灯！

第八章 军事考试

"想山伯无兄又无弟,亦无妹来亦无姐。有缘千里来相会,得遇仁兄心欢喜,意欲与你两结拜,未知仁兄可愿意?"王伟唱起了他家乡的越剧,阵阵北风透过车窗玻璃缝钻进车内,我不由把军装裹了裹。

"山伯对英台兄蹲着撒尿,不解,问之……"大千贩卖文言文的时候却故意卖了个关子,吊大家的胃口。潘一农掐住了大千的脖子,做逼供状,大千索性闭上了嘴巴和眼睛。

"英台答曰,吾等乃学生非畜生也!"欧阳替大千做了补充。

几人不禁大乐。

此时我们的军事教官高宏波正在布置这次军事考核的内容和路线。

高教官把我们扔下车后,笑得和蔼可亲:"孩子们,出发吧。两小时以后,我在学院大门为你们接风。"

这是一个牛人,绝对让我们崇拜的牛人。"华北802军事演习"后的大阅兵,他是空军飞行员方队第一排的标兵;1984年天安门阅兵空军徒手方队的总教头。训练队列有一整套经验,是这个大院军事训练的标杆。上课的时候,他总拎着一根铁教鞭,看到这教鞭我们总想起阿Q的唱腔"手持钢鞭将你打"。鞭长一米二,在鞭身十厘米、二十厘米、三十厘米、七十五厘米、八十厘米处各有刻痕。

许多部队和军事院校练习队列的时候都是老兵带着,我们没有。有的除了教官还是教官,每一个新的科目训练之前,和蔼可亲的高教头就会把几个班长集中在一块,利用5到10分钟的时间给大家讲解动作要领和分解动作，然后我们回到班里现炒现卖。所以我们没有班长，我们的班长就是我们自己。我们有单独的军事教官和体育教官，其比例是任何军事院校所不能比的，每一个区队一名专职的体育、军事教官，他们只带这一个区队，这个区队军事或者体育成绩的好坏也就决定了他们的评级和升迁。空军，特别是飞行部队在队列训练上的要求，比任何一支部队都严格和残酷，甚至比三军仪仗队还过分，为的就是经过严格正规的队列训练和良好的养成，把这群天不怕地不怕的孩子的心给收了。习惯一词在军事上属于贬义，而养成是部队的语言，就是从点滴细微处抓起，一点点地纠正过去那些不良习惯。这些词只有当过兵的人才能明白其中的含义，那是用汗水和泪滚出来的理解。"用犯人管理犯人是人类发明谷类酿酒以来又一伟大发明，以学员管理学员不算什么新鲜玩意。"刘大千如是总结，当然这总结还有另外一层更深的含义。

在我们刻苦训练时，他高教官却和其他区队的几个教官去吹牛了，好像根本不管我们，当我们想偷懒或者出了错的时候，他的声音马上就会在耳朵边炸响，"孩子，累了?!"教鞭会很无情地落在我们动作不到位的那个部位上面。比如说踢正步，脚掌离地面30厘米，我们觉得到了那个高度，他说没有，如果有谁不服，他的教鞭就是尺度，因为上面刻得有！根本不像其他部队训练时那样拉一根背包绳什么的。面对铁的事实我们也只能保持沉默。所以潘一农送了他一个雅号——"高铁杆"。他倒淡然，"不是你们的首创，没新意，你们的师兄早就这样叫了！"在他的面前，我们得意不起来，永远没有优越感。

"他凭什么叫我们为孩子？又不比我们大多少！"潘一农总是很不服气。

"如果你也到天安门去走一圈，回来以后照样可以叫我们为孩子，这道理都不懂！"我照着潘一农的屁股来了一下，"要做个有文化有思想的土匪，明白不？"

记忆里印象最深刻的是有一次练习军姿，他和另外一个区队的军事教官吹牛忘记了时间，我们在那里一动不动站了整整两个小时。两小时啊，同志们！事后怀疑他忘记了时间的说法，一致认为他是故意而为之。幸好，在这两个小时的时间里，我们没趴下。再后来，问他带过的师兄弟们才知道，每个人都被他这样忘记过时间。

他说我们这些孩子脸上没有杀气，军人没杀气怎么能叫军人！他给我们放"802阅兵"的录像带，点评着每个人的动作和神情。

"802以后，中国很难再有这样的阅兵！因为这些人，从将军到士兵都是经过战争的洗礼，而不是简单地在那里踢正步，他们踢出的是真正中国军人的魂。"说这话的时候，他的脸上写满了落寞。这话在我们身上打了很深的印记，以至于，后来观看那些阅兵式，怎么看都不舒服，因为那些兵没了杀气，踢出来的是表演性质的东西，没了军人的魂。

他否决了一开始队长对我们进行的军姿训练里对立正的要求。

"孩子们，你们不是儒家子弟，你们是飞行员，跟陆军海军不同的飞行员！我就是要你们狂狷，'狂者进取，狷者有所不为也！'得有'我自横刀向天笑'的豪迈狂放，同时还必须有'不为五斗米而折腰'的狷。孩子们，你们不能平视前方，平视这个要求只是针对其他兵种的；你们是空军！就得眼高于顶，你的视线就得从对方的头顶越过，你们是怎么选出来的大家都清楚，所以这个军姿就得把你们的骄傲给练出来，练出睥睨天下的傲气，练出舍我其谁的霸气！"

中国人民解放军的队列条例被他诠释了新的含义。

他是全院唯一骑着摩托呼啸着来上课的教官。我们常常评论他不应该骑摩托，而是高头大马。那时年少，仅仅明白他是在训练我们良好的军人姿态，多年以后才明白，一开始他就是在塑造我们作为军人的魂，塑造我们作为中国军人睥睨天下的霸气和不屈的精神。

一份1:50000的军用地图在七个孩子面前的雪地上摊开，施舜牛在用那枚破旧的指北针测着方位。

"现在的首要任务是得先摸清目前的位置，我觉得现在是在236高地！"我指着地图道。

我们迷路了。

"如果鸵鸟不在那个时间讲笑话，也许就听清楚高铁杆交代的地点了。"潘一农埋怨起来，"我们也不会在这浪费这么长时间了。"

"如果埋怨有用，也许早到终点了！"刘大千永远是在关键的时候妙语连珠，"笑话有什么不好？起码我们快乐了！"

高铁杆是不允许我们问第二次的，所有的后悔也只能我们自己扛。

"从图上的地形和周围的地理环境来看，我觉得应该是在赵家屯南边一公里处！"王伟用手指道。

"不！我认为在赵家屯北边！"刘大千咬着牙说，不是他有多恨，实在是有点冷了，制式的军用棉衣实在难以与大东北的北风抗衡。

这两个为到底是南边还是北边争了起来，七个人很快分成了四个阵营，王伟和潘一农一边，施舜牛永远是站在老乡刘大千一边的，欧阳和元宝隔岸观火。手背手心都是肉，我谁也不想帮。

"这样吧，"我掏出了一枚硬币，往上一抛，"老办法解决问题！大家有异议没有？没有，那就来吧，谁要正面，谁要反面？"

刘大千选择了正面。

我以为王伟会选择反面，没想到他也要正面。

刘大千摘下了手套，张开了五指，"来！是三打二胜还是一拳定输赢？"

我一忍！

"乱劈要柴，是弟兄好哇！"

"好，好得很，好得遭不住！"

"七星岗闹鬼，九龙坡涨水！"

"武松打林冲，两个都很凶！"

"酒比粮食贵，一定要喝醉！"

"全家都在关心我，酒醉回去要挨撅（挨骂）！"

"绿眉绿眼盯倒起，两耳屎扇得在吐血！"

"八千里路云和月，酒喝多了要不得！"

两个比划起来划的是在我和欧阳这里学的"乱劈柴"拳，可是他们不是用的重庆话，而是跟着我和欧阳学的椒盐普通话。

王伟输了，但是他却不干："大千出拳慢了。关山你作证！"

我再忍！

不服就再来一次！结果还是王伟输。

大千一脸的陶醉状，王伟依旧不干。

硬币飞上了天空，我却摔倒在地。

潘一农干的！

在硬币还没落到手里前我的腿已经飞向了潘一农的屁股。面对他们的兴风作浪我已经忍无可忍了！

"停！"挨着潘一农的屁股那一刹那，大家都喊了停，因为硬币已经掉在了雪地里。

七个光头从不同的方向撞在了一起。

乖乖！没有正面也没有反面。

硬币竖着插在了雪地上。

"岂非天亡吾也！"王伟无限痛苦。

"苍天啊大地啊，其实你们都是狗日的没长眼！"潘一农说道。

"没长眼的是硬币！"大千说，"千万不能骂老天，他可是我们这些人的爷！"大千，叫我们怎么能不爱你？

没辙了！在这个前不巴村后不着店、荒无人烟的地方，几个傻小子的眼光齐刷刷地射向了他们的最高军事、行政长官就是本班长身上。

"要不，这么着，刚刚出门的时候，我留心了一下，车出门以后是向北开的，这样说来学校应该是在南方。施舜牛，你别想你家村姑那档子破事了，赶紧把方位定好。补充一下，就算找不准东西南北，只要照着南方走，总会碰着老乡或者村庄什么的，如果是那样的话，就有救了。"我说道，"要是能再搞个穿插，把刚才失去的时间补回来就更好了！"

"穿插一直是我军优良的传统。"欧阳接过了我的话，他已经明白我准备偷懒了。

"班座，这……这……我们这不是作弊吗？"施舜牛同志一脸真诚地看着我。

"施舜牛，你想升官做副班副？"

副班副？大家一时没反应过来。

反应过来时，班副刘大千同志已经向南方滑出了20多米。

下第一场雪的时候崔队韩教就宣布了一条纪律，不允许在冰面、雪地上打闹开玩笑，生怕我们摔着磕着什么地方，老学员惨痛的教训不是没有，因为这而停飞的例子不少。可我们还是私下里向外面马路上的孩子学会了在雪地或者冰上打遛子，当然是看会的。紧跑几步，急停，收起一腿，身体就随着惯性滑出老远，大千目前就是采用的这个办法。

又是一个伟大的发明和创新。在班首长这级官阶里，最低也就是副班长了，而比副班长低一点比普通士兵高一点的那只有副班副了，可是在中国人民解放军这个组织序列里，根本就没有这一职位。

在这个地方，作弊是非常可耻和不屑的行为。院里有个光荣而伟大的传统，那就是无论训练强度多么大，无论学习多么艰辛，都不能出现不及格的现象。学校有个硬性规定，所学科目都是必修科目，没有选修。在我们五年的学习时间里一共要学习 105 门课程，其工程量相当于地方大学读到博士。在这 105 门课程里一旦出现了不及格的现象，每门允许补考一次，如果补考再不及格，现实就是非常残酷的，"啊！朋友再见，啊朋友再见吧、再见吧、再见吧"。如果考试作弊被抓住了，亲爱的战友尊敬的同志，你连补考的机会都没有，直接卷起铺盖卷回家吧，哪儿来你就得回哪儿去。记得三队有个琴、棋、书、画、智、体全面发展全面冒尖的同志就因为一次作弊被"咔嚓"了，并且全院通报。这所院校培养的是中国军队的栋梁之才，而不是弄虚作假的废料，否则，一旦战争来临，损失的不仅仅是自己的小命。

这次是《军事地形学》里的按图行进考核，所以副班副同志的担心并不是没有道理。我们都是被吓大的。

刘大千同志拼命地向前跑着，我们撒开了腿就追。

"报告班座，前面发现村庄！"潘一农的眼睛就是比我们锐利。

"悄悄地进村，打枪的不要！"我叮嘱道。

大家在我的命令下静悄悄地快速推进。

"立正！"我又改变了主意。真不愧是训练有素的空军飞行学员，在我的口令下刘大千生生地刹住了狂奔的脚步。

"面向我成班队列集合——立正！向右——看齐！向前——看！稍——息！"

"报告！班长！"王伟喊。

"讲！"

"麻烦你，今后在喊稍息的时候能否拖短一点？我们稚嫩的神经经不起你这样地摧残！"

"队列里不许讲话，你不知道吗？"刘大千又抓住了把柄。

"报告班长！"潘一农也叫了起来。

"有话就说，有那个什么你就放！"

"鸵鸟同志喊过报告。他这是打击报复，副班长刘大千同志他这是打击报复！"

"有必要重复吗？土匪200个俯卧撑！"

"同志们！我想了一下，那个，我们是那个人民的那个子弟兵，不是那个狗日的日本鬼子。"考虑到刚才提到的作弊问题，我的语气中带着一丝犹豫，但很快地打消了这个念头，"所以，那个我觉得还是应该理直气壮地进那个村！现在开始，整理着装。特别是土匪，你是解放军哈，把你的风纪扣扣好！北国春城，南湖之畔，预备——唱！"

北国春城，南湖之畔
天之骄子，军旅学堂
情系蓝天，立志国防
我们从此，起步翱翔
我们从此，起步翱翔

鹏程万里，云海茫茫
天之骄子，拥抱太阳
插翅磨剑，锤炼刚强
中华腾飞，我们护航
中华腾飞，我们护航
啦啦 啦啦
啦啦 啦啦

雄鹰的摇篮，英雄的摇篮
历史闪耀着灿烂的光芒
今天我们在这里一展雄风
明天我们在蓝天再创辉煌
今天我们在这里一展雄风
明天我们在蓝天再创辉煌
啦啦 啦啦
啦啦 啦啦

果然是赵家屯，因为在村庄前面的墙上刷着这样的标语：国家兴旺，匹夫有责；计划生育，丈夫有责——赵家屯计生办。

军用地图重新摊在了大家面前，施舜牛却报告了一条不好的消息：指北针坏了！

大千自告奋勇做起了修理工。

三只虎视眈眈的东北牧羊犬看着这七个穿绿军装的人，这才是更要命的。

潘一农冲着它们故作轻松地吹起了口哨，扔出了一小块面包。

"拜托老乡，你别吹了好吗？我想妈妈了！"王伟哀求。

"不是想尿尿了吧？撒吧！孩子，在这冰天雪地里，我们这几个没有谁会注意和在乎你那鸟玩意的。"刘大千头也不抬地说道。

"闭上你们的鸟嘴！打开你们的威士忌！一人喝一口，"我笑着引用电影《海狼》里的台词说，"都给我围过来！谈谈各自的想法。"

"现在已经确定了准确位置——赵家屯，也就是说从这插上去，就能走上高教官指引的正确航线，刚才已经耽误了不少时间，所以得抓紧点，把损失弥补回来。"施舜牛在地图上比画着，他不仅仅只会想小表妹。

"按那条正确的航线走，时间恐怕来不及了。这样，"我从潘一农手里抢下了一块即将成为狗食的面包，"不如从这插过去，从图上看距离近得多，顺便还可以在北村弄点吃的喝的。"

大千已经干完了他的修理工作，一听此言，扑在我的脑袋上就狠狠地来了一下，王伟抱住了我的肩膀作打啵状："班长，我好爱你！"

我挣开二人的骚扰，却躲不过欧阳如东北牧羊犬的警觉，被他扑在地上，三人就势盖了上来。

"严重支持！弄点吃的喝的同时，还可以弄点抽的！"潘一农总能顺手捎点别的。

"大家有异议没有？不同意的请举手！没有人反对。好，全票通过，出发！"

"等等……我有！"元宝犹豫了一会儿，终于举手，"弄点吃的可以，但是喝的……拟定口头警告处分好像都还没有取消，而对于土匪说的顺便弄点抽的，我觉得好像又犯规了……"

"抽了吗？没抽！就算抽了，队长他逮着了啊？革命靠自觉，逮不到，就是我们自己搞着！"欧阳笑道。

呵呵！这又属于打死你我也不承认的范畴了。

北风那个吹，雪花那个飘飘，我们的心情多欢畅。
"班长，你说我们的教官谁最酷？"施舜牛一脸真诚。
"你应该问哪个教官最漂亮！因为我们的教官都酷！"我笑着回答。
"高！实在是高！所以班长能成为班长！"土匪也学会了献媚，该同志在大家的帮助教育下，成长之迅速在意料之内！
"如果说气质应该是教中文的南教官，那叫'腹有诗书气自华'，而论整体形象来说还是英文教官黑珍珠。妈的，鬼子不仅牛排养人，连语言也能丰腴姑娘！"元宝仰天回答。
"不对！我还是觉得高铁杆最漂亮！"施舜牛不仅仅是一脸的真诚，更有一脸的崇拜。
"你这话是摸着你的良心说的？"元宝紧紧跟随。
"我没见他摸左边的咪咪！"王伟斩钉截铁。
"这次再说一遍，我们高教官最漂亮！"施舜牛解开军棉衣，摸着胸口坚定地说。
"高铁杆的鞭，南教官的嘴，都敌不过那黑珍珠的一汪秋水！"大千将几人的争论做了总结。
突然想起下车时候高教官蔼可亲的笑容，现在回想起来怎么觉得是那么让人心惊肉跳呢？总感觉那笑容有点不对头，好像还有点其他的内容，到底是什么我也说不上来。对大家谈了我的想法，但是大家都强烈反对，理由就是高铁杆高教头一贯就是这样对我们笑的。可我依旧很纠结。
"大千，你说最动听的口令是什么？"我想找乐子了。
"休息！"
"最富有诗意的口令是什么？"
"一班打饭！"
"最讨厌的口令是什么？"
"集合！"
"最恐怖的口令是什么？"
"紧急集合！"
"最动人心弦的口令是什么？"

"解散!"

"最不人性的口令是什么?"

"卧倒!"

"最人性的口令是什么?"

"还是卧倒!"

"最让人无法忍受的口令是什么?"

"熄灯!我那页小说没看完!"

欧阳、王伟、元宝、潘一农、施舜牛全听得目瞪口呆。

"学着点吧,知道什么叫默契不?这就是!"大千跩得不得了。

潘一农突然发现施舜牛军衣里面的内容和我们不一样,于是要撩开看个究竟,可他怎么能撂翻得了足足高出一个头的施舜牛呢。

"兄弟们,上啊!"其实是我也想看里面到底是什么,没办法,我们这群人,从外到里都是制式的,容不得半点与众不同,崔队长、韩教导员、胡教官、高铁杆他们处心积虑不就是想让我们达到这样的效果吗?

当我们撩开施舜牛的外衣,看清楚里面其实也就是一件毛衣以后不免失望。

"不就是一件毛衣嘛,还做得跟什么似的!"王伟为刚才的鲁莽有点后悔。

"可不是嘛!不就是一件毛衣嘛,还闹得跟什么似的!"刘大千也很失望。

"我……我……我发誓……再也不跟你们一起混了,我发现自从跟了你们以来,我这样的英俊少年,变坏了都!"

我的天,土匪也叫英俊少年!

"失望个啥?其实施舜牛心里正美着呢!"我说道。

"不会吧?我不信!"王伟说。

"装吧,继续给我装!他穿的是温暖牌,是他家那村姑一针一线织出来的!"我解释。

"我还是不信,他家表妹会织毛衣?那样一个水汪汪娇滴滴的美女会织毛衣?!班长你还是打死我得了。"刘大千做冤枉状。

"还是让施舜牛自己说吧。"欧阳说道。

施舜牛却闭上了眼,一副置生死于度外的样子。

"招还是不招？土匪准备辣椒水，鸵鸟准备马扎！大千去找竹签！"

"班长，你要干啥？这冰天雪地里，到哪儿去找你要的那些玩意儿啊？还有要马扎干啥？"

"给施舜牛上老虎凳！"我一脸的严肃。

"我的个娘亲的表妹啊……"潘一农在地上打滚。

"你的娘亲的表妹你喊姨！"大千及时地纠正。

我们最终完成了穿插任务，到校大门的时候已经是浑身雪水和泥泞，我看了看时间，离规定的时间只有五分钟了，赶紧招呼大家列队去高教官那里报到。

当我们雄赳赳气昂昂地开拔到高教官面前，我们竟然是第一个到达的。

"回来了？赶快回去把衣服换了，瞧你们这些孩子整的。"高铁杆依旧和蔼可亲，那语气让我们想哭，完全就是受了委屈的孩子突然看见娘的感觉。

"高教员，你咋整的路线，好难走哦！"我想至少要诉点苦。

"哼！如果按照规定的路线，这点时间，你们根本走不完。偷懒了，抄了近路。我宣布，本次考核一班不及格。"

天啊！上当了，原来教官比我们更狡猾！

"假如，明天战争来临，请问诸位，还是这样弄虚作假吗？"高教官没了和蔼可亲的笑容。

"一次失败的军事考试，一群天才的军事指挥家！"后来刘大千如是总结。

第九章 猪圈会议

高等数学我拿了满分，而《军事地形学》却因为我带领大家抄了近道，害得大家落了个不及格。找高教头理论，在这种恶劣的天气环境下，我们能够灵活机动按时返航，虽然行动出格了点，但是也不失为一个初步具备了拟定全天候飞行员的基本素质，鉴于平时的表现尚可，高教头把这事也就咽在了肚子里头，修改了考核评定。真要给不及格他也说不过去，毕竟他只是主观地认为我们抄了近道，客观上却没抓着我们抄近道，既然没抓着，就算有间接证据，我们也不会承认的。我们是第一个到达的，为了稳定军心怎么也得给一个属于优秀的成绩评定吧，虽然军人讲究的是奉献不计较个人得失，但是，这门学科考的是整体行动，而我们本着集体的利益高于一切的着眼点出发的。

这事最后还是被捅到了崔队和韩教那里，还是张天啸告的密。崔队和韩教大为光火，却又不好声张，于是要求我们班集体反省。

隐约中，我想起了那补课事件，想起那一跪，觉得自个儿老毛病又开始犯了，就如关一鸣说的那样，藏不住狐狸的尾巴。崔队长说我们这群人应该加入地下党，我问队长是否考虑我提交的入党申请。

韩教导员当头就给我一盆冷水：做梦吧！你距离党组织的要求还差得远呢！

在关于树立学习雷锋标兵的那次队委会上，韩教及时的总结发言，解救了我被群殴的危机，在心理上，对他亲近了一些，有了几分好感。可是在他要给我老爹写信这事上，又顶撞了他，虽然他在军人大会上批评了我，但是无法把握他心里是否还揣着这件事，依旧不能去把握和捉摸这个人，也许做政工干部的都是这样，总是一副高深莫测的样子。一直以来，我就有个爱好，喜欢在第一印象里去读这个人，根据自己的观察首先了解这个人是什么样的，然后看菜吃饭，一般说来八九不离十。在我读别人的时候，别人也在读我。我读不懂韩教，无法从他的表情、言辞和行动去了解他的内心。我不清楚张天啸所说的崔队因为我而与韩教之间的歧异，我进行了无数次地推断。也许是因为还没入伍就干了提刀挟持人的破事，也许外公的牢狱之灾影响到了我，也许是我进这个大院没两天一脚就把施舜牛这个大胖子给踹趴下了，列举了众多的也许，其中最让我信服的一点应该是，因为调皮捣蛋，韩教认为这样的人不适合带头，更不适合做一班班长。因为我对了崔队的路，他坚持要我做这个班长，因为这个班长而引发了二人之间的矛盾。

还是有点不明白，一般说来，是不会把来自同一个地方的两个人放在一个班里的，怕的就是相互之间拉帮结派搞小团体，给这个班集体的管理增加难度。可崔队一开始就把我和欧阳捆在了一起，接着是大千和施舜牛，然后是王伟和潘一农。韩教居然在这事上没反对，这也是让我迷惑的事儿。

崔队和韩教，一个让我们敬重，一个让我们敬畏，可是张天啸却让我们讨厌。自从打赌以后，我们彻底地实现了抱成一团的目标。可张天啸成天睁着大眼睛盯着，哪怕是上厕所——特别是集体上厕所的时候，他都要探个脑袋进行勘察，生怕我们又整个集体裸奔或者抽烟什么的。时时刻刻，张天啸都会监视着我们的一举一动，稍微有点风吹草动，他就把我们抓到他面前进行帮助教育。如果事态整大了点，而又不买他的账，他就会向韩教报告。他对我特别地不感冒，说关山眨个眼睛，班里的那群混小子马上就领会要干什么，然后他们就会乖乖地去干了，支着别人去跳悬崖而自己却在旁边笑得阳光灿烂。如果能够定你的罪，你关山不仅仅是教唆犯，更应该是主犯、重犯。在这个班，完全没起好带头的作用，根本不适合当班长。他的话其实还有另外一层意思：那眨眼睛的人应该是他，跑腿的人是我们才对。就不知道这些孩子咋想的，怎么也得和领导搞好关系，把位置摆正了都。

在三个领导里，他离我们最近，同时也是最讨嫌的一个，一而再，再而三地出卖着他的部下。他这样做的目的不外就一个，用优良的表现来证明他其实是符合干部的资格和条件的。

"因为有他的存在,我们很不舒服!"大千也表达了和我同样的想法。

"我们不舒服了,他自己其实也不舒服,真不明白这人是咋想的。"元宝自从打赌以后,思想和行动已经和大家保持高度的一致,虽然他照样喂猪。对于喂猪,目前已经演变为整个一班集体喂猪。起初,元宝有事的时候,大家都会自觉地担起他的潲水桶,到后来却形成了每天挨个值班。有时我还会带着整个班集体视察猪圈,打扫卫生,看看我们的劳动成果,有几次的班会就是在猪圈进行的,这次集体反省也不例外。

喂猪,不再是元宝一个人的爱好,而是我们继打老鼠以后又一个可持续发展的乐趣。韩教知道以后大事地进行了表扬宣传,拍照、大版面地在黑板报上进行弘扬,真正地说明了榜样的力量是无穷的的道理这个事实,由个人带动了集体进步的典范,说明当初他树立元宝这个"学雷锋标兵"的远见性、必要性和正确性。

"是啊!我们不光彩了,其实说明什么呢?只能说明他区队长的管教无方。"王伟具备了领导的潜力。

"得帮助他!"我笑嘻嘻地说。

"要不,揍他一顿!"潘一农一听帮助就来劲了。

"像五队的那些大哥们那样?你真没劲!"王伟鄙视了他的老乡。他说的五队那事,在全院闹得挺大,有一名区队长很讨嫌,结果那群大个子把他们区队长从三楼踢到了一楼,还没让人抓住是谁带头干的,因为大家都参加了。五队是轰炸运输队,学员全部是一米八以上的大个,二十七期的,用重庆话说,这是一群"毛大汉"。

"得给他找点事做,否则他会比我们还无聊。"我抛出了思索多日的想法。这个想法得到了大家一致的认可和赞同。

潘一农举手加额又一次地表达了他对本班长的顶礼膜拜。"要不,让他来喂猪!"膜拜之后他说出了他的主意。

"他来喂猪了,我们干什么去?猪!"王伟立即反对。

"我们要充分领会班长的指示精神,首先得整明白这个给他找点事做的目的是什么,在目的明确以后,让他喂猪又何尝不可呢?"大千如是而言。

"你才是猪,你看班副都表扬我了。"潘一农很得意。

"何尝不是没有办法的办法,属于下策,所以说你出的还是猪主意。"王伟加大了打击力度。

"然也!喂猪只是下策,而我们却需要的是上策,既要让他有事可做,还得让他明白做这事的意义和紧迫性,只有这样,哥儿几个的日子才会好过。"欧阳对大千的话做了补充。

"是的,大家分析得非常有道理,基本上抓住了事物的本质和要害。"我对大家善于动脑及时地进行了表扬,接着对大家进行诱导,就如张天啸说的那样——教唆犯。我发现我已经慢慢地进入了领导的角色,也许管理经验就是这样一点一点地积累起来的,更要命的是同时发现是在积累带领大家做坏事的领导经验。这与"坏儿童"的概念好像有了质的飞跃。

"张天啸现在是什么身份?"

"区队长!这你都要问啊?班长你退步了!"潘一农接话很快。

"你才是猪,我天天和它们打交道,你土匪的本性就跟它们一样。"元宝开始发烟,因为喂猪,他时常可以从炊事班长和给养员那里整点免费的"大参"烟。我们不喜欢这烟,总觉得有股药材味道,可在"断饭"的情况下,聊胜于无。

"班长的意思就是问张天啸目前最大的困境是什么。"大千做了补充。

"是的,他目前最大的困境不是我们,在他看来我们却是他解决这个困境最好的一个办法。事实却不是这样,他走入了误区。"

"愿闻其详。"王伟做出一副"好儿童"的样子。

大家围着我盘腿席地而坐。尽管这里是猪圈,可是在本班全体人员的悉心打扫之下,该地的卫生绝不比我们的宿舍差,只是味道难闻而已,可这不影响大家的洗耳恭听的雅致,猪儿吃食的声音和着我们的讨论形成一曲美妙的交响乐。

"张天啸是二十四期的学员,跟他同期停飞留校的全部提了干,担任了区队长或者教官,而目前他只是代理区队长,有区队长之名而无区队长之实,也就是说他这个区队长,如果在什么地方出点纰漏,也许他就真正代理到头了。"

"难道班长你想让他卷铺盖卷回家?如果是这样,我们就把动静再整大点。"潘一农想也不想就接过了我的话。

"你再乱接嘴,我立即赶你到里面去跟它们为伍!"我一脸的严肃,

"他目前处于待提干的时机,所以每一步都走得小心翼翼,生怕哪步迈错了遗憾终生。"

"最后那句可以换个成语,就是一失足成千古恨。"欧阳道。

"是的,患得患失。我认为,越是这样越会出事。我们啊,得让他啊,顺利地提干,尽早地啊提干,而且还提得啊,兴高采烈。"

"班长,你太伟大了,伟大的品德、崇高的思想境界!"施舜牛赞美道。

"你的意思就是说我们要成为'好儿童'?"土匪贼性不改。

"我们难道不是'好儿童'吗?"王伟白了土匪一眼。

大千和欧阳相对一笑。

"根据我的观察,目前这个提干还是很难,不是说他没水平,也不是说他没有能力,否则他担任不了一区队这个区队长。他是被那处分深深地影响着,否则他早提干了。所以,我们得帮他,不管怎么说,他是我们的战友、我们的区队长!大家说呢?"

"怎么帮?他是领导我们是兵啊!这个好像有难度。"

"是吗?"我微微一笑,环视一周,"让他读书!"

让他读书?大家愣住了。

大千反应非常快,腿一弹就扑了上来:"班长,你真是天才!"

我的想法其实很简单,就是让张天啸去补习,参加军队的招生考试,再次通过军校正规的学习名正言顺地提干。他有着飞行学员的经历,再加上头上"天安门国庆阅兵"的光环,无论走到什么地方总比现在这样的要死不活强。这个地方最不缺的就是教师和学习上的尖子,有着这些优越的条件,根本不担心他考不上,而是怕他没这样的想法和努力的动机,只要说动了他,他的心思就会放在学习上,这样一来,他就不会有太多的空闲对我们进行24小时的监视了。他考上了学,他进步了,我们也许会自由自在一些。

大家明白我的想法以后,对这个行动表示了热烈地支持和拥护。在调皮捣蛋之余,我们做了一件大好事,这才是真正意义上的学雷锋,不像喂猪这种完全没有技术含量的体力活。

"煽风点火"这事是刘大千同学去完成的。

张天啸同学也是山东人，首先在心理上他对大千不会太设防。大千同学看似随意地拉家常一样地跟我们敬爱的张区队长聊起了这事。

大千说："张区队啊，你们那时学过高数吗？"

答案是肯定的。

"如果用高数的积分导数去参加高考肯定很贱。"大千用一种近似于夸张的遗憾表达着他的想法，"高考那些东西，在学了大学课程以后，就像高中生回头做小学题一样简单，当时觉得非常难的题，现在看来，也就那么回事而已。"大千很善于引导。

"所以这才叫科学。"张天啸很配合。

大千先对张天啸参加了"天安门阅兵"表达了高山仰止之情，接着阐述了他对张区队长目前跟着我们这样一群小屁孩儿混在一起没有前途、没有目标、没有动力的现状的无比悲哀及无限同情。

"高处不胜寒啊！"张天啸被大千说得落寞起来，这落寞里又有着几分无奈与不甘心。

"否！这不叫不胜寒，而是无人喝彩与欣赏。在这个大院，随便拉个出来就是人才，还有高铁杆那样的标兵在这里杵着，无论多么出色都无法盖住其万丈光芒，这才是最大的痛苦。"

大千一席话点到了实质，张天啸一下就找到了知音，"兄弟，咱啥也别说，有你这样理解我的，足够了。"

"其实，队长啊。"大千也跟着激动，一激动就掉了个"区"字，"做兄弟的觉得嘛，你完全没有必要窝在这里，真的，你想想你是什么？飞行员出身，人中龙凤。尽管停了飞，可是瘦死的骆驼比马大，咱还有底不是，干吗要受着这分窝囊气等着人来提。"

"兄弟，你也知道的，不在这里等着耗着，就得回家种地，可是自打我穿上这身军装开始，就无法回到从前了。"

"队长，我的意思不是说向后转……"大千一步一步地把张天啸带出了深渊，走向了光明，"而是向前看，与其像现在这样遥遥无期等着人来提干，不如我们主动出击。"

"请客送礼？咱是爷们，这鸟事，不干！"

"你说得对极了，咱不干请客送礼那样的鸟事！但是，我们学习，总可以吧？这意思你应该明白的，区队长，你应该去考学，考到其他军校去，凭你这一身的学问和军事素质，还怕没人抢你啊？你才23岁，地方的那些复读生有的25岁了还在为考大学努力。咱们这个地方条件如此优越，有那么多那么多的老师可以辅导，退万步来说，如果那些老师不愿意，还有我们这些免费的家教呢！"

"美得你，还家教呢，你小子是不是又干什么坏事了？"张天啸很警觉。

"没有的事！我们是兄弟不是？做弟弟的该不该关心哥哥你的前途和命运？"大千很真诚地说，自己却也忍不住笑了起来。

张天啸被大千说得心痒心痒的，在思考了三天以后，他背起了挂包像我们那样上文化课去了。

我认为，还有个重要的原因也促使他听从了大千的建议，我们这群浑小子是不定时的炸弹，闹不准什么时候惹出大乱子来，作为区队长，他必须负不可推卸的领导责任，一旦他负了责，提干的希望就真正地就成了泡影了。在那个时代，作为农家子弟，"跳龙门"的路只有两条：一是考学，二是从军提干。对于张天啸，回到地方参加高考，根本没有必胜的把握。但在部队如果提不了干，几年后，哪来回哪去，我们这样的一群特殊的军人，如果回去，那是很不光彩的，一如我为什么下跪也要求一条生路一样。面前的路其实很窄，提干遥遥无期，而考学考上了，却能知道自己什么时候成为干部。

集体反省的最终结果却是把责任推到了我们的直接领导身上，并且欲拔掉我们的眼中钉，肉中刺。在向队里的反省材料里，欧阳发挥了他状元郎之优势，倾尽所能地组织着辞藻将集体检查写得极其深刻，催人泪下。

后来，大千把这次行动上升到了理论的高度，将这次会议定为"猪圈会议"，并说"猪圈会议"在一班的历史上有着重大的意义，他总结归纳为三条。其一，确立了以关山、刘大千同志为核心的班集体的领导地位，结束了长期的——至少有几个月个别同志单干的状态。其二，是一班从幼稚走向成熟的标志。从盲目地傻玩到一班整体去喂猪，再到热心地帮助首长进步，完成了质的飞越。其三，是一班的历史上具有深远意义的一次伟大转折，重新确立了这个班集体战胜寂寞和残酷训练的思想路线和组织路线。

在"猪圈会议"以后，我们利用业余时间捡了一些废砖烂瓦扩建了几间猪圈。我和大千起草了一份报告，由元宝递交到队领导手里。报告的内容是申请购买母猪一头，发展壮大我们的养猪事业。几个月以后，本队猪圈存栏肥猪由原来的十头发展为二十六头，并且头头膘肥体壮。第一头猪出栏的时候，崔队宣布，今后一队每周六杀猪一头，实现在猪肉上的自给自足。整个大院以一队的伙食为最好，与养猪事业是密不可分的。

第一头猪是炊事班河南籍战士小裴杀的。身高一米七左右满脸青春美丽疙瘩豆的小裴平时傻乎乎的，拿捏不好碱的分量，总做军用馒头。只要他当班，我们总要饿肚子，我已经在琢磨着想法子"收拾"他了。可在杀猪这事上让我们对他另眼相看，杜翔鹏他们集一个班之力才吆喝过来的肥猪，小杜还被那猪给顶翻在地，小裴居然一把把那猪给搂住了，然后放在大腿上，左手按猪，右手执牛耳尖刀，一刀致命。

我们班没有围观杀猪现场，杜翔鹏向我们描述这事件的时候，我们后悔得直跺脚。

元宝却眼里噙着泪，好几天。

韩教借此机会把院政委请到队里。白景锋政委对一队的养猪事业赞赏有加，并且把它与当年三五九旅的大生产运动相提并论。这之后，白政委带着各队队长教导员到一队进行现场观摩，学习一队先进的生产生活经验。韩教慷慨激昂地讲述了他作为教导员的本质工作，在抓学员政治思想教育的同时如何如何地对后勤工作的不放松，后勤工作解决了，也就解决了全队思想工作的一大半，养猪是一队后勤工作中重点的重点。韩教的经验又得到了白政委的肯定和赞赏，当场将学院有史以来的农副业先进生产单位的奖励给予了一队，并且将韩教树立为全院的先进政工标兵。

韩教感动地说出了他的规划："一队不但要加大养猪的力度，下步还将发动各区队各班种菜，实现在蔬菜上的自给自足。"

养猪可以，可到哪儿找地给我们种菜？在这个院子里，可找不出那么大片适合种菜的地儿来。

地是有，大操场。可我们敢吗？

一听说还要种菜，队长抽搐着鼻子说了句含糊不清的话，可我却非常清楚地听清了他说的是什么。

"尿莫名堂！"

"尿莫名堂"的不仅仅是要在大操场种菜。

第十章 "暗哨"

潘一农来当飞行员完全是屈才了。放在旧时，他应该去做侦探或者包打听，因为我不知道他为什么总能弄来那么多惊人的消息。

"队里要成立一个军容风纪检查小组！韩教担任组长，成员嘛据说是秘密的，根据这小组的报告每周公布一次，韩教说这叫量化管理。"这之前，队里已经成立了内务卫生检查小组，队领导加上每个班的副班长为小组成员，每日检查评比，整得我们像是专门叠被子的宾馆服务员似的。

"不是吧，土匪，好像我们都是被吓大的！"元宝不信。

"爱信不信，今天晚上的军人大会就要宣布这事。"

"苍天啊大地，FBI！"大千无限痛苦。

"啥叫FBI！？为什么不是克格勃？"潘一农明知故问。

"大千的意思是说说不定在我们这几个中间就会有人成为那小组的人。"我无限担忧。好不容易才把张天啸的精力忽悠到学习上去了，却没想到忽悠走了一匹狼，迎接我们的却是更加残暴的狮子、老虎。这担忧并非没道理，人最痛苦的就是被人卖了还帮着数钱。同吃同睡同训练的时候背后还有着一双眼睛盯着你，当你转过身来的时候那眼睛却无限的温柔。

潘一农的消息完全准确，当天晚上的军人大会上果然宣布了这个决定，韩教是组长，崔队是副组长，各班长是成员，每个班还有一名不公布的成员。要命的就是那不公布的成员，正所谓明枪易躲，暗箭难防，除了韩教、崔队，没有任何人知道那些不公布的家伙是谁。

抽烟一次扣10分、私自喝酒一次扣20分、不假外出扣10分、不扣风纪扣扣5分、手插裤袋扣5分、走路不拐直角扣5分、队列里讲话扣10

分……满分为 100 分。这账谁都会算，经不起几扣的。量化管理在部队应该是在我们那时就有的事情，不算什么新鲜的发明创造。我不反对量化管理，我们压根就没有反对的权利，而且我们的自觉性本来就没上升到一定的高度，把一举一动进行数据化是应该的。但是，对于让学员中的某一个人来记录我们的一言一行，来监视我们这招让我们很不感冒，可是面对组织的决定，我们又无可奈何。

通过潘一农的明察暗访，"量化管理"和"暗哨"的设置居然是张天啸出的主意。他被我们忽悠着准备去考学，现在连收拾他的机会都没了。

潘一农说，队长不同意这样做，而韩教却坚持。自从白政委把韩教树立成先进基础政工标兵以后，他不仅仅要抓我们的思想工作，时刻还要抓军事训练和内务卫生，点点滴滴都不放过，他把量化管理作为政治思想教育工作重要内容，并且说是看得见摸得着的东西。设置这个检查小组就如刘大千说的那样："用犯人管理犯人是人类发明谷类酿酒以来的又一伟大发明，用学员管理学员，天经地义！"

"他就忍心出卖我们？"潘一农问。

"幼稚！"我仰天长叹，"为了自己能够早日'超度'，不惜让众鬼再历百劫！"

"班长你真的是越来越有水平了！完全可以赶上我了。"刘大千拍我的同时也不忘自恋一把。

"啥？这不是我说的，是严歌苓说的。"

王伟望着眼前火红的烟头："此人有悔，不应有恨！"

何解？难不成这只鸟儿成了'克格勃'？

"暗哨"就是在我们七个人中间：刘大千、欧阳、元宝、王伟、潘一农、施舜牛和我。我把严歌苓的那句话抛出来，兄弟们已明了我的意思，别玩阴的！

在班长副班长的带头作用下，"暗哨"基本等于无用。于是一班依旧是一班，军事训练、文化学习、内务卫生、体育训练，面面红旗被我们扛，连以前没得到过的作风纪律也被拿了过来，其他的班长很是不服气。不服气又能怎的，是骡子是马就拉出来遛遛，所有当过兵的人都应该对这话再熟悉不过的了。那两张量化管理的表在墙上挂着，自从实行这管理以来，一班在抽烟喝酒上就没被扣过分，有班长在队务会上提出从我们身上也闻着了烟味酒味。我一听这话就来气，把桌子一拍，"放屁！我们身上即使有那味道也是你们给污染的！"

结果一班的作风纪律的旗帜被扛走了，理由——班长不冷静，带头拍桌子，目无领导。这意思就是说该队长教导员拍桌子而不是我关山，有他们在怎么也轮不到我拍。而且这之前在树立标兵时狂妄的老账都还没跟我清算，不但没收敛，反而变本加厉，关山同志的嚣张气焰已经到了非灭不可的地步了。

回到班里召集大家开会的时候，几个孩子可怜巴巴地盯着我。

"班长，下周我们还是抢回来哈！"欧阳用我的家乡话安慰我。

"欧阳长河下周作风纪律扣 10 分，再加 200 个俯卧撑。理由，说家乡话。"我面无表情。

"不是这样的，真的不应该是这样，有些事情没有理得顺，我们不应该，也不能把其他班和队领导当成我们的敌人，而现在却好像走入了误区，队领导他们代表的是什么？我们又是什么？来这里的目的是什么？干什么来了？大家都好好想想。"于是继"猪圈会议"之后我再次召开班委会，提出了几个看似很严肃的问题。

"拜托！班长，别把这样深奥的问题交给我们好吗？我们如果能够想明白这问题，你还能是我们的班长吗？"

"土匪，父母给你脑袋就是让你吃了睡、睡了吃的啊？那是拿来想事的！"大千骂道，"刚刚，班长提出了几个问题，这几个问题提得好，提得深刻，要上升到一定的高度去认识，从思想根本去解决，否则吃亏的只会是我们自己！"

"这才是大实话！我们是干什么吃的？飞行员？屁话！拟定的而已。其实我们也就是一当兵的，军人的职责是什么？土匪回答！"

"是！"潘一农站起来后右脚后跟把左脚后跟磕得啪啪响，"保家卫国，开疆辟土。"

"开你个头，辟你个尾！你想搞侵略啊？"我忍不住笑了起来，"队领导他们是我们的首长，同时也是我们的战友，他们的任务就是把我们培养成为一名合格的军人，中国人民解放军空军飞行部队的一员，这就是他们作为军人的职责和宗旨，而我们也就是要配合他们来把自己塑造成一名最优秀的军人，配合……请注意现在我用的词是配合！因为现在对我们来说，起码不是主观上要求去实现这一伟大的目的,而是客观地实现,捏着鼻子哄眼睛……"

"捏着鼻子哄眼睛?班长,书上说叫掩耳盗铃!"欧阳纠正道。

我没有理欧阳长河的打岔,继续发表我的演说:"所以,现在,我们要完成从客观到主观的转变,这个要求对于大家、对于我来说,肯定都是痛苦的过程,但这就如生孩子,阵痛以后就是解脱……"

"报告!"潘一农。

"讲!"

"班长你入伍前学的是妇产科啊?"

咣当……我真的是服了这群人了……我的个妈啊,我可以不当他们的班长吗?

可以吗?

经过这次班委扩大会议以后,我们班全体的思想上升到了空前的高度,认识到军人的职责,确立了奋斗的目标,将此体现在行动上并且要求步调完全一致。

可是当天晚上又挨了一次骂。

正当我们睡得迷迷糊糊做着集体娶媳妇美梦的时候,一阵短促有力的哨声将"好事"给搅黄了。

"这是干吗呢?"我迷迷瞪瞪地坐了起来,"还让人睡觉不?"

"老大,好像是紧急集合。"欧阳说。

我一下反应过来,条令上是这样写的:短促!有力!哨声!

紧急集合的所有条件全满足。

"那还睡个毛,都起来了都!"一边吼着轰着大家,一边快速地穿上衣服裤子和鞋袜,挎好挎包、水壶,然后将被子几折,一边跑一边打着背包。跑到指定位置,背包也打好了。大千和欧阳已先到了,王伟和潘一农也跟在我的屁股后面扑了出来。我一边整理着装,一边列队清点人数,却发现我的数学已经不好了,数来报去怎么都差一个人。其他班已经开始整队向崔队报告。

"牛!我们的牛没来!"欧阳提醒我。

"大千你整理部队!"把队伍交给了大千转身扑回了宿舍。

打开灯，宿舍一片狼藉。地上床单、袜子、胶鞋、脸盆等物件琳琅满目，居然还有条八一大裤衩非常醒目地摊在过道上。

谁在裸睡？

已经没有时间去追究这些。可是施舜牛的床上没人。这头牛去哪儿了？管他的！时间已经不允许我仔细地搜索。

转身准备下楼。

就在这时听到了呼噜声，而且就是从我们宿舍传来的。弯下腰，发现那头牛居然裹着被子在床底下睡得很香。

我很奇怪，我们这样的一群孩子怎么会有人打呼噜，按照体检标准来说，有这毛病的人是进不了这大院的。也许他以前是不打呼噜的，也许是这孩子太胖了，也许是这些日子的训练太累了，也许我现在根本没时间去追究更多的也许。

已经没有生气的时间，从床底下把牛牵了出来，顺便一脚踢了过去，然后用跟崔队差不多的声音吼了起来：

"都他妈的打起来了，你还睡！"

施舜牛揉了揉眼睛，懵懵地问我："啥打起来了？"

"还有小日本！"

结果可想而知，一班又拿了个第一，倒着数的。

这事很让我受刺激，点评的时候崔队对我用从不曾有的语气——那是失望，绝望，恨铁不成钢。"特别是一班，溃不成军！你们什么都要争第一，连伙食的消耗也是第一，为什么你们的紧急集合就不能是第一呢？"

我们的伙食每个月都要超标，每人每月四十五斤的配额根本不够，协理员每个月都要到其他队去借粮食。

"坚决抵制多吃多占！"潘一农愤愤然地看着施舜牛。

有次打赌，我们自己包的包子，足足二两一个，施舜牛吃了二十八个，打破了自己创造的二十六个的队纪录，还想继续创新高时，炊事班小裴告诉我们："库存已经无货，要吃明儿赶早！"

施舜牛摸着肚子向炊事班班长诉苦："班长，我才只是半饱！"

"这死胖子的消耗起码是我们的三倍！"欧阳说道，"如果不对他实施节食计划，我们队早晚都要被他吃穷吃垮！"

"不要啊！班长不要啊！"施舜牛一边嚼着方便面一边用可怜巴巴的眼神向我求救，"我现在比刚刚到这里的时候瘦了四十斤！"

"就算你减少了四十斤，也比我们起码重了六十斤！你看你自己！哪里有我们人民空军的样子。"王伟也跟着起哄。

"这还不算！每个月队里还专门为他配发两箱方便面，同志们啊，这是怎么样的特殊化！凭什么死胖子就要比我们特殊？"潘一农不依不饶。潘一农说的是实话。施舜牛自从踏进这个大院以来，我们听到他喊得最多的就是饿，不是不给他吃，而是这家伙消化功能实在太好了，常常是刚吃完不到一个小时就要喊肚子饿。队长以为他得了"饿痨病"，把他带到医院去检查，结果是什么问题也没有。也不可能有问题，如果身体有任何的毛病根本就进不了这个大院！

"我也觉得问题出在胖子的那一身肥肉身上！"大千若有所思地说道。如果不是前不久的紧急集合，他还不知道这家伙会打呼噜，因为训练让我们养成了倒在床上不出三分钟就能睡着的习惯。

"对！"元宝放下手中的笔接过大千的话说道，这家伙最近写出去的信特别多，想来是他的某位女同学已经升级成为了表妹，"得为他拿出一个切实可行的减肥措施来！"

"怎么减？"欧阳接过元宝的话说道，"运动减肥？到这里多久了？运动量有多大？这个数字不用我说，大家心里都清楚，根本对他没有用，运动量越大，这头牛越能吃。饥饿疗法？行不通，保不准这家伙在实施饥饿疗法以后更能吃。还有就是药物疗法了，我个人认为这条路就更行不通，我们这群人本就是不吃药不打针的主，万一用错了药，把他吃坏了，怎么办？那才真是吃不完兜着走！"

"据说，还有种减肥的办法，那就是针灸！运用我们古老的医学技术可以达到减肥的效果！"大千说道，"针灸减肥的原理就是通过针刺人体某些穴位，起到使胃蠕动减弱和抑制胃酸分泌，延长胃排空时间，胃的排空减慢，胃不空了，自然就有饱的感觉，不太想吃东西了。"

"这倒是一个好办法！"我点头笑着说道，"但是谁来实施这个针灸手术呢？大千你会吗？鸵鸟你会吗？欧阳你会吗？反正我不会！"

一听说要在他身上扎针灸，施舜牛马上把脑袋埋在裤裆里，好像立即就要在他的身上扎上百十把针一样。

"可怜的孩子！"我摸摸他的脑袋，"不会像你想的那样残忍，再怎么说，你还是亲爱的战友嘛，你说对吧！我保证不会让你变成刺猬，否则你怎么去见你的表妹呢？眼看春节就要到了，也该放寒假了。"传说我们能够和二十七期的师兄一起放假，可这只是传说。

"是啊！怎么也得把我们的水牛变苗条一些后回去见他的美女，所以减肥行动刻不容缓，这是当前工作的重中之重！"王伟一脸凝重。

"我同意鸵鸟同志的意见，但是，前面提的这些措施都不能快速达到目的。我个人的意见啊，是这样子的。"我故意停顿了一下，"施舜牛同志刚刚说了句什么来着，土匪你记得吗？"

潘一农望着我摇了摇头："说的可多了，哪句？"

"我想想！"欧阳眨着眼睛看我，这家伙其实早就明白我想说什么，但是却故意装作不知道的样子，他猛然拍在大腿上，"想起了，他刚刚说自从到了这里以后已经减少了四十斤的体重！"

"恭喜你！答对了，加十分！"我笑道，"四十斤说明了什么？说明这家伙不是不能减，还说明了什么呢？"

"还说明他的运动量不够！"大千嘿嘿一笑，"班座的意思是再明显不过了，我们得给施舜牛同志开'小锅小灶'，加大他的运动量！"

"副班长同志已经指示了，施舜牛同志你就看着办吧，这项任务怎么去落实，就完全看你老人家的态度和行动了。"潘一农把脑袋凑到施舜牛的面前。施舜牛伸出他的大手，一把扣在潘一农光头上，然后用力一按，潘一农一屁股就坐在了地上。

"错！"我冷笑一声，"不是他的运动量不够，而是大家都不够！从今天开始，都听好了，每天晚上睡觉前，每人500个俯卧撑、500个仰卧起坐和500个下蹲起立，施舜牛同志翻倍，少一个罚一百个，从我开始做起！"

"不是吧？"潘一农一下就叫了起来。

一边走一边看了看表，离睡觉还有近一个小时的时间，我面无表情地说道："现在！立即！马上！开始！"走到元宝后面的时候，发现他依然无动于衷还在写信，一脚踢向他屁股下面的马扎。

"行动！"

马扎飞了起来，而元宝却没有如我想象一般一屁股摔倒在地，原来这小子一边扎马步一边写着信。

真是"家事国事"两不误啊。

这天是礼拜天,刘大千向我请假,他说想去街上逛逛,来这里这么久了,才上了一次街,那一次还是队长带着我们跑火车站的时候。我很吃惊,想了想,的确是这样!上街是轮着出去,每周只能出去一个,早上八点出去,下午四点以前必须归队,迟到一分钟就会挨处分,而且这处分既不是拟定的,也不是口头的,而是实实在在的处分,张天啸鲜活的例子可在那里摆着。全班十人,一个月四个星期,也就是说两个半月才能轮到一次上街的机会,因为我和大千是正、副班长,每次轮到我俩上街的时候,都让给了其他同志,并不是我们多么高风亮节,而是在这个城市里,不知道该去什么地方玩,去街上能够干什么!走家串户吗?在这个城市都没有亲朋熟友,别的那些战友还有同学考到了这里,而离我最近的同学在沈阳,有六小时的车程。与其出去在大街上漫无目的地闲逛,倒不如在队里睡点懒觉实在。一个礼拜七天,也就只有指望到周日这天才可以完全放松身体,也只有在这天才能够睡懒觉,星期天的早上我常常不起床,一直睡到下午四点队里点名前。简单地睡一个懒觉,就是幸福。

当然像这样光明正大的外出我没有,可偷偷摸摸翻院墙出去买烟这些事我们谁也没少干。不敢去军人服务社买东西,服务社的那些嫂子阿姨可厉害了,今天你去买包烟、拎瓶酒,明天她就会知道你在哪个队哪个班叫什么,闹不准什么时候队长教导员就会知道。所以军人服务社的烟酒生意一直不景气。

将外出证递给了刘大千,交代了一些外出事宜,特别强调要准时归队,因为迟到挨个处分而停飞实在不划算!

"啊!我们的班座何时变得如此柔情似水?"王伟用一种非常夸张和抒情的方式说道。

"嘿!你们哪一次外出我不是这样交代的?"我一脚踢在王伟的屁股上。

"你就从来没交代过我!"欧阳笑着说。

"不是吧?"

"因为我和你一样,也从来没有外出过!"

想起离开的时候对莲子说的那些话,"不许随便逛大街而已"——现在已经丧失了逛街这爱好了。

大千走了以后,将班里外出的名单上交到队里值班员那里,然后把施舜牛从床上轰了起来:"起来!今天给你加餐!"

一听加餐,施舜牛一下就从床上坐了起来:"有什么好吃的?"

"吃!吃!吃!你他爹的就知道吃!给你加一万米!"

如果放在其他部队或者不是这样的军校里,我想我这班长在这个班集体里应该会有绝对的权威,尽管我在施舜牛第一天进这个门的时候曾恶狠狠地告诉过他,在这间屋子里,我才是真正的老大,事实上,经过努力锻炼各方面的均衡指标我也排在第一。可我却怎么也高兴不起来,眼前这个胖子就已经让我很头疼。头疼的不是他总喊吃不饱和多吃多占,大家对他的嘲讽其实都是善意的玩笑,让我头疼的是他的长跑。这家伙长跑训练总是落在全队的后面,每次以班为单位的考核,都是我和大千架着他跑完全程。他做单双杠训练的时候,我都要派两个人保护他,不是怕把他摔坏了,而是担心那些体育器材经不起他的折腾。

自打崔齐山盯上我,让我担任班长,就把一种叫责任的东西压在了我的身上,经过大半年同寝同食,不但没能树立起班长的高大形象来,相反,带领着全班的兄弟抽烟、喝酒、翻院墙,还美其名曰"事不出班!""事不出班"的意思就是我们干的那些破事在本班的这些人之间不是秘密,一旦跨出了这个门,就算要打死你也不能承认,绝对的秘密!

面对着施舜牛的肥胖,我决定做一件好事,做一件有益于这个队、这个班和战友的好事——逼着施舜牛减肥!

"'暗哨'行动"闹得人心惶惶,虽然在表面上还是那样嘻嘻哈哈,彼此之间毕竟多了一份猜疑和隔阂。但在减肥这事上,除了施舜牛外,大家表现出空前的团结和目标一致。十个胖子九个懒!胖子极其不配合我们,总是想着怎么躲掉对他实施的计划。同在一个屋子里睡觉,一张桌子上吃饭和一间教室里上课,他又怎么躲得掉群众雪亮的眼睛?自从我那一脚把他踢趴以后,施舜牛在表面上还算对我这个班长表示着毕恭毕敬,心里是怎么想的却很难说。在这个班、这个队,这个大院,我们这些孩子谁是真正服软的主?

当他听到我要给他加一万米的时候,那张本来充满着盼望的脸一下就哭丧起来:"班长,你饶了我吧!今天可是礼拜天!"

"没有二氧化碳[①]!"我面无表情。我们这群人,现在已经能够熟悉运用彼此的地方语言。而对于飞行员来说,这是不允许的,要求必须说标准的普通话,如果连语言这关都不能修正,等待的结果,肯定是停飞。

"真把自己当成了干部啊!"施舜牛顶了起来,这些日子的大运动量已经让这小子心情极度不爽,终于变温顺为不恭。

"全班集合!"我吼了起来。

欧阳、王伟、潘一农、元宝、施舜牛等一下就从床上翻了起来,飞快地套上军装,迅速列队站在我面前。

自打紧急集合被崔队长骂了以后,我们睡觉脱军装的时候上衣是不解扣子的,所以在穿军装的时候,会像水兵那样直接从头上套在身上,为这王伟说:"我强烈建议把我们空军学员的服装改成水兵服!"后来,王伟还真的去了海军航空兵部队。当时,征求个人意见时,王伟的热情异乎寻常。这群人,常常会为一个单纯的目的而去做许多复杂的工作。

"不是吧?今天星期天呀!"潘一农嘀咕道。

"土匪,200个俯卧撑!"

"班长大姨妈来了!"欧阳取笑道。

"欧阳长河,400个高抬腿!"

其余的人已经被我吓着了,看形势,我根本不像是在开玩笑,二人闭上嘴巴各自行动起来。

"大家都听好了,什么时候施舜牛减肥成功,本班恢复礼拜天,否则就是星期七!"实在是那次这家伙的鼾声让我决心让这家伙减肥,都折腾得那样了,他居然睡得那么香。

"你才应该叫土匪!"潘一农一边趴在地上做着俯卧撑一边抗议道。

"现在开始,每人500个俯卧撑!土匪和欧阳另外加的不含在内。"

当施舜牛将两手撑在地上准备开始活动的时候,我将旁边的元宝拎到了施舜牛的背上,一大一小的两个胖子就叠在一起。

"如果掉下来,各自加做200!"说完以后自己也趴在地上开始一二三

[①] 没有二氧化碳,本是化学名词,但也属于重庆地方俚语,就是没有商量的余地。——作者注

地数起数字来。"都给老子记牢了,别拿班干部不当干部!"

　　减肥运动,除了帮助施舜牛同学外,还有个卑鄙的念头,把整个班集体时刻集中在一起,好事坏事大家都有份,让"暗哨"无用。可我知道,这不是解决根本的办法,而是"头痛治头,脚疼治脚"的庸医所为。就目前之情况来说,实在是无可奈何之举,我找不出更好的办法。这群小子,如果让他们分散了,不知道会折腾成什么样,根本不敢去预测。我们就是一颗颗炸弹,不定时的,说不准什么时候就会引爆,炸得我们鲜血淋漓,体无完肤!

第十一章　打赌

刘大千带回来两副哑铃、一副拉力器和两根跳绳。我很奇怪,他哪里来的那么多的钱去买这些东西,我们每个月津贴只有十来元钱,仅仅够买牙膏、香皂和偶尔抽一包烟。他淡淡地说道:"我走的时候,小布丁给我的,在这个地方,有钱也花不出去,还不如捐献给班集体!"有了这些设备以后,就不用常常去接受零下二十多度的气温对我们身体的摧残和考验,只要有空,大家就开始锻炼起来,施舜牛的体重也逐渐向一百七十斤靠拢,全班在火热的健身运动中达到了空前的团结。

千万别指望我们就此变好了。

这周星期天,我带领大家从大院后门出去,绕着南湖进行长跑,在锻炼强健的体魄的时候顺便欣赏一下祖国的大好河山,同时也把给莲子的信发出去。给同学的信一般都是用部队的免费信件,可是给莲子的信我却要贴邮票,一则往返比军邮要快,再就是可以避免一些不必要的麻烦。我们的津贴不允许这样做,莲子常常在信里夹一大版邮票给我。莲子在信里流露出想退役去成都体院读书的想法。我支持她的想法,前提是必须打完城市运动会。想想她们也非常不容易,很小的时候就离开了父母千里迢迢来做专业运动员,忽略了文化学习,许多运动员文化水平连初中生都不如,能把字写端正了就算不错了,在这个社会上,知识最终将会越来越受重视,按照目前莲子的水平,考上成都体院是非常困难的,虽然她是国家一级运动员。唯一可以走的捷径就是在大型比赛上拿个好名次,国家有这样的政策,在全国性的比赛上拿到前六名的,可以保送进大学学习。首届城市运动会对于莲子来说，无疑是一个很好的机会，作为青年队，重庆女排有一定的实力在这次运动会上拿个奖牌。

刚刚一出门，潘一农同志又发现新的情况！

"班长，前面，那妞怎么样？看背影，婀娜多姿，袅袅生香。"他一连用了两个成语来形容。

我呵呵一乐："该不会是背面看想犯罪，侧面看想撤退，正面看想自卫吧？"

"要不我去火力侦察一下？"潘一农看到美女以后常常是很自告奋勇的。

在我的默许下，潘一农屁颠屁颠地奋勇向前，假装在锻炼，绕着那女孩子跑了一圈。

大家都停了下来，等着潘一农汇报结果。

"什么美女啊？在我的眼里就我家'表妹'才是美女！其他的都是狗屎。"施舜牛陷入无限的甜蜜回忆中。

"你'表妹'是美女？那是村姑！咋就不长点记性呢？"王伟笑着说，"为此，班长同志已经批评了你 N 次了！"

刘大千玩着棉帽，先是把帽子捏得四棱见方，接着拍圆了再捏，然后又把帽徽拧下来又上上去，如此反复。

"大千，你有心事啊？"我贴了过去。

"没有！"他把背靠在路边的树上。

"别不承认，都把心事写在脸上了。"

"就是想不明白，都已经两个月没有她的信了！"

我心里咯噔地响了一下，这小子闷了两个月了，他那"表妹"就是小布丁，见过照片，瓜子脸，一身牛仔套装把身体显得更加成熟完美，真正的美女。从小学开始就是他的同学，青梅竹马，是她追的他，谈了三年了，感情的基础应该是很牢的。

"也许很忙，也许学习紧张，也许生病了……也许……"我想找出合理的理由来安慰大千，同时也好为小布丁开脱。

"也许什么都不是，只是有了新欢，女孩子基本上耐不住寂寞的，特别是漂亮的女孩子，而地方大学里那些浪漫的帅哥又太多。"大千很是悲哀。

"干啥呢这是？"

"也许要把事情想得悲观点才会乐观。"

也许吧！希望越大失望也就越大，先悲观结局却常常是乐观。而这个悲观却是不信任，对他人也是对自己的不信任。大千不应该是这样的人，为什么会这样呢？

"绝色！"潘一农气喘吁吁地回来报告。这小子，平时的17.2公里也没见这样脸红和汗流浃背过。

"我一直怀疑你对美的欣赏水平。"我打击他。其实我的摄影就是跟潘一农学的，这小子到部队来的时候，唯一一件私人物品就是一架"美能达"机械单反照相机。后来，我用攒起来的稿费买了一架"珠江S201"，就找他学起了摄影，从此沉溺于光和影的世界里，一发而不可收拾。

"我用我的军格发誓，真的是一绝色！"

"军格？啥叫军格？"王伟很奇怪。

"就是军人的人格！学一下刘大千同学，创造一点词汇，免得你们总是说我没文化。"

"就算创造了军格，你还是一没文化的人，知道不，应该叫军人的荣誉！军人的荣誉高于一切，再这样胡编乱造，当心我把你弄成一荣誉军人！"刘大千恨得直咬牙。

荣誉军人就是残废军人。

全班哈哈大笑。

我望着刘大千，心里想，这是个什么样的人？刚刚还是满腹心事，眨个眼，他就能逗得大家笑逐颜开。这个人太可怕，心理素质也太强了，幸好他是我的班副，从到校的第一天我们就在一起，对他的熟悉就如对自己的了解，否则与这样的人为伍真不知道是幸抑或不幸！

他对我眨了眨眼睛，左嘴角翘了一下，仿佛知道我心里在想什么。

莫不是他就是那"暗哨"？

我曾经用排除法一个个地进行筛选，想找出这个"暗哨"，把盯在我们身后的这只眼睛给弄瞎了。这个"暗哨"比张天啸的二十四小时的监控还让人难受和害怕，我就不明白张天啸向韩教出这个"暗哨"主意到底是何居心，难道我们受的折腾还不够吗？也许就如我引用的那样：为了自己能够早日超度，不惜让众鬼再历百劫。他还是希望自己能够尽快地提干，考学毕竟是要付出和拼搏的。

　　我看谁都像却谁也不像。最大的怀疑对象在我看来应该是元宝，这小子面子上的功夫做得比谁都好，就爱出点风头，率先向教官提出"雷锋不可学"的论断，而喂猪却又是他一手挑起的，在韩教的眼里，我们都是"坏儿童"，独独他元宝是"三好学生"；其次是施舜牛，进这个大院的第一天就被灭了威风，心存怨怼，难免会做出背叛一班这个集体的行为；接下来就应该是欧阳，一直不解队长把欧阳放在我身边的含义，他可是我们这群人里的状元，各方面的素质都不差，放在其他任何班都是担任班长班副的料，没有理由窝在一班受我的鸟气，王伟也是这样；对于潘一农，我不怀疑，因为他心直口快，没有什么城府，基本上不是干这活的料；而大千，我就把他当自己的弟弟，在许多性格上是惊人的相似，宁折不弯，决不干出卖兄弟的事情。当彼此知道在家里都是独儿的时候，那种好似亲兄弟的感情一下就萌生在了心底，因为这个职业的缘故，所以彼此答应，如果真的有那么一天，一定要去照顾好对方的父母；而我自己作为一班之长，这个集体的最高统帅，没有必要去担任这个"暗哨"，有什么事儿队长教导员完全可以直接清理我，并且本身就是这个小组的成员，队领导没有笨到浪费一个指标的地步。

　　反过来，我可以推翻所做的这些猜测和推断。元宝是浪子回头金不换；施舜牛就算想做那"暗哨"可他首先就得掂量这事的后果，保不准我再发起狠来，不再是挨一脚那样的简单；欧阳自打和我认识以来，惺惺相惜，彼此尊重，作为老乡，他了解我的脾气和性格，更知道我的为人，在这个集体，他无法去背叛，无论他在一班还是在其他的班；王伟是个不怕事的主，这样的人讲究的就是情和义，人对路了，把脑袋拧下来给你当酒壶也不算个事儿；潘一农看似没心没肺成天地找乐子，也不排除他扮猪吃老虎的可能。

　　是谁或者不是谁，我对这些兄弟反复推测，看谁都像却谁也不像。

　　如果大千是那FBI，这才是真正的可怕。可怕的不是大千，而是让大千做这个"暗哨"的人，也就是我们的韩耀光教导员和崔齐山队长。他们将他们所学的、所有的军事思想、战略战术用在了我们身上，我们就是他们的战场。在我或者大家看来，越是不可能的东西，他们越会那样去做，正如高铁杆教授的那样，"兵者，诡道也！"

在这个班，各方面都能跟我平分秋色的，唯有这个大千，甚至某些方面他已经超越了我。当然，如果是这样，其实很高兴。起码对于这个班、这些人，我的领导非常了解，也知道每一个人的优点、缺点。更准确地说，他们非常看重我，知道这个班集体，真正要对付的就是我，收拾了我其他人就好办，他们是把我当成真正的对手对待，起码是在平等的基础上，虽然我是个才入伍没多久的新兵蛋子。

韩教这样做，无话可说，因为他本身就是政工干部，可崔队呢？我想，他是不反对的。他的不反对让我揪心，一直认为无论多么的调皮捣蛋，应该是放心我的，那赌只是一时的玩笑。现在看来，他跟我的那一赌，是认真的。

"来！来！来！赌一把，奶奶的，好像很久没有赌了。"我对大千报以一笑。

听说开赌，元宝、王伟、欧阳、潘一农、施舜牛都立刻围拢了过来。

"刚刚收到一笔稿费……有100块，如果我们有谁能和那女孩子说话超过10分钟，我就把这钱拿出来，大家去弄点吃的喝的！"从高中开始我就在一些报纸杂志上发表一些豆腐块文章，常常在弹尽粮绝的时候收到稿酬，也因为喜欢这些东西我在高中时学会了吸烟。我对这个赌有信心，一般来说，漂亮的女孩子都很高傲，对许多人和事不屑一顾。

"还有抽的！"潘一农及时补充。

"为了对得起这100块钱，我还有个要求，也就是在这10分钟内，必须把这女孩子逗笑和弄清楚她的联系方式！"

"不是吧？班长你不想请客就算了，我们也不计较，那毕竟是你一笔一画写出来的心血，可是这样为难我们就是你的不人道、不军格了！"欧阳长河嚷了起来。

"班长你别看我，我个子小了点，不合格！"王伟恨不得把脑袋埋在地里。他只有一米七一的身高，而那女孩子，根据我的目测，身高应该在一米六八左右。

"我憨厚有余，机灵不足，并且我还是觉得我家表妹最好。"施舜牛永远是那副纯情王子的神情。

"班长，我觉得还是你自己去最好，要形象有形象，要身高有身高，要身材有身材，要气质有气质，要口才有口才，你完全就是帅哥的代言人、智慧的化身，你不去，还能有谁去呢？你就是我们的不二人选！你看我元宝，圆不溜秋的形象完全就是为人民军队抹黑，丢空军的脸。"

"帅吗？你要再敢说我帅，我就帮你整容，整得跟我一样帅！男人要的是本事，帅顶屁用！耍帅我还不如装酷！"我说这话的时候，眼睛却瞟着刘大千。

"还是我去吧，想来这任务也就只有我刘大千能完成了，你们这些家伙，平时啊什么亲爱的战友尊敬的同志叫得震天响，一到关键时候就尿裤子，真要是仗打起来了，没准全是叛徒！"刘大千故做委屈状。

这小子是太聪明，聪明到我对他一笑，他就明白要做什么，以及希望谁去做，达到什么目的，收到什么效果。

打这一赌的目的有五：

一、检验他是否就是"暗哨"。身边睡着一枚不知道什么时候爆炸的定时炸弹总不是回事啊。

二、如果他是"暗哨"，那么就趁这个机会拉他下水。

三、帮助他走出失恋的阴影，如果能够重新开始一段新的爱情故事也许明天会更美好。

四、我们已经快一个月没有抽烟、喝酒了。

五、他捐献器材给本班是不是因为心里有愧。

五个目的，刘大千看了我一眼，心里就完全明白。

"咿——你好！"刘大千跑了一圈，稳住心跳以后，从女孩子对面走过的时候微笑着对女孩子打招呼，这招很老套。

女孩子很美，美得很清纯，美得惊心动魄，刘大千回来后用这样一句话来形容。

原来美也可以惊心动魄，我一直不信，以为只不过是刘大千和潘一农的夸大其词，经年以后，我遇到一生中的冤家，为这惊心动魄的美付出了惨痛的代价后，才知道当年的刘大千所言的其实一点也不为过。

那女孩子看着眼前这个穿着军装阳光帅气的男孩子，有点茫然：

"你是?"

"不记得了?"刘大千的表情一点也不夸张，如果让他去做演员，我想他绝对是个演技派的，动作非常的到位，分寸拿捏得恰到好处。

女孩摇了摇头。

"真的不记得了?"

这次女孩子点了点头。

刘大千同志笑了起来："想起了?"

"没有!"

"没有你点啥头?"

女孩子很有涵养，套用现在流行的语言应该叫淑女，换作我们早就骂他神经了。

刘大千同志看了看腕上的表，然后说："给你三分钟的时间，你好好想想，你一定会想起来！你肯定能！我相信你！"

后来我们问那个叫杜生亚的女孩子，当时那三分钟你都想了些什么?

"我想，应该是碰上流氓了，应不应该给他一个嘴巴，扇他到马路牙子对面乘凉去。"

"你确定?"潘一农乘胜追击。

"当然，我当时就是这样想的，莫名其妙地跑出来一个流氓，莫名其妙地冲我笑，特别是给那三分钟的时间更加莫名其妙！"这丫头一连用了三个莫名其妙。

"不后悔?"我也乐。

"我……我……你们是一群土匪。"她冲着我们喊了起来，"我后悔刚才为什么不给你们一个嘴巴！"

我们哈哈大笑而去。

"三分钟的时间到了，请问你想起来了吗?"刘大千很郑重地问道。

"实在很抱歉，解放军叔叔，真的没想起来，我不认识你！"

"唉！"刘大千很受伤的样子，无奈且痛苦地摇着头，"三分钟之前，我碰到了你，你也遇见了我，我向你打招呼，并且向你提了个看似不奇怪的问题，可是你却没答上来，你不会如此健忘吧?"

扑哧，那女孩子笑了起来。

这一笑，笑得我们刘大千同志魂飞九霄云外了。

"你好，我是刘大千，空军飞行学院一队学员。"刘大千不再有往昔的那种洒脱，很傻傻乎乎地向她伸出了手。

"你好……我是……东北师大音乐系的杜生亚。"

"我就是那'暗哨'！"在没有其他人的时候，刘大千很爽快地说道，"我明白你那打赌的几层意思。韩教玩这样的把戏没意思，要知道，都是同时来到这里一起学习生活的兄弟，可是在表面上，无法去拒绝也不能拒绝，你知道的，在这样的环境之下。我虽然是'暗哨'，但是无愧于天、无愧于地、更无愧于一班这个集体！"

刘大千告诉我，韩教找了他许多次，他心里一直不愿意，不愿意做兄弟阋于墙之事，可是小命捏在别人的手里，就是一句韩教导员常常说的话"你还想不想进步"。这事落在一个十七八岁的孩子身上，深深地折磨着他，而他只能自己来扛，不能告诉任何人，这是怎么样的一种痛？这痛有谁能理解？如果一旦我们知道他就是那"暗哨"，还会是亲爱的战友吗？小布丁认为为了他的进步，他应该那样去做，这是组织对他的考验，身为副班长，更应该去做。为这他跟小布丁狠狠地吵了起来，到后来就是冷战，他的信她根本就不回，用那点可怜的津贴翻墙出去打那贵死人的长途，她也不接。他用攒了大半年的津贴为大家买来那些健身器材，只不过是求个心理平衡。

当我说出打赌的事，他就知道，我想帮他，当时我问了所有的人就是不问他，他就知道我最希望是他来完成这任务，"暗哨"这事是个结，迟早都得解。

"兄弟，我没有不信你！我深信你没有把任何的东西卖出去，否则我们之间也不会像今天这样谈话。我信你，就因为你是我的兄弟！其实，一班到现在所有的荣誉，都是靠你靠我靠大家挣来的，但是这些荣誉里面有多少水分，你清楚，我心里也明白。是的，你在乎，我也在乎，可是，这些荣誉我们得得心安理得、踏踏实实吗？多希望所有的荣誉全部货真价实。"

大千伸出拳头，我也伸出拳头。两只男人的拳头碰在了一起！

凡成大事者不在于他有多么聪明也不在于他有多大的能耐，而在于他能担当、愿担当、敢担当！

多年以后，在看电视连续剧《狼毒花》时，看到常发给儿子洗澡那个桥段，儿子坐在我边上，很郑重地问了我一句："据说，你当年也是这样收拾俺的？"

注意，这孩子用的是"俺"。从上幼儿园开始，这孩子接受的就是普通话的教育，我也时常跟他进行普通话对话，可他常常就用电视上学来的山东话跟我调皮。我小的时候是"肢体"淘气，现在的孩子是用"脑子"淘气。许多人都明白这样一个道理：打小吃苦不是坏事，总比他长大以后社会让他吃苦强。对于儿子，我就是抱着这样的理念去教育和培养他，他接受，那么就是他的福气，他不能接受，也要让他接受，直到他接受为止。孩子他娘心疼孩子，就骂我："关山！你这个土匪！军阀！恶霸地主！"

儿子在我这样的教育下聪明地成长着。我后来问他为什么不反抗、不抵制，自打一开始就积极认真地配合着。

他冲我一笑，笑得很诡秘。

我没打断他，鼓励他说下去。

"生在这样的家庭也就只能认了，反抗无疑就是做无用功，与其无用还不如配合。懂事，日子才好过！"

懂事，日子才好过！

这也是当年在班委扩大会议上讲话的主要精神。

之所以叫班委扩大会议是因为全班就十个人，除了班长我，副班长刘大千两个班委成员外，一起干抽烟、喝酒、翻院墙等一系列坏事的还有另外五人。

"鉴于目前的发展趋势，已经严重地影响了班集体荣誉和团结，给另外的三人小组带来了严重的负面影响。为了全面建设我班，为了我班在文化学习、军事训练、体育锻炼和政治思想教育上取得更大的进步，特召开此扩大会议，请与会的同志畅所欲言，积极、认真地查找自身的问题，并针对问题自查自纠，找出切实可行的解决办法，让我班真正地无愧于一班这个光荣称号！"

我的发言得到大家一致的掌声。

"先贤有云，无规矩不成方圆；伟大领袖毛主席教导我们说，加强纪律性，革命无不胜。即使是号称'自由之邦'的美利坚，其自由也是有条件的，那就是'你的自由不能妨碍别人的自由'，对吧？从这个意义上说，我们光荣的一班在现阶段，也应该有个快活的尺度，否则，你的快活，就会妨碍他人的快活。经过我和班座的几次开诚布公的交流，我现在宣布，鄙人就是大家口中的那'暗哨'。为什么在这小范围要宣布呢？班长和我个人都认为这样做可以更好地在团结、融洽、友好的气氛下进行学习锻炼，使得大家都能成长为一名优秀的飞行学员，这个'暗哨'在本班完全没有存在的必要！"大千同志的发言博得了与会同志经久不息的掌声。

"我代表一班的广大群众热烈欢迎你回到我们的大集体来，来！班副，抱一个……"潘一农敞开了他的双臂，刘大千同志感动得热泪盈眶。

"班长、班副同志，我可以发表一下个人的意见不？"潘一农一脸郑重，"今天这个会议的主题，不，应该叫中心思想，用通俗的话来说就是我们要做'好儿童'，对吗？也就是说从今天开始我们不能抽烟、喝酒、翻院墙和打架了？可是，这些事情都不能干了，人活着还有个什么劲？"

"你现在活得很带劲吗？"我咬牙切齿把这句话甩了出去，如果允许我会扑上去撕碎了他，"今天这会议的精神就七个字：懂事，日子才好过！土匪你要对这七个字做出书面的心得体会。下面会议继续。"

潘一农的嬉皮笑脸没了，他从我的眼里读到了寒气和杀气。我们不是高铁杆说的那样没有杀气，只是这杀气没有被逼出来而已，我们这代军人，不像老前辈那样经过战火的洗礼。和平时代，我们的杀气得有人来逼，这杀气一出来，想再收回去就难了，因为这些东西是灵魂深处的，一旦逼出来，就会融进血液里。

"最近我一直在想，是不是做得过了？入伍已经大半年了，从各方面来说，也只是看起来像那么回事，其实呢？离真正的军人，真正的一个飞行学员要求，我们差得很远。别看这样第一那样第一，可这些第一都是假的，套用班座的话说都是捏着鼻子哄眼睛，经不起检验的东西，也只是在队里才是第一。不要说拉出去和飞行部队比，就算跟老学员比，都差老远了，他们也就只比我们先进这一年啊，人家那军姿，那单双杠，玩得多溜，再看人家的一言一行，举手投足之间透着一股勃发的英气，怎么看怎么都觉得舒服。回头看自己，都干的些什么事儿啊？是该醒了。"王伟一口气吐出这么一段话以后，笑了笑，"妈哟，我都佩服自己了，咋就水平也越来越高了啊？我想，这应该归功于队长、教导员、军事教官、体育教官、文化教官和班长、副班长的谆谆教导。"

"大家都说了这么多，我也应该说几句。"元宝表态了，"这次会议就是要求每个人，必须从思想深处认清当前的形势，意识到自身的不足，从根本上去解决存在的问题。从穿上这身军装的那一天开始，就知道自己是干什么来了，也朦朦胧胧意识到自己的一些责任，经过学院半年多的学习教育，虽然明白了一些道理，但是我觉得还是非常不够。大家都知道，在这里，危机感和紧迫感比任何一所学校、任何一支部队都强，仅仅从我们自身来说，能否合格、是否不被淘汰，都对今后人生道路有着深远的意义，正如'老佛爷'所说的那样，'剩'者为王。在这里没有谦让，只有弱肉强食，优胜劣汰，达尔文适者生存的理论在这里体现得更加充分，否则也不会每年那么高的淘汰率，也不会时时都有战友申请退学做逃兵了。"

元宝所说的做逃兵的事刚刚发生在三班的申江和五班的韩伟身上，这二人受不了我们这如野兽般艰辛的训练，打了一个报告，说他们的志向不在军营，而是在我们的科学发展与研究上，所以强烈要求退学回去再考大学什么的，这事在队里引起了强烈的震荡，各班曾经对这事进行过"理想与奉献"的大讨论。

"既然大家都意识到了目前的首要任务"，我总结道，"也明白了自身所存在的不足，就应该从自身做起，把每件事情做好。我第一个表态，从现在开始，所有一切与学习训练生活无关的东西全部远离，不吸烟、不喝酒、不放单飞！各项素质向全优挺进！我能做到的大家也必须做到，我如果在哪个环节有了差错请大家监督。你们也一样！"

"更多的话再说就是废话了，完全同意班座的意见！"刘大千也及时跟进。

"那么，班长，我们……我们……还打赌吗？"施舜牛小心翼翼地问道。

"赌！干吗不赌？来这是干吗的？就赌一个绚丽的青春，赌一个美好的明天。"

"既然还赌，那么，我有个不成熟的建议，要赌我们就赌个大的！"欧阳长河笑嘻嘻地说道，"就不知道你们这些人有那胆量来赌没有！"

"没有什么不敢赌的！"刘大千笑道。

"划下道来，连天都敢赌！"我把军装袖子挽了起来。

"算了！我还是担心有些人没这个胆量。"欧阳长河欲擒故纵。

我给刘大千递了个眼色，他拉了一下王伟的衣服，二人悄悄地向欧阳靠拢。

"嘿嘿！想包围我啊？"欧阳长河识破了我的计谋，"关山啊关山，自打我和你在重庆体检认识以来，你见我何时服过软怕过硬！"

刘大千和王伟一听此言便哈哈笑了起来，手上的小动作自然也就停止了。

"这个赌，很简单，但是却很难，因为要用很长的时间来赌，如果谁的耐心不够，现在退出还来得及！"欧阳长河依旧文质彬彬地不紧不慢地说道。

"别磨磨叽叽像个娘们一样，快说！"潘一农有些不耐烦。

"我的想法是这样的，这个班，特别是我们这七个人其实就像七兄弟一样，我的意思就是要大家都飞出来，成为真正的飞行员，而不是现在这样的飞行学员！到这里来就是为了我们在蓝天上飞翔的梦，通过努力这个梦完全可以实现！"

"对！我爱祖国的蓝天，晴空万里阳光灿烂……"王伟唱了起来。

"白云为我铺大道，东风送我飞向前，金色的朝霞在我身边飞舞，脚下是一片锦绣河山……"我和大千等接着和道。

"现在莺歌燕舞为时尚早！我们都还没有飞上去，飞上蓝天只是这个赌的第一个条件！"欧阳长河冷冷地说道，"而且是必须完成的先决条件！"

"那么第二个呢？"元宝迫不及待地问道。

"找个世界上最漂亮的女人做老婆！"欧阳抛出了他的第二个条件。

"再生一个最聪明的孩子，再把他培养成为飞行员？"我对这个豪赌兴奋起来。

"是的，这个赌大不大？时间长不长？现在不想赌的可以举手退出！"

"起码要用二十到三十年的时间来完成！"我补充道。

"赌，怎么不赌！"刘大千豪气干云。

"不赌？"王伟接着说道，"不赌的是王八蛋！"

"算我一个！"

"我赌！"

七只有力的大手抓在了一起，发出了震天的吼声！

"班长，我们得为这搞个仪式！"潘一农建议道。

"什么仪式？"

"歃血为盟，还是撮土为香？"大千明白潘一农的建议是什么。

"对，就是这层意思，电影、电视和小说上，那些古代的侠客义士，当他们志趣相投的时候，就是这样结拜为兄弟的！"

"潘土匪，老子更加瞧不上你了，怎么啥事到了你嘴里就要变味啊？那些人叫侠客义士吗？整个的一黑社会组织来着，怎么能拿他们与我们相提并论？！"王伟反唇相讥。

"对！那些结拜，其实说白了，也就是拉帮结派，搞个人的小团体，这是与人民军队的性质相违背的，我们不得搞这些封建主义的旧思想和破残余，咱们不玩这些啊！"我赞同驼鸟的说法，"我们几个人，也就是打了一个赌，跟那啥跟啥的丝毫不沾边。"我说这样的话，其实还有另外一层意思，韩教一直密切地注视着我们的一举一动，有次他说，我们几个人抱成一团是拉帮结派搞小团体，崔队反驳韩教小题大做，一个班集体抱成团没有什么不好。

"我们难道不是七兄弟吗？"潘一农还是很不服气。

睡觉前静静地把白天的会议反复地在脑海里想了又想，以为自己已经从被动地要求改变过渡到了主动地改变，为这沾沾自喜，转念一想，还是被动成分居多。如果不是在这样的环境，会这样地要求自己吗？答案是否定的，我缺乏对自己的约束和严格的要求。

第十二章　承诺

张天啸向院里正式提出了考学申请，队长说就考本校的军教队不好吗，一年的学习时间，多快好省，出来就是正排级，凭他的军事素质做个军事教官绰绰有余。张天啸说想多学点知识，现在不是要求干部年轻化、知识化和专业化吗！

我估计他是想换个环境，因为有那处分，在这个大院他很难取消。换个环境，一切重新开始，也许会有别样的人生。

我们忽悠出了一个军人的尊严和精彩。

就在张天啸搬到大队部脱产学习后不久，元宝出事了，而且不是小事。

事情出在元宝的情书上。

我们这群人后来好像一个个文笔都牛得不得了，究其原因，应该就是写信练出来的。当兵的，一般说来，在部队待的时间越长，他的字就会越来越漂亮，而写情书的水平却是与时间成反比，想来是觉得木已成舟，再也没啥搞头了。刚刚入伍的时候，写信的密度和水平成正比，用词造句绝对经典，如果让那些七老八十的大作家来写情书，他们就写不出这样的水平，因为老了，没激情，生活已经成了套路。

咱这群人里数刘大千的情书最牛最践，特别是在小布丁跟他闹别扭的那阶段，字字珠玑，句句精彩。其中有封他写完以后给我看，我当时就乐得不行，乐完以后却发现心里堵得慌。

小布丁：

你好吗？

我想你肯定是很好的，但是我不好，因为我想你！

因为想你，我老是找别人说话，我知道我不是想找他们说话，我想对你说，用心，我想你听，用心。我想你对我说，用心，就如我一样，用心。你能对我说吗？用心！

我想抽烟，但是班长说不许放单飞；我想喝酒，但是怕喝酒以后会更想你。书上说，这叫寂寞！

同学们祝我快乐，姐姐希望我尽快地成熟老练起来，爸爸妈妈要我好好学习……我把这些都虔诚地接受下来，装在兜里。在没有你信的日子里，我的心情也如这飘着雪花的天空，没有太阳。

我怕孤单，如果我这个他们嘴里的"暗哨、FBI"真的与韩教他们穿一条裤子，我想班长和鸵鸟他们不用揍死我，仅那眼光也会杀死我。

我怕寂寞，而周围却有那么多的寂寞的灵魂在飘来荡去，寂寞是魔鬼，也是一把利剑，直指我心。

有信的日子我会天天快乐，所以我天天如孩子一样天真地去问班长：今天，今天有我的吗？班长在递给我信的同时常常会用温柔得近似于无限同情的眼光看着我。可班长递给我的，常常不是我真正所盼望的。

常常问自己：为什么要恋爱呢？不恋爱，就不会盼信了，不盼信，就会像班长和土匪他们一样快乐无忧地笑着。

也许有一天，我会成熟起来，老练起来，那样，就不会去问班长今天有我的吗，会老练到像班长那样静静地去等。

我常常在上课时写信，晚上坐岗时也写，灵感来时一个人把一晚上的岗给承包了。最长的一封信写了48页，但那不是情书，是家信，给我姐的。作业本无限制供应，有白色和浅米黄色，我特别喜欢浅米黄色。在上课的时候把作业本或者笔记本摊开，别以为我是在认真地做笔记，一节课上完信也写完了。信封一分钱一个，是带有几架战机编队从蓝天上飞过的那种，有学校的番号，很神气。当兵的寄信不要钱，大队里有通信员，每天早上来收，然后到收发室去盖上一个军邮免费章，因为是三角形的，我们叫那为"三角戳"。写信从来不打草稿，到后来写什么总结啊，报告啊，大学语文的作文啊，提笔就写，写完就交，根本不检查。信发出去以后，就会像大千的信里说的那样：静静地等。该来的始终会来，不该来的就算望穿双眼也没有用，与其自己难受，不如心静如水。

莲子这丫头始终保持三天给我一封信，哪怕是只写几句话，她都会塞进邮筒。少小离家，她深深明白那份远离故土和亲人的滋味。

可我与父母的信件很少，差不多一个月一封，特别是给老爹的信，都是在应付，宁愿把什么都对莲子讲也不愿意与老爹沟通。他与关一鸣逼我下跪那一幕让我耿耿于怀，无法忘却。但是他又是我老子，不能不写信，所以写给父亲的信都是不痛不痒、报喜不报忧的应付。

元宝出事了，这事就出在了信上！

周三晚上，吃完饭以后，刚刚把队伍带回宿舍，就听到值班员吹哨，全队到会议室集合。

"怎么这个时候集合啊，不是还没到看新闻联播的时间吗？"大千说。

"谁知道啊？对于我们来说紧急集合应该属于家常便饭，开个会应该很正常。"欧阳回答了大千的提问。

"但是我怎么觉得这哨心惊肉跳的？"元宝插了一句。

"你做了啥亏心事？"潘一农凑了上来，"该不会昨天晚上，在大庙站岗的时候，夜闯民宅调戏民女了吧？"大庙就是《白毛女》那电影里"喜儿夜奔"那出戏里的庙子，本是当年日本鬼子在这里修建的炸药仓库，后来学院拿来做服装库房。库房的岗哨由每个学员队的学员轮流担任，两人一班岗，一固定哨，一流动哨。

"我也觉得今天这个会有点蹊跷！"王伟说。

我们列队跑步进会议室的时候，韩教导员已经在了。

"全体都有了，听我的口令！"值班员是四班长杜翔鹏，那个与我、欧阳一起被崔队留在最后的重庆老乡，"立正！向右看齐！向前看！稍息，立正！各班清点人数！"

"一班应到10人，实到10人，完毕！"

"二班应到10人，实到10人，完毕！"

"三班……"

"四班……"

……

"立正，稍息，以七班长为基准，向中看齐，向前看！稍息！立正！"

四班长杜翔鹏紧跑几步，然后右脚向左脚一磕，面向教导员敬礼："教导员同志，全队集合完毕，应到130人实到130人，是否开会，请你指示！值班员杜翔鹏！"

"稍息！"

"是！"再次敬礼，回到指挥员位置，"稍息！"而后归队。

韩教走到队伍前，盯着大家看了一会儿，一言不发，脸色沉稳，根本看不出他在想什么也不知道他要说什么。

"同志们！"

"喀嚓！"大家齐刷刷地把脚后跟一磕。

在室内，在没有戴帽子行军礼的情况下，只有这立正的一磕才能体现军人之精、气、神。磕脚后跟可得有学问，看似简单的一个立正动作，却是检验一名军人是否合格的标志，普通老百姓或者是经过大半个月军训的大学生是磕不出这味道的。我见过磕得最漂亮的军人，就是被我们叫做高铁杆的军事教官，脚后跟磕得才叫那个牛啊。只见他两眼炯炯有神地盯着受礼者，上身笔直不动，右脚后跟迅速有力地磕在左脚后跟上。举手投足之间，莫不透着军人威武、雄壮、尊严，高教头的军人姿态是队列条令的真人演示版。据说，空司有位将军到学院检查，接受他的敬礼之后，再见高教头，常常会抢先给他敬礼。将军说，看他敬礼是种享受。高教头的军姿，据说拜一位黄埔军校毕业的老将军为师练出来的。当年他一有空就跑那老军人家里，求了半个月。我们是高教头的嫡传弟子，队列动作莫不透着高铁杆的形与神。

韩教先是总结了最近一段时间的学习训练情况，特别地表扬了一班、四班。一听表扬我心就往下一沉，想，完了，真出事了，而且还不是小事。韩教的作风就是先给糖吃然后棒子敲。

我立即把最近班上所有的事倒带似地回忆了一遍，检查有什么反常的和不对的地方。在召开了班委扩大会议以后，大家都非常自觉，严格地要求自己，班里各项成绩是噌噌地向上飙！问题出在四班？四班也不可能啊！杜翔鹏班上的那些孩子没有我班的调皮，要循规蹈矩得多。还是应该在我们班，这群孩子是三天不打就上房揭瓦的主。

会是谁呢？谁呢？

"但是！有的同志，居然敢冒天下之大不韪，这不单是作风纪律有问题，更是思想根本的腐化和堕落！"韩教面色如霜，从他的牙缝里蹦了四个字出来："元宝！出列！"

"元宝？"我真的不相信，他能在这上面出问题，从来没有听他说起过什么表姐表妹啊，怎么会是他？虽然他也和我们一起干过比如抽烟、喝酒这样有违校规的事情，但是这只能是作风纪律的事情，怎么也上升不到思想根本腐化和堕落这样的高度，如果真是思想根本上的事，性质可不一样了。思来想去还是觉得元宝不会在思想上出问题，从某种角度上来说，这孩子是我们班上表现最好的一个，至少他在面子上做得比我们强，从他自愿帮助炊事班喂猪这事就可以体现出来。

"这些信是你自己念，还是我念？"韩教本来就黑的脸更加黑了，杀气腾腾，他一面说着一面从口袋里掏出了厚厚的一沓信件。

"哐！"队列后面一阵骚动，我转过头去，元宝已经直挺挺地躺在了地上。

当我、刘大千还有崔齐山队长在校医院守了一夜以后，元宝才苏醒过来。其间，队长多次要赶我和大千回队里。崔队曾言，如果一班出了什么事，唯我关山是问，而眼下，事情出来了，该被开刀问斩了，在清算以前，能够陪伴着元宝，也是为自己的失职求个安慰。

醒来的元宝已经不再是原来的元宝了，双目呆滞，嘴里一直嘀咕着什么，我伏在他嘴边，却怎么也听不清他说什么，我无奈地摇了摇头，眼睛看着队长，队长还是不说话。

自把元宝送到医院，崔队长就一直不停地吸烟，黑着脸，一言不发。

突然见元宝从床上挺起了脑袋，大吼一声："黑珍珠你这狗日的！韩耀光你这狗日的！"然后就躺在床上，双眼死死地盯着天花板。

许多年后，只要想起这一幕就揪心。在自己碰到难过的坎时，时常提醒自己，一定要压住情绪，把注意力转移到别的地方去。怕自己的弦绷得太紧，会断。

元宝在校医院住了一个礼拜以后，就转送到空军精神病医院去了，再见他已经是半年以后的事情了。

元宝疯了。

原来元宝暗恋上了英语教官黑珍珠。

学生喜欢漂亮的老师历来就不是稀罕事情。说实在的，我也常常看着黑珍珠发呆，喜欢她的一颦一笑，特别是她讲英语的时候那声线是那样的妩媚，充满着诱惑。黑珍珠本名关薇，我的家门。她这个关和我这个关可不同，我是关云长的关，如假包换的汉族，而她却是满族，正黄旗，据说是努尔哈赤、康熙、乾隆爷的嫡传子孙。放在大清帝国，这个家门怎么也是一个格格。据说打小她接受的训练就是那些皇宫礼仪什么的，那是她的家族传下来的规矩。贵族的血统再加上军装，这个大院再也找不出第二个举手投足如此令人心仪的女子来。家属院和校本部是分开的，中间隔了一条马路，并且各自有围墙和哨兵，平时家属不允许到大院来溜达。我们是从上到下清一色的和尚，只有几个女教官才有资格在这个大院袅袅走过，连医院的那些医生护士，如果没有特殊情况都不允许出现在大院里。黑珍珠不是说她的皮肤黑，而是她的眼睛，黑黑的、水汪汪的，像珍珠一样的发亮。外号的来历无法考证，后来根据大千推测，应该是来自于元宝。我们是黑珍珠的大弟子，她从外语学院毕业以后分到了这个学院，经过短暂的三个月的军事训练后就开始了她的教官生涯，那时她20岁，跟我们差不多大。

　　记得第一次上课的时候，张天啸把我们带进教室，向关薇报告："教员同志，一队一区队学员带到，应到三十人实到三十人，是否上课，请您指示！一区队长张天啸。"按照规定，报告词应该是"请指示"，我们的张区队看到如此美丽的女教官任教，为了表示尊重，特地加了"您"。关薇愣了一下，没想到当教官会得到这么高的礼遇。

　　关薇红唇轻吐："上课！"

　　她吐出这两字之后，我们才看清楚，她是如此美丽，美得镇人心魄。她的美跟杜生亚的美又截然相反，如果说杜生亚的美是青苹果的话，而关薇的美却是红樱桃，晶莹剔透。多年后战友聚会，其中的一个战友对关薇的美依旧念念不忘，感慨她是他这一生经历了四十多年所见过的、真正的、唯一的美人，那些所谓的美女明星在关薇面前都会黯然失色。他用的是美人而不是美女。谁都可以叫美女，而美人却不是谁都可以担当的。可那时我真的不懂欣赏美女，也许是我在感情上的晚熟吧，也许是对英语的不感冒，也许是因为她也姓关，自家的姐妹，不敢亵渎。我常常趁她板书的时候翻出窗子，溜到教学楼后面的池塘边上挖一团稀泥回来，将这些泥巴搓

第十二章　承诺

成一小团，放在窗台上晾干，然后用手指弹出去打窗外树梢上的小鸟。

关教官的美惊呆了我们，接下来我们的一个动作却把关教官给整哭了。

在关教官下达了上课的指示后，张天啸转身命令我们这些看傻了的小子："坐下！"

坐下以后，张天啸又下达了一个命令："脱帽！"

尽管迷惑于关教官的美丽，但是这些日子来的训练已经让我们对口令形成了条件反射，在张天啸下达了"脱帽"的口令后，大家齐刷刷地把帽子摘了下来，齐刷刷地放到了自己课桌的左前方。

就在我们完成这些动作的瞬间，我看到关教官的眼睛睁圆了，不是惊奇，而是惊恐的那种，接着她伸出了白嫩的小手，捂住了自己张大的嘴，眼泪却怎么也捂不住地流了下来。她的家族教授了她做淑女礼仪，却没有教她如何面对三十个锃亮锃亮的光头。尽管她已经参加了三个月的军训。

元宝爱上了关薇。他的日记里所记的，全部是如何地喜欢她，从她给我们开始上课开始，到所有的生活点点滴滴，他看到的听到的，一举一动，一颦一笑，整整记录了三大本日记。最后他管不了自己，就开始给关薇写信，一天一封，风雨无阻。关薇害怕了，而她又没多少社会阅历和经验，就把这些信交给了学院保卫科。保卫科那些人是干什么吃的？怕的就是不出事！关薇把元宝的信一交到他们手里，他们就兴奋了起来，找到队里，恰恰崔队长家里有点事，回家属院了，只有韩耀光一个人。

韩教一听，这还了得啊，立即集合。如果韩教当时冷静一点，把这事放一放，等队长回来商量一下，也许事态的发展就不会像后来这样糟糕。我当时就想不通，这事怎么会出现在一个老政工干部身上，简直是太不可思议了。后来我仔细地分析了队长和教导员之间的关系才明白，队里一直是队长说了算，队长是那种特别大男子主义的男人，在许多事情的处理上都是一直压着教导员，根本不给他表现的机会。而教导员在营级上已经干了六年，始终上不去，又走不了，心里憋着火和怨气，总想找个机会露一把。虽然在养猪这事上着实让韩教风光了一回，吸引了院领导的眼球，可是这事在大院看来与培养合格的飞行学员比真不算什么事，韩教心里也明白这事其实跟他八杆子也打不着，尽管元宝是他树立起来的学雷锋标兵。当然，他也不明白一班的这群孩子为什么会对养猪事业咋就这么上心。这之前刚好学院政治部一位科长的转业报告批了下来，空缺还没顶上去，韩教和另外的两个营级是考察对象，另外的两个又在机关，都比他年轻。在这个讲究干部年轻化、知识化的年代，各种条件对他都很不利，但韩教是非常想向上动一动，上去了，哪怕是待那么一点点时间，对他今后的转业安置会是另外的一番天地。在地方，副团和正营的安置可是天壤之别。正如人们常常说的，欲速则不达、关己则乱。他本意是想借这事好好地表演一把，让学院领导看看他是怎样的一个有水平有能力的人，而不仅仅是只会抓养猪这样的后勤工作。他什么都考虑到了，就是没料到我们的元宝同志心理素质是那样脆弱，没能积极地配合他。

元宝进了医院之后，全班都陷入一种莫名的情绪中。兄弟们自觉额外加大训练量，施舜牛的体重破天荒地跌到了一百五十斤内，创历史最低。我的火气却变得特别大，一直提醒着自己要做一个"好儿童"。崔队的"唯我是问"也迟迟不见兑现，这让我很不耐烦。大家都觉得少了什么，常常是一屋子的人却冷清得要命，你盯着我，我盯着你，不知道说什么，不知道干什么。

大千有意无意地问了我一个看似很简单的问题："关山，你说，我们这里什么东西最多？"

"木头！"我随口答道。

"为什么是木头？难道不是人最多吗？"潘一农很奇怪我的回答。

"你完全就是班长说的那样，木头人！"王伟恨得直咬牙。

"我们都是木头人，不能说话不能动！"欧阳用我们儿时玩的游戏唱的儿歌为我的木头做了诠释。

"是啊！我们都是木头人，木头人是没有情感的，更不能有七情六欲。"大千有些惆怅。

王伟在这个时候用吉他弹起了帕格尼尼的《忧伤奏鸣曲》，我冲了过去，拎起了王伟差点连人带吉他一块砸了。

刘大千把我拉出去，劝我："我们不能、再也不能这样下去了。我们都喜欢元宝，也希望他活得好，过得快乐，更希望他和我们一样能够堂堂正正地从这里走出去。可是，像现在这样下去，只能是越整越糟糕，我们得想点办法了，否则全部都得完蛋！"

大千的话让我冷静下来。妈妈常说"打倒板凳调转坐"，她这话的意思就是站在对方的立场去考虑，感受对方的处境和难处。如果是自己遇到元宝这种事会怎么样？当个人情感与学业或事业起冲突的时候，应该怎样做才是最正确的，既不能投机取巧更不能自毁前程。

我们每个家伙都是那么调皮捣蛋，却都是军队和国家的宝贝，是不可多得的财富，管好了自己，往小的说是自己有更大的发展空间，往大的想就是减少国家和军队的损失和浪费。记得当兵之前的那一跪，关大江老师给我阐述的个人和集体的概念，他用老鼠屎和一锅汤作比，那时我真的不明白，连隐约的理解都没有。那时，只是一个学生，而现在却是军人，而且是不一般的军人，而我们的个体却是必须服从于国家、民族和军队的需求之下。作为学生，可以不补习，可以逃课，可以犯这样那样的错，可是作为军人，不能够。有些错，不能犯，如果犯了，连改正的机会都没有。就如邰教官一开始警告的那样——等待你们的将是比头破血流还惨！也如老佛爷所言，人生没有补习。

只因为我们是飞行学员！只因为我们是军人！

想通了这一节，同时明白了崔队为什么要我当班长，而且是这个一班长的意义了。绝不是仅仅在肩膀压上责任这么简单，更不是我对自己要求做一个"好儿童"这样的容易。

我浑身开始冒冷汗，将这些想法告诉其他几个孩子时，大家都没了以前那种嬉笑，开始真正地想起事来。

班会上，我先对前段时间自己的表现作了自我批评，然后说："我想我们还是属于那种不能折腾的人，平时只知道傻玩，没个正形。元宝出了这么大的事，直到事情发生了才知道，事先却连苗头都没看出来，这不能说是元宝的精明，相反，暴露了我们队、我们班以及个人在自身管理上的缺陷，更暴露了同志之间的关心不够！从现在开始，不能有丝毫属于自己的时间。谁如果承受不了还不如现在就卷起铺盖卷走人，免得浪费军粮。除了队里的正常的训练，其他的只要一有空闲时间，任何人不许放单飞，有事必须请假。如果私自更改航线或者触犯条例条令，我虽然没有惩处的权限，但是我会号召大家孤立他！作为班长，我所能做的就是这些。"恶狠狠地补了一句，"谁还有意见？"

我是真的发飙了！

我曾经问白政委和崔队长，为什么当初锲而不舍地要我。

"你天生就是当兵的料,冷静、不盲目、敢担当,军队建设需要你这样的人才。"白政委说得很空泛。我还是觉得崔队长说得比较中肯,"你身上有着土匪的憨直和霸气、小市民的狡猾、还有农民那种朴实。如果经过部队的打造,特别是经过我们这样部队的精心磨砺,你会是一名优秀的指挥员!"后来我问大千,他们怎么评论的你,大千说差不多,他少了土匪习气而多了一些书生意气。

在不到一年的时间内我接触了两个精神上失常的战友,一个是元宝,另一个还是我老乡,比我高一期。接连出现精神失常的学员,这事惊动了空司。他们组织了教学、心理、神经专家小组专门到学院进行调研,调研的结果我们不清楚,也不是我们能够知道的,只知道第二年学院没有招生!"文革"的时候,全国停学闹革命,在那种情况下,对飞行学员的选拔和培训都不曾停止过,可见上面对这事的重视程度,飞行学院引进心理辅导员也是在这之后的事情。

元宝这事是真让我和刘大千抓狂,在队里许多荣誉的评选上面,我们都不敢去争,虽然我们班的各项成绩还是在全队拔尖,可是我们不敢要,因为觉得与那些荣誉配不上。

学院大门的夜间岗哨也交给了学员队站,我为此在心里很有想法,在这个大院,学员才是国家的宝贝,而现在这样好像警卫连的那些兵才是大爷,站岗放哨本应是他们的本职工作。

这天早上的岗轮到了我和大千,八点半交岗给警卫连。八点上课,而第一、二节课程是《理论力学》的结业考试。我们没抱任何希望有人来接替我们的岗哨:队长教导员要带大家出操,张天啸脱产到大队里准备自己的学习。我和大千从七点开始不停地看着表,就希望那群大爷早点过来接岗,我们好去准备考试。

凄厉的北风越刮越猛,夹杂着一片片的雪花,间或钻进大衣的领子,贴在脖子上,身体时不时地打着哆嗦。重庆没有这样刮到骨头里的风,不由怀念家乡雾霭沉沉的冬日来,尽管那些雾霭把天空压得很低,让人透不过气,可总比这冷到骨头好受些。大千与我一样,时不时瞅瞅,没有行人的时候跺跺脚以驱赶寒冷,当有人路过的时候,还得挺拔了身子提高警惕。

时间一分一秒地流失,离上课的时间越来越近,我和大千越来越着急,却始终不见那些大爷的出现。

"班长,你看!"大千叫了起来。

转过头,漫天风雪里,一个高大的身影向我们走来。

一个真正的大爷,我们的崔队。

我们没想到队长会在这个时候来接我们的岗。

敬礼!交接枪支,清点弹药,一切情况正常。

队长还礼,站到了哨兵位置上,然后解开军大衣,从怀里掏出了热气腾腾的两袋牛奶和几个包子,递到我和大千的手上。

"赶快吃,吃了去考试!"

我的心肠比较硬,强忍着,却发现大千眼里那个叫做泪水的混账东西在打转。在这些压抑的日子里,在这个大东北的寒冷清晨,我们感到了从未有过的温暖。

"其实队长教导员他们也很不容易的!都是大老爷们,却是又当爹来又当妈,吃喝拉撒睡,啥都得管,还不能出事,出了事他们首先就得挨扳子。"我俩跑步奔向教室,大千为自己刚刚差点掉下来的泪做解释。

"比当爹妈难多了!爹妈有我们这样的一个就够脑袋大的,可他们得管一百多号这样的。就不知道今后我们有这样的水平没有!"我赞同大千的说法。

针对元宝事件,韩教每天晚上组织大家进行学习教育,要求从思想根本、灵魂深处深挖狠挖,每个人必须写学习体会,每个人、每个班、每个区队都要拿出切实可行的整改措施。张天啸脱产学习去了,我基本上是履行着代理区队长的职务,不但要写个人和班的整改措施,还得写区队的。事情出在我们区队、我们班,所以无论韩教怎么要求,我都无怨无悔,可是拿起笔以后写来写去都是那些千篇一律的调调。有时杜翔鹏溜到一班,想对我说些安慰的话,张开嘴,却不知道该说些什么。

"要整改你自己先整改!"这天晚上的学习,队长火了,当着全区队一百多号人的面,"尽整一些不着调的东西,你还想废掉我多少孩子?"队长的意思,整改、学习这些东西都得有个度,如果一味地缠绕着这些东西不放,效果是适得其反,起不到教育作用。

"你这是一队之长在说话吗?完全就是资产阶级自由思想在作怪,正是因为有你这样的队长,才会有元宝这样的事件发生,我看首先应该整顿的就是你崔齐山!"韩教针锋相对。元宝在医院躺着,事迹已经上升到了事件。

全队哗然。

任谁也没想到我们的两位主管会在这个时候闹起来。我们傻了一样地看着队长。

队长那句"你还想废掉我多少孩子"这句话深深地触动了我,我有想放声大哭的冲动,自打第一次从张天啸口中得到韩教在班长的任命上和崔队有歧异的时候开始,就明白他们二人之间有矛盾,无数次地对这矛盾进行过揣摩,想点燃二者之间的矛盾,也曾为此而付诸于行动,虽然那些行动都失败了。可是没想到这矛盾这样深,更没料到这矛盾爆发得这样猛烈。如果没有元宝这事,也许这矛盾不会这样早地爆发。无论早晚,这矛盾只要存在,就二人的性格和目前的处境来看,都是不可调和的。

我下意识地摇了摇头。

崔队站起来,走了出去。

不应该啊,作为我们队的最高首长,当着我们这些孩子的面,二人不应该这样的表现。我摇头的意思是这样的。崔队却把我摇头的意思误会成让他暂时避开。

一场好戏刚刚开始却在我摇头以后就收了场。

两位主管闹开了,这次的学习整顿无论如何是搞不下去了,韩教宣布各班带回,以班为单位进行学习讨论。

把兄弟们带回宿舍后,大家"张丞相望李丞相",一片茫然。

我溜出了宿舍,来到队长的门前。

门居然没关,是虚掩着的。

队长站在窗前望着外面,一地的烟头,烟雾围绕着他,身子看起来有些模糊。崔队本不抽烟,可是最近总看到他吸烟。

进还是不进?

我拿不定主意。

"进来吧!"队长头也不回,"知道你会来!"

我倒了杯水,递给了他。队长转过了身子,接了过去。连日的劳累,刚毅的脸上有几分倦怠，他指了指沙发，示意我坐下。

我依旧挺立。

"不该这样，失态了！"队长做起了检查，面对他的学员。

"我们让你费心了。"

"你们不折腾就不是你们了！"队长挺理解我们的，可是这理解在我听来有些无奈。如果说我把队长当做偶像在崇拜的话，那么，他这句话说出来以后，我却真实地感受到他是个人，一个真正的男人。

"可为了个人的私欲用那些手段有什么意义！"

"我不是来听你说这些的！"我说得很放肆，似乎我们的位置颠了个，"你是队长，你是我们的大哥，你知道这些事该怎么做，不该怎么做。"我自己也觉得放肆得有点过分，所以补充了后面一句，结果是更加地放肆。

我明白队长的心情，他也明白此时我到这里来的含义。我不是太对他的口味吗？我是他任命的班长，可是我却带领着全班跟他、教导员对着干，貌似没有这样对口味的。

此时的我，只是想静静地陪下我们敬爱的队长，没有任何别的想法。也许经年以后我也会成为他这样的军人，成为一个像他一样被崇拜的军人，可是我对这个崇拜感到没有实际意义，从队长身上我看到了作为偶像的疲惫。

过早地明白一些人性的无奈，不知道是悲哀还是幸运，我无法去评说。队长的接岗让我和大千在寒冷的冬天早晨感到温暖，而此时的相对无言却是一种心灵上的交流和安慰。

我明白韩教在对我任命上的分歧。因为我就是另外一个"崔齐山"，一个没有成长起来的"崔齐山"，而他崔齐山当年也就是我这样的一个孩子。

后来在崔队大连的家里，他给我解开了这层谜，而这已经是十多年以后的事情了，与我当年推测的基本一致。崔队从了解我提刀挟持那一刻开始，他明白我关山其实不是那种毫不在乎的人，所以他在会上才会说"军人，军人就得有血性。如果没有血性，我想，他作为军人首先就不合格"。飞行员要求的是什么？有激情、不盲目、不冲动（谢天谢地，他没有把我那行为划到冲动的范围）。他明白这样的人其实就是一块璞玉，一块泥土和杂石包着的玉石，这样的玉石，首先就得找个匠人来把外面这层外壳给敲开，他愿意做这个匠人，他知道自己的能耐，他不是大师，只有大师才能雕刻玉石，让其更完美，为此他愿意做个开路的先锋，所以把我扔在了一班长这个位置，同时也发现了欧阳的细腻，所以他将欧阳和我绑在一起，就是用欧阳的细腻来弥补我的张狂。他知道将来自同一个地方的两个人放在同一个班是带兵的禁忌，可他认为我真是那料的话不会因为这而受什么影响，更是对我的能力的考验、锻炼和提高。接着他发现了刘大千，他明白这二人联手，将会是非常的精彩，可他却无法把握这个精彩的好坏，所以他又加了施舜牛和王伟进来。对我的疼爱他已经超越了平常的队长与学员之间的关系，从某种意义上来说更多的是手足之情。为此韩教反对，认为这是在暴殄天物，这些人每个都足以担当重任，完全没有必要堆在一个班里。崔队不能告诉韩教他自己的真实想法，只说想打造一个标兵班，给全队做榜样，用榜样带动全队共同前进。崔队没想到我第一天就踹趴了施舜牛，灭了施舜牛的狂妄，更没想到任命我为班长，而我却带领全班尽干一些"偷鸡摸狗"上不得台面的事。崔队不相信自己会看错，他跟我打赌，要唯我是问。

崔队的理由当然很牵强，韩教虽然明白崔教的想法却无法反驳。韩教利用我在入伍前提刀挟持人的事大做文章，他认为这样的人根本不适合学飞行，不适合当班长，更别说一班这个位置的班长。元宝的首次亮相让韩教着实不感冒，却发现了元宝在性格上的缺陷，这就是爱出风头和表现欲极强，韩教通过张天啸鼓励元宝去喂猪，然后树立元宝的学雷锋标兵。一班有许多标兵，军事训练的、体育训练的还有文化学习的，可是这些标兵没有一个是他韩教真正意义上树立起来的，所以韩教需要树立自己的典型，这个是必须的。崔队对韩教这样的做法非常不感冒，认为是华而不实的花拳绣腿。我在树立元宝标兵会议上的放肆，让崔队改变了想法，他决定站在韩教这边树立好这个学习雷锋好榜样。集体裸奔事件让崔队和韩教哭笑不得，想狠狠地杀杀这群人的歪风邪气，却发现无法抓住我们的把柄，知道我们的坏，可是这些坏却是不痛不痒的折腾，他理解这些折腾其实也就是我们这群混蛋排解压力的一种方式。韩教却不这样看，他一直认为是思想根本上的不安分，得把我们的灵魂进行重新塑造。为此，崔队不以为然，说他是小题大做。当然这些小矛盾小摩擦只是在二人单独相处的时候才会表现出来，面子表现的是军政两主管和谐融洽。

崔队怎么也没有想到我会带领全班人马整个去帮助元宝喂猪,而且把猪喂得如此生动活泼,如此声势浩大,让韩教在这上面大放光彩大做文章。我解释说是没有老鼠可打或者是打腻味了换种方式折腾,他听到我这样解释后,说不奇怪,只有利用一切可利用的东西去排解你们在这高强度的训练和淘汰率下的压力,剩者为王嘛。

我们这群小子喂猪喂不了几天就会腻,于是自己动手修上了猪圈,扩大了养猪规模。看着那些猪儿膘肥体壮,队长着实喜欢,所以在申购母猪的报告上他和教导员痛快地签字。在母猪生崽的时候,他和韩教整夜守在猪圈旁,他嘲解说自己老婆生孩子都没这样耐心过。幸好仅仅是喂猪,如果真的像韩教说的那样还去种菜,那可真不知道还会出什么样的事儿。我笑着说,闹不准我们就到菜市场当菜贩子去了。

韩教利用养猪大做文章,让队长觉得不可思议。孩子们喂猪并不是为了名也不是为了利,韩教却把这名利统统地囊括到他自己的名下,他也明白韩教想向上动一动的想法和在营职上待了六年的感受,可是这样的功劳得来总是不光彩。

"尿莫名堂",我笑着将他当年的这句牢骚说了出来。我们这群混蛋哪里知道玩儿似的喂猪会给队首长增添那么多不快和矛盾。元宝这事在队长看来,完全没有必要这样去处理,我们都是十七八岁的孩子,教育处分怎么都可以,但是完全没有必要集合全队宣布这些事情的来龙去脉,去伤元宝的自尊和面子。这比我那关一鸣叔公要我下跪还伤人,他是我的长辈、我的老师,而这里,却是血性与尊严的军营。

韩教向院方递交了两份报告,一份是关于崔齐山队长在自个儿思想上的放松、对学员政治思想工作的马虎和放任自流等等,另外一份是他的转业报告。学院很快就批复了他的报告——对第二份报告的批复。韩教本意是想以退为进,却没想到院方批准了他的转业。

韩教哭都哭不出来。

走的时候我们去送他,他的熊猫眼越来越严重。

新来的教导员姓李,据说只有八年的军龄。李教从飞行部队停飞下来,是部队大院长大的孩子,父亲是浙江那边一支部队的军长,潘一农还打听到李教的爱人在北碚,我对他首先在心理上就觉得亲近了一层。

院里遵照指示全面取消了干部区队长,许多干部区队长放到了基层部队,为此张天啸非常感谢我们,他说如果没有我们的劝解,他现在真正打铺盖卷回家了。队里对各班的班长副班长进行了调整,大千任一班长,王伟任二班长,欧阳任三班长,潘一农和施舜牛做了一、二班副,我任一区队长,杜翔鹏也担任了二区队长。我常常想,如果元宝不出事,他也应该是个班长,如果一开始不把大千、王伟、欧阳跟我绑在一起,他们现在也应该担任区队长了。孙大威从四区队调到了三班任副班长,潘一农和欧阳在心里一直存在着抵触情绪。

"我们区队又不是没有人才,凭什么要一个'拆迁户'?"欧阳很直接地告诉我。

"错!这不叫'拆迁户',而是'移民'!"潘一农也跟着起哄,"闹不准还是李教在我们中间安插的一个眼线什么的!"

"你这话的意思就是说队首长对我们还是不放心?"王伟这次没有再顶他的老乡,抄着手看着我。

"如果元宝还在,他起码也是个副班长!"潘一农很肯定地说道。

"你的意思就是想给新人一个下马威,对吧?"我看着潘一农,他提的这个我不感冒!而且这样的做法跟传说中的基层部队老兵欺负新兵……

"难道我们就不应该给他一个下马威吗?"

"我现在就给你一个下马威!土匪准备!500个高抬腿!"我面无表情地说道。

欧阳看了我一眼,没有再发表任何异议。我知道,他心里肯定有想法。

元宝出事,我很自责。常常独自一人翻到宿舍的楼顶,反省自己,什么是该做的,什么是不该做的,对于自己,应该怎么去要求,而不是仅仅满足做个"好儿童"。对于元宝,我认为我应该负责,而崔队的"唯你是问"就如一把悬在我头上的达摩克利斯之剑,不知道什么时候就掉了下来,一旦掉了下来,我和他之间的赌局也就彻底地了结了。为此,总是心痛、内疚。有时等大家都睡着了,大千也会来陪我,坐在雪上仰望着夜空,平息一下这份痛和内疚。

这天晚上我一次又上了楼顶，抱着腿，把脑袋放在膝盖上面，望着遥远的夜空，静静地发呆。

我听到身后有声音："上来了？靠着坐下吧！"

大千靠着我的背坐了下来。

"有烟吗？给我一支！"我说。

一支点着了的烟递给了我，我吸了一口，感觉一阵眩晕。吸烟的人都知道，很久不吸烟以后，常常第一口烟都会有这样的感觉，而飞行部队是不允许飞行员在上机前2小时内吸烟的，因为容易出现"黑视"现象。

我们更是不允许吸烟，任何时候。

望着鼻子前方火红的烟头，对背后的大千说："他怎么那样不堪一击啊？想不明白，他不可能的，没这样的心理素质也来不了这里啊！我觉得还是平时对他关心得不够。"

"没有什么不可能的，你们学习训练的任务那么重，而且还背负百分之七十淘汰率的压力，发生这一切也是很正常的。所以你不要过多地责怪你自己，所有的这一切，与你都无关。对了，你违反纪律了，希望这是最后一支烟！"

我转过头，浑身一个激灵。

不是大千，是李教！

扔烟头、起立、磕脚后跟："教……"

"叫什么叫！深更半夜的，整那么大的动静干啥？"因为我的突然起立，本来和我背靠背的李教一下就躺在了雪上了，坐起来以后，他拍了拍旁边的雪地，用我的家乡话说了起来："你搞啥子飞机，坐到起嘛！"

"嘿嘿！"

"呵呵，我知法犯法给了你烟抽，你明知故犯，找我要烟抽，咱俩扯平了，下不为例。"他笑道。

我歪着头看着这个上任不久的教导员，不知道他到底想做什么，葫芦里卖的是什么药。在十六个学员队里，所有的队长教导员中他是最年轻的一个，同时也是最那个……那个什么我也说不上来，在刚才给我点了一支烟以后，对他是没有一点戒备。

"现在这楼顶上没教导员，只有俩兄弟，过来，还是刚才那样，来冲哈壳子。"

"你重庆话说得可以哦。"

"当然可以了，不可以哪个把你们重庆美女勾兑到手的呢？"

"教导员，我搞不醒豁了，你在浙江出生，在这里读的书，然后停飞以后又来我们队做教导员，而嫂子她在重庆，你们……"

"想知道我和你嫂子怎么认识的，对吧？严格意义上来说，我应该也属于犯了错的那种学员。我是21期的，也是一队出来的，你嫂子在医院当护士，是战士，因为她的美丽，我常常泡病号，小痛小痒就要去看护士，没病也要装病去看，跟你们一个德行。这是我的秘密哈，你晓得就是了。"

我完全是呆了，有这样的教导员吗？

"不容易啊，你们不容易，我们那时更不容易，一年零八个月就得学完你们三年学的东西，压力比你们还大，压力一大就不老实，总想整点动静出来，可得把握度，动静大了就过了，动静小了火候不到，必然烧着自己。"

"是的，不好把握。"我想到了元宝。

这哪里是我们的教导员，完全就是某个班的战友。

"我上任之前，韩教跟我交底，他说，你是'兵王'，擒贼先擒王，把你收拾了其他那些家伙就好办了。"

"杀鸡儆猴，你准备怎么收拾我呢？"长期在崔队面前的放肆让我说话不经过细想，吐出这句话以后我才知道，不仅仅是放肆，也默认了韩教"兵王"的说法。同时，通过这反诘，想知道这个年轻的教导员有多少尿水，能够用什么样的办法去对付他。

"我干吗要收拾你？你是我的学员、我的兵、我的兄弟！我是过来人，整那些有用吗？没尿用！"他又抽了一支烟出来，点上，"我就不给你了哈。"

"可是你还是把我收拾了，你一来就把我们班解散了！"我很不服气，同时还很委屈。

"不服气，很委屈，是吧？可是你想过没有，他们全部是嗷嗷叫的牛人，难道你就愿意他们一直跟着你，什么都听你的，没有自己的主见，缺乏管理经验？更何况你们并没有散，只不过没在一个班而已。你是站在一个班的角度去考虑问题，而我得从全队去看。我希望你们每一个人都能从这里堂堂正正地走出去，因为你们每一个人都是我的学员、我的兄弟，我不希望看到任何一个人被淘汰。你说这话表明你还没有从那一班的小圈子跳出来，也没端正你目前的位置，你现在是区队长，管理三个班的区队长。"

这……这……这什么教导员啊？跟我们一样没正形。嘴巴上说不收拾我，可就在这冰天雪地的夜晚，在宿舍的楼顶，一支烟就把我给收拾了！收拾得是那样的服帖，连一点挣扎的欲望都没有。

"你一个人在这想什么呢？"

"检讨自己！"

"为元宝吧？"

"为自己！"

"据说，你与队长之间有一个赌。"

"在我所管辖范围不能出事。如若出事，队长唯我是问。"

"好一把达摩克利斯之剑！"

"是啊，不知道什么时候掉下来，然后我就咔嚓了。"

李教做了个抹脖子的动作。

我说："只想问自己能做一个真正的'好儿童'吗？"

李教直视我："做得了吗？"

"做不了！"对面的是李教，不是韩教崔队。如果是韩教，我会回答一定能，标准的"好儿童"的回答。如果是崔队，我会反问什么是真正的"好儿童"，可是对面的是李教，第一次如此近距离接触，我们两个一直在相互试探，相互斗争，李教对我是坦荡地交底，而我却不会如此轻松缴械，我必须试探，摸底，所以我回答：做不了！

"既然做不了，为什么不让自己内心柔软一些？"

"柔软？"我呆了。

李教立起身，仰首望天。

李教一拳头砸向我的胸口。

我也不客气，出拳拦截了他的拳头。

"飞扬跋扈为谁雄？"他嘴角向上一挑。

"不教胡马度阴山！"我低声应和。

"好！爽快！不教胡马度阴山！哈哈！无论今后怎么样，你可别忘记今晚的承诺啊！莫讶头颅轻一掷，肝胆人前大丈夫！哈哈……"他肆无忌惮地长笑起来，飘身下楼，扔下我一个人傻傻地在楼顶发呆。

我的承诺？当时真的没想出我对他承诺了什么，他出古诗激起了我的豪情，我应声而和，没做出任何承诺啊，只是条件反射，因为在家里我老爹常常这样冷不丁地抽查他逼着我背的那些死人东西。一个星期以后，读《史记·李将军传》时我才明白，随声而和的"不教胡马度阴山"就是告诉了他，我这一生将献给我们的国防事业，绝不让外敌踏入我华夏大地一步！而他所引用杜甫的"痛饮狂歌空度日，飞扬跋扈为谁雄？"却是要告诫我不要过多地沉溺于元宝这事上；"莫讶头颅轻一掷，肝胆人前大丈夫！"就是告诉我别忘记了今日的誓言，脑袋掉了碗大个疤，算个屁！

无意之间，我和李教达成了一个承诺。

第十三章 "表妹"来队

刘大千、王伟、欧阳长河当了班长以后,三个班飙着干,队里呈现一片欣欣向荣的景象,李教给这个队带来了新的活力。可是那些荣誉我们还是不敢要,无论我们多么优秀,始终觉得面对这些荣誉,我们不够格。为这我不惜再次在会议上跟队长拧上了,队长还为此"飘扬"了我,说我没再拍桌子。鬼都听得出来这是什么样的"飘扬"。

李教用很欣赏的语气表扬了我的拒绝,同时也批评我的拒绝,他说,"这样做不是有愧这些荣誉,而是一个字——假!岳不群那样的伪君子!在假的背后更多的是放不开,这不是重庆崽儿的性格,更不是军人的性格。面对自己该得的东西,大丈夫立于世,就该当仁不让,兄弟你不要客气,尽管拿就是。如果你再客气,对不起,今后永远没你的份了。"

会议完了以后,大千几个包括杜翔鹏把我拉到边上,严刑逼供,要我招出灌了什么迷魂汤,以至于教导员刚刚上任就跟我称兄道弟。

冲出包围,哈哈大笑而去,俺关山可不是严刑逼供就什么都招的人。虽然俺现在还不是党员,连预备的都不是。

这天是礼拜天,澡堂照例开放,因为感冒施舜牛没有去,我在队里值班,于是二人在俱乐部玩克郎棋。施舜牛运气特别的好,连赢了三局,他却没有一点骄傲之心。第四局的时候,我一下捅了三个棋子进去,不由咧开了嘴傻笑。

"班长,没多久我们就该放寒假了吧?"在学员之间一直在传播着这样的一条小道消息,就是二十八期的这群孩子春节的时候将跟二十七期的老学员一起放寒假，这事在学员之间风传得很厉害，我们就当做真的可以享受这个待遇了。在还没来到这个大院之前，接兵的首长们曾经解答过这个问题，给我们明确的答复就是要第二年的春节才有假期，得在这里度过漫长的一年零八个月才能见到父母、兄弟、姐妹、同学和亲爱的"表妹"。

"也许吧！怎么？想好没有？给父母、给表妹带点什么特产回去？"

"还没想呢，据说这里的人参就是特产，但是那玩意儿太贵了。"

"那是！东北三大宝——人参、鹿茸、乌拉草！"我盯了一眼他的衣服的下摆，"不过，你小子可得把你这衣服洗了再上路！"

他的军装的袖口和下摆已经油黑发亮了，看情形自打这冬装穿上身以来就没洗过。在这地方，冬天洗衣服实在是件痛苦的事情，那水太冷了，入手就如刀子刮着骨头一般。夏天我们的军装基本是每天一换，可是到了冬天，冬装外套常常两个月不换，因为冬装只配发了一套，学校只有开水房才有热水供应，洗衣服只有等到周日到澡堂子里，连人带衣服一块搓。平时洗衣服也就只有放暖气包里的水，得悄悄地放，绝对不能让队领导知道了，否则会被骂个半死！暖气包里的水常常是浑黄的，根本不能洗浅色的衣服，洗完以后，在暖气片上盖上报纸，再在上面烘烤衣服。外面去晾晒的话，不出一分钟，衣服就会立即结冰，就算挂一个礼拜都干不了。常常在冬天周日的时候，满大院看到穿着绒衣绒裤做运动的孩子，不是他们有多么爱惜军装，而是实在没办法，就那么一套，洗了得赶紧烤干。

大千总结为：被子叠了不能盖，衣服洗了不能晒。

这头懒牛，连暖气包的水都懒得放。

队里的电话一直响个不停，我到走廊上吼了一声："值日员，怎么脱岗了？"队里的值日由学员轮流担任，值班员却是四个区队长轮流担任。

"水火不留情！"一个声音从卫生间传来。

我骂了句"懒牛懒马屎尿多！"然后就去接电话。

施舜牛的"表妹"来学院了，已经到了学院门口。我告诉施舜牛的时候，本以为他会惊喜万分，他却惊恐起来：

"区队长，看在党国的分上，拉兄弟一把！"他居然在这个时候用上了《南征北战》里的台词，想来是跟着我们这些人混久了，正如潘一农说的那样，英俊少年都被我们带坏了，更何况这头牛，正所谓近朱者赤，近墨者黑。

"咋了？不是朝也思来暮也想吗？人来了，你却近乡情更怯，怕什么？"

"我……我……"

"你咋了！"

"我不想见她！"

"可人已经来了，而且是千里迢迢来的！"该不是让元宝事件吓破胆了吧？

"我……我……"

"到底咋了？"

"她是来找我麻烦的，区队长，我……写信告诉她，我们分手。"

"天大的麻烦现在你都得给老子扛着！先安顿好人家，其他的事稍后再说。学院招待所对来队的家属是免费的，走，我陪你一起去登记。对了，把你们班长大千喊上。"

"班长他们洗澡去了……"

正准备出门时，一个豪放的女高音在楼下响起："施舜牛，给俺滚出来！"

这声音一炸起，施舜牛嗖的一下就躲在我背后，那动作比平时跑一百米还快："班长，不，区队长，我不去了，要不你下去接她吧！"

"那……好吧，我先下去给你看看啊，但是主角还是你哦，否则别怪哥们见色起意什么的。"我一直想知道传说中村姑到底是怎么样的一个大美女，是否有着黑珍珠那样清澈的眼睛，腰有没有小杜美女那么细。因为莲子是打排球的，这辈子永远别想拥有杨柳细腰，打打望，这总不会犯什么法吧。同时我很纳闷，外面那豪放的女高音是怎么闯进这个戒备森严的大院的？

首先进入眼帘的是一个牛高马大，膀阔腰圆，脸上带着高原红的女人，在宿舍楼下晾衣场上双手叉腰，双脚成跨立姿势站着。

"请问是哪位老乡找施舜牛同志？"

"俺！"当真是声若洪钟。

"你好！我是施舜牛的战友，请问你是他'表妹'的表妹吗？"施舜牛无数次给我们描绘他的表妹是如何貌美如花，有着杨柳细腰和如水双眸，眼前这人的形象最多也就只能算是施舜牛"表妹"的远房表妹了。

"什么表妹表姐的！俺是他老娘！"

"啊！阿姨，真的看不出来，你还这么年轻啊？"我一听是他的老娘，这下就想通了，为什么施舜牛是如此的虎背熊腰膀阔腰圆了，原来是遗传。

"阿姨好！"我啪的一个立正，跑步过去准备帮大娘拎行李。

"你是俺家舜牛的什么长？"年轻的阿姨问。

"我是他的区队长！"

"首长啊！"石家阿姨一下就给我跪了下来，"你要给俺做主啊！"

"阿姨，使不得！"我连忙去扶她起来，"我不是他的首长，是他的战友。"我纳闷了，难道经过部队的改造，我这英俊少年已经变成崔队长那样的成熟男人了？

"首长，你不答应俺，不替俺做主，俺就不起来！"

"阿姨、大娘、大妈你先起来，有什么话我们进屋再说好吗，这天在外面怪冷的，而且你大老远地赶路，也累了！"

"不干，你不答应俺，俺就不起来！"敢情这阿姨还很倔强，活脱脱的另一头牛。看那架势我若不答应她还真赖在地上不起来了，可是我能替队长教导员他们做主吗？不能！但是我同样不能怠慢阿姨啊。

"阿姨，要不这样，先进屋去，喝口水，您吃饭没？如果没，我通知炊事班给您老弄点。还有，阿姨您看我，出来得急，连帽子都没戴，冻坏了我您不心疼吗？"大东北的大冷天，零下二十多度，光着脑袋在室外是很容易出事的。这个天气，大千曾经说过叫做"撒尿成冰"，曾经有位成都的战友想试验这个天气到底有多恐怖，光着手去摸单杠的支撑杆，结果手拿不下来了，他惊恐地一用力，整张手皮粘在那铁杆上。

"首长，你想骗俺起来是吧？不行！你不答应俺，俺就不起来。"

她还真跟我倔到底了。

"阿姨，您不说什么事，我怎么能答应您啊。您得先告诉我，出了什么事了，我才能帮您！"没事乱应承的空头支票，我开不来。

"俺家舜牛不要俺了！"阿姨拍打着地上的雪哭闹起来。

这还了得，百行孝为先，反了你个施舜牛，你还真把自个儿当飞行员了，连生你养你的老母亲都不要了！

"行！我答应您！"

阿姨一听我答应了，笑逐颜开地站了起来，欢天喜地地跟我上了楼。把她安排在接待室以后就回俱乐部去找施舜牛，可是俱乐部里却没人，班里也没有。

站在走廊上，楼道值班对我努了努嘴巴，眼睛瞟向厕所。

奶奶的，你想玩"尿遁"啊！

"班长、区队长、老大，饶了我吧！我是无奈才这样做的，"施舜牛一见我杀气腾腾的样子，更是心惊胆战，进入这个大院和我的那一架，给他留下了深刻的印象，"我想好好读书，好好锻炼，希望自己能够成长为一名合格的飞行员，所以……"

"所以连老娘都不要了？你还想怎么样！"我连踢他揍他的心情都没有了，冷冷地看着他。

"啥？俺娘也来了？"施舜牛双手抱头，痛苦地蹲在地上，"俺的个娘啊，你跟着瞎掺和个啥！班长你说咋办？你说现在咋办啊？"

"你躲这儿干啥？总不会连娘亲也不要吧？可以不要媳妇，可以不要任何人，却不能不要生你养你的父母！"

"要不，你去对她们说，我出去执行任务去了，现在没在队里。"

"你在躲避什么呢？为什么要躲避呢？躲不是办法，躲得了初一，躲不过十五啊。"

"学校不是规定不许恋爱，不许谈朋友吗？遵守学校的规定，难道这也有错了？"

施舜牛抓狂了。

"唉！只能帮你一次，真正能够解决事情的，只是你自己！你应该明白的！"

当我对阿姨说施舜牛去执行任务的时候，那阿姨却不干了，坐在地上，嚎啕大哭地撒泼。

"你骗我！"她披散着头发，站起来一头向我撞了过来。我傻了，退也不是，不退也不是，如果我退，后面就是墙，她肯定撞上去，血染的风采就会上演；不退，面对阿姨硕壮的身躯，难过的将会是我自己。

无奈，只有四两拨千斤。侧身、出手、抓腕、靠身、一切一带，大娘就莫名其妙地坐回了沙发。完成这一系列动作以后才发现自己惊出一身的冷汗，所有的动作完全是下意识地去完成的。我打赌，这阿姨的"吨位"

起码是在 160 斤以上，有点让我力不从心。

"要不，这样，去食堂，先把肚子填饱，然后找个招待所先住下，您看怎么样？"我给阿姨倒了一杯水，"舜牛回来我就带他来见您。"

"不！俺就坐在这里等！"我算明白他为什么叫施舜牛了，原来他娘真牛，我敢打赌，牛那名字是他爹取的。

"大娘……"

"你叫俺啥？"

"大娘啊！"

"俺是施舜牛他媳妇！"

"啥？啥？啥？媳妇？"

妈妈也！俺的娘！

"对！俺是她的媳妇！"

"她的媳妇不是有着一双水汪汪的大眼睛、杨柳细腰的一个大美女吗？别开玩笑了！"脱口而出以后才发现干了一件多么愚蠢的事。

"他有了大美女！俺的娘哎，俺咋就这样命苦啊？难怪他不要俺了啊，俺的娘啊，施舜牛你这个没有良心的东西，想当初俺家给你吃给你穿，俺的娘啊，送你去上学，俺的娘啊，送你来当兵，俺的娘啊，你出息了，成飞行员了，成了国家的人了，瞧不起俺们农村人来了，队长，俺的娘啊，你要给俺做主啊！"

她扑通一声从沙发上滚了下来，翻身又跪在了地上，把地板拍得震天响。

我第一个念头就是：好像闯祸了，接着第二个念头就是：伞！

当歼击机飞行员在空中遇到不可抗拒力量的时候，对飞机无法挽回的时候，唯一可做的事情就是拉爆座椅下面的装置，然后弹射、跳伞。这是无可奈何的事情，保命要紧，说不好听点就是逃避危险做逃兵，可是那样说就很难听，所以大家就用一个字来简化，那就是：伞。后来这句话传到了社会上，就变成了"闪"。对这个"伞"字我印象最深刻的是我刚刚入校的时候，周末晚上和几个老学员老乡一起在大操场抽烟，突然其中一个喊了一句："伞！"那些老家伙立刻就消失得无影无踪，我没反应过来他们说的是什么，拔腿想跑的时候，已经被军务科纠察抓住了。在部队有许多属于自己的特殊语言，也就只有本兵种的人才熟悉，比如说"照"，那是打架的意思，给我使劲地照就是往死里打。

当我落荒而逃跑出接待室后，发现我还是做错了。

站在接待室的门口进退两难，怎么会是这样？

出现这样的情况非我本意，后来我才明白，究其原因有四：

一、施舜牛给了我们先入为主的印象。关键词就是"水汪汪"和"杨柳细腰"。他不止一次地在大家面前提起这俩关键词，让我们认为拥有这两样东西的女人就是美女，而这美女是他的"表妹"。被欺骗和蒙蔽了，施舜牛同志欺骗了我们广大战友，特别是原一班同志们纯洁的心灵。

二、虚荣心使然。施舜牛同志出身在沂蒙山区的一个九代农民的家庭，第一次出远门，见到了外面光彩陆离的大千世界，虽然我们是部队，可院墙外就是灯红酒绿的花花世界。一进这个大院就被看似文弱的关山同学一脚踹趴以后，本来骄傲的他却产生了自卑，总觉得这也不如那也比不上他的战友。在大家都拼命掩藏自己的"表妹"的情况下，他却勇敢地抛出了"水汪汪的大眼睛"和"杨柳细腰"这样充满诱惑的字眼，建立于自卑之上的自尊。而这两个字眼根据我后来的推测，应该来自于黑珍珠关薇。

三、成熟是件可怕的事情。施舜牛出身于贫苦的农民家庭，表妹的家庭在属于先富起来的那部分，其实也就是相对的富裕一点，施舜牛家为了改变九代农民的现状，在双方家庭几次磋商下，施舜牛同志成了"表妹"家的"童养媳"，在农村这是很常见的。他的"表妹"实际上是比他大三岁的"表姐"，长期面朝黄土背朝天、日晒风吹雨淋，"外部包装"与本人的实际情况严重不相符。

四、表妹自己说，俺是她老娘。多次提及的"老娘"这个关键词让我误会她就是施舜牛同志的亲妈！这才是产生误会根本所在。同志们啊，你们看没有经过调查研究从主观印象入手是多么的可怕！

我站在接待室的门口，傻了。

如果逃，施舜牛家的表妹闹起来，事情就更麻烦，影响会更大，也根本完成不了施舜牛同志希望替他挡一挡拉兄弟一把的任务；如果不逃，面对水牛"表妹"的泼辣撒野，我根本无能为力去应付。更为残酷的是她还在那里闹着，如果她这样闹下去，那么先是队里会知道；动静再大点，大队部就在隔壁三队的楼下,大队也会知道;事态更进一步发展,院里也会知道。真要发展到院里知晓那步,才真是无药可救了,施舜牛的出路就是跟着表妹回家过上一亩三分地一头牛老婆孩子热炕头的生活。原本想悄悄地把这事情给解决掉的想法,在施舜牛的表姐抑或表妹面前等于痴人说梦。她就是来闹的,在她看来把事情闹得越大越好。

她这样闹根本就不是办法,而且是蠢得不得了的行为。现在队里只有我和施舜牛、走廊坐班的三人。我觉得首先要找到施舜牛问清楚事情的起因是什么。

"我觉得应该好好读书、好好锻炼、好好做一名遵守学校规章制度的好学生,所以写信告诉她中止关系。我这样做错了吗?"

好像是没错,可我觉得还是不对。

"你能把她的情绪稳定下来不?不能让她这样闹。躲不是办法,事情因你而起,你总得面对!"

"现在去见她,她不撕了我才怪!"

秀才遇到兵有理也说不清,土匪碰上泼妇唯一的办法就只有装傻!

"你见还是不见?不见的话这事就只有交给队里处理,如果队里处理的话,事情就会非常麻烦,怎么做你自己选择!"

"我……我……我……不敢!"

"你还是男人不?!"我愤怒到崩溃。

狠狠地摔着班里的门,走了出去。本以为凭自己的聪明,能有办法把她给稳定下来。然而,这"表妹"的动静也实在是大了点,惊动了大队部,崔队长和李教在大队里开会,立即赶回了队里。

"这谁的家属?哭什么闹什么?"崔队长的脾气可没我这样好。

"报告队长!我们区队的施舜牛的表姐!"我抢着报告。之所以说"表姐"而不是"表妹",是为了"拉兄弟一把"作最后的挣扎。

"家里来人了啊,高兴得热泪盈眶啊?"李教看这阵势不对,故作幽默。

这下可好了,瞒不住了,冷处理热处理都不行了。

"好事嘛来来来,坐起来说话,我们欢迎学员的家属来队!"

"这是崔队长和李教导员,他们才是我们的首长,你有什么要求就对他们说吧。"我介绍道。

一听说有更高级别的首长，表姐不但没起来，还磕头如捣蒜，哭得更加洪亮和放肆："首长啊，俺的娘啊，你们要为俺做主啊，施舜牛是个军中陈世美，你们要给俺做主啊。"

队长教导员啥时成了她的娘了啊？我纳闷。

"哭什么哭，有话坐起来说！"

她却在地上打起滚来。

"再哭给我捆起来！"崔队长怒了，"这里是军营，不是你们家！"

哭声戛然而止，表姐以极快的动作从地上爬了起来，然后抽泣着。

原来对付泼妇的唯一的办法就是你要比她更泼！

"姑娘，你叫什么名字？"

"水灵灵。""表姐"掷地有声。

崔队实在忍不住了，夺门而出到外面笑去了。而我刚一屁股坐在了地上，强掩笑意，低头晃脑。

唯一淡定的是李教。"缺钙，要加强锻炼！"他到这时还奚落我。

在队长和教导员了解情况后，也觉得这事情很棘手，二人开始分工合作，队长去了解施舜牛的情况，教导员去安抚水灵灵。

施舜牛完全是遵守部队和学院的规章制度才这样做的，对他来说不存在错误。队长也不好说什么，而且施舜牛平时表现也不错，这次骨干调整他还做了大千的副班长。

教导员那边就不好处理了，无论教导员怎么苦口婆心动之以理晓之以情，大道理小道理讲了若干条，水灵灵就是不答应和施舜牛断绝恋爱关系。

"你想施舜牛过得好吗？你希望他幸福吗？"

"想！"表姐很忸怩地回答。

"你希望他过得好，他的幸福是什么呢？"

"俺想跟他结婚，跟他一起生孩子，快乐地生活。"水灵灵更忸怩了。

"你有这样的愿望，是好事，说明你不糊涂，可怎么去实现呢？你这样闹，他能答应吗？他能够跟你一起结婚生子快乐地生活吗？"

"能！他欠着俺家的，读书的钱是俺家给的，参军后他家的农活还是俺在帮衬，俺对他的父母比对俺自己的父母还要好，他身上穿的毛衣还是俺织的。他不答应就是对不起俺，对不起俺的父母，也对不起他的父母，俺来的时候伯父伯母还对俺说，施舜牛要是不答应，你就把他给俺捆回来。"

"胡闹！"教导员终于压不住了，低低地从喉咙里蹦出了这两字。

水灵灵惊恐地看着教导员。

"姑娘，我实话告诉你，你现在就可以把施舜牛带回去，现在就带走！我现在就答应你带他走！我保证，他回去也不会爱你，只能更加地讨厌你、厌恶你、憎恨你！因为你把他最美好的前程给毁了！会恨你一辈子！永远！"

李教坐在她对面，继续他的开导工作："你们现在都还小，定亲时更小，这不能怪你，我向施舜牛了解了一下，不是说不跟你结婚，只是暂时不考虑个人问题。他要好好读书，好好走好他的军旅生涯，有了好的事业才有好的生活，你应该为有这样的男人高兴，而不是这样那样地胡缠蛮搅。我告诉你，他现在是肯定回不去了，就算回去了，也不再是以前的施舜牛。另外，只要施舜牛飞出来了，你们一旦结婚，你就可以随军，这是国家对飞行员和家属的照顾，他飞出来了你也就不再是农村人了，而是城里的人，是国家的人，你知道吗？"李教没有骗她，按照政策，飞行员一旦结婚，家属就可以随军。

"我也可以成为国家的人？"这句话对"表姐"的诱惑是致命的，同时也让她平静了许多。要知道，在那时，跳出乡村，是许多农村子弟为之不懈奋斗的理想。

"可他有了另外的女人！"

"在这样的环境之下，他能够有另外的女人吗？根据我的了解，你一直就是他心里最美丽的姑娘。"

一席话说得"表姐"欢天喜地。

施舜牛一直到现在都感谢着教导员。

在李教和崔队连哄带骗之下，"表妹"欢天喜地地回老家去了，走之前施舜牛连面都不敢去见她。我们无法去评论这件事情对这女孩子一生的影响，也无从知道施舜牛的内心感受。只是这以后他与大家疏远了，每天都是闷着脑袋做自己的事，学习、训练、训练、学习。除了这些，他已经不会干别的。

很多的时候，我们不得不屈从生活现实的压力，尽管不情愿却不得不放弃一些东西。更多的时候，活着不单单是为了自己，还有一种叫做责任的东西需要你来背负和付出。我们因此而痛苦，也因此而幸福。如果说元宝换来的代价是大家内心的伤和痛，而施舜牛成长的代价只是他的寂寞和孤独。"补课事件"的下跪给我人生旅途上了第一课，元宝和施舜牛却用鲜活的例子警告着我和我战友，无论干什么事，个人利益永远是排在后面的，即或是现在得到了满足和收获。

第十四章　放假

学院许多教室的课桌上、黑板上出现了这样的字句：
"我们要求放假！"
"我们要求回家！"
……

在 27 期之前，包括部分 27 期，学长们都是先到空军飞行预备学校（学院的前身）进行为期一年零八个月的训练，文化学习、身体素质、思想品德各方面符合飞行要求的，转入各飞行学院进一步学习飞行理论和技术。我们却要在基础学院学习三年，飞行学院学习两年，然后再分下部队。在基础学院学习的时候，第一年是没有假期的，规定的假期是第二年的春节时候的寒假。这就是说我们虽然身为大学生，在长达一年零八个月的时间里连续学习训练。

这些标语的出现，院领导以及各队队长、教导员很是光火，如临大敌。许多教导员的意见就是：查！一查到底，查出是谁写的，谁带的头，扰乱军心！不是要求回家吗？那就打着铺盖卷彻底地滚蛋。可怎么去查？查谁？那字一看就是有书法功底的人写的，横平竖直，每一笔每一画都中规中矩，不带一丝的个人特色，在这个院子里练习书法的人实在是太多了。这些标语的出现，无疑是在一汪沉寂的水潭里扔进了一块大石头，掀起的波澜绝不是一点点，人心开始不稳起来。院方连续几次召开紧急会议，就是怎么去将这事不着痕迹地给做好了。闲暇之余，大家碰到一起谈论最多的也是这件事，心里都在期盼着我们能够有个突破和创新——放上一个寒假什么的。

"这些孩子也真是的，闹什么闹啊，胳膊能拧过大腿吗？几十年来的规章制度就是这样的，能改吗？"大千说道。

"原以为高中毕业了，可以好好休息，过一个放松的暑假，没想到还没开始玩，就被送到了这里，一关就得一年多，根本没有放松的时间和机会，我们这些孩子也真够累的，闹闹也很正常！"欧阳长河说。

"是啊！自从上了高中以后，就没真正地轻松过，到了这里怎么说也算考上了大学了吧，如果连一个正常的寒假暑假都没有，这个学院还叫大学吗？"王伟也跟着说道。

"我严重地怀疑那标语就是你鸵鸟写的！"潘一农一脸严肃地说。

"其实，倒不是什么高考以后没要到暑假，更不是因为没有轻松过才有这样的目的和动机。"我笑着说道。

"那你认为是什么呢？是什么样的动机？我觉得这个标语说出了我们大多数人的心里话！"从四区队调过来担任三班副的孙大威说。

孙大威长得秀气斯文，始终让我觉得他不应该是东北人，而是来自于江南水乡。担任三班的副班长以后，他尽心尽力地抓好本班的内务卫生工作，积极地配合欧阳开展各方面的管理和训练。从开始欧阳的抵触到现在的大威能和我们愉快地对话，已经说明他是个懂事的孩子，大威身上没有我们几个的恶习，抽烟、喝酒、翻院墙这些东西根本与他不沾边，一举一动都中规中矩。如果在我们中间评选出一个让人口服心服的乖乖"好儿童"，大威是唯一的合格人选。因此，潘一农多次处心积虑地想给大威一个难堪，也被我、大千和欧阳悄然地化解了。

"虚荣心使然！"我说出了这五个字。

"何解？"土匪问道。

"何解？天啊！我们亲爱的土匪居然学会了使用文言，这是了不起的进步！特此'飘扬'一下。"王伟一本正经地说，那是傻瓜都听得出的"表扬"。

潘一农没有理王伟的打趣，双眼真诚地望着我。

"这需要解释吗？不需要，如果真的需要，就不劳区队长之大驾了，我给你解释吧。这个虚荣心使然，其实就是说，经过了这大半年的磨炼，已经完成了由一名普通学生向军人的转变，同时也向着飞行员这个理想迈出了坚实的一步。我们不再是刚刚进这个院子时那样子，军装合身了，肌肉结实了，脸上的那些文弱书生气息减少了许多，取而代之的是只有飞行学员才有的那种血性。有了这些东西以后，在思想的深处就涌起一些躁动。"刘大千不等我解释，他就把我想说的说了出来。

"这个躁动从医学上可以解释为青春荷尔蒙分泌过盛！"我大笑起来，"为什么鸟是雄的漂亮？为什么孔雀要开屏？"

"那是为了吸引异性的眼球！"大威接过了我的话。

"对，我们的军装就等于孔雀的那身羽毛。"我的眼睛瞟向靠在墙角的施舜牛，这家伙自从水灵灵欢天喜地回家以后，就显得心事重重、落落寡欢，许多时候根本不参与我们的讨论和发言，只是在一边默默地看着。他空空的眼神，常常让我有一种莫名的心疼。这种心疼与元宝带给我们的不一样，元宝给的是惊醒的警示，施舜牛空空的眼神常常让我觉得愧疚和揪心。

"太对了！可是在这个院子里，展示给谁看呢？你，我，还是他？在这个男人的世界里，无论如何的漂亮都无法吸引眼球，就算军装脏得跟洪七公的衣服一样，也没有人在意！"王伟接过了我的话头。

"春节在即，我们得展示这羽毛！鸵鸟，你那几根鸟毛最好还是藏起来，就不用去臭美了！"潘一农已经明白了我们说的是什么，他开起了王伟的玩笑。

"不错！不错！土匪的进步不是一两点，知道举一反三了！"王伟反唇相讥。

"这羽毛不仅仅是为了秀给父母兄弟姐妹和'表妹'看，还为了吸引更多的眼球，在那种羡慕和赞美声中，虚荣心得到暂时的满足。这就是现在盼望有个假期的最根本的目的和动机！"欧阳长河说道。

"对于我们七个来说，更是为了能够找到天下最美的'表妹'而做的第一次尝试。"我笑道。

"七个？元宝不是已经被踢出了局，第一个就输了吗？"潘一农想也不想，冲口而出，我和大千脸色顿时一沉。

"我知道你们的赌局，我可以成为其中的一份子吗？"大威笑道。

"好！欢迎你加入这游戏！"我对大威张开了双臂。虽然大威的处境不再似刚刚加入本区队那样的尴尬，但是他没能完全融入到我们中间，在这样的时机里恰当地提出了这样的要求，起码能够说明他从内心渴望融入这个大集体,而不是潘一农所说的什么眼线。

欧阳明白我的想法,他接着上前抱住了大威。

大千、王伟、施舜牛也拥抱了大威。

潘一农很夸张地抱起了大威,然后把他摔在地上:"进入这个赌局,你首先就得学会摔跤!"

各个队的学员在要求放假一事上达到了空前地团结,进行了参军入伍以来的第一次协同作战,联名致信给院方和空军司令部。信的内容大致是:我们的学制不再是一年零八个月,而是基础学院三年,飞行学院两年,在整个五年学习期间里如果只有那么几次休假,这和空军的正规化、特别是学院正规化建设是脱轨的。在中国的所有军事院校里,只有我们这才是这样连续地学习训练,没有寒、暑假。军队的正规化建设必然要先从学院做起,而正常的放假也是学院正规化建设必不可少的组成部分,一张一弛才是文武之道。

确切得到能够放假的消息是这封信致上一个礼拜以后,校方考虑再三,经请示空军司令部和军校部,批准了我们的寒假要求。也就是从这一年开始,我们学院有了寒假,保定二校有了暑假。

到1988年,空军飞行学院纳入统招,全面与其他的军校接轨,飞行学院的正规化建设迈上了一个新的台阶。2004年,校本部与空军第二机务专科学校以及第七飞行学院合并成为长春空军航空大学,副军级编制,是我国唯一一所以培养飞行人才为主体,航空飞行指挥与航空工程技术专业兼容的综合性军事高等学府,真正意义上实现了正规化和全面化的建设。

回乡的车票和车程是由学院统一订购和安排的,重庆籍学员统一在这天傍晚坐上由长春开往北京的第六十次特快列车。尽管列车开了空调,但我们还是感觉到那刺骨的寒气,不一会儿,就看到列车窗玻璃的缝隙间结了一层厚厚的冰块。

走之前,学院以大队为单位进行了休假教育,要求我们回到家里也不能放松对自己的要求。特别要求路过北京的孩子,一定要注意自己的军人姿态和军容风纪,如果在北京被纠察了,只要通报到学院,立即停飞,绝不手软。

崔队长挨个地再三叮嘱，回家以后特别要注意安全，不要乱吃东西，更不要随便去馆子吃饭，以免得上什么传染病，还要坚持锻炼身体，不能暴饮暴食等一系列注意事项。这一刻，我们威严的崔队真像一个慈祥的母亲。

李教和我们一起回重庆，学院本来给他安排的是卧铺，他却跑到硬座车厢和我们挤在了一块。

列车开动以后，几个学员掏出烟就点上，这几个家伙带头，其他的学员纷纷都点上了烟，顿时，整节车厢都在烟雾的笼罩之下。

李教站在走廊中间清了清嗓子："在座的兄弟们，如果你们觉得在学院憋久了，上了这个车以后就自由了，但请你们别忘记自己的身份，更不要忘记自己的职责。希望在这个行程里，这是你们抽的最后一支烟！"

李教的话引来了一阵口哨的嘘声！毕竟李教到学院担任教导员时间不长，许多老乡不认识他。

我叹了口气，一老乡问我怎么了，我指了指那几个吸烟的，又指了李教："这几个家伙要背时！"

"他是谁？不是我们一起来的啊！"

"我们教导员！"

"你开什么玩笑！他那么年轻，怎么会是你们教导员呢？"他根本不相信我的话。在没有授衔前，学员以及志愿兵与营以下干部的服装是没有区别的。李教混在我们中间，没有谁相信他会是我们的教导员，毕竟他只比我们年长八岁而且面相年轻。二十七期和二十八期重庆籍的学员近一百，平时纪律森严，彼此之间并不能完全熟识。

车厢连接处传来了吵闹的声音，我从座位上站了起来，发现是杜翔鹏、欧阳跟一群人在拉拉扯扯。走到李教身边低声说道："教导员，欧阳那边好像情形不大对。"

我和李教走到连接处，欧阳长河一见我们两个过来，就说这群人要硬进我们的车厢，因为身份的特殊性，所以坚决不让他们进来。

这是十几个年龄和我们差不多的东北人。东北人的脾气和重庆人的脾气差不多，一句话不对，说掏刀子就掏刀子。

李教笑着对那群人说道："大家是不是想进来歇息啊？热烈欢迎。同时希望大家能够友好愉快地度过这个旅程，不吸烟不喝酒，不知道兄弟们是否能够答应。"

"老子坐了十几年车，还是第一次碰到有人给我们提要求，解放军怎么了？就很了不起吗？还不是咱的子弟！"一个长发斜着眼说道。

李教把双拳一抱："能够同乘一趟车，本身就是缘分，我希望各位兄弟关照一下。"

"你算哪根葱？凭什么要我们关照？实话对你说吧，老子就是看不惯你们几十个人占了一百多人的车厢！"那长发恶狠狠地说道。

他这话一出口，我就知道事情要闹大了，手伸向腰间悄悄地解了武装带。我们外出的时候，常常在腰上多系了一条武装带，如果碰上突发事件，可以用它作为自卫的武器。

另外一些战友也发现了这事，陆续地围了过来，许多人手里都和我一样提了武装带，其中还有几个拎来了啤酒瓶子。

李教一下子把身子挡在我们前面，转过身道："大家都别冲动！"

我突然感觉寒光一闪，一把匕首出现在那长发手中，然后向李教背后刺了过来。

"李教！小心！"我手里的武装带甩了出去。

头也不回，当那匕首快接触到李教身子的时候，李教的肩膀动了一下，就见那长发惨叫起来！李教此时，居然还冲我说了句："谢谢提醒！"

后来问欧阳："你看清李教出手没有？"

"没有！我一直怀疑李教根本就没出手。"

长发握着匕首的那一只手耷拉了下来，人蜷缩在地上，脸色已经变青，大颗大颗的汗珠从脑袋上冒了出来，连呻吟的力气都没了。

"这节车厢是特种兵的包车，任何人不得靠近。请带着你的人从这里出去！"李教温柔地对长发说道。

那人知道碰上了厉害的角色，爬起来，很不甘地说了句"走！"连掉在地上的匕首也不要了，带着那群人走向了另外的车厢。

李教跺了跺脚，那躺在车厢底板上的匕首就跳到了手上。李教用手指在刀口上刮了一下，赞叹道："好刀！"

就这么两下，我那群老乡看呆了，刚刚还在吸烟的那几个，悄悄地就把烟掐掉了。

"你真的是一队的教导员啊?"十六队的刘一问道。

李教笑了笑,然后把所有的人员集合了一下,分成了十个班,每班出四个人,分在车厢两头站岗,每班值一小时。要求除了列车上的工作人员外,其他无关人员一律不予放行。

到了北京站以后,李教说出去办点私事,要我和杜翔鹏、欧阳长河负责大家的中转事宜。我们三人还有刘一把全部的车票收集起来,到中转签字窗口签了字。因为是临时中转,根本没有座位,也不可能在北京停留太长的时间,大家你看我,我看你,都不知道怎么办了。

"难道就这样站着回去啊?虽然我们能站两个小时的军姿,可二十九个小时就难熬了!"欧阳说道。

"干脆上了车以后,占领一节车厢,把其他人给赶走!"刘一提议道,这个家伙的"匪性"不比我少多少。他在十六队也是区队长。

"这恐怕行不通!如果捅到院方,我们就死翘翘了!"我反对。

这个时候正是春运时间,放假的学生,回乡探亲的,返乡的民工,火车站里堆积着大量的旅客,时不时地看到卫戍部队的纠察穿行于人流之中。

我招呼了一声,请注意自己的军容,把风纪扣都扣好了,别手插裤袋,更别光着脑袋,把帽子拿在手上玩。走的时候,校方特别强调了这点,千万别在北京被纠察抓着了,否则等待我们的就是停飞的处分。

就在我招呼大家的时候,一个陆军女军官走了过来,也许是刚刚下火车走热了的缘故,一边走一边拿着帽子扇着,我暗暗觉得不妙。刚刚想招呼她注意一点,就见四个纠察窜了过来,抓手的抓手,提脚的提脚,拎起那女军官就甩到了旁边的军用吉普车上。她根本来不及呼叫和挣扎,更没明白是怎么回事,坐在车厢里像傻了一样。

刘一快步走到了四个纠察面前,敬了一个礼:"同志,这样做太'那个'了吧!"

我敢打赌,我们的纠察同志从来没有碰到过这样的情况,居然有人敢这样地质问他们。四个纠察交换了一下眼色,看样子是想让刘一同志与那女军官为伍了。欧阳和杜翔鹏也发现了这个情况,就在四个纠察准备动手的时候,我们三人已经站到了刘一的前面。

"我也想去跟美女做伴!"我笑嘻嘻地说道。

"还有我们！"其他几个人都围了过来。

"首都的军人难道就是你们这样的啊？那可是女军人，她首先是女人，就算犯了什么错，也应该向她解释清楚，而不是这样抓着她像扔什么东西似的！"

"你们纠察先把自己纠察好了再来纠察我们！"欧阳说道。

纠察的脸挂不住了，其中一个说道："你们是哪个部队的？"

"六十六工兵营……"我笑道。

"巡江的！"欧阳不愧是长期和我一块捣蛋的家伙，及时地补上了后面的话。

我们二人一唱一和，其他的战友哄堂大笑起来。这是电影《渡江侦察记》里的一句经典台词，那四个纠察根本不明白我们在说什么，但是从字面的意思也明白是在和他们插科打诨。几个战友趁此机会溜到了吉普车的后面，向那女军官打着手势，那女军官红着脸、猫着身翻下了车，悄悄地溜了。

而四个纠察被我们包围着，其中一个看样子是班长，要看我们的证件和通行证。

"我们都没检查你的证件，你凭什么看我们的？"我笑道。

"严重怀疑你们是假冒军人出来揩我们解放军姐姐的油，拿出证件来我们检查！"刘一趁火打劫。

"就是！你们肯定是假的！真正的解放军，比如我们这样的，绝对不会如此这般地对待自己的同志。"我一本正经地说道。

"雷锋叔叔都说了，对待同志要像春天般的温暖，可是你们呢，完全是秋风扫落叶般地无情！"欧阳和我配合得天衣无缝，"你们的这些行为足够证明你们是属于假冒伪劣产品。同志们，面对这样有辱我们军队名誉的人和事，应该怎么办？"

"流氓习气坚决要除掉！"我一边唱一边学着队长指挥我们唱这首歌时打的抛物线般的手势，其他的战友全部吼着唱了起来：

"坚决要除掉！"

校方也是深知这些纠察的厉害，所以才再三地教育，也是为了我们好，避免不必要的一些东西来影响我们的前程。

事情就是这样！越怕什么越是躲不过。这事不是纠察找的我们，而是我们找的纠察，我们实在是不知道天有多高地有多厚。

年少轻狂！

四个纠察完全是被气晕了，那个班长伸手去摸对讲机。

我和欧阳卡在他的身体的两边："想搬救兵啊？你可考虑清楚了！兵法有云，远水解不了近渴！"

四个纠察傻了，见官大一级，怎么没想到这群学生兵是如此难缠。抓吧，在军容风纪上又没有违章，师出无名；不抓，面子又下不来。我说这句话的意思也很明白地告诉了他们：如果来硬的，你们这四个就是下饭的菜。毕竟双拳难敌四手，只要他们敢抓，我们这几十个被关了大半年的家伙，在这个时候没有一个人是耐得住"寂寞"的，我们那大院的孩子之间相互戏谑地称为"狱友"。

我看了看时间，差不多该检票了，于是就招呼大家，看看自己的行李、整理一下着装，准备进站。

老乡们也极其配合，临时组建的班在各班长格外洪亮的口令声中迅速集合站队，然后唱着《三大纪律八项注意》雄赳赳、气昂昂地开进了火车站。

"革命军人个个要牢记，三大纪律八项注意；第一一切行动听指挥，步调一致才能得胜利……"歌声渐行渐远，四个纠察傻傻地站在那里，实在不明白我们是干什么的。一身的空军军官制服，铮亮的飞行皮靴，挺拔的身子，每一个人都那么有精神。想挑点什么刺，却发现这群人举手投足之间，完全就是条例条令的真人版。

到达军人候车室的检票口以后，我这才想起李教，他去办事到现在还没回来。他离开的时候告诉我们在军人候车室检票口等他，可是检票口根本没有人，离发车时间也只有半个小时了。因为全部是中转签票，所有的票都是站票。北京到重庆，如果正常运行的话，九次特快要开二十九个小时，就算我们身体再好，能在整个的旅程里站着回重庆，但职责却不允许我们拿自己的身体进行这样的折腾。

"这样，我和欧阳在这里等他，你们先进站，进去以后就找列车长或者找乘警长联系一下，最好是表明我们的身份，看能否解决一下大家的问题。"我说道。

"要走大家一起走，要留大家一起留，决不丢下任何一个人！"杜翔鹏不干。

"我傻呢！"刘一拍了一下脑袋，"九次是重庆段的车！从我算了一下，今天应该是刘叔叔的车班，找找他，应该没问题，但是，必须提前进站。否则会让列车上的工作人员难办。

"我和欧阳留下，在这里等李教，其他的人跟着刘一和阿杜进站，就这样安排！"我用不容商议的口气说道。

当大部队进完站以后，我发现自己做了一个多么错误的决定，另外的一支部队出现了——首都纠察！这次不是四个，起码是四十个！那四个人赫然在列。

"就是他们！"

"两个或者两个以上可以用复数，在语法上没有错误。"欧阳笑道。

"可我没觉得我们有什么错。"既然我和欧阳已经被包围了，挣扎是徒劳。与其死得难看，不如笑着面对。后来当我读到《孟子·公孙丑上》里那句"子好勇乎？吾尝闻大勇于夫子矣：自反而不缩，虽褐宽博，吾不惴焉；自反而缩，虽千万人，吾往矣。"虽千万人，吾往矣！我不由拍案而起，仰天长啸。我和欧阳第一次干的"临危不惧"的事情，居然是面对我们自己的部队。

"何错之有？对于凌辱妇女之辈，吾等当出手之，方不枉来军营走一遭！"欧阳坦然而笑。

"好兄弟！"我哈哈大笑，"可是，实在不愿意与凌辱妇女之辈对话，咋办？"

欧阳嬉笑道："和他们的领导对话呗，虾兵蟹将有辱你我之身份！"

纠察们呆了，没想到我和欧阳会如此坦然面对，根本没把他们放在眼里。如果高铁杆看到这一幕，不知道他对"我自横刀向天笑"的狂狷教育作何感想。后来在车上李教对我们讲，北京的纠察如果不厉害点，怎么能够维护首都的形象呢！你们二人要求和干部对话在当时的情况下是唯一正确的选择。

"好！我们就坐下来等着他们的领导来对话！"我和欧阳将行李放在地上，然后盘腿坐了下来，"不过，先把话说清楚，如果你们想要动粗，可以，但我俩可不是那……"

"起来！"有纠察喊道。

"我们的坐姿错了吗？如果错了，请你们做个示范动作。我想全中国人民解放军除了仪仗队的军姿比我们强外，其他的部队不一定有我们标准！"我掸了掸军装上的灰说道。

"有我们在这里，就不容你们这样放肆。"那班长说道。

"放肆？请你告诉我，怎么放肆了？"

"在我们面前居然敢坐在地上！"

"什么叫军人的立、行、卧、坐，我们的坐姿出现了问题吗？我们的坐姿就是这样学的。如果你们觉得我们做错了，那么请你们把队列条令修改以后再来纠正这个动作，好吗？"我想我肯定是要上无赖了，就如队长对我的评语那样。

一名军人拨开了纠察，盘腿坐在我们俩面前。

"他们的坐姿就是我教的！"

"教导员！"我和欧阳喜出望外，异口同声地叫了起来。

"你两小子又捅什么娄子了？"李教用只有我俩才能听到的声音问道。

"没有！"我把刚刚发生的事情说了一遍。

李教等我说完，扫了眼面前的纠察，左手拎欧阳右手拎着我，气沉丹田，从胸中透出了一个字："走！"

我二人就轻飘飘地被他从地上拎了起来。

我们拖着自己的行李，跟在李教后面。

"他们没有做错，如果你们觉得自己是正确的，请一个月以后到飞行学院来找我们。现在我们赶时间，请让一让！"李教说道。这一刹那，我似乎看到了金庸笔下的乔峰、杨过、胡斐那样的大侠。

我的身高一米八，欧阳也有一米七五，李教只有一米七八，自己也坐在地上，就这样把我们俩从地上拎了起来。李教露了这么一手，纠察们谁也不敢贸然上前阻拦。

李教对我们的行为表示了愤慨，没说怎么处理，我和欧阳都有点担心休假完回到学院以后会秋后算账。

依旧是按照原来的分班进行站岗值班，这群天不怕地不怕的孩子，在旅程中，没有一个人敢抽烟、喝酒，对李教的敬畏和尊重是从心底发出的。

"关山，我不晓得怎么办！"快到重庆的时候，欧阳悄悄地把我拉到了车厢的连接处。

"什么事？"我问。

"就是'表妹'的事！我通知她来接站了。"

"我也通知莲子了，这有什么啊！"

"可是，李教在车上，他要看到，你我都死定了！"

我哈哈大笑起来。

"都急死了，你还在这里笑！"

"欧阳，老实交代，你什么时候开辟的'地下航线'！从实招来，否则上辣椒水了！"

"早就有了，她是我们的校花，一直喜欢我，直到我考上了飞行员才捅破了这层纸。"

"我一定要见见校花！"

"我怕李教！"

"你怕什么怕？你知道李教跟我们一起到重庆是干什么吗？"

"回家啊，嫂子不是重庆人吗，你这话还问得奇怪呢！"

"你知道他和嫂子的故事吗？你知道嫂子以前是做什么的吗？"

"不知道！"欧阳一问三不知。

"嫂子以前当兵的时候作在我们学院，是卫生兵，这样说你明白没有？再深的我不说了……"

车过九龙坡，钻过几个洞子就快到菜园坝火车站了，我拉了拉欧阳的袖子："我紧张！"

"我也紧张！"欧阳说，"我的心跳得咚啦咚的！"后面这句欧阳是用重庆话说的。

"心不跳的是死人！"我故作幽默地说道，"我们这样的一群'天棒'此刻居然会紧张，说出去多丢脸啊！"曾经大千和王伟不解我和欧阳常常说的"天棒"是何含义，我解释为："上击天，谓之天棒；下穿地，谓之地棒；天棒加地棒等于横棒。其实就是北方话里的'愣头青'。"

"也许，这就是书上说的英雄气短，儿女情长吧！我问你，在北京被纠察包围的时候，你怕没有？"欧阳问我。

"怕！怎么不怕！可是没有办法啊，逃不了，只好硬起头皮上了，其实心里虚得很。如果不是李教及时赶到，万一他们动粗，都不知道怎么办了！"

从站上一群花枝招展的美女里，一眼就看到了莲子，她实在是太高了，根本就不用寻找。她接过我从窗口递下去的行李，然后叫了一声："哥！"

在莲子面前的时候，我向欧阳介绍莲子："我们家小五！"

欧阳低了下头，然后扭着脖子，眼睛向上看莲子。莲子为欧阳这个动作大笑了起来，一拳砸在了欧阳的肩膀上："有你这样看的吗？"

多年以后，我还记得欧阳这个搞笑的动作。

"欧阳！"一个非常漂亮的女孩子站在面前，这女孩子的漂亮不同于杜生亚也不同于关薇，干净清纯，却流露出干练与精明，想来这就是那校花了。我这时才明白欧阳为什么要提那么一个赌，原来他已经找到了世界上最美的姑娘。

"欧阳！"我学着那校花的口气喊道，"你要赖！要重新赌过！"

"你太会夸人了，简直是夸人于无形！"欧阳笑道，而校花和莲子却莫名其妙地看着我们。

"这是翠儿！"欧阳向我介绍道。

李教也下了车，杜翔鹏跟在后面，我向莲子介绍了他们。

"你好！我是莲子！"莲子很大方地伸出了手。

"这也是属于'表妹'系列的！"李教笑道。

"不！我是关小五！"莲子纠正道。"表哥表妹"之说，大家彼此心照不宣，没想到李教会直接地点醒了这个话题。

"据我所知，关家可没有小五！"李教的表情我无法看出来，可他这样说，真把我吓得不得了。崔队我敬重他，韩教我畏惧他，而眼前的李教不仅仅是敬重和畏惧，他眼睛不用看你，却已看到你心里、骨头里，让你无所遁形、无处藏身。

"我十二岁就在关家进进出出了！怎能不是小五？"莲子犯了倔。

"哈哈！"李教大笑起来，"这是欧阳的'表妹'了吧？我可知道你们的那一赌！"

李教这么一说，我却呆了，那赌就只有我们七个人知道，他是怎么知道的？难道出了叛徒？

翠儿很优雅地向我们几个笑了笑。

一个漂亮的女人向我们走来，我突然心里一动，张嘴就叫了起来："李教，你的'表妹'也来了！"听到我这样一叫，大家都笑了起来，然后就开始东张西望去找那"表妹"。

那美女走到了我们旁边，叫了一声："云翔！"然后就挎上了李教的胳膊。

我们几个立即立正敬礼："嫂子好！"

李教挨个地介绍了我们。

一群人拖着行李就向外走。

"就地解散，还是大家去找个地方先把肚子填饱了再解散？"欧阳一边走一边说。

"这样吧，我请客，很久没吃到正宗的火锅了，我们去大坪的Y火锅，怎么样？"李教提议道。

"不好，这么多灯泡在你们两个中间照着，瓦数太大了，我怕有些人受不了。更何况我军实行的是官兵一致，怎么能要你请客呢！"我第一个跳出来反对。

"反对无效！"嫂子把眼睛一横，做孙二娘状。

一行人到了Y火锅门口，却见一中年男子身着燕尾服、打领结，为我们开门，因为我们是打的出租车，我们刚刚准备付账的时候，那燕尾服已经上前掏出了的士费给司机。

"共产主义什么时候实现了啊？"我很惊奇。

"我们Y火锅早就实现了大同世界！"

进得大堂坐定，大家一边说笑着，一边点上了菜，莲子不停地看着手中的表。

"怎么了？"我悄悄地问。

"今天得去成都冬训，晚上十点的车，教练和其他的队员前天就出发了。因为你要回来，所以把我留下了，但我明天早上必须报到。"

第二年在山东济南举行的首届城市运动会，重庆市体委以及体工大队上上下下都非常重视，在所有项目中能够拿到奖牌的也就那么几个项目，女子排球就是其中之一。莲子本来已经调到了四川省队，为了这次运动会，重庆队又把她要了回来。

"买票没有？"我问道。

"小向已经给我拿了票。"她说的小向是她以前的队友，退役以后分到了火车站工作，没事时常跑回队里玩，所以我认识。

莲子说到小向的时候，我心里突然一动，立即就对她说："你把她的电话告诉我，我们回去的票就找她落实了，春运时的车票实在是太麻烦了！"

第十五章　记吃不记打

去莲子宿舍的时候，传达室的管理员阿姨拦住了我。

"他是关山。"莲子一边说一边对阿姨做鬼脸。

"关山？真是关山啊，怎么穿着城管服装啊？"阿姨从传达室的窗口探出了脑袋，"上去吧！"

城管？我愣了一下，不禁一乐。可不是嘛，现在各行各业都兴穿制服了，城管们的衣服跟我们很近似，上绿下蓝，换个肩章领章和帽子，就是空军了。空军从建军以来一直是上绿下蓝，戏称从陆军大哥那借上衣，海军兄弟那借裤子。

"阿姨好！"我叫了一声。

"上去吧！"阿姨笑了笑。

体工队的管理不比我们军校差多少，男运动员禁止到女运动员宿舍，其他人更别说了，而我是唯一的例外，打小和莲子一起长大，时常到队里来玩，那些运动员和管理员差不多都认识，也没把我当外人。

莲子却不允许我上去，自己却转身上了楼。

"关山啊，城管可是个好部门，福利好，又轻松，你怎么进去的？"阿姨和我聊着天。

"混进革命队伍里呗！"我笑了笑，没去纠正她的错误。

"那我怎么混来混去都是一看大门的。"

"因为你是真混！"我接着她的话说下去，说完以后却发现这样说不对。

"你才是混！"莲子回来的时候，正好听到我的话，接了过去，她手里拿了串钥匙,"女生宿舍禁止男生过夜,所以我找王指导要了她家的钥匙。"王指导是女排主教练,当初是她将莲子从大连带回重庆的,所以对莲子亦师亦姐,节假日,莲子不回家的时候,基本上都是在王指导家里过。

洗完澡出来,莲子坐在沙发上看电视,拿着刀子笨拙地削着苹果,我拿了过来,连着皮张嘴就咬。

"粗俗!"

"咱就一当兵的,要那么文雅干啥?"

莲子转过了头,静静地看着我,然后一字一顿:"你,就一当兵的?"

"就这样退役,你真的就这样甘心啊?当了这么多年运动员,从来没拿过一枚金牌。"自从认识莲子,差不多有七年了,打小一起长大,因为年龄相差不多,总是嬉笑打闹,从来没见她这样严肃过,不禁心里一紧,却也不愿意为这"就一当兵的"这说法去纠缠什么,可眼下的形势却是莲子会跟这几个字过不去。

"别转移目标!你真就一当兵的?"真不愧是一起长大的,我想干什么,在莲子面前根本要不了花枪。

"干吗呢干吗呢!"我耍上了赖皮。

"如果真是这样想,哥,这个假休完,你就别归队了!"

这就是我未来的媳妇儿?完全就是队长教导员水平!几句话堵得我无路可逃,却不得不去深思,想想这半年多来的生活,想元宝的癫和疯,想施舜牛的痴和憨,想没日没夜的调皮捣蛋,想自己连最基本的"好儿童"都没能做到。许多年以后,当我碰到高中时一名很老实的同学,八面玲珑地穿行于各职能部门时,不由感慨,我们之间颠了个,也想起了莲子这句话。

莲子将手伸到我眼睛前面来回地晃动:"哥!"

"还没傻!"

"只是痴了!"

"丫头,你不是去省队、国家队吗?怎么就想退役呢?十八岁啊,正是运动员的黄金年龄。"我很执着。莲子本在四川省队,因为城市运动会,她是重庆输出的运动员,所以又把她要了回来,国家队集训的时候,莲子在大名单里。

莲子咬了咬嘴唇,然后低着头,看着自己的小腿。

"腿？你的腿怎么了？"莲子的腿非常长，就是人们常常形容的那种修长而又丰满的腿，后来，每每听人们戏谑着说"美不美看大腿"的时候，总是不由自主地想起莲子的腿。我想起的不是大腿，而是她的小腿，白皙，修长，因为常年的训练，一道优美的弧线一直划到脚踝，而脚后跟却是细细的，以至于我到现在还固执地认为拥有莲子这样的小腿的女人才应该叫美女。

"肌肉组成不好。"莲子的眼里含着泪。

这就如告诉我们这些飞行学员视力不好一样残酷，对于运动员来说，水平达到了一定高度以后，无论多么地刻苦，多么地努力，拼着老命也没用，不能再上一层楼。所以，尽管每次国家队的集训大名单都有莲子，却只有作为看客坐冷板凳的份。有些事，不能不说天生二字，命里带来的，一生下来就决定了，无可更改。

"别哭啊，乖！别哭啊，不干运动员就是，还可以去读书，我支持你去读书，当运动员拿不到的奖牌，读书去拿，哥哥我有一整套的学习经验传授给你，没有人能跟你比。前提是，你得喊我老师！"

"不喊！"莲子将头枕在我腿上，像小时候那样，"如果读书，我真的可以像你那样的成绩？"

"当然，你哥我是谁？你是谁的妹妹？没这两下子敢当老师？"

"你只是我哥。"莲子仰着头望着我，眨巴了一下眼睛。

"时间差不多了，走吧，我送你去火车站。"我看了看手表。

"不要，我自己走。哥，你们苦吗？"

苦吗？如果说苦，莲子肯定会笑话我，叫苦不是我的风格。说不苦，更不是我的风格，虚伪的表现。

"有什么苦不苦的，既然选择了，就没有什么苦好叫的。"

"哥，我总觉得你有些不甘，清华北大才是你的理想，听妈妈讲，你们那班，好几个成绩不如你的都上了清华北大。"

"丫头，既然选择了，那么该为这选择后悔吗？"

莲子摇了摇头，从茶几上拿了把指甲刀，抓起我的手。没当兵前，莲子常常帮我修指甲。

我将手从莲子手里抽了出来，摇了摇头，然后将双手十指张开："丫头，你失业了！每周我们都要进行军容风纪检查，手指甲是重点被关照的对象。"

"哥!"莲子拖起了早已收拾好放在王指导家里的行李箱,痴痴地看着我,"抱我下,好吗?"

小的时候,莲子每次回家,带着一身的疲惫,总要我抱她一下。我将莲子身子扳了过去,右手穿过她的右臂然后抱着她的左臂,将头轻轻地放在莲子的肩膀上。以前,常常这样抱着她和小四。莲子将头歪在我的脖子边上,然后仰着头,闭上了眼睛。长长的睫毛在白嫩的皮肤的衬托下更加地突出。

我发现自己心跳加速,于是深深吸了口气,让自己的心静下来。告诉自己莲子是我的妹妹,我是他哥,就算是将来……那也是将来的事,现在她是我的妹,我是她的哥,只有这关系,其他的,什么都没有!

"春节回家吗?"

"不,只有三天的休息时间,过完年就要上漳州集训。"女排在那有个训练基地,除了国家队,许多省市队也常常去那里集训。

送走莲子以后,第二天早上回到家里,爸爸妈妈和姐妹们都欣喜异常,没想到我这么快回来了,妈妈拉着我的手,左瞧瞧,右看看,眼泪哗地一下就流了出来。

"关大少长大了,结实了许多,脸也黑了!"妈妈总叫我关大少,有时干脆就叫大少爷,每每这样叫的时候,我都要反对,说她封建残余思想,怀念过去书香门第的岁月。

"去告诉你小舅舅,杀一头猪,我们买。"老爹对小四说,"你哥哥回来了,请大家都来家里热闹一下。"不知道从什么时候开始,家乡有了风俗,谁家的孩子考上了学,都要杀猪宰羊宴请老师和乡邻。

"没必要浪费。"我说。

"该的,这不是浪费。"老爹说。

"准确点说,这叫炫耀,还取了个漂亮的名字叫'谢师宴'!"

"怎么说话的?"老爹脸一下就黑了。

"你父子俩是怎么了?吃了火药啊?这么久没见了,一见就像仇人。"妈妈扯了扯我的袖子,然后悄悄地说,"你就不能不跟你爸爸较真儿?"

"真的没有必要,妈妈,我就一当兵的,真的!"

"不管怎么说，我们都得感谢老师对你的培养，你走得急，没有办，现你回来了，怎么也得请你的老师和四周乡亲来家里聚聚。你想想，这些年，你的老师为你操了多少心，没有那些老师就没有你大少爷的今天，别人是怎么样的，我们管不着，可我们不能少了礼数。儿子，别管这些事了，有我和你爸呢，你就安心地在家把这个假期耍安逸了。"

"你这是叫忘恩负义！"老爹点上了一支烟。

以前老爹有个学生，成绩相当好，非常刻苦，但是家庭条件不太好。老爹见他是可塑造之才，于是让他当班长，节假日带回家，特别是暑假，那漫长的两个月，有一大半时间在我们家过，老爹给他开小灶，从数学讲到语文，逼着他跟我一样地背"四书"、"五经"。那孩子也很争气，初中毕业以地区第一名的身份被九江航天技术学校录取。那孩子走之前，他豪爽地自豪地宣布："这完全是自己努力的结果。"这话不知怎么的就传到了我老爹的耳朵里，用现在的话说，老爹很郁闷。此时我的行为在老爹看来就跟那孩子差不多的，等于戳到老爹的痛处。

我张了张嘴生生地把话给咽了回去，转身帮妈妈做饭去了。

"混账！"老爹在客厅里骂了一句。

妈妈瞪了我一眼，没说话。

家里宴请了爸爸的同事，四周的乡亲，而重点对象却是我高中时期的那些课任老师。叔公关一鸣没有来，四姑也就是他家最小的丫头生病了，托人捎了礼物和话，要我春节去他家里。

"山儿现在是在外面行走的人，那个禁酒令对他就免了。"五娘说。这让我很吃惊，近三十年来，自从禁酒令颁布以来，这是唯一的特赦。让我有些难受，这大半年来，在学校，哪周没有沾酒？这禁酒令早已被我破了。

我拎着一瓶酒挨个地敬酒，能马虎对付的就对付过去，碰到老师和长辈，却只能一口干了，几桌下来，那一瓶酒也就差不多了。

"你是不是一直很想见识一下我是怎么手板煎鱼的？"物理老师的嘴巴终于不再歪了，在我给他敬酒的时候说出了这样一句话。

"那是化学老师的教学范围。"教导主任打了个岔，"所以周老师你怎么都得先自罚一杯。"

望着老师，有些倦怠，对眼前的吃吃喝喝感到了从来没有过的厌恶，却不承想这个厌恶会那样的根深蒂固,在以后的岁月里,对这样的活动都是那样地痛恨。

我拎了瓶酒,买了些香烛纸钱来到外公的墓地,点了一支烟,也点燃了香烛纸钱,然后倒了一杯酒放在墓碑前。

墓碑上刻着"五哥之墓"几个字,落款是舅舅舅妈爸爸妈妈以及孙子辈的表哥表弟表姐表妹的名字。作为外孙辈,我的名字上不了墓碑。"五哥之墓"四字是非常漂亮的魏碑,而落款却是仿宋,想必是后来加上去的。他人墓碑都是故显考故显妣,而外公的墓碑上的这四个字让我感到迷惑。当地的风俗传统,女儿及其家人扫墓只能是头三年。外婆五娘却十分宽容,"自己家的孩子,分什么儿子女儿,想什么时候去上坟,去就是!"

望着墓地,想想这土堆里的从不曾见过的亲人。照外婆和妈妈的说法,在后辈里,我与小舅舅继承了他太多的遗传,不拘小节,不按照传统观念行事,尤以我为甚。外公给这个大家庭带来了深重的灾难,作为后辈的亲人,却没有一人恨他。他的故事,也只是从妈妈和舅舅那里听到,外婆一直到死都不曾在我们面前提及这个人。我想知道墓地里的人是怎么样的,身上流着他的血液,遗传给我狂放和不羁。喝一口酒,给外公墓碑前的杯子里同样倒上一口。一边喝,一边将近一年来发生的事情来回地想。因为不想补课,选择了屈辱地下跪来免于遭受更大的处分;本以为凭学习成绩、天资完全能考上名校,却没想到阴错阳差地进了飞行学院;这大半年来一心想改头换面重新做人,却怎么也是不安分。

"老五!"我知道已经喝得差不多了。在妈妈和舅舅眼里,他是父亲,在我眼里,他是外公。自从这个人埋进了这里,就没有人再提过他的名字,"妈妈说你这一生,不曾向任何人服过软。可我服了,不但服了,还跪了。五哥,我想要一个光明的前途,可命运却跟我开了一个玩笑。我没有上清华北大,只成了一个当兵的。"

"在所有人眼里,我是最骄傲的,也是最让人羡慕的。现在,我的老师,我的父老乡亲们,都在我家里喝着庆功酒!可是,五哥,我不开心!我不开心!我不安分,我也不想安分,我想像你一样,像你一样自由,一样狂放不羁!可现在,我所有的一切,都必须中规中矩,稍有闪失,就会头破血流。元宝,我们班的一个战友,已经让纪律给碾得粉身碎骨。"

喝了口酒,发现眼睛已经湿润了。

"不能再说自己是个顽劣的少年,十八岁了,法律上规定成人的年龄。可是老五,我真的没想明白,不明白崔队长为什么把这个班长、区队长的担子加到我身上,我不是这块料,会成为阿斗。元宝已经毁了,接下来,如果我负不起这个责,还会有更多的元宝出现。老五,你告诉我,可以不担这个责任,不做这军人吗?可以吗?重新来过,去考北大,去考清华,如果不行,川大、重大也可以。我真不想做军人了,能不做吗?"

我能吗?我发现自己已泪流满面。

喝完最后一口酒,将酒瓶砸在外公墓碑前。

我将身子一歪,靠在五哥的墓碑上。

这时外婆五娘来了,走到了我跟前,静静地看着我。

"五娘……"我有些惶恐。

"山儿……你记得吗,你去当兵前,我跟你说过一番话。我想,你可能不记得了。"

我打着酒嗝:"啥?"

"你的性格!"

"我不喜欢我现在这个样子,很讨厌!"

"你和你外公很像,但是,又不像。因为你身上比他少了一些东西,那就是责任。"

我横着袖子将脸上的泪擦掉:"我……我……我怕担不起!"

这天晚上我没回家,外婆将我带回了小舅那里。我与舅舅舅妈打了声招呼,倒身和衣睡去。

早饭时小舅想对我说些什么,张了张嘴却什么也没说。

吃过早饭,我回了家。

"去你小舅家了?"爸爸问。

"嗯。"

"马上就春节了,准备下,去给你叔公拜年。"

"不去!"我钻进了书房,随手拿了本书,"这个假期,我就在家里过,哪儿也不去!"

"他是你叔公!"

"是祖宗也不去!"

"没有他就没有你的今天。"

"没有他，明天也许会更美好！"

妈妈见我和爸爸又顶了起来，将我拖进卧室。妈妈歪着头，一言不发地看着我。

"妈妈，我想用这个假期，静静地看看书，可以吗？"

妈妈笑了笑，还是没说话，转身出去了。

老爹在客厅咆哮起来，大骂我忘恩负义，跟那谁谁谁没有区别，教书育人一辈子最后自己家里却出了一个忤逆子，是老天爷开了一个玩笑，是对他关大江作为人民教师的亵渎。

我手上拿的居然是《史记》，索性摊开了书，和着老爹的骂声之乎者也起来。

翠儿跑到家里来找我，说欧阳回来以后，天天呼朋唤友，胡吃海喝，怎么劝他都不听。翠儿拽着我去欧阳家，在公路边水沟里，发现了烂醉如泥，醉得一塌糊涂的欧阳。

欧阳心里也不痛快。按照他的成绩，就是上清华北大的主。招飞进了军校，同时入伍同在一个队的我和杜翔鹏都是班长，而丝毫不逊色的他却什么都不是，得窝在关山手下受他的鸟气，内心始终不明白这是为什么。休假回来，原来成绩比他差的那几个同学却上了清华北大，在他面前趾高气扬。在他们面前欧阳当然做出一副眼高于顶的清高，可内心却难免纠结与失落，属于"伪"军。

我把欧阳扛在肩上，翠儿用手绢仔细擦着欧阳军装上的呕吐物。翠儿一边擦一边对我说："我跟他聊过，就算有心事，可也不能这样作践自己啊。经过部队这大半年的锻炼，他的确比同龄人成熟，可遇事还是沉不下去，作为男人，这是致命的缺点。"

我开玩笑说："你比党和军队对他的要求还严格。"

我、欧阳和杜翔鹏三人，彼此能力水平都差不多，独独没让欧阳担任班长，现在想来，并不是崔队所说的用他的细腻来弥补我的张狂那样简单，而是一开始，欧阳留给了崔队不好的印象。先是指责徐兵的那句话被崔队听见，接着是在成都开那个"小鬼你今年多大"的玩笑，以及到了学院以后第一顿早餐面对一桶清澈见底的稀饭时所做出的反应。这几件事让崔队很不感冒，这个不感冒，其实就是翠儿所说的不成熟。

年少轻狂表现得不合时宜就是轻浮。

翠儿说不想让欧阳父母看到他这样，不如到她家。她是独女，父母上班去了。

到了翠儿家，我和翠儿一起把欧阳的脏衣服往下扒。

"他是不是打架了？"我突然发问。

"你怎么知道？"翠儿将欧阳的脏衣服丢进洗衣盆里放水。

"是不是打架了？"

"他打了几个同学。"

他打了他的同学，而且是几个！

"那几个考上了北大清华的？"我追问。

"嗯！"

"你撒谎了，翠儿！在我眼里，欧阳不是小肚鸡肠的人。他不可能因为这个就这么冲动。翠儿，你一定撒谎了！"

"他看到我跟另外的同学在一起……"翠儿咬了咬嘴唇说。

我没再追问，静静地看着翠儿，想弄明白眼前的这个人是什么样的一个女人。直觉告诉我，翠儿与大千嘴里的小布丁是不同类型的女孩子，翠儿和另外的同学在一起，不是背叛这样简单。

我心里一动："你是故意的吧？"

两行泪从翠儿眼里滑了出来，沉默良久，用低沉的声音唱了起来，词和调都是我所不熟悉的：

"子若老兮，倦容苍苍。

拥炉憩兮，再读华章。

忆昔过往，皎皎目光。

光兮影兮，日月悠长。

时人怜汝，青葱模样。

胡为可鉴，真假肝肠。

唯吾惜汝，知子心香。

我心匪席，无畏沧桑。

子若老兮，垂首炉旁。

低吟浅唱，心怀感伤。
年华远兮，群山茫茫。
星河灿兮，一人可藏。"

我叹了口气，站起来。出门的时候，我回了头，"翠儿，好好珍惜，欧阳他不容易！"

"我如果不珍惜，就不会这样做了！"

"他是故意的吧？"回到家里，我直截了当问老爹。

老爹一愣："什么故意不故意？"

"你叔叔，我的班主任！"

"怎么了，什么故意不故意的？你这孩子怎么说话没头没脑的。"

"要我下跪，他是故意的！"翠儿能够用故意跟其他同学在一起来刺激欧阳，教了几十年书的人民教师，为什么就不能够？

"故意不故意有区别吗？儿子。"

老爹指了指沙发，"站着比高矮啊？来，咱爷俩今天杀两盘，回来也有些日子了，你还没陪我说过话呢。"老爹拿出了象棋，也不管我愿意不愿意，自顾自地摆起了棋子。

"有区别！要知道那时，我还是学生，作为老师，他就不应该那么做。"

"那么作为长辈呢？如果他让我跪，我能反抗吗？"

"那是你的事！"

"儿子你不讲道理！"

"你们给了我道理讲了吗？师道尊严，老师是天，长辈是天，我什么时候有发言的资格！"

"现在就具备了发言的资格了吗？"老爹一边说一边跳马，"别认为穿上军装你就长大了，孩子，你没有！真正成熟的人，是不会问也不会说的。"

"这军装不是我想穿的，这辈子就没想成为军人！"

"是吗？三年前你为什么要去当兵？"老爹提起我被刷下来那次。

"因为厌倦了这样的教育！对你们这些老师失望。"

老爹将手中的棋子拿起了又放下，然后又拿起："你知道我读书时是怎么样的吗？每天都得跪下来向老师请安，挨板子是常有的事。"

"那是私塾，跟现在这个时代不一样！别拿你那个时代跟我们这个时代来说事，我要的是事实的真相。"

"这很重要吗？事实的真相就是你考上了飞行员，成了万众瞩目的天之骄子。"

"拟订的！现在是学员，也就是普通一兵，这兵本非我所愿。"

"你去考清华北大，相信你有这个能力考上，可是现在，能够回头吗？能吗？"老爹加重了语气。

"能！这兵我不想当了。"

"好，春节过后，你去你小舅那里报到。"

我以为老爹会暴跳如雷，却没想到他会让我去小舅那里报到。到那里去报到的意思就是跟着他做农民，我使劲地挥出一拳，却砸在了棉花上。

"这跟那不沾边。"我不甘心失败，"我只想，只想知道事情的真相！"

"要想知道，还不简单啊，春节的时候你去你叔公家里，你自己去问。"

"不去！"

"有那么大的深仇大恨吗？真相有那么重要吗？现在就算知道真相，能挽回当初这事的影响？你只是想用所谓的真相为自己找回一个理由，日后他人问起下跪这事来，也好有个交代。是这样吧，儿子！"

老爹步步紧逼，如果这也能算兵法的话，他不比我的那些军事教官差。我一边找着对应之策，一边感慨为什么老爹在此之前不是这样地对我，若早这样，也许我的顽劣会少几分。

"人生如棋！儿子，也许在你看来，丢了面子，失去了尊严，可对于你今后的人生，这未尝不是一件好事。去看你外公了，对吧，他给这个家庭带来了多少灾难，你是听说了的，包括在你当兵的政审上，也给你添了麻烦，可是你恨他吗？"

我摇了摇头。

"为什么不恨呢？仅仅因为他是你外公吗？"

"因为他的血性！"

"这就对了，男人，无论他的好或者坏，只要他有血性，他的亲人，永远就不会恨他！"

老爹绕了一个大圈子的目的，还是希望我能够去看叔公关一鸣，我看了看老爹："爸爸，我不去的！"

"儿子，人生之路很长。我告诉你一句话，就是记吃不记打。在你落难的时候，谁给你一碗饭吃，谁给你一口水喝，都应该记得，而不必记谁在你的碗里吐了口水、丢了沙子。这句话你现在记住，以后慢慢品味。去不去看你叔公，你自己掂量。"

记吃不记打！我记住了这句话，却无法真正懂得它的深意。年少轻狂的我，还没有太多感恩的情怀。我终究还是没去看叔公，一直都没有去。爸爸说："他弟子三千，对你，真正问心无愧！"这也是叔公留给我最后的一句话。

第十五章 记吃不记打

第十六章　元宝离队

一九八七年的春节，上海甲肝流行。上海籍学员返校后全部被隔离，学院专门为他们安排教室和教官，为期两个月。没多久，大队批准了我、大千、欧阳和王伟的入党申请，成为本区队最早入党的学员。

不知不觉，冰雪消融，春风拂面。

翠儿的信时有时无，欧阳为此郁郁寡欢，把我叫到屋顶，掏了封信递给我。从信封的颜色我判断出是翠儿的，这大半年的义务通信员经历，使我也锻炼出队长、教导员的水平，不用看地址，仅仅从信封的款式、颜色都能判断出信是谁来的。

我摇了摇手："直接说内容！免得触了你的隐私！"

"翠儿想分手。"

"分呗，分了好专心学习，刻苦训练！"

"我说的是真的！"

"我也没说假的！"

"你……我都痛苦得要死了，你还有心情开玩笑。"欧阳恨得直咬牙。

"痛苦吗？痛苦就从这里跳下去，一了百了。"我大笑起来。见他太难过，我开始提醒这个"当局者"，"据说，邮票有许多种贴法，不同的贴法有不同的含意。先看看这信的邮票，然后呢，有些内容就可以忽略不计了。"

欧阳拿回信封，仔细地看了看："没有什么联络暗号啊，跟往常没有什么区别。"

"再看看！"

"向上的，以前一直是这样。"

"向上？传统贴法？"

"是的！"

"这就说明这信跟我们平时吃饭、学习、训练、睡觉一样的，属于正常范围。没有翻院墙、抽烟、喝酒等违反条例条令之行为。"

"是两张并排向上的。"欧阳还在强调。

遇见这头正逢情事的呆头鹅，我很无奈，只好继续提示他："面值分别是多少的？"

"8分。"

"这信超重了吗？"

"没有！"

"航空信件需要多少？"

"两毛！"

"那么为什么贴一毛六呢？她很有钱吗？"

"她能有什么钱？我们每个月有十二元的津贴，而她上大学还得靠自己当家教来交学费，哪里像你家小五，十来岁就拿工资啊！"因为地方大学自由得多，翠儿很懂事地去找了几份家教来做，每一分钱都挣得很辛苦。

"亲爱的，你真棒，我以你为荣！"我说。

"谁跟你亲爱的啊，少肉麻，老子对你没兴趣！"

"我又不要你喜欢！"我大笑起来，"那邮票的贴法，翠儿其实就是告诉你，'欧阳，帅哥，俺爱死你了！'俺呸！老子现在很嫉妒，咱家小五咋就没这些浪漫呢。"

欧阳醒悟后那小脸立即是艳阳高照，冲着我不好意思地笑了。我也从翠儿信里信外的暗示明白了她的苦心。

"关山，我问你，人，怎么样才能算真正的成熟老练？"欧阳想了半天，突然蹦了这样一句出来。

"就是当你俗到跟我一样的时候！"我笑了笑，"这次回家休假，经历了一些事，很受教育。欧阳，我想告诉你一些事，你不知道的！"我想把这大半年的一些经历告诉他，希望或多或少对他有一些帮助。

我讲了因为不参加学校的补课，引发了一些事，特别是我的下跪，徐兵被开除，还讲了这次回家老爹告诉我的"记吃不记打"，最后顺便也捎带将翠儿的想法，对欧阳的期待讲了出来。又将翠儿的那歌唱了出来：

"子若老兮，倦容苍苍。

拥炉憩兮，再读华章。

忆昔过往，皎皎目光。……"

欧阳看着我，泪水在眼里打转："你怎么会唱这歌？"

"欧阳，我们一起做个好军人好吗？"我说。

"嗯！"他轻轻回答。

"别像个娘们扭扭捏捏地'嗯'！欧阳，我们与其他军人不同，飞出来了，就是拎着脑袋玩命的主，如果现在不把基础打牢，最后毁的不仅仅是我们自己。可现在，私下那些自以为得意的小动作，跟这个职业不相符啊。"

欧阳看着我，很认真地点点头。

转眼间，桃红李白，春暖花开。

经过快一年军旅生涯的熏陶，身上少了书呆子的习气，多了些军人的气质，还多了一份圆滑。也许，这就是人们常常说的老练或成熟，当然你也可以叫它世故。

"体育胡教官如是说——你们这批孩子成熟得早也成熟得可怕，同时却又有着不可思议的幼稚。他原是八一体工队的篮球队员和体能教练，退役后到广州军体学院学习运动心理，总爱把什么都上升到心理学的高度。

元宝从医院回来以后，他常常在没有训练的空闲来到队里。

"老佛爷"一身腱子肉，我们都喜欢跟他玩，但是我们都怕上他的课，他总提那百炼才能成钢、"剩"者就是王的警世名言。每一个区队一个体育教官，一直到我们毕业就他一个人带着，一个体育教官也只带一个区队，这在其他院校是没有的。我们喜欢他平时的和蔼可亲，我们怕他是因为他的心够狠，打悬梯滚轮一般来说我们都能在 200 个左右，可他却觉得少了，加数量，400 个。于是就有人晕，晕得天昏地暗。晕了也不会让你下来，拿背包绳给捆着，于是就吐，吐得翻江倒海。

"要的就是你吐，吐了就好，下次你再上的时候就不吐了。"他说这话的时候依旧是他的招牌笑容。吐完以后我们就冲着他大喊："胡教官你不是人！"

他依旧和蔼可亲地笑着。

我们的军事、体育教官都和蔼可亲——至少在表面上看着和蔼可亲。

100米变速跑，50次，一个都不能少，蛙跳800米，累吧，那就躺着，躺完了，还有500米的鸭子步等着我们。

"强健的体魄是作为飞行员最基本的要求！"这是他常常挂在嘴上的话。王海司令员提出的"崇高的理想、高尚的道德、宽广的胸怀、丰富的知识、过硬的本领、严格的纪律、顽强的作风、强健的体魄"，这八点是打造我们的终极目标。

元宝回来后白了许多也胖了许多，总喊吃不饱。

"纠正了一个施舜牛，现在又诞生了一个元宝，天啊！我们这个队怎么都是'吃货'！"潘一农无限痛苦。

"老佛爷"来的时候总会给元宝带点零食，他抢过去三下五除二几下就咽到肚子里去了。

"胡教官，他基本上等于废了，你还是多关心我们吧。"潘一农说。

"作为飞行员他是废了，但是作为人，他还没有废。"胡教官很认真地告诉我们这样一个道理，这话印证了"老佛爷"这个外号另外一层意思：他有着慈悲的菩萨情怀，对于我们这群热血青年，非常难得。

"你们要我关心，可以，现在就关心！1000个原地高抬腿！"

"500个可以吗？"

"这是菜市吗？其他人也是1000个，因为他连累了你们！"他的悲悯仅仅只限于元宝。

"土匪！老子想掐死你！"王伟扑在潘一农身上。

当我们被体罚的时候，元宝在一旁咧开嘴笑，到后来他也跑过来做原地高抬腿。

"元宝，你干啥？"

"好玩！"

疯了！真的疯了！

"关山，我们来赌一把！"我身边的大千悄悄地说。

"赌啥？有啥好赌的！"我没好气地回答。

"赌他是假疯，输了我把这周外出的机会让给你，赢了你把你的机会给我。"

"你小子是不是和杜生亚有啥?"我一个巴掌拍在了他光光的脑袋上,外出逛街我们每个人两个半月才有一次机会。

"不许打骂体罚士兵!"大千吼了起来。

"刘大千再加200个下蹲起立!"

"老佛爷"还是那样的和蔼,以为大千那句"不许打骂体罚士兵"是针对他所言。

"笑面虎!"大千悻悻地说。

元宝的父母到了学院,学院希望元宝的父母能够把元宝接回家去治疗,所有的费用由部队承担,病好了以后学院负责给他安排一份工作。元宝的妈妈不干,理由很简单:孩子来的时候活蹦乱跳的,比哪家的孩子都聪明,如今孩子这样了做父母的怎么能不心疼,可我家地处农村,没那医疗条件,要我带走孩子可以,必须是健康的!

孙大威溜到了我们身边:"区队长,我觉得一班长的赌有道理。"

"三班副,如果、如果胡教官不加你的体能,待会儿完了,我加!"我也成了"老佛爷"。

这年的六月,北方的春天来得迟。本是繁花似锦的季节,却飘飘扬扬地下起了雪,春城无处不飞花。我们又拾起了扫把铁锹,到街上扫雪。在东北没有去扫过雪的人很少,却以我们大院的人扫雪扫得最有水平,扫出来的雪,堆积在一块,然后用铁锹拍打得四棱见方,和我们叠被子一样的水平。

"咋这季节下雪?"鸵鸟非常奇怪。

"这就叫六月飞雪,书上就是这么说的。"大千说。

"哪本书?我怎么没读过?"潘一农道。

"飞霜六月因邹衍。有日月朝暮悬,有鬼神掌着生死权。"我笑了起来,"这段没读过?你怎么混进革命队伍的?"

"谁这么冤啊?"欧阳问道。

"什么冤不冤的,这是自然现象,因为我们这里的春天来得晚,过了五、六月才到。南方有倒春寒,这里也有,只不过在这季节发生而已,冷空气集聚、下降也就有了春天飘雪的自然现象。"大威是本地人。

原来关老爷子写六月飞雪以鸣冤，放在这地方也就是一自然现象。我却心里一动，想起了大千的那赌。

元宝半夜上厕所，清除完"内存"以后，从一班到十三班挨个地叫醒，"起床了，明天要考试，我已经给教导员说了，都可以去复习功课。"大家都提心吊胆，如果他提把刀挨个地敲脑袋看西瓜熟了没，麻烦就大了。半夜两三点，元宝敲李教的门，"韩教导员，我……我们来交流个思想吧，向你汇报近阶段的学习和训练情况。"如是再三，闹得李教只要半夜听到敲门的声音就紧张。元宝一直把李教当做韩教，他只认得教导员住的那门。奇怪的是元宝的病只在晚上犯，而白天跟正常人完全一样。每个月总要来那么一两次，潘一农说元宝成女人了，结果屁股挨了我一脚。

土匪是时常地找抽。

元宝反复再三，闹得大家鸡犬不宁。最后队里腾了一间房子出来，让他享受队首长一级待遇，坐岗员也搬到了他的门口，晚上只要他一出门，就跟随着他。估计，再继续敲下去，李教不抑郁也要神经衰弱。

元宝治疗了几次以后，病情也有所好转，通过空司军校部的协调，转入了地面指挥学院。元宝走的时候，我们去送他。正当他想抱着我们准备哭得昏天黑地的时候，大千反手一抓，把他摔在地上，我上去就给他屁股上狠狠一脚："你这个狗日的！"

欧阳把元宝从地上拎了起来，冲着他的下巴就是一直拳："你他娘的这一走，老子找谁赌去！"

我将欧阳拉到背后。

元宝却控制不住地哈哈大笑起来。

"我知道，能瞒过所有的人，却一定瞒不住你们。"

我一直冷冷地看着他笑。可当我看到元宝的痛苦与无奈，悔恨与不甘，终究对他硬不下心。毕竟，他是我的兄弟。

"这身军装必须继续穿，因为，要生存。但是，我还是希望，以后无论在哪里做什么，我们都能摸着良心问一问，'这身军装，我穿着舒坦吗？'"

后来我问大千："是什么时候发现他在装疯的？"

"从韩教掏出那一沓信，元宝倒地的时候。那是他唯一可以选择的办法，如果换作你我也会这样做。虽说我们是城里人，回去好歹还能托人安排个工作，但只要回去，那舆论和白眼都会杀死人。在这个封建正统思想依然根深蒂固的社会里，最瞧不起的就是有生活作风问题的人。一个农村来的孩子，如果他回去了，结局会更加凄惨。你呢，什么时候开始怀疑的？"

"他摸'西瓜'的时候，第一次没摸我们，第二次还是没摸我们，尽管他后来很温柔地摸了。"

"是啊，这小子重情，是个性情中人！"

"他只能这样！骗过了大家他就赢，还好，你我不是'克格勃'！"

我这克格勃三字刚刚一出口，大千就扑了上来："班座，我掐死你！"

装疯是万般无奈地自我挽救，心灵的救赎却需涅槃，也许终极一生都不能够！我期盼，这个兄弟能早日放下心灵的负重，重新起飞。

最早明白元宝装疯的不是大千也不是我，更不是李教，而是崔队长。队长是大连人，夫人是大连海军舰艇学院的医生，她请假来队休探亲假。队长最先得到的消息，不久，韩教也知道了。队长想保元宝下来，可是韩教坚持要处理元宝，为此二人很是不愉快地吵了一架。无奈，队长只有躲，刚好嫂子又来队，就找了这么一个借口，回了家属院。队长想了许多办法都觉得不好，于是就向夫人透露了这消息。

夫人想了一下，就说："出了这档事，政治上首先就不合格，飞是飞不了了，怎么保？首先得保住他不受任何处理，他的前途才有希望。只有安全平稳地度过了这个时期，等这事淡了，差不多也该是给停飞学员转校的时候了，到时再找学院把他的医疗档案做点手脚，学院不是一直都对停飞学员很照顾的吗？这样，就让他去地面学习。地面院校没这样严格，相信元宝到了地面院校后会珍惜这机会的，也应该通过这事比其他人都成熟得多。"

"怎么才能让他知道呢？通知他？这事我不做！"崔队长有想法但是却不愿意为这想法付诸实践。毕竟他是第一队的队长，全院十六个队长他老大，要他去做这些事不如杀了他。有所为有所不为！他很为难。队长的意思想让夫人去通风报信，让元宝做好思想准备，可是这话又说不出口。

"呵呵，你的这群宝贝一个比一个精，他自己应该知道会怎么做！否则来不了这学校！不信我们就来打个赌！"原来打赌不仅仅是我们这群混小子才有的爱好。

"你输了，所有的家务是你的！我输了，你永远就做大老爷们！"嫂子比我们还能赌。

这是多年以后我去大连看队长的时候他告诉我的。讲这些的时候，崔队正挽着袖子洗碗。

我问嫂子，你怎么那么有把握元宝会如是去做，嫂子说元宝是小眼睛，有这样眼睛的人心机重，聪明，反应快！

韩教在这事上成了牺牲品，玩政治的人把自己给玩掉了。操之过急，处理得过了，如果他不杀鸡给猴看，也许事态就不会按照嫂子的意愿去发展。最终嫂子把这一切都算计进去了！

"嫂子，你才是真正的牛人、强人！"

嫂子笑着说："什么牛啊强啊的，只不过是旁观者清而已！"

元宝被送到总参的一所地面指挥学院读书，在那里依旧是兵王，各项成绩全优。毕业以后授中尉军衔，分到海南省军区，先在基层后到机关，一路畅通。我们当时纳闷地面院校怎么会接收？原来那些医疗材料根本就没随档案走，这也就是这个大院的情义所在。

元宝走了，是我们队第一个被淘汰出局的，那些半道打退学报告的连被淘汰的资格也算不上。元宝的事让大家都反思了起来，大多数人是从这事上才真正地学会了思考，真正地走向了成熟。

常常假设，假设嫂子当年如果向元宝通风报信，后果会是怎么样的，他会做出什么样的选择吗，或者说他将这事先也告诉了我们，大家一起给他出谋划策，能想出什么样的办法？

我和大家研究了很久却无可奈何地发现，装疯竟是最好的方法。

我召开了一个区队会议，针对元宝离校结合自己的入伍动机，自己发表看法，可以三言两语，也可以长篇大论，不做硬性要求。

"天作孽，犹可恕。自作孽，不可活！"王伟说。

"那是写岳不群的，元宝不是岳不群！"潘一农纠正，"他是没听进我们区队长大人的忠告，以至于走上今天这条不归路。"

"这话不是金大侠的原创，准确地说出自于《尚书·大甲》。原文是'天作孽，犹可违；自作孽，不可活。此之谓也！'"欧阳出来纠正，眼看这要转变成为学术讨论了。

"怎么不是岳不群？他的行为与挥刀自宫没有本质的区别。"大千也加

第十六章 元宝离队

入了战团。

再任其发展下去,就不是本区队的讨论,而是午后沙龙了。

"我说说吧,我们大家,包括我自己,哪个不是让父母头疼的主?"我想了想,"到这里来,超出了我们的人生规划。既来之,则安之。对于我而言,目的很简单,那就是从此做个'好儿童'!这一年下来,常常问自己,做到了吗?答案是否。于是又问自己,许多道理也明白,为什么就不能做到呢?"我故意停顿了几秒,我希望接下来的话能进入他们的内心。"前段时间,我跟欧阳约定,要做个好军人。我说的是好而不是优秀!为什么呢?因为我们连一个合格的军人都算不上,没有真正明白自己的责任。因为这天之骄子的光环,让我们自负,认为就是老子天下第一了。但,我们不是!"

"这不是妄自菲薄,也不是自我作践,而是实事求是地客观地评价我们自己。"大千接了过去,"该醒了,真正该醒了。元宝走的时候,关山说了句话,让我想了很久。他对元宝说,这身军装,穿着还舒坦吗?我想大家都听到了这话,请大家也扪心自问,这军装,我们穿着舒坦吗?"

"现在我宣布本区队第一条军规:如果谁吸烟、私自喝酒,将承包整个区队所有的室内外卫生整整一礼拜,并且每次检查必须优秀。"这个惩罚是根本不可能完成的任务,因为我们整个区队都要用二十分钟的时间去打扫。只能这样处罚,因为我不是干部,没有处罚的权限,但是我们必须被约束,包括我自己。

这天晚上,又翻上了楼顶。问自己,如果离开了这个地方,能像元宝那样笑着离开吗?能够吗?良久,无法给出自己正确答案,因为我发现,这个大院的一些东西已经慢慢地渗透到了血液里,也许这就是高宏波所说的魂。而内心里,依旧有一丝遗憾,如果不是那么捣蛋,现在应该不会在这里,也不会对自己只是做个"好儿童"这样的要求。叔公要我下跪,让我痛;崔队赌我飞不出来,让我醒;曾经的骄傲,在这里,却什么都不是,那么多比我优秀的家伙,尽管我依旧这样那样地得第一。如果我停了,会是怎么样的?也许就如张天啸说的那样——再也回不去了。

送走元宝后的第二周,又送走了张天啸。他考上了空军上海政治学院的本科班,走的时候,他请大千喝酒。大千拒绝了,他说你应该请原来一区队的那些兄弟,是他们商量着要你走的。

张天啸愣了一下，明白大千说的是什么，他说："我学会夹缝里应该怎么做人了。"

元宝走了以后，大家把宿舍下面一块空地整理了出来，找了些废砖头砌了几根近一米高的墩子，然后将围墙边上的两块近五米长一米宽的预制板放了上去。大威去营房科那边要了几袋水泥回来，我们和上单杠沙坑里的沙子，然后将预制板荡平。再在这桌子周围堆砌了一些小墩子，于是一个室外会议加学习场所就形成了。

如果韩教在，也许这块地就沦为菜地了。

大千从绿化队整了几十棵绿色的开着许多小白花的植物回来种在边上，那树好种，一个礼拜就成活了，我和欧阳都没见过这种植物。

"丁香花。"大千说。

"撑着油纸伞，独自彷徨在悠长，悠长而又寂寥的雨巷，我希望逢着，一个丁香一样的，结着愁怨的姑娘。"欧阳的声音有些孤寂和忧伤，让我们想象在江南的雨巷里打着油纸伞的姑娘。我了解欧阳的忧伤，更明白翠儿的想法，也希望看到一个成熟的欧阳。

我们一致认为这个姑娘穿的是白色底、深蓝色的碎花对襟衣服，着白袜黑布鞋。这点大家都没歧异，但是对于戴望舒的丁香姑娘的发型却争议起来。

"齐耳短发，也就是人们常常说的西瓜皮。因为那时的女孩子就是流行的这个发型，看过《城南旧事》没？里面的英子就是这样的打扮。"刘大千说。

"你老外了不是，《城南旧事》说的是皇城根儿的事，丁香姑娘是南方的。"欧阳进行了反驳。

"我觉得是妹妹头。"王伟进行了论证，"戴诗人就是我们浙江人。我们那边流行这个发型，特别是漂亮的女孩子。"

"应该是麻花辫子，而且是一根大大的麻花辫子，那时流行这样的。这可是'戴老板'早期的成名作和代表作，那时是解放前哈，杨白劳都唱了的，'扯上了一根红头绳，给我喜儿扎起来'"我也不甘示弱。

谁也说服不了谁。在争吵中我们慢慢地淡忘元宝离去的忧伤。

在学习锻炼之余，我们在这里读书、开会、争辩，这个地方成了我们心灵栖息的园地。

每周星期天新华书店会组织大批的书籍到学院来卖,有时是卡车,有时是面包车,车身上贴着几个字:流动新华书店。不知道其他军校或者其他地方院校是否也有这样的情形。我们几个人合起来去买书,相互传阅。每买一本书都要经过集体的讨论,绝不买重复的书籍。队里不允许抽屉里摆放这些课外书籍,我们将这些书放在队阅览室,每个人一个位置。队里没有专门的阅读室管理人员,而且阅读室是全天开放,看到别人有好看的书,拿走,留下字条,上写借书人和归还日期。大家都很自觉,从来没有丢失过一本书。李教对我们这样管理队阅览室和建立室外读书室赞赏有加,他捐献了他的库存,同时也借我们的书去看。我们一直为李教是否为这事向学院宣传推广而打赌,可是李教只在队里对我们进行口头表扬。如果是韩教,这事肯定又是满城风雨了。我们自然不自然地总要拿李教和韩教进行比较。

刘大千成了文学青年,尝试着写我们的学习生活片段,写完以后给大家看,居然在队里疯传起来。他的小说常常从独特的视角,用幽默的笔调去真实地再现我们的生活。我比较喜欢他写的《游戏一天》和《爱情故事》。这些东西只能是手抄本。如果那时有网络,大千一定会成为网络红人,我们就是大千的第一批忠实粉丝。

潘一农陆陆续续在《解放军报》、《空军报》和《中国空军》上发表了许多摄影作品,我也是从这个时候被那些影像所震撼,开始跟他学起了摄影。

在这个室外的读书桌上,我读完了张贤亮的《男人的一半是女人》、《灵与肉》、《绿化树》,刘亚洲的《恶魔导演的战争》、《这就是马尔维纳斯》、《攻击,攻击,再攻击》、《两代风流》,《孙膑兵法》、《吴子》、《六韬》、《尉缭子》、《毛泽东军事思想》以及克劳塞维茨的《战争论》等大量的小说和军事论著。我花了三年的时间啃完了《百年孤独》,刘大千对这行为大加赞赏,说他们根本就没办法耐着性子把这书看下去。

这个大院的孩子爱书胜过了以前所有的学习阶段,高初中的读书是被逼的,而此时却是自觉自愿。在这样的环境下浏览了大量的书籍,汲取了养分。许多人根本无法想象我们在那么高强度的学习训练下,还能如此海量地进行阅读。

大威的信非常准时，每周二一封。

他一周就这么一封信，风雨无阻，雷打不动。

每当递信给孙大威的时候，我很奇怪，信是三角戳，而地址却是他家，难道大威是部队大院的孩子？可是，那地址也不是部队大院啊，我们到这里的时间也不算短了，清楚哪些地方属于军事管理区域；还有，三角戳只是义务兵才能够享受的优待政策，如果他家在部队，按照规定应该贴邮票而不是盖免费的三角戳。按照大威平时的表现，他的家庭教育应该是非常严格，由此推断，就算他家在部队大院，他的父母也肯定不会去占这些小便宜，老一代的军人，在生活细节上是非常重视和自我约束的。再则，信的字迹也让我迷惑，与大威的字就是一个模子铸出来的。他是我们这几个孩子里唯一有着书法爱好的人，闲暇时刻，总爱提着毛笔蘸着清水、神情肃穆地在报纸上"欧柳颜赵王"，体育训练休息的时候也不放过，手指在沙坑里"篆隶草楷行"。也许，给他写信的这人也有着书法爱好，也在当兵，练书法人的字，基本上是差不多的。这事还是让我觉得想不通，龙生九子还各不相同，双胞胎都还有区别呢，更何况字体。

大威的信让我迷惑，唯一能够给出的正解就是——他在给自己写信！我总想找个合适的时机求证这点。当再次递信给他的时候，看似随意地说了句："三班副，你真可爱！"

"只是不想让自己太安逸了！"他淡淡地回答了一句。他的反应不慢，明白我说的"可爱"是指什么。

从李教那里知道了更让我震惊的事。

大威的父亲是本市有名的书法家，大威的字就是跟着父亲学的，可就在当兵前几天，一场意外的车祸，永远失去了父亲，当教师的母亲身体又不太好，三天两头都在吃药。父亲的意外出事，家里失去了顶梁柱，大威决定不到学院报到，把这个家撑起来。他的母亲不干，可大威也是个脾气非常倔强的孩子，最后，母亲跪下来哭喊着他父亲的名字，并且说她完全能够照顾自己，如果大威不去学院报到，她就撞死在他父亲的遗像前。大威跪在母亲面前，答应到学院报到，走的时候他把母亲托付给了邻居——另一个老师，也是他中学时候的班主任。大威到了学院以后一切严格按照学院的规章制度执行，尽管母亲就在几里地之外，他也只是遥遥地望着家的方向，把所有的一切埋藏在心里。他的书法爱好，除了是一种习惯的坚持外，更多的是对在天国的父亲的思念。大威每周给自己和母亲一封信，母亲的信就不用说了，给自己的信却是用他父亲的口吻和身份写的。在信里，时刻提醒自己应该做什么，不应该做什么，哪些地方做对了，哪些地方做错了，对自己进行点评总结，唯一让他无法点评和总结的就是他一时心血冲动加入了我们那赌。

我把大威拉在一边，收起了平时的嬉皮笑脸，对他恭恭敬敬地作了一个揖。

"兄弟，请接受我一拜！"

我们这七兄弟哪个不是嘻嘻哈哈调皮捣蛋的主？而在这些兄弟里，我平时就是一副霸王土匪作风，就如潘一农对我的评价那样：你才是真正的土匪！大威何时见过我如此庄严？

大威很惊恐，张皇不知所措。

星期天上午，召集了全区队的战友开了一个短会，这是担任区队长后第二次召集的会议。从某种意义上来说，区队长比当班长要清闲许多，责任也没那么大。学院取消干部区队长也不是没有一定的道理。

在会上我将最近区队的学习、训练和管理做了总结点评，肯定了大家的成绩，同时也点了一些不足之处，就下步学习训练中应该注重环节做提示。特别表扬了前段时间几门功课的结业考试中，大家都考得不错，希望在接下来进行的《法学》、《军事数学》以及《材料力学》这些新课程的学习中，继续发扬互帮互助的精神，共同努力共同提高。

很快地讲完这些以后，我将三班副孙大威的事向大家做了个简单的介绍，然后就想看看大家的意见。这个会是趁大威利用周日回家的时机召开的。如果他在，他肯定不接受这样的一个会议。男人嘛，得给他留些面子。

"我们应该帮助大威。"大千首先表态，"这也是区队长召集我们大家开这么一个会的目的和意义。"

"是的，我赞同，这样，我们区队的学雷锋活动又上了一个新的台阶，从单纯的抹屋扫地、喂猪种菜到帮助战友，有了一个质的飞跃，对了，菜没种成，没地！"王伟紧接着大千的发言。

"大威是我的班副，如果不是关山提出这事，我还不知道，说明我自身工作还没能做细，忽略了班副，在此我表示歉意。"欧阳有点内疚。

"现在不是内疚的时候，要内疚，你现在就去帮大威妈妈做饭洗衣服做清洁。"潘一农口直心快，跳了出来。

"好啊！我一个人去怕大家说我放单飞，怎么也得把你潘土匪拉上吧。"

眼看二人要杠上了，上周的军事训练先进红旗欧阳从二班扛到了三班，潘一农很是不耐烦，时不时总要跟欧阳来那么一下。

"你俩再吵，统统到墙边做俯卧撑去！"我笑着制止了二人的争论，"有个不成熟的想法，仅供大家参考，不足之处还望在座的诸位英雄好汉海涵。"

"酸！文绉绉的干吗？直接招来。"欧阳根本不买账。

"那我不说了，散会！"我站起了身。

尽管站了起来，可跑得了吗？周围近三十号"豺狼虎豹"，一个个都虎视眈眈地盯着我，如果不把这个不成熟的想法交代了，全身而退是根本不可能的事。这会还得继续。"我的想法是这样的，每周不是每班都有一个上街的名额吗？全区队就有三个名额，希望上街的这三人本着战友之间的情谊，牺牲点个人利益，上街的时候，尽快地处理完个人事务，然后三人就到大威家里，就如潘一农同志刚刚说的那样，帮大威妈妈抹屋扫地洗衣服做清洁。"

"好主意！既帮助了大威也不违反纪律，就算违反了纪律，我们也说是关山带领着我们大家一起干的！"大千不是一般的坏，连退路和垫背也想好了。

"是啊，就是有些同志得牺牲个人恩爱的时间了！"王伟将我即将反驳大千的话抢先说了出来。大千跟杜生亚之间的关系在本区队已经是不是秘密的秘密了。

"再强调一点，这事跟学雷锋活动丝毫不沾边、不挂钩，更别宣传整黑板报什么的，只能在本区队范围内知晓。万一领导问起，只说因为我们的父母离得远，大威的家就是我们的家。"

"对！对！对！支持这样的做法，大威的妈妈就是我们的妈妈。从现在开始，我们在这里就有了个真正意义上的家。"大千依旧紧密团结在以关山同志为领导核心的集体周围。

"最后，我有个不是要求的要求，去了以后，任何人不许在那里吃饭、抽烟、喝酒，虽然这点要求看似不近人情，可我觉得是应该的，因为我们不是回家添麻烦的，不支持这些想法的请举手！"

　　不用说这又是一次全票通过，因为没有谁有胆子举手。

第十七章　拍案说法

法学教官张雪鹤张大人甩着齐步走上了讲台。当时我和大千正商量到大威家时的注意事项，并将这些形成文字，却瞥见一个又高又瘦又黑的中年军人走上了讲台，我打赌，如果不是他这身军装，我们根本就没把他当作这个大院的人，他这形象实在与这个帅哥云集的大院格格不入，这个大院不缺黑黑的帅哥，但是绝对没有瘦瘦的、风都吹得跑的军人。

"黑无常！"王伟说。

"不！应该是饿死鬼！"潘一农纠正。

却见那又高又黑又瘦的教官开始在讲台上寻找东西。

"你猜，他在找什么？要不我们来赌一个？"大千说。

"我知道！他正在找食材。"王伟及时跟进。

"他是在找教材，你看他甩着手就来了，属于早就有准备的，也许他昨天就猫进了教室，先熟悉了地形什么的，书上说这叫踩点，为他今天的'作案'做准备。"欧阳长河为自己的推断得意扬扬。

"我也觉得他在找食材，你看他瘦得那样儿，可怜见的，这辈子，怀疑他没吃过饱饭。"孙大威没有坚决支持他的班长欧阳。

"看样子他也有四十了吧，这几十年咋长大成人的啊？要不我们这个月的津贴都捐献了吧。"土匪也发了善心。

"就你那十二块的津贴？整个班加起来恐怕买来的食材都不够他吃饱饭！根据我的经验，一般说来，越是瘦的人越能吃。"我说道，我们的津贴第二年已经涨到了每月十二元，"你们没见施舜牛是怎么吃的啊？他应该更能吃。"

"我才只是半饱！"大千摸着自己的肚子学着施舜牛的语气说。

我们立马想起那次施吃了二十八个包子刷新队纪录的事。大家再也不管我们的教官，肆无忌惮地大笑起来。

那教官终于找到了一个东西，拿起来仔细地瞅瞅，我也看清楚了，那是黑板擦。

"不就一黑板擦，有必要看得这样仔细吗？"欧阳说。

"当然要仔细，如果不仔细，万一吃下去不消化怎么办？"潘一农总是很及时地接话。

"不是吧？都饿到这份上了？谁的数学好，我们班这个月的津贴全部加起来有多少？"我问道。

"老关，你不是吧？我怀疑你的高等数学满分有作弊的嫌疑！十乘十二等于一百二十，也就是说我们班一个月有一百二十元的收入，全区队就是三乘一百二十等于三百六十元，合计三千六百元。"

"老子连这账都不会算吗？我想问的是，这点钱能买多少大米、多少面粉和多少猪肉。"

"那得看基数是多少了，还有市场上的行情是怎么样的，有谁买过菜啊？我可没进过那地儿。"大千回答。

"这样吧，待会儿下课以后，我跑步到炊事班，问问给养员，我先请个假啊！"潘一农。

"好！好！好！这假我批了！"大千回答，"你可得摸清楚所有的价格，我想知道我们是否吃到了斤半加四两。"

"错！大千你错了！"王伟说，"斤半加四两，那是陆军的四毛六的标准，我们是五块三！"那时的物价可没现在这样贵，那时的鸡蛋是五分钱一个，猪肉的价格在一元左右。虽然我们是每人每天五块三的标准，比陆军兄弟的四毛六要高出许多，但是这段时间我们总觉得不够吃，就如施舜牛说的："我还只是个半饱"。

"这样吧！我们周日的时候去菜市！"我说道。

"老关，想转行做给养员啊？"潘一农很担心。

"什么老关？叫小关！我有那么老吗？"

却见那教官拿着黑板擦的手扬了起来，举过了头顶。

"不是吧，吃个黑板擦也要整这么大的动静？"王伟有点惊愕。

却见他将黑板擦"砰！"的一声狠狠砸向了讲台，气壮山河地吼了出来："升堂！"

"威武……"大千反应迅速，在那教官吼出"升堂"后及时地接了上去。

"威武！"王伟、潘一农、欧阳长河、施舜牛、孙大威也不甘示弱。

只见那黑板擦在一拍之下已经四分五裂地解体了，尸体的其中一块，迅速向舜牛的脑袋飞了过来，而舜牛却依旧沉浸在"威武"的陶醉中，我和大千同时伸出手，将灾难化解了。

"不错！有我们空军的身手！"那教官说了句，拿起了一截粉笔转过身，在黑板上龙飞凤舞地写下了三个大字：张雪鹤

"好字！"孙大威赞叹道。

"字是漂亮！可是我们不认识！"潘一农说。

教官依旧不理会我们，却把手插进了裤兜里，一开口说道："本教官，姓张名雪鹤……"

"字大人，号青天。"我笑道，欧阳他们全乐了。

"报告！"潘一农举手。

"讲！"

"按照队列和内务条例，军人不允许手插衣袋，请张大人纠正！"

张雪鹤张教官张大人，当场愣了一下，马上说道："令行禁止，王者之事毕矣，张雪鹤，字改之！"张大人把手取了出来，笑道。

"那是杨过的字，张大人，你这有冒牌的嫌疑，放在法律上应该算什么呢？"

"假冒伪劣产品，属于侵权行为！"张大人笑道。"刚刚黑板擦碎片飞向这位同学，幸好有这二位同学及时地接住，否则，将会是一场民事纠纷。现在我们开庭，就此民事纠纷案进行详细的案例分析。"

电视台《拍案说法》的创意绝对是从我们张雪鹤张大人这里学来的。

"在本案中，原告施舜牛，男，18岁，空军某飞行学院学员；被告为原告的教师张雪鹤，男，38岁；第三人为原告所在学院。"

"张大人，请问我还能提个问题吗？"潘一农再次举手，土匪现在已经变成了求学上进的"好儿童"。

"讲！"

"请问，你怎么知道他是施舜牛而不是潘一农？"

"根据本法官的明察暗访，他就是施舜牛，你才是外号'土匪'的潘一农。"

"张大人，请问谁出卖了我们？"

"保密！继续案例分析。原告诉称，某年某月某日上午上第三节法学课时，由于施舜牛同志不专心听课，教员张雪鹤使用黑板擦拍击桌面，以示教训施舜牛，不料击碎黑板擦，致碎片飞插入施舜牛的左眼睑及眼球角膜内。后经治疗，也未见效。某年某月某日经空军某医院检查，诊断为眼外伤，瞳孔闭锁。时隔一月，再到某眼科医院检查诊断为陈旧性眼球钝伤。现要求被告赔偿其医药费2476元、亲属的误工费1800元、伤残生活补助费27500元，共31776元。"

"被告辩称：我当时在执行公务——上课，用黑板擦拍击课桌，以示警告违纪学生。不料黑板擦破裂飞出，碎末刺着原告的左眼皮上。原告自己拔下，但当时我未发觉。后我知道原告眼伤，曾向学校领导及队领导多次提议去医院检查治疗，而原告队领导却说：只是热毒严重，不用麻烦了。由于未及时找专科医院治疗，最终导致眼睛失明。飞行员对眼睛的保护应该是重中之重，但是队领导却麻痹大意。因此，我不应负全责。"

"第三人述称：原、被告所述的受伤、治疗过程都是事实。由于被告的行为是过失行为，不是故意造成原告眼睛失明的，所以我们希望合情合理解决。"

"人民法院审理查明：某年某月某日上午上第三节法学课时，被告张雪鹤用黑板擦拍击课桌以示警告不专心的学生施舜牛。但在拍击时，不料有一粒比牙签头还细小的碎屑飞插入原告施舜牛左眼眉毛下的眼皮，原告即拔出。后被告发现即停止上课，问其病否，察看眼睛，并让原告到学院医院看病。由于当时原告不愿去，结果到中午休息时才由队领导送去治疗。开始队领导认为问题不大，以为是热毒所致而未引起足够重视，第二天原告继续坚持上学，队领导亦未劝阻。后原告觉得眼睛很疼且睁不开，原告队领导即带原告到学院医院、白求恩医科大学等地去治疗，期间，共用去医药费221元。后由于病情没有好转，相反进一步恶化，才于某年某月某日到白求恩医科大学附属第一人民医院住院治疗。经诊断：眼外伤，瞳孔闭锁，用去医药费共339元。上述有药费的单据共560元，无单据的

668元。

"某年某月某日经双方同意，由被告与原告到白求恩医科大学附属第一人民医院眼科门诊再次检查，诊断为陈旧性眼球钝伤。在整个医疗过程中，共用去人民币1248元，其中被告支付600元。某年某月某日，原告向法院提起诉讼，要求被告赔偿医药费、误工费及伤残生活补助费共31776元。

法院认为，被告造成原告伤害的事实清楚，证据充分。原告要求被告赔偿药费、误工补助及生活费，本院予以支持。在整个事故中，虽然被告没有主观上的故意，但客观上已造成原告左眼完全失明，造成终身残疾，被告应负主要责任。由于伤害是在教学过程中发生的，因此第三人也应负一定责任。此案经调解，双方各持已见。

根据《中华人民共和国民法通则》第119条和《中华人民共和国未成年人保护法》第47条的规定，判决如下：由被告张雪鹤一次性赔偿医药费、误工费及伤残后的生活费3600元（含已支付的600元），第三人赔偿人民币2000元，合共5600元给原告施舜牛。本案受理费50元，由被告负担。

案例分析：原告是确定的，是合法权益受损害的学生，但被告的确定却比较复杂。说起来，有这么几种情况：1. 被告为学校；2. 被告为教师；3. 学校和教师为共同被告；4. 学校为被告，教师为第三人；5. 教师为被告，学校为第三人。

本案例反映的是第五种情况。本人同意第一种做法，以为将学校列为被告，由其承担赔偿责任比较合宜，因教师对学生造成损害是教师的职务行为导致的。但这绝不是说教师不负任何责任，除负行政责任外，还应负民事赔偿责任，学校可在履行赔偿义务后，向教师追偿学校所赔偿的部分或全部费用。

因此！本节我们注意几个名词，1. 原告；2. 被告；3. 第三方；4.《民法通则》。那么我要讲的就是这四个名词的解释。"

"不得不认真啊，闹不准什么时候像施舜牛同志这样残废就冤枉了！"下课以后，王伟感慨道。

"他那样残废算是对得起人民军队的了，闹不准什么时候给你来个强奸什么的就惨了。"潘一农说。

"强奸不可怕,可怕的是强奸未遂!"我笑道。

"报告。什么叫强奸未遂啊?"欧阳打蛇随棍上。

"Stop!"我叫停。

"有些东西点到为止哈,点醒了就没意思了。书上说这叫朦胧美!"大千及时补充。

"我就不明白,你们也算入伍快两年的'老革命'了,咋就这样粗俗呢?"王伟说。

"小关啊,有人说你我粗俗,你说咋办呢?"大千瞟我。

"我记得我们读过一篇文章,是鲁迅先生写的,那个叫什么来着?现在就这样勉强对付他吧!"欧阳再跟了一句。

"痛打落水狗!"

"那还等什么呢?"

自打这以后,每次的法学课,我们的张大人张雪鹤先生上课的第一句话绝对不是:"同学们好!"我们回答的也不是"老师好!"更不是区队长列队报告:"教官同志,一队一区队学员,应到三十名实到三十名,是否上课,请您指示!"而是"升堂!""威武。"谁也不敢在课堂上做小动作,只要你有胆子做,就有可能成为课堂教官的被告,什么样的犯罪嫌疑人角色你都有可能担任。虽然是假的,虽然我们都能折腾,可背不起那名。这群孩子别看平时嘻嘻哈哈,可真的把名誉和理想看得比什么都重。元宝的离去,让我们更加珍惜自己的时光和机会。如果说,在没当兵之前,我们还是一群无忧无虑的孩子,可是经过近两年的军校生涯,我们比同龄的孩子要懂事多了。就心智而言,男孩子比女孩子成熟得要晚,可参军以后,我们得学会自立、自强和自争,学会了怎么去做一个男人,男人你可以打他杀他,但是不能侮辱他,他把名誉看得比生命还要重。虽然这是假的案例,可我们在乎。所以在所学的一百多门课程里,只有这门课程不敢和教官调皮。

有一次,我们把一个核武器专家给气得高血压复发。那是他给我们上《三防》课的时候,我们这群家伙又开始调皮了。这专家可是参加了十次核爆试验的国宝级别的人物啊,他的飞行员弟子少说也是上千,可是像我们这样的"宝贝"实在是不多见，老专家很生气，降低到最低要求真诚地教育我们："到时考试的时候，过不了怎么办啊！"

潘一农这混蛋在这个时候又很及时地接了嘴："我们打小就没有让不及格的事发生过！"

天啊！这群孩子把及格定为了最低目标，这就是我们共和国空军的人才啊？老专家郁闷至极，咣当一下倒在了地板上。

老教授晕了，潘一农背了处分！

拟定二字取消了，口头二字也取消了，潘一农是我们这几个第一个背上警告处分的。

第十八章　身体快乐

又是礼拜天。

大威对于要帮助他的事坚决反对，理由就是：他是男人，完全能够支撑起这个家。可是这个反对怎么能够奈何得了大家，于是这个周日他被轮着上街的那三位逼着一起回了家。

中午，我递了封信给欧阳，是翠儿寄来的。

从大队通信员手里抢先把"表妹"们的信拦截下来，成了我这个区队长的职责，元宝和舜牛的事情让我们不得不更加小心翼翼、如履薄冰地开辟着地下航线。

欧阳学会了看邮票的贴法，兴奋地拿着信躲到一边去享受他的幸福去了，我歪着头想看看翠儿给他写了些什么，也想借鉴学习一下，以便对付我关家的老五，同时也想让莲子学点浪漫。这些日子，莲子她们不停地奔波于各个训练基地，找对手陪练，从早到晚除了训练还是训练，许多时候莲子给我的信只是三言两语。

"去！去！去！"欧阳手肘顶着我，"都老夫老妻的东西了，有什么好看的！"

"哈哈，已经是老夫老妻了啊？动作不慢嘛！"王伟也把脑袋凑了过来。

"大人说话小孩子不要插嘴！"欧阳白了王伟一眼。

"欧阳，从实招来，是不是春节的时候把翠儿这朵花给掐了？"我一脸真诚地向欧阳求证。

"难道你没把小五那朵花给掐了？"欧阳很奇怪我的问题，反问了一句。

"严重怀疑关山同志花儿没掐着却让刺扎了手,你瞧他那一脸的好奇样儿!"王伟支持欧阳的观点。自元宝走后,难得有了一次玩笑的机会,男人之间偶尔开点荤玩笑是无伤大雅的。

如果欧阳像大千那样坦然地把小布丁的信给我看,我想反而不会看了,可越是不想让我看翠儿给他的信,我越是好奇。

"兄弟,好东西要大家分享!"我堵着欧阳,不想让他独自享受这快乐。

"资源共享!"潘一农挥起拳头为我加油。

大千和施舜牛抱着胳膊看着我们闹,脸上也有了蠢蠢欲动的表情。

"真的没什么!真的!"

"欧阳说没有什么,而且还是真的,大千、舜牛,你们信吗?"我趁此机会拉更多的同盟。

"我信!"施舜牛抢在大千前面回答了我的求助。

"你看嘛关山,连施舜牛同学都信,你还有什么不信的呢?"欧阳欲把信揣进衣兜。

"我不信!"大千慢吞吞地说,"欧阳,你不会让翠儿同学犯什么错误了吧?"

大千所说的错误,我们都明白是怎么回事,这个错误如果真的犯了,那可是要命的事儿。

"真的没有!"欧阳发起誓来,"翠儿在信里祝我身体快乐,就这,没有其他少儿不宜的东西!"

"都祝你身体快乐了,还没有其他少儿不宜的东西,那什么才叫少儿不宜呢!"王伟重复了欧阳的话。

"鸟儿,老子恨你!"欧阳马上同王伟针锋相对。

因为这个"身体快乐",我们围着欧阳,逼着他把信拿出来资源共享。

"现在而今眼下,欧阳,你就看着办吧!"我学着电影《抓壮丁》王保长的腔调,笑嘻嘻地望着欧阳,"独乐乐不如众乐乐。"

"关山,老子跟你一起体检,然后一起到这里,寝食与共也有些日子了,你如此不相信革命同志,我很失望!"

"眼见为实,耳听为虚,我们凡事就讲究一个认真!"潘一农不依不饶。

"你看嘛，事态已经上升到一定的高度了，欧阳，你今天只能坦白从宽，争取对你的宽大处理才是唯一的出路。"大千在一边煽风点火，火上浇油。

欧阳长河见已经形成了对他严重不利之势，长叹一声："老子白交你们这些兄弟了！"然后很不情愿地将信交了出来，放到书桌上。

我转身就走。

"你不看了？"潘一农问我。

"不看了！"我回答，"不好奇了，突然就那么不好奇了！"

"你不好奇，我好奇！"潘一农抽出了欧阳的信。

"天！真的是身体快乐！这是咋回事啊？"潘一农惊呼起来。

真的是身体快乐！潘一农的叫喊把大家都吸引了过去，我不由得又好奇起来。从来，我们祝福别人的时候只说身体健康、万事如意，没有人会这样祝福的，哪怕是情人之间。翠儿的一句祝欧阳"身体快乐"让大家都迷惑不解，刚刚散开的人群又重新聚集在一起。大家真诚地望着欧阳，希望解开这个谜。

"关山懂这句话。"欧阳把皮球踢给了我。

"我懂？懂身体快乐？我他爹的被关进这里以后，为了百炼成钢，为了'剩'者为王，身体就不停地被折腾着，被他人也被我自己，只觉得自己强健了许多，但是从来没有感到快乐过！大家都一样，航体项项变态，练得我们很无奈！"

最后一句话把大家逗得笑了起来，我也跟着笑，笑完以后却发现事态非常不妙。几个人已经形成了合围之势，这合围不是针对欧阳的，而是我。

"我真的不懂！"我发誓。

"关山说他不懂，大家信吗？"大千把我刚刚问他的话也踢了回来。

"我错了，我不对，我有罪；我不好，我检讨。我不该好奇，更不应该抱着去对付关家小五的卑鄙想法去看欧阳的信。但是，再错也不至于错到大家来围攻啊！"

我想突出重围。

"你好好想想，会想起来的！"大千的语气充满了鼓励。

"你当我是杜大美女啊？"我一边说，一边寻找着最佳突破点，却发现这几个家伙把高铁杆传授的军事知识发挥得淋漓尽致，根本没给我留任何可利用的机会。

"别挣扎，徒劳无益！"欧阳摇着头，"没用的，我们已经不是散兵游勇了！"那神情完全就是一副幸灾乐祸的样子。

"你自己掂量好了，是否有能力从我们哥几个手下突围！如果没有，那么坦白从宽才是明智之举。"王伟积极认真地替我分析目前的处境、指出我的出路。

"关老大啊，想不到你也有今天！哥几个今天晚上要开 party 庆祝！"潘一农一脸的得意。

开 party 庆祝？又是生怕动静整不大！

我突然心里一动，想也不想就喊了出来："欧阳！生日快乐！"

"我说嘛，关山他懂！早坦白啊，害得哥几个差点翻脸。"

真的是欧阳的生日，就是今天！我没想到翠儿这"表妹"会把重庆人在酒桌子上祝福的话语抛给欧阳。大家静了下来，静静地望着欧阳。

"这个生日一定要过！一定要好好过。"王伟率先表达了自己的意见。

"是的，自从元宝出事以后，我们很久没有真正地快乐过了。"大千若有所思。

"这样，大家听我安排……"我招呼大家围过来，准备进行分工。

"不行，凭什么你说了算？"潘一农不干了，"如果刚才突围成功，你说什么我们都服从，可是你失败了，哥几个，今天就反抗一回！"

"哪里有压迫哪里就有反抗！今天我们决定举义旗了！"王伟支持了他的老乡，我发现在关键的时候，这二人常常是步调一致的。

"抓阄！谁抓着买蛋糕，谁抓着买啤酒，不许耍赖，欧阳今天不许参与。"大千说出了他的想法。

"整那么累干什么，还不如画鸡爪爪！"欧阳把重庆人打平伙吃饭的办法抛了出来。

"什么叫画鸡爪爪？"大家对这新鲜玩意好奇起来。

"什么叫画鸡爪爪？"大威这时也从家里回来了，见我们闹得欢，也跟着问了一句。

"就是在一张纸上先画一个大圈圈，在这个大圈周围再画上几个小圈，小圈里写上分工，其中得有一个是白吃或者白干，然后从大圈开始画线，

第十八章 身体快乐

自己选择要哪个小圈。当然小圈的内容只有画圈之人知道,他没得选择。好坏全凭自己的手气,重庆话的意思就是'手上过'。"欧阳耐心地给大家解释起来。

"居然有这样刺激的东西,欧阳你藏私!"施舜牛也来了兴趣。

"欧阳是今天的寿星,剥夺他画鸡爪爪的权利。"大千建议。

"凭什么?不干!"欧阳反对。

"反对无效!"潘一农对欧阳翻翻白眼。

"不能剥夺欧阳的公民权利,张雪鹤张大人的教育得学以致用,欧阳的权利和义务就是画这七个圈圈,只能是七个,照样留一个白吃,这个白吃的家伙留下来和欧阳一起布置今天晚会的会场。就这样,不许再举义旗造反!"我宣布。

结果是:刘大千和王伟去买生日蛋糕,施舜牛和孙大威去买啤酒,我去买零食。

"不公平!"潘一农不干,"老子也想出去放风!"

"手上过的事情,你自己霉,认了吧!"王伟安慰了句他的老乡,和大千准备去了。

"等等!"我叫住了大家,"都在背后长个眼睛,别让'张宗昌'给逮住了!"

张宗昌本是民国草包军阀,土匪出身,人称"混世魔王",曾任民国时的山东省省长,觉得自己既然身为孔圣人的父母官,不带点斯文,枉来山东一趟。于是,拜师学艺。一番苦练之后,那张宗昌功力大进,不久便出版一本诗集,分送诸友同好。百年中国,诗人成群,但像张宗昌这样仍有诗句流传、仍被人惦记的诗人寥寥无几。"听说项羽力拔山,吓得刘邦就要窜。不是俺家小张良,奶奶早已回沛县。"是他的力作,"大炮开兮轰他娘,威加海内兮回家乡。数英雄兮张宗昌,安得巨鲸兮吞扶桑。"更是流传至今。

我口里说的张宗昌可不是这个狗肉将军,而是我们的军务科长,也姓张,具体名已经忘却,只记住了前辈们口口相传的外号,但是我们张科长绝对不是清末民初的那个"混世魔王"。这个大院的孩子,个个都是天不怕地不怕的主,不怕院长政委,不怕队长教导员,他却令我们胆战心寒,听到他的名字我们就要闪。因为恨,因为他姓张,于是师兄们给他取了这么一个外号，可想而知对其怕到什么程度。他时常带着纠察四处潜伏，专逮如我等"作奸犯科"之徒，被抓住以后等待我们的唯一出路只有一条——处分，停飞！从老前辈之畏惧中可见不知道多少英雄好汉栽在张科长手中。

传到我们这期的时候，张科长的外号已经发展为——"数英雄兮张宗昌！"

我提醒大家小心这个人，实在是不希望再有什么悲剧发生。我们已经经不起折腾了，更何况我跟欧阳已经约定要做优秀的军人，优秀的军人是不能偷鸡摸狗翻院墙的。

"今天算破例，下不为例！"我对自己说。

当我装回满满一挎包下酒零食的时候，施舜牛和大威已经将啤酒妥善地藏在了床头柜里。我问潘一农现场布置得怎么样，他翻了一个白眼给我："我办事，你放心！"

"哥儿几个，过来摸几把。"我拿出了扑克。

隔壁三队响起了急促的哨声。

刚刚把牌摸好，大千和王伟就扑了进来，大千将蛋糕盒飞快地放进了脸盆里，扯过了潘一农搭在床头的军装盖在上面。

"张宗昌！"王伟吐了一个让我们胆战心惊的名字出来。

我将扑克塞进了大千的手中，潘一农一把按住王伟坐上了他的位置。

潘一农端起了脸盆："不跟你们玩了，我去洗衣服！"

终于让我们碰上了！

原来大千和王伟拎着蛋糕飞回来的时候，刚刚飘下地，就被张宗昌和纠察给远远看到了。这俩家伙于是撒开腿就跑。那些纠察怎么是我们这些天天跑一千五百米家伙的对手！大千和王伟没有直接回队，而是先窜到三队，然后从三队的楼顶翻回了一队。这些路线是平时"作奸犯科"早就踩好点的，如何进三队，怎么上楼顶，采用什么样的姿势最省力，平时没在这上少花心思。这俩家伙紧急撤退的时候没有忘记把黑锅甩给别人。

我们知道，张宗昌不会笨到连栽赃陷害都识不破的地步，很快就会查到我们队。所以我把扑克塞进了大千的手里，而潘一农已端起装着蛋糕的脸盆找地方销赃去了。一推六二五！查到我们的时候，我们就给他来个死不认账，打死你我也不承认！

做完这些准备工作后，队长的紧急集合哨声也吹响了。

我故意拖慢了节奏。

"你们几个还玩什么扑克？没听到哨子啊？"队长把头探进来吼道。

黑黑的张宗昌，瘦瘦的张宗昌，带着四个纠察站在会议室。

"科长同志，学员一队集合完毕，请您指示！队长崔齐山。"整队，报告，一切干脆利索。科长属于正团，队长正营，而且人家是机关的，司令部的首长，理所当然应该报告。

"稍息！"

张宗昌挨个仔细地打量起来。大千和王伟因为是班长，站在头排，位置对二人很不利。他死死地盯着二人，眼里的冷寂让人不寒而栗。

我明白为什么那些师兄谁都不怕只怕眼前这个人了，他的眼神会看透你的五脏六腑，看穿你心里所有的一切，让你无处躲藏。

数英雄兮张宗昌！

大千和王伟很坦然地接受他目光的检阅。

"这两个，抓起来！"张宗昌下令。

"为什么？"欧阳长河向前跨了一步。

"没有为什么！"张宗昌不解释。

"没有为什么您就能胡乱抓人？"我也向前跨了出去，挡在纠察和大千、王伟之间。此情景让我想起了第一次寒假路过北京的时候和欧阳联手对付北京纠察那一幕。拿定主意，只要纠察敢动手抓人，就还击，哪怕是只碰一下刘大千和王伟的军装衣角。只要我一出手，我的这些兄弟没有一个会含糊，拼上一切，今天无论如何不能让他们把人带出这个会议室。

我已经忘记了要做优秀军人的誓言了。

队长皱紧了眉头望着我们，而李教却是一脸的平静。从二人的表情我已经读懂他们明白了这一切，更明白我们准备犯浑了。

"刚刚这二人翻院墙，我们一路追了过来！"一个纠察说。

"刚刚？你确定？"

"错不了！"另外一纠察肯定地说。

"他俩一下午都和我们在一起打扑克！"我说，"集合的时候那一把还没打完，因此队长批评我们集合动作慢了！"我把队长扯了进来。

"我们都可以作证！"潘一农说。

"我作证！"施舜牛的作证要震破我们耳膜。

"如果真的要抓我，我跟你走。"大千说，他担心我把事情闹大不好收场，于是有了想抹平事态的想法。

"但是，不清不楚、不明不白地抓我们，即使这学员做不了了，我也会跟你死磕到底！"王伟底气十足地补充了大千的话，却把事态引往更严重的方向。

"我当兵几十年，从来没有冤枉任何一个人，更没有抓错一个人！"张宗昌掷地有声。

"这么说来，现在您对自己已经产生怀疑了！"我直接点破他话里的意思。

队伍笑了起来。

"他们几个，下午一直在那里打牌！"队长一字一顿，我们被抓，他作为队长的面子也好不到哪里去。

"崔队长！我信你！"张宗昌趁此找到台阶。他如果不下这个台阶，事闹大了，如何收场可真难说，"数英雄兮张宗昌"绝非草包！

"说吧！"队伍解散以后，队长把我们几个叫进了办公室。

李教背对着我们站在窗前，望着外面。

"谢谢队长的合同战术……"我笑了起来。

"关山！老子警告你，别认为张宗昌走了，你就可以任意撒野！"队长怒不可遏！

"今天是欧阳长河的生日！十八岁的！"我静静地，这样说等于向队长表明这事就是我们干的，可队长被我拉进来作了伪证，坏事也有他的一份。

"欧阳同志生日快乐，关山同志警告处分！"李教头也不回地宣布。

"关山，通知炊事班多准备几个菜和啤酒，庆祝欧阳长河同志告别未成年！"队长面无表情地说。

李教的处分让我心里一惊，想起了与崔队的那一赌，我感觉我向输掉赌局又迈出了一步。

第十九章　被子风云

阴历六月六日这天，刚好是星期天，想起家乡的一句话："六月六，晒衣服。"据说在这天晒了衣服，就不会发霉被虫蛀。我于是命令大家把被子拆下来洗了，去大威家拿几个孩子的被子，各班长负责清洗。

整个区队三十床被子以班为单位挂在晾衣场里，微风轻轻吹过，便透露出被子底下万千的秘密。

"年轻就是好啊，被子就能说明一切！"潘一农趴在窗台上望着下面飘扬着的被子发出了感慨。

"你很老了吗？如果你老了，那么这个江湖你就该退出去了！"王伟呛了一下他的这个老乡。

"才不是呢，你看看那些被子，如果队长看到了，他肯定会纠正我们的睡觉姿势！"潘一农破天荒地没有反驳鸵鸟。

听到潘一农的话，我推开了窗子望了下去，军用被子一正一反非常的明显，正的一面全是横两道竖三道的痕迹。

从踏入这个大院的第一天开始，军人的第一门功课不是怎么站队走路喊口令，而是叠被子。飞行员叠被子的水平和其军人姿态一样漂亮。把各兵种的军人集合在一起，无论他们怎么混着穿军装或身着便服，我都能从中挑出谁是飞行员来。从空军成立的那天开始，这支部队就注定了和别的部队不一样的精神，尽管都是按照同一个队列条令所训练出来的。我们要求被子里不能塞任何东西，必须四棱见方，被面要整齐，不能有一丝的皱纹。在入伍教育的那段时间里，除了接受思想上的教育和练习齐步走以外，绝大多数的时间就费在怎么叠被子上了。到老学员队参观，看到他们的被子叠好以后最高的也不超过十厘米。

"说到被子，欲哭无泪，叠了被子不能盖，洗了衣服不能晒，这为何，叠被太累！当成祖宗，整日拜跪，打我没事，别打我被。"大千把叠被子这项活动编成了打油诗。这诗流传到现在，长飞的师弟们还把这奉为经典，还添加了一些内容什么的，比如"累不累，想想长飞大方队；苦不苦，想想长飞一千五"。

一阵风吹了过来，被子里的内容实在是太丰富多彩了，正如潘一农说的那样，年轻就是好。没有一床里面是统一的，完全就是世界地图。

"关山，你觉得那些白花花的东西是什么？"王伟明知故问地没话找话。

"绝对不是银子！"欧阳笑道。

"那是生命！"大千也把脑袋凑了过来。

"是什么样的行为造成了这样的效果？简直是鬼斧神工，直追毕加索、张大千！"王伟捧着胸口作赞美状。

"想知道吗？"我乐不可支，"通俗地说来，这叫打手枪，高雅一点，应该怎么说呢？"

"这玩意还有高雅之说？"大家一下就围了过来。

"当然！"我努力地控制着自己，控制着不要笑出来，"这是什么？生命的象征。王蒙先生的成名作大家都知道吧？《青春万岁》就是说我们这被子的。形象地说，这叫'五个打一个！'如果没有这样的行为，我敢肯定地说当年在体检的时候早就被踢出了局……"

"就是，没有什么丢人的，所以我们光明正大地把它们挂在了外面！"刘大千对我的言论表示了赞同。

"大千，你少打岔，这种行为高雅的解释到底应该是什么？反正我想不出来。"欧阳对大千怒目而视。

"叫关老师就告诉你。"我卖了一个关子。

"美吧你！没了听众，你会抓心挠肝地难受，走了，我们不想知道了！"王伟准备拆场子。

"要走，你自己走！得不到答案，我晚上睡不着。"潘一农不买王伟的账。

"真的很想知道？其实很简单，我就告诉你们吧，三个英文字母就可以生动地说明这一切！"

"三个字母？忽悠吧，就你那鸟语水平，根本就不信你能把这个自然现象给解释清楚！"大千首先表示了不屑，在我的影响下大家都把英语叫"鸟语"。

"自然现象？错！人类行为，其他生物没有这样的举动。"欧阳长河立即跳出来纠正。

"我用三个字母解释清楚了这个词，你们怎么交代？赌一把，怎么样？"的确，我的英语很烂，烂到我从来就没及格过，大家都了解。当我说用三个字母能够解释清楚的时候，眼前的兄弟没有一个相信。

一听说有赌可赌，大家全部都围了过来，连施舜牛也把身子挤了进来。这家伙自从"表妹"来过以后，总觉得自己糗大了，常常只是静静地看着我们疯。

"赌什么？我们已经没有可赌的东西了！"我叹了口气。

"怎么能这样妄自菲薄呢？古往今来，天上地下，没有我们不能赌的！"大千纠正了我的说法。

"关山的意思是说我们没有什么注可押的了。现在这个社会啊，日子越来越难过了，不能吸烟不能喝酒，人生最美好的东西我们都不能碰！"潘一农感慨起来。元宝走后我宣布的那条军规及其处罚，让大家都老实了不少。

"这样吧，大千同志已经做了贡献，为大家买了健身器材，现在要求大家都节约一点钱，用几个月的津贴费去买套运动服装，我们把这服装统一起来，部队发的这些东西实在不够我们用，总穿着八一大裤衩出去跑步也不雅观。那天看到一套篮球服装，非常漂亮，不到四十多元一套。如果我说出了那三个字母，我的份子钱就摊在大家的头上，占个小便宜哈，有人敢接招没？不敢接的，现在退出去还来得及！"我说出了自己的注。

"好！这个赌陪你打了！"欧阳率先响应。

"还有什么话说呢？有赌不打是傻子！"大千呵呵一乐。

"那三个字母就是……"我拖长了声音，"就是D——I——Y！"

我说出这三个字母以后，大家呆了一下，接着全部狂笑起来。

"笑啥？"我一本正经地说道，"Do it yourself！这不是一句简单的英文，他代表的是一种精神。什么精神？自己去做，自己体验，挑战自我，享受其中的快乐，这就叫做 DIY！简言之，就是'自己动手，丰衣足食'。难道被子上的这不是鲜活的 DIY 吗？"其实我自己也想捂着肚子大笑。

关于"DIY"的问题，最后还是无情地被提到议事日程上来并且付诸了行动，被子底下的"青春萌动"有效地得到了控制。

崔队长很严肃地宣布了队里的这一决定：从现在起凡是睡觉，双手不露出被子外面者，口头警告一次，"拟定"二字被取消，性质上被提高到另一高度，至少比抽烟喝酒要严重得多。并且规定了睡觉时手的摆放位置，平睡时，双手枕头，侧睡的，双手合掌置于头部。

被子是洗了，也干了，我却发现了一个实际的问题：一群少爷，都不擅长针线活！总不至于就这样把棉絮塞进被套里吧？真这样，我打赌，第二天，保证第一大队第一队第一区队集体出名！全院的干部学员会到我们区队参观内务卫生，不是作为先进而是被当成反面教材。

怎么办？

大千、王伟、欧阳长河、潘一农、施舜牛、孙大威和我凑到了一块。自从实行每周到大威家轮流探亲制度以来，大威彻底地融入了这个团体里。

"卫星路上有家缝纫店，把被子抱出去，机械作业，多快好省！"潘一农提议道。

王伟照例第一个反对："你这个猪脑袋！三十床被子，在这个苍蝇进出都要检查是雌是雄的地方，你怎么抱被子出去？"

"要不这样，回家去把我妈妈叫来，让她帮忙。"孙大威家离这里就几站地。

"不行！怎么说我们都是独立的人了，更不能麻烦老人家！"刘大千表示了强烈的抗议。

刘大千这么一反对，我就直勾勾地看着他，似笑非笑。

"关山，关区队长，拜托你不要这样看我，虽然我知道我很帅，但是我也有自知之明，还没有帅到连你这样的帅哥都动心的地步！"刘大千惊恐万分。

我看了看时间，依旧盯着刘大千："现在的时间是刚过中午，我宣布，本区队和东北师大音乐系某宿舍建立军民共建关系。"

潘一农扑了上来，抱着我的脑袋就打了个啵儿："哇！你太有才了！"

大千身子刚一动，就被欧阳长河和王伟卡在了中间动弹不得。

"本来，这个任务我想自己去完成的，既然大千你如此急迫地想行动，那么我就发扬风格，把这个光荣而艰巨的任务就交给你了。"

刘大千一脸的后悔。

"半个小时的时间，是跑也好还是飞也罢，你得把杜生亚她们寝室的那群丫头给带到院围墙根，到时我与兄弟们在那列队欢迎！"

我的话得到大家的一致鼓掌。潘一农顺便提出了把俱乐部的红花和锣鼓也拎出来，又遭到王伟的白眼和无情的嘲讽。欧阳和施舜牛拎着大千把他抛出了围墙。

当大千带着八个丫头赶到围墙根接受列队欢迎时，却出现了一个实际的问题——这群丫头没有我们那样的身手，面对着近三米高的围墙，不能像我们那样来去自如。

"军民共建第一次活动，我永远没想到会是协助你们翻院墙。"欧阳做无可奈何状。欧阳那样子，让我一下想起来那次我和欧阳帮助小李子翻院墙的事。

我同学小李子在哈尔滨上大学。那年国庆节，她和几个女同学来看我这基本上等于半蹲监狱的同学。我表哥在旁边一墙之隔的光机学院读书，所以就想一起过去看他。我不敢大摇大摆地带着几个美女从大门出去，因为没有出入证，更因为我们根本就不允许随便外出。

翻院墙成了我们唯一的选择！虽说这是违反校规的，又有几个没干过翻院墙的事呢？可要这些没有经过半点训练的女孩们来翻这样的院墙，那可是要了她们的命了。所以，只好欧阳先飞身上墙翻过去，我再飞身上墙留在墙头，其余的人抱她们上来，在墙头上进行接力，再把她们交到欧阳手里。

不知道怎么闹的，欧阳接小李子的时候，她一下踩到了院墙边上的水坑里了，于是到了我表哥那里以后，找了双袜子把小李子弄脏了的袜子换了下来，而欧阳却收起了袜子，洗干净了以后又给她寄了回去。这家伙永远是那么细心！

前年我碰到当年的小李，她谈起这事还十分感动。

施舜牛、大千和我属于个头比较高大的那种，我们三人就在地面上抱这群丫头上墙。王伟、潘一农属于个头不高，重心比较稳，在墙头担当"二传"是最佳的人选。大威和欧阳属于技术型选手，就在院内接应。

我和大千抓住一个姑娘的手："不要怕，更不要惊叫，否则我们的'军民共建'就失败了！"

"如果你实在怕，把眼睛闭上就是！"大千安慰她道，杜生亚在边上看我二人的动作，笑得弯下了腰。

抛姑娘上墙实在是一件艰巨的工作，可事到如今已是骑虎难下，如果这么一群花枝招展的姑娘从大门大摇大摆地走进去，不引起地震起码也是不小的骚动，闹不准白政委就会卷起铺盖跑到我队来"体验"基层生活了。我也知道男女授受不亲的道理，实在是万般无奈啊，早知道有今天，当初就应该学会了缝被子再来当兵。

回到宿舍后，本区队最高军事兼行政长官的我立即宣布："本区队现在实行戒严！除本区队外，任何人员不得进入本营区以内，违令者，斩无赦！"

担任警戒的潘一农立即抛出了个核心问题："如果队长闯进来了，怎么办？"

"说你没文化，还要说自己是'太学生'，死缠烂打！绝对不能放进来！"王伟立即替我回答了这个问题。

"太学生"一词也属于我们的发明创造，飞行员嘛，就是比一般大学生跩一点，所以叫太学生。

戒严以后，挑选了几个心灵手巧的家伙给那八个姑娘打下手，同时完成偷师学艺的任务，带姑娘翻院墙实在是一件很艰辛的事儿。刘大千在一边端水递茶忙前忙后，充分表现出一个主人应有的职责。我坐在窗台上看着大千的表现，赞赏有加。8个人缝30床被子，平均每人3.75床，每床半小时，总共要花112.5分钟，如果按照这个速度进行，到队里点名的时候，这个任务是完成不了的。

那几个学徒面对着如花似玉的姑娘，平时的灵巧已经完全变形走样。我们这群傻小子实在不是干这些精细活的料，常常会用力过猛把被子钉穿。于是我踢开一个，亲自上阵。缝军用被子得讲究技巧，这玩意比不得家里的那些民用被子。不能钉穿，在拉线的时候也不能拉得太满，必须留适当的线再来调整，针脚还不能大，否则叠出来的被子就不是豆腐块而是打了铆钉一样的东西了。这些技巧那群丫头是不懂的，而我们当时也不明白，当她们缝好一床，我拿过来叠时，发现了这个问题。

"返工！"我蹦出了这两个字。

杜生亚和那群丫头一听到我这两个字就不高兴了："关山啊，我们完全是义务劳动，在我们看来已经是尽最大的努力了，比我们自己的被子还钉得好，怎么能说返工就返工呢？"

"你们不返工，我们就得等着挨骂，并且这骂不是一次，是每天都会有的。这还不算，在长时间内，本区队内务卫生的红旗就得落到其他地方去，这可是关系到集体荣誉的一件大事！"说完这话以后，我就指出了问题的所在和必须注意的事项。

"原来自己会缝，找我们来，只是想接近我们的一个漂亮借口！"杜生亚的脑袋反应并不比我们差。

"错了！不是我！是给你一个机会！"我把脑袋凑到她的耳朵边悄悄地说道。

杜生亚的脸一下就红了："关山，你很坏！"

"如果这也算坏的话，我宁愿一直坏下去！"我嘿嘿一笑。

"啊！'表妹'集体来队了啊？"如雷的声音响了起来。

一听这声音，心里就叫苦，越是怕什么越是躲不过去。

崔队长迈着大步走进了缝被子现场，潘一农哭丧着脸跟在队长的后面。在这个队，谁真正能死缠烂打地拦着崔队，我打赌，他只有两种结局——要么提前毕业提干，要么打着铺盖卷回家。当然李教除外！

队长的脸色我实在看不出好坏，我心里也只能七上八下地敲着鼓，但还是故作镇定地回答了队长的提问："报告队长，这是军民共建！"我挺着胸膛把脚后跟磕得比什么时候都要响，那群丫头花痴一样地看着我，眼睛里流露出满是羡慕的目光。

队长也不答话，围着现场转了一圈，然后从兜里掏出了哨子，吹起了短促有力的声音。

当过兵的人都知道，短促有力的哨音意味着什么。

紧急集合！兄弟们一听到这哨声，立即扑向了被子，也不管姑娘们是否还在进行缝制工作，卷起来就跑。

"都不许动！"队长又是一声厉喝！

罢了！罢了！

看来队长是要开现场观摩会了！此事儿到了这个份上，林林总总的事端都是我挑起的，被子是我下命令拆了洗的，花姑娘是我命令大千去喊的，连钉得不合格也是我下命令返工的！既然是这样，如果有什么罪过我关山一人承担就是，与其他的战友与这群姑娘无关，更何况我还对这个区队负有完全责任。

我提心吊胆地走到队长面前："队长，这……这……这是我下的命令，要处分，就处分我吧！"在心里渴望着李教的出现，至少，作为他的半个老乡，也许不会在这事情上对我过多地深究，而且他也见过我关家的小五。可是盼星星盼月亮也没有盼到李教的出现，无奈我只有集合本区队的人员，扑向集合地点，扔下一群小姑娘在那里发愣。

"我们继续军民共建！"从我身后传来了杜生亚沉稳的声音。

集合整队向队长报告："队长同志，一区队集合完毕，应到三十人，实到二十七人，三人请假外出，挂包水壶齐备，无被子，无武器弹药，请你指示！一区队长，关山！"

"稍息！"

接着是二区队、三区队、四区队的报告。除了正常上街的和李教请假外，所有人员到齐，队长一声向右转就把我们带到了缝制被子的现场。

"坐下！"队长下令。

刹那间，一百多号人在听到这口令以后齐刷刷地就坐在了地板上。有几个姑娘抬头望了一眼，然后低下头继续她们的缝制工作，在这样的情况下，如果不缝被子，我想她们会更尴尬。

我的心提到了嗓子眼上，看来那个拟定口头警告处分要转正了。罢了，为了兄弟们，就算再背两个处分又怎样！背不起找根扁担总担得动吧，担不动起码两边也均衡，我已有了死猪不怕开水烫的泼皮思想。

"今天！"队长清了清嗓子，然后打雷一般地说道，"今天，我们开个现场会……"

果然是现场会，抓我们一区队现行的会议。我想我的脸色肯定非常难看。

"这个现场会啊,就是让大家现场观摩怎么缝被子……请大家仔细点看!"

我怎么也没想到会是这样的结局!观摩完毕以后,崔队在食堂宴请八个姑娘,队领导对她们千恩万谢,并且表示这样的军民共建应该长期搞下去,并且发扬光大。饭后,队长和我毕恭毕敬地把八个丫头送出了院大门。

在回来的路上,崔队抬头望了望,说了句:"要变天了!"

"一夜回到解放前?"我开起了玩笑。

晚上点名以后,在日记上将这一段时间发生的事情做了个总结,生日事件和军民共建,在事实上,却是钻营偷巧,依旧属于"捏着鼻子哄眼睛"的范畴,根本没有质的变化。

第二十章 选择性失忆

伊通河，古称"益褪水"、"一秃河"、"易屯河"，发源于伊通县磨盘山屯、板石屯之山腰水泡，经古伊通边门入长春城，再由长春城东向北，经新开河抵农安县，再经依勒门河注入松花江，长达200余里，为长春历史上的第一大河。古时的伊通河水面宽广，平时可载三丈五尺的大船。清康熙年间，在反击沙俄入侵的雅克萨大会战中，为中华民族保家卫国的壮举谱写了光辉篇章。那时，清政府为确保雅克萨大会战的胜利，下令在吉林城造船百艘，每艘装粮200石，船上载有土炮，每艘船可运兵135人。在以后的1681年至1690年间，由大小运输船组成的粮草辎重船队，以威武的长龙阵式浩浩荡荡地穿过伊通河，经古伊通边门再向黑龙江瑷珲城进发，为前线提供粮食辎重，为确保反侵略战争的胜利，做出过重大贡献。伊通河也因此载入中华民族的光辉史册。

历史上的伊通河有过她的光荣与自豪，也有过痛苦与哀伤。在近代史上，每至雨季，大水泛滥数十里，周围田地和村舍均遭水害，给人民造成巨大的损失和痛苦。进入20世纪30年代后，由于年久淤塞，水土流失，加上1939年末"京大"①铁路通车后，伊通河的水运作用大幅度降低，那时在它上面行驶的，主要为帆船，而不再是大船，长途水运也黯然失色，由区域性水运取而代之。

崔队长说的要变天了，其实就是说要下暴雨，可我们没想到暴雨来得那样突然，洪峰来得那样快。晚上在宿舍楼下场地上刚刚点完名，就见雷

---

① 指伪新京至大安。

电交加，倾盆大雨泼了下来。重庆的夏天，这样的天气常见，可在这个地方，还是第一次见识到，许多战友平生也是第一次经历这样的惊心动魄的雷雨之夜，后来才知道这是百年不遇的大洪水。在接到战备命令的时候，我们正在上文化课，根本来不及准备就出发了。

暴雨挟持着洪峰，排山倒海呼啸地压了过来，那场景让人没时间去感慨。1981年重庆的那场百年难遇的大洪水，我们只能躲在家里看，这次，洪水却离我们这么近。空气里弥漫着是老天爷的怒吼和死神的召唤，而我们却要用血肉之躯去与老天与死神抗争。

我们当时守的那地方叫莲花泡，离新立城不远，莲花泡上游就是沿河屯。

"河里有个孩子！还在动！"

大千吼了一声，就扑进水里。就在大千抓着那孩子的同时，我看到了足足有10米长1米粗的树干随着洪峰向大千和孩子冲了过去。

后来在当地的媒体上曾经有过这样一个讨论，拿一个飞行员战士的生命去换一个孩子的生命，划算吗？我觉得这种讨论完全是无聊！在那时，无论是大千还是你我，还是普通的百姓，都会忘记自己的身份，毫不犹豫地救那生命，无论那生命是孩子还是老人。这些讨论只不过是洪水过后充斥人们无聊生活的一个话题而已。

"土匪，水牛，欧阳！跟我跳！"

我们是不允许去游泳的，曾有个学员休假回家游泳淹死了，不许游泳的制度就上了十三条校规里。眼看那大树干离大千越来越近，我顾不了那么多，抓着三个离得最近的兄弟一起扑向水里，也不管这些人会不会游泳。事实上我胡乱抓的这几个人水性还不差。欧阳和我，没说的，长江边长大的孩子，每到夏季，我们就喜欢在长江里翻腾，最喜欢干的事是去接江里轮船的浪子，随着波浪翻滚，真有点像在夏威夷海滨冲浪，但其实这比冲浪更刺激更危险，每年重庆的报纸都要刊登朝天门码头许多这样的游泳事故。潘一农是浙江宁波海边长大的，技术也不差。施舜牛的水平虽然差点，但是也是沂水中泡大的。

就在我们几个大江大河边上长大的孩子奋力冲向大千时，那树干撞向了大千。

潘一农和施舜牛用手举着孩子踩着水向岸上游去，我和欧阳抱着大千拼命地划着水，大千贴着我的身子，我感到情况不妙。

孩子活着，大千却昏迷了。

校医也赶了过来，检查以后说必须送"白医大"。

校医说的"白医大"就是白求恩医科大学。学院不含糊，立即派车。同行的还有学院张殿洪参谋长、李教、崔队和我。

当听到白求恩医科大学脑外科的主任说大千会成为植物人时，我的拳头立刻冲向了主任的脑袋。

崔队一把将我拽回。

"一周的禁闭！"李教很优雅地对我宣布。

李教非常聪明也非常护短，特别是对他喜欢的学员。他抢在了张殿洪参谋长前面说出了这话，否则等待我的绝对不是警告处分和关禁闭这样简单。李教平时可以把我们骂得狗血淋头，但出了队里，有谁说他的学员不是，他是一千个不答应一万个不答应！我的护犊子也应该得自李教的真传。我们这群天不怕地不怕的孩子，在所有的校领导里，就怕这个参谋长。壮实的身板，面色黝黑，声若洪钟，行事雷厉风行，干净利索。李教说出了"一周的禁闭"以后，我看到参谋长已经张开的嘴巴又闭上了，李教用这五个字为我堵住了今后有可能的更大的灾难。事后崔队长说，他也想这样处理没想到李教反应那么快，而且还能把个处分宣布得非常之优雅。

后来，我仔细思量反省，造成如此冲动的原因，其根本就是在小圈子里的唯我独尊，而不是检查所写的那样。

"做错了事就得为错事承担后果。不冷静地把拳头放在自己同胞或者说同志的脑袋上，最不应该发生在党和国家、人民军队花大力气培养的飞行员的身上，在入伍前我已经犯过一次严重的错误，那时只是拟定入伍，准军人，没有组织可以原谅，没有纪律也可以理解。但是经过了两年军队的教育，依然存在着如此土匪作风和流氓习气，我辜负了党的教育和人民军队的培养，事态是严重的，教训是深刻的。"

坐在被潘一农当做暗室即现在的临时禁闭室里，我咬着笔头开始写起了检查。打小就对这玩意儿不陌生，屁股粉嫩粉嫩的时候经不起老爹的斑竹笋子的折腾，每每整了点动静出来我就得面壁思过，后来是文字材料，到最后完成量变到质变的飞跃——直接接受棍子"亲吻"。这时候，才发现写检查其实对我来说是最幸福的处罚。

"你不但是个土匪,还是一个文痞!能够把个检查写得如此生动活泼也足见是犯错误的老油条。"崔队长强忍住笑,把检查递给了李教,李教看我的检查时完全忘记了自己的身份,捂着肚子笑。

李教一笑,队长也笑了起来。和韩教的矛盾爆发以后,特别是在韩教转业这事上,崔队狠狠地检查了自己,在和李教的相处上,温和了许多。而李教是部队长大的,打小就和各种各样的军人打着交道,跟崔队共事,他很虚心,总是主动请教,商量着去处理队里的事务,二人很快就度过了磨合期,配合得非常默契。

见他们二人笑得那么阳光灿烂,我以为处罚已经到头了。

"你以为就这样完了,就没事了,对吧?"李教笑得很温柔。

"是啊!"我点头回答,"难道我的检查不深刻?"

"这事根本就没开始。自己去翻纪律条令,看看纪律条令里哪章哪节有关禁闭这一条这一款!"

"是没有哈……"我有些抓狂了。

"再加一天禁闭!作风记录扣十分,理由,说家乡话!"

"不是吧?我说家乡话也是你们逼的!"

"我们逼的?我和队长什么时候逼你了?"

妈哟!这俩家伙比我还土匪!被整了个冤假错案,我却连平反昭雪的希望都没有!立正,敬礼!然后转身就想逃。

"回来!"李教喊住了我,"老崔,我找他有点私事。"

因为李教的老婆是我老乡,所以我们俩常常有点私房话吹。崔队很自觉地走出了队部。

"这事你肯定知道!"李教压低了声音。

"整得恁个神秘做啥子,是不是今天晚上有敌情,要去摸夜螺蛳?"我和李教私下在一起的时候,我肯定是没一点正形的,而此时心里却在敲着鼓,琢磨着李教找我做什么。

"摸个铲铲!"

"不得了!连铲铲也学会了!"

"少贫,我说的是那个叫杜生亚的女孩子!"他突然变得很严肃。

"杜生亚?谁啊?不认识!"

"真的？没骗我？"

"我骗你？我的李教。我敢骗你吗？骗你对我有什么好处？损人不利己啊，没实惠的事咱不干！"

"我在刘大千的病房里碰着一个女孩子，叫杜生亚，她说是刘大千的同学。不知道她从什么地方知道大千住院的，还带着古筝到医院去陪他。我严重怀疑他们之间的关系。"

"不是吧？我敬爱的教导员，你怀疑什么呢？要是你这样了，我肯定也会去陪你！"我还是那样的嬉皮笑脸，"教导员，你高度的政治敏感很值得'飘扬'，但是我要告诉你，杜生亚不是小布丁！"

"小布丁，小布丁又是谁？"李教追问。

杜生亚的事情还没搞明白，又出来个小布丁，这事给整的。对不起啊，大千，我一不小心说漏了，不是存心要出卖你。

"小布丁是什么你不知道？我亲爱的教导员，你落后了，你与我们有代沟了，想知道小布丁是谁对吧？贿赂我就告诉你，要不给支烟抽也行！"

"找死！到底说还是不说？"

"威胁我啊？你我都是吓大的哈。没心情跟你开玩笑，我那兄弟还在医院呢，你又不为我的禁闭接风洗尘，实在没事我就走了。走之前我顺便免费告诉你，小布丁是果冻。"

坐了一周的牢，心里非常窝火，本想干点英雄侠义的事情，可到头来还落了个悬而未决的处分在头上，亏大了，这买卖做得实在是不划算。同学们同志们战友们，请牢记我的教训——冲动是魔鬼！

小杜丫头知道刘大千同志住医院以后，拉着同学娜娜风急火燎地赶到了白求恩医科大学。

大千躺在床上输液，床尾趴着一个睡着了的军人。

杜生亚伸出手去摸了摸大千的头，再摸了摸手，她妈妈是医生，她懂得一些简单的医疗常识。

她的动作尽管很小心但还是惊醒了趴在床尾的军人，他张开眼睛："怎么就睡着了啊？"揉了揉眼，"你好，请问你是大千的什么人？"

"你好！我是他的同学杜生亚，在这读书。请问你是？"如果是崔队长，杜生亚就不敢说是同学了，全队的官兵也只有眼前这个人没见过她。

这是一张非常好看的脸，眉目清秀，却在眉宇之间透出坚强和英气。

杜生亚不禁多看了几眼。

"请坐，我是大千的战友，我叫李云翔……"

"大千他怎么了？他怎么了？"不等李云翔说完，她急不可耐地问道。

"那是前天的事情了，我们在伊通河抗洪抢险，他为了救一个河里的孩子，跳进水里，结果被上游冲下来的一截木头撞了脑袋。"

"严重吗？严重吗？严重吗？"杜生亚一连问了三个严重吗。

"没什么的……"李云翔对她笑了笑。

"那么关山呢？"

"你到底关心关山还是关心刘大千啊？"娜娜插了个嘴，她也是我们那八个军民共建单位之一。

"他也没什么啊。"

"不是被关禁闭了吗？"

"你这小姑娘消息很挺灵通的嘛！"

"去你们学院了，你们的战友告诉我的。"杜生亚细声解释着。

"关他禁闭是轻的了！"李云翔淡淡地说，"这小子！打人！"

打架，肯定不仅仅是打人这样简单。杜生亚心里想，虽然他说得轻描淡写。

杜生亚只要一有空就往医院跑，大千还是没醒，他身上没有任何的伤痕，知道事情不是李云翔说的那样"没什么的了"，而是非常的什么了。学院的领导一拨接一拨地到医院来，后来市里省里的领导也来了。杜生亚从来没见过这样的阵势，许多时候被吓得躲在一边。她回到家里，抱着妈妈就哭，妈妈问清楚情况以后才感到事态严重，和她一起赶到医院来的时候，正赶上省里的领导陪同军区空军司令部的首长来看望大千。

杜妈妈把她拉到一边："丫丫，你实话告诉我，他和你什么关系！"

"我一朋友！"

"什么样的朋友！"杜家一直家教很严，对杜生亚抱着莫大的希望。"你们是怎么认识的，你所有的朋友我都知道，可没见过这个孩子！"知女莫如母，她从生亚的眼睛看出了那份以前她从来没有看到过的焦急和担忧。

"真的是朋友！"杜生亚红着脸说。

"不是那样简单吧！你从小撒谎都要脸红。"

"妈……"

"我现在不跟你说，回家看我怎么收拾你！现在可以告诉你，以我从事脑外科20多年的经验来看，这孩子轻则脑震荡，重则植物人！"

"妈……"杜生亚眼泪一下就流了出来。

"刘大千同志是我们军队和这座城市的光荣与骄傲，一定要用最好的医生和最好的药全力医治！军区和省里要成立联合专家小组，有什么问题和困难向军区和省里提出，全力支持和配合你们，该开绿灯的就开绿灯！不能让英雄流血又流泪。另外，刘大千同志的家属也要安抚好，要相信我们国家、我们军队是能够治疗好他的。"省委领导在病房当场做出指示。

一个以军区空军副司令为组长、吉林省副省长为副组长、军区卫生部、省卫生厅、空军医学院院长、白求恩医科大学校长、飞行学院院长为成员的专家领导小组同时也在病房成立。

杜生亚在走廊听到这席话的时候，身子一下就软了，她妈妈并不是在吓唬她。

"丫丫……"杜妈妈立即掐着杜生亚的人中，叹了口气，"丫丫，你恋爱了，你是那么心高气傲的一个人，你曾说过这世界上只有英雄才能够配上你，这孩子已经是英雄了，丫丫，你醒过来吧！妈妈支持你们。"

"妈妈，大千说他们不许谈恋爱！"生亚张开眼睛说出了这样一句话。

"死丫头！你吓死我了！"

"妈妈，我想回家。"生亚说道。

"大千，你说过你不喜欢琵琶的嘈杂和干涩，而喜欢古筝的圆润。"杜生亚在病房里支开了从家里带来的古筝，"可我的专业学的却是琵琶，这半年来我一直在为你而练古筝，同学们都不解我为什么这样地痴迷于古筝，我现在已经能够完整地弹完《高山流水》、《梅花三弄》，大千，你就在那儿静静地躺着听我弹好吗？一曲一曲地把我所学会的全部弹给你听，我的古筝只为你一人而弹，从今以后！如果你听懂了听明白了你就眨眨你的眼睛。哪怕是你只眨一下！"

没有悲伤也没有眼泪，杜生亚用着一种非常低缓的细语，生怕吵醒了梦中的大千似的。

颤、按、滑、揉、抓，琴音缭绕，如水般空灵的声音从生亚手下飘了出来。后来生亚对我们说：那是她这一生最精彩的演出，因为她要用整个灵魂去唤醒大千。再后来她想演奏出那样的水平已经不可能了，所以她不在除了大千以外的任何人面前弹奏古筝，尽管她后来成为知名的琵琶演奏家。

此声只为你而响，此生只为你而弹！

我撞进病房的时候，杜生亚却并未停止弹奏，只是稍稍地抬了抬头。

唉！我这人文化低，整不来那些阳春白雪，可我看到床上的大千和我一周前走的时候没啥区别，心里头还真窝火。

特护病房也没能把大千护理出一点变化。

"你龟儿在这里泡病号，你起来，我躺下。队里关了我一周的禁闭，处分还没下来。不舒服，一点也不爽！老子也想泡病号，你起来！你起来啊你！他们说你是英雄，我认为你是个狗熊，你不是在运河边长大的吗？怎么伊通河这样的小河沟就把你整翻了啊？刘大千你给我听好了，打了那么多的赌，我什么时候输过？！你什么时候输过？！难道这次你就这样服输？刘大千，你狗日的不是男人！"

想杜生亚那丫头一定是听傻了，我打赌，她这辈子肯定没见过这样粗鲁的男人，否则也不会让琴声停下了片刻。那丫头还真是很有涵养，也就只是卡了那么一下带。

我纳闷了，大千这小子啥时候不声不响地开辟了地下航线，难不成那次打赌以后他们还交换了联系方式啊？一次缝被子也不可能就这样啊，他给她喝了什么迷魂汤，让这小丫头痴痴迷迷地如此幽幽怨怨。

"我没有哥哥也没有弟弟，你也是家里的独儿，虽然我们说过彼此如果有什么都要去照顾彼此的父母，可是你狗日的已经忘记了，所以现在趴窝了，你难道就是这样把你的父母交给老子的吗？你狗日的不应该！刘大千，你狗日的给老子滚起来，你给老子到墙角去面壁，去给老子思过，你起来啊你狗日的起来！"

我如雷一样地吼着他，而他依然无动于衷。

此时生亚已是幽弦慢拨，时而悠扬如流水潺潺，轻顿如飞云飘拂，时而铿锵激昂，生离死别，古道秋风。

"你狗日的舒服了？耍赖了！还记得我们第一次背的拟定口头警告吗？我不怪，那是我们该背的；那次军事考试我们不及格，我也不难过，因为我们偷懒了；元宝走了，我不伤心，因为他是笑着离开的。可你狗日的在这里给我装，我要怪，我要难过！我要伤心！因为我们说好了的，一起去拼，一起去飞翔，难道你忘了？一起去飞翔，那是我们最好的理想，最好的梦！可是，你狗日的忘记了，所以你趴窝了。你忘记了我们的誓言！一个忘记了誓言的男人，还算个男人吗？！我知道，你累了，其实我们哪个人不是这样累呢？我也累，每天早上，我们都无法忍受那刺耳的起床的哨声，那十七公里跑下来，我他妈的就想躺在那里不再起来，吃饭的时候我们却只想喝汤。我也想偷懒，打完旋梯滚轮，胃里那个翻江倒海滋味，也不是我们想承受的，一天下来，就如你说的那样'但恨在世时，睡觉不得足！'可是大千，我们是干什么来的？我们穿这身衣服是做什么的？我们都是男人，男人最喜欢的事儿就冒险，就是翻过一座又一座的山头，去征服它，那是男人的快感！人这一辈子，还有什么比征服老天爷更有趣、更值得冒险的事情呢？他们说我们是天之骄子，不！我们不是，我们是一群像堂吉诃德那样的不知道天高地厚的傻子、疯子，他和风车斗，我们却要和老天爷斗，可是你却没有斗就趴下了，这是你吗，大千？这是我的兄弟的作为吗？不是！不是！不是！你狗日的不想走了，不想跑了，你给我说一声，我陪你一起翻院墙，一起睡懒觉，一起去逛大街。可是，大千，我要你醒来，我要你醒来啊！老天爷，你个狗日的不要把我的兄弟带走，老子不要！

"我告诉你，我哭了，对的，我哭了，你兔崽子高兴了，我终于哭了，可是，你却看不到，你看不着，你遗憾吧？这辈子你永远再也看不到关山的泪了！可是老子偏偏这个时候要哭给你看，偏要在你看不到听不到的时候哭得稀里哗啦，你是个男人就把你那耳朵竖起，把眼睛张开，你来听你来看！

"这边上，还有一个世界上最美的女人，她在为你弹奏着你喜欢的古筝，她也在哭，泪流满面却悄无声息地哭，却还要为你弹着曲子。你混蛋啊，你让你的兄弟、你让你的姑娘为你流泪，自己却躺在这里赖着不起来！你还算个男人吗？那个外科主任说你醒不来了，老子把他揍了，李教关了我一周的禁闭，对！是李教关的，而不是崔队。李教最喜欢的两个兄弟，

第二十章　选择性失忆

一个被关了禁闭,另外一个却在这里装熊做软蛋!你这样做,你对得起老子的那一周的禁闭吗?"

我边骂,一边和着眼泪横飞。

骂完以后我才知道我又干了件蠢事,怎么能够当着人家女孩子的面这样撒野呢?

我骂完大千以后,仿佛如大病初愈,虚脱中带着不可名状的恐惧。发现经过这两年这个大院的生活,不仅没能磨平我的锋芒和棱角,却让我更野,这种野却与没有章法的野又有着本质的区别,因为此时,大千的受伤昏迷,我不仅仅担忧他的飞行生命,更是担忧他的生命安全。

同时我发现我也为自己的飞行生命而担忧!这让我有一丝慌乱。

因为我在乎!

而这在乎却是在不知不觉中,随着时间的推移,一点一点地沉淀起来的。

我静下来,趴在大千的床头,静静地瞅着那个在弹古筝的叫杜生亚的女孩子,欣赏在我的叫骂声里她的淡定和从容。

她很漂亮,属于漂亮得惊心动魄的那种。因为低着头弹着琴,长长的睫毛盖着她的眼睛,皮肤是这里的女孩子少有的那种白里透红的粉嫩,没有过多的修饰和装饰。

我俯身贴在大千的耳朵边上,缓缓地说道:"小子,你就这样给我趴窝啊,告诉你,有大任务了,我们这些和平时期的军人,在没仗打的时候,盼的不就是执行大任务吗!可惜没你的份,可惜啊可惜!"没想到我信口乱说的一个大任务却真的在一个月以后交到了我们的头上。

我抓起了他的手,轻轻地敲了三下,停顿一会以后,又是三下,如此反复再三。

这是只有我和大千才有的秘密。

我俩的那个烟瘾不是一般的大,到晚上睡觉前就特别想抽烟,常常在这个时候伸出手去敲对方的手心三下,等大家都睡着了就悄悄地溜出去整两口。等到后来决定不再吸烟,想抽的时候就相互敲对方的手心,提醒别忘了戒烟的事儿。这之后我天天中午到医院去看大千,去了以后敲敲他的手心,然后静静地陪他一会儿。

后来欧阳、潘一农、王伟、施舜牛、孙大威他们也去看了大千。我下了死命令,任何人不许和杜生亚说话,因为我不想这事让队里知道什么。其实这也是欲盖弥彰,这一切在李教的眼里是那么小儿科。而李教也只是把这一切看到眼里却又装作视而不见。

学院准备请刘大千的家长来,崔队、李教和我们不愿意,我们不相信大千会这样睡下去。

这时由军区空军司令部牵头的专家医疗小组已经组成,杜生亚的妈妈也是小组医疗成员之一。李教对校方说给医疗小组一个月的时间,到时如果还没成效,再通知刘大千的父母。我们全都支持李教的想法。儿行千里母担忧,上次元宝的母亲来学院的时候,哭的那惨样让我们心有余悸。我们都把希望押在这短短的一个月上了,都盼望能有奇迹发生。杜生亚那丫头也不顾家人和同学的反对,请了一个月的病假,当然病假条是她妈妈开的。

校里答应了李教的请求。

但新的问题接踵而至。

不能让刘大千的父母知道,就必须时刻保持与他们的通信联络。电话是不能打的,只能写信。当翻出大千的信时,我们都傻了眼,他和父母间通信的密度让我们几个只顾着傻玩的小子汗颜,基本上是每周一封。怎么去模仿他的笔迹又成了难事,我的字太生硬而鸵鸟的字又软,舜牛和土匪的字根本就上不了席,欧阳的字和大千的字也是截然不同的风格。

"要不,我们用薄一点的纸蒙在大千的信上进行临摹?"我提议。

真正写几了个字以后才发现根本行不通,不但生硬而且不流畅,明眼人一看就知道做假了。

"给我三天时间,我想我能学会他的字。"一向不声不响的孙大威发言了。

"请给我一个相信你的理由!"潘一农说。

"我练过一段时间的书法,想来应该可以。"大威说得很谦虚。

我想起和女朋友即后来孩子他娘的那个赌。

认识她的时候,她梳着一对麻花辫子,在一边很安静地看着我和同学

第二十章 选择性失忆

玩牌。她是我高中同学的大学同学，我去参加他们的聚会。高中同学很早就把我的传奇故事讲给那群丫头片子听，当见到我本人的时候她不免失望："还以为他多长一个鼻子眼睛什么的，结果跟我们一样嘛。"

走的时候大家留联络方式，看到她的字时，我大吃一惊，她的字惊为天人，人漂亮，没想到写出来的字也漂亮。如果只看字，真不敢相信这是一个女孩子写的。

"我发誓，用一个月的时间，我的字，超过你！"当我很不情愿地让我的字曝光见人的时候，我恶狠狠地吐出了这样一句话来。

她根本就不信。当初她练这笔字的时候，不知道挨了她父亲的多少骂。也正是因为有这笔字，在她为是到学校做老师还是进政府机关而犹豫的时候，机关的领导抢先收下了她。

"赌什么？如果一个月超过了你，你就做我女朋友！"我有点不怀好意，更多的是从她身上我读到同龄人所没有的安静和沉稳。

"行！别说女朋友，只要一个月的时间超过我，我就嫁给你！"她是看到我写的字的，一个月的时间，根本不可能完成的任务，练字是需要时间来堆积的。

儿子上学后，问他母亲怎么才能写好字，她一听就来气："问你老汉！当年我就是这样上当受骗的。"

我哈哈一笑："儿子，其实很简单，把每笔每画交代清楚了，字就好看了。"对间架结构的掌握，就跟做人一样，首先你得把根基打牢了，坐稳了。

当孙大威说用三天的时间去模仿大千的字时，我那眼神就和后来她看我那眼神完全一样。三天后，孙大威写出来的"大千体"，我打赌，就算是刘大千他自己也分不清楚到底哪个才是他自己写的。于是孙大威就按照我们早已拟定好的大千的家信给大千的父母报平安。对于这群孩子来说，只要他们想去办的事情，没有办不成的。同时大威也进一步拉近了和我们之间的距离。

我们一直很努力、很努力地每天重复着干同样的事情——写信，敲手心，乐此不疲。只期望有一天能够唤醒我们的兄弟。

就在我们很执着地干着这些事的时候，队长从学院里带了一条消息回来。

"我的手气不是一般地好！"他说。

首届中日青年越野长跑比赛将在三个月以后举行，学院被指派为中方参赛单位，我方参加人员60名。上方非常重视本项活动，要求比出水平、比出能力，更要赛出国威、赛出军威！学院领导对这事非常重视，特别是抓政治思想工作的政委更是看得比谁都重。

没想到院长把手一挥："整那么紧张干啥玩意儿？不就一次比赛吗？比小日本还比不了啊？咱就不信那邪！不选拔不比赛，十六个队随便拉一个队出去，哪个不是嗷嗷叫？就这么定了，十六个队长抽签，抽着谁就是谁，以队为单位参加！别因为一个比赛影响老子正常的学习训练！"

队长手气好，中了头奖！我在医院对大千瞎掰的一句话居然成了事实！

李教做动员："院长敢拿一个队去拼日本一个国家队，那是对我们的信任，可我们却是拿整个国家的荣誉去拼，是党和国家、人民军队对我们的信任，咱不能拿这信任当儿戏，咱得玩命是不！命是要玩，但是别把我们的正事耽误了，每天的那17.2公里再整个来回就够了，早一次，晚一次！我自个带头。"

"你还行不行啊？"有人在下面接嘴！

"潘一农吧？队列里不许讲话你不知道吗？在我证明你的是错误的之前，你先做500个俯卧撑！"李教已经锻炼到只听脚步声就能知道是谁的地步了，找出是谁在队列里嘀咕对他来说已经是小菜一碟，"现在是考验我们的时候，是骡子是马也该拉出来遛遛了，我和队长带头，谁不行，板子就先打到谁的头上，全队一百三十号人，拉六十匹马出来应该是不成问题的。"

刘大千同志就是在李教慷慨激昂的战前动员的时候醒来的。

刘大千醒来的时候，杜生亚看着他一点一点地张开眼睛。如果是我们早就惊叫起来了，她却平静得就好像大千昨天才睡觉，今天刚刚睡醒了一样。这丫头咋就能这样平静呢？咋能够这样沉得住气呢？

大千说："打了个盹，咋脑袋就这样晕啊？"

那丫头说："你醒了啊？嗯！你就打了个盹！"

这与大千跟我们说的版本完全不一样，他说每天那么多人来挠我的痒，能不醒吗？不醒就只好痒死了，那个护士妞贼他妈的漂亮！

大千醒了，可他却不认识这个照顾了他一个月的杜生亚，大千说那个护士妞贼他妈的漂亮，我们一下就傻了！

"我打赌！在这一个月里，在白求恩医科大学，我压根就没看到过美女护士！"潘一农说。

王伟摸了摸大千的脑袋，然后指着自己说："兄弟，我是谁？"

"鸟儿！"大千很迷茫，"你怎么连这样的弱智问题也问得出来？"

"既然你还认识我，可我真的很怀疑你的审美水平，难道一根木头也会让你改变审美标准？"

"什么木头？什么木头？"大千是真的很迷茫了。

我意识到事情有点不对头，好像他还认识我们，但是记忆中的有些东西已经不存在了，"你说的是不是那个穿着白色衬衣会弹古筝的那个护士？"

"对！就是她！贼他妈的漂亮！"

贼！还他妈的！如果杜生亚听到这话，会想找块豆腐撞死！可怜的大千，成了英雄，却把那个自愿照料他一个多月的美女忘记了。他根本就忘记了她是谁，脑袋里根本就没有了那片记忆，什么都记得，身边的人都认识，可是独独就缺少关于杜生亚的这块记忆。在他的脑袋里，杜生亚就是个贼他妈漂亮的一个护士！

王伟看着我，我看着欧阳，欧阳看着孙大威，孙大威看着潘一农，潘一农看着施舜牛，施舜牛一脸关怀地看着他的班长。

大千成了英雄，三天两头的报纸杂志对他进行采访、拍照、录像。李教很不耐烦，开始还很配合，到后来完全拒绝。理由就是一条：他需要休息、调养，我们还有更重要的学习训练任务，他的理想不是成为英雄而是飞上蓝天，如果因为这而过多地干扰了他的学习和训练，对国家、对军队是不划算的事情。

大千得到了二等功的奖励，而我的处分却迟迟没下来，一天到晚吊在心里悬在脑袋上，我过得非常小心，怕一不注意就给整个秋后算总账。

大千回来以后学院医院对他单独进行了全面的体检，结果全部合格，这让我们心里的担忧少了许多，但是他那缺失的记忆却始终如乌云一样缠绕着我们。

杜生亚一到周日就往学校跑，可是每次来都没结果，大千只是漠然地看看她，转身去做自己的事，我和欧阳只好尽地主之谊去进行接待。因为到周日我们中午食堂是不开伙的，所以就只好翻院墙去外面的小饭馆，日子长了我们就穷得叮当响。

这丫头却依然一往情深。

"这样下去不是办法！我得抓紧时间多拍点照片，去投稿，弄点饭钱什么的。"潘一农说。

"拍！拍！拍！拍个鸟！我们得从根本去解决这个问题，得向她摊牌。如果是一般的朋友，我们感谢她那么长的时间照顾大千，如果她有其他的想法，就得明确地告诉她，我们不许耍朋友谈恋爱，这是写进了我们守则的铁的纪律！而且还有元宝那血的教训在那儿摆着，要让这丫头知难而退！如果她是真的爱大千，就得等着。从她目前的表现来看，李教已经注意上她了，只不过他们没有干出什么事来，真要出什么事，最后吃亏的只能是大千！"我分析了这事有可能带来的后果。

"让她知难而退？谁去？你去？我去？还是崔队李教去？我们都张不开这嘴！"王伟说。

"就让李教去！"我笑了起来。

"找死啊这不！"潘一农根本不动脑袋就嚷了起来。

"这事只能李教去，只有他最合适！任何人去这事都会砸！我总觉得大千的失忆很蹊跷，也许就如元宝装疯一样，'蛋炒饭'而已！"欧阳说。

一个元宝的装疯让我们对许多事情都抱有怀疑的态度。

李教一听我说，他就笑，笑得很温柔："你不来找我，我也会找你，憋不住了啊？自己倒水喝！"

"也没什么憋不住的，再这样下去，哥们几个就得请求后方火力支援了。就我们那几块钱的津贴哪里够这丫头折腾啊！"我自己主人一般地倒了杯水，"可是我们又不能让一个女孩掏钱请我们，那多没面子的！"

"死要面子活受罪！该！"李教很悠闲地点了一支烟。

"您是在诱惑我不是？在我面前最好别吸烟！"我恶狠狠地说。

"是吗？想数罪并罚啊？"

"想！哥们几个早就戒了！"

"其实从我第一眼看到小杜的时候，就知道会有事情发生，我一直相信如果是你出现这样的情况，会处理得很好，她对刘大千的照料我和你们一样都很感激，我没想到他会不记得她。"

我一听这话就知道有戏，不再啰唆，告退了。

回到班里大千就对我挤眼睛，我对他笑笑，笑完以后却发现自己很无聊，不知道干什么，却又有着想整点事情出来的冲动。日复一日枯燥的学习和训练已经让我浑身不自在，喂猪事业被我们折腾得也没了新意，去大威的家也只能是每周一次的奢望。城运会比赛已经完了，重庆青年女排得了亚军，莲子回了重庆，交了退役申请，她来信说想回大连看看。去读书还是直接去工作，莲子举棋不定，因为体委联系了市急救中心，让莲子去做专职团委书记。对于莲子是读书还是工作的问题我也拿不定主意，希望她多学点知识，而急救中心的效益在重庆是数得着的，过了这个村就没这个店。莲子的事情没落实更让我不耐烦。

我对大千招招手："整点啥有意义的事情出来，否则我真的想打架了！"

每天早上的17.2公里加码为睡觉前也有一趟，以区队为单位组织，李教照顾一、二区队，队长带三、四区队，风雨无阻。

在潘一农怀疑李教的体能之后，李教用事实充分说明了他的体能不但不差，相反比我们绝大多数同学还棒，一趟下来他是面不改色心不跳，以至于我们常常怀疑他根本就不是我们的教导员而是我们中间的某个学员。

这天晚上，睡觉前的长跑，我带队，他在队列后面对我招手，出发以后，我叫大千代替了我。

"那丫头的事不大好办，认死理！"他边跑边悄悄地告诉我。

"难道你就不能说如果你要喜欢他，就把大千给开除了啊！"

"说了，她说我舍不得，而且就算开除了，她就跟大千回老家种地去。"李教啊李教，你混得也太次了，连一个丫头片子都能看穿你的心底。

"大千家没地可种！他是城市户口！"我不甘心，"那到底把这事摆平了没？"

他对我眨了眨眼，没回答，抬腿一加速就蹿到队伍前面去了。

这些天我一直憋着，就想找点事，可那些事偏偏就躲着我。翠儿在祝欧阳同学身体快乐以后，又扔了一颗重磅炸弹，提出分手，而且是态度很坚决地。

欧阳同学自打会看邮票以来，翠儿的那些花枪已经不管用。而这次，是真的态度很坚决那种，邮票的贴法传统得不能再传统。欧阳把信给我，我翻过来覆过去，想整点与众不同出来以安慰欧阳，也不能如愿。

"咋看不出花来了啊？"我故作幽默。

隔不了多久，欧阳又拿着封信跑过来，满面春风与桃花。

翠儿的这封信写得柔情千结、愁肠寸寸。

如果我们在一个班，一起自习，一起上课下课，一起泡茶，一起记笔记，离开一秒也无所谓，还有下一秒；

如果我们在一个学校，可以一起去图书馆，一起去露天电影院，一起进食堂一起看星星看月亮，一起跑八百米，一起手牵手进小树林，一天不见，至少还有明天，至少还可以一起毕业；

"如果仅仅在一个城市，也还可以一起逛街，一起吃冰淇淋，一起看电影，一起坐公交，一起看街上人来人往，可以一起想起城市某家小店、某个好吃好玩的去处，一个星期不见也会想念，毕竟不是每个星期都有空，每个节日都放假；

可是，有些人一刻不曾想念。

不思量，自难忘。

可是，有些手很久很久没有办法牵，有些依依不舍只能对着信笺……

新买了发卡，不知道什么时候得到他的赞美；下雨啦，有没有人给她撑伞；碗里有他最喜欢吃的肉才想起来不能夹给他；夜里醒了，因为梦到她的身边有一个他给披衣服；逛街脚疼了，那个心疼的人不再提醒说，回家吧；有了古怪的点子，留着忍着，打电话时告诉他，然后听他说，好，下次我们见面时一起……

下次，下次有多久？

一个人裹紧大衣，一个人吹吹风，一个人承受另一个人的理想，一个人为另一个人的承诺奋斗，一个人左手握右手，一个人为另一个人的信仰守望，一个人等着，等着一句话：下次见面时一起！

距离是一份考卷，测量相爱的誓言，最后会不会实现。我们为爱还在学沟通的语言，学着谅解，学着不流泪，等到我们都学会飞，飞越黑夜和考验，日子就要从孤单里毕业，我们用多一点点的辛苦，来交换多一点点的幸福。"

于是我在欧阳伤心得死去活来中更加有了想找事做的冲动，因为我不能告诉欧阳，这是翠儿的"痛苦疗法"。

莲子的事也让我愁肠百转。

我们为什么要恋爱呢？

这天晚上队务会李教宣布了一个决定，撤销军容风纪检查小组。

"我相信我们的每一位同志都是自觉的，都是为了一个目标来的，如果真要整这些扯淡的东西还要我们队长教导员来做什么？"

是啊，我们整那些玩意干吗？我们都是同一起跑线，都是从老百姓、从学生娃娃这张白纸开始的，从最美好的愿望来说，最理想的状态是我们这群人全部都能飞出来。没有任何部门和任何人给我们淘汰的指标，而能不能最终飞上蓝天完全就是看我们自己，靠我们自己。教官他们只是传授本事，队长、教导员监督我们去完成，而我们能够掌握多少，这才是决定我们命运的关键。外部的东西固然重要，最重要的却是我们自己。

李教崔队这样做无疑就是要我们轻装前进，放开了去飞翔！

开完会，因为这段时间一直很郁闷，我不想再做"好儿童"，于是想去整点烟来抽。当翻出院墙刚落地的时候，几个人从黑暗处向我扑了上来，来得那样突然，我本能地向前一蹿，只听"当"的一声，一截铁棍子就砸在院墙的栏杆上，溅出一丝火花，我倒吸一口凉气。

我立即放松了手脚，背脊梁却绷紧起来。四个人，黑衣黑裤，和我一样的个子，但是都比我壮，看发型不是院子里的人，更不会是张宗昌和他手下的纠察，看那架势完全是有备而来。

把最近发生的所有的事情飞快地在脑袋里过了一遍，想不出和谁结过仇，而这四人也许是吃了大院孩子的亏想复仇，找不着正主我就做了替死鬼，我只能这样解释，这个大院的孩子一个比一个能惹事。

我把手指放进了嘴里，打出一个悠长而尖锐的口哨，然后就向其中一个拿着棍子的人冲了过去，多年的打架经验和这两年的军事教育告诉我，面对比自己强大的敌人，打不过的时候就只有跑，跑不掉的时候就只能选择最薄弱的环节给其最致命的一击。我扑上去的时候，左手已经抓住了对方的棍子，身子随即死死地贴在他的身上，膝盖上抬，他的身子就软了下去，反抓喉咙，将其控制在手里。

大千、欧阳他们听到我的哨声已经从宿舍翻了出来，那三人一见，撒腿跑了，而手里这个人已经被我抓晕了过去。

弄回队里踢醒了他，他却张嘴就说："刘大千，今天老子认栽了！但是今后你走路都要小心点！"

我成了大千的替死鬼。

大家都把眼睛盯着大千。

"你们看着我干啥？我又不认识他！"

"冲你来的，关山只不过跟你个子差不多，今天就成了你的替身了。"李教这时也知道了这事，我很老实地说出了整个事情的经过，包括买烟。

"全队集合。关山严重警告处分！"李教铁青着脸。

我一下就蒙了，我没想到这样老实却落了个处分，照我和他的关系，怎么也不该背这个处分的。

什么拟定啊，口头啊这些统统没了，正式的严重警告处分，再上一点，就达到队里最高处分权限——记过。我看着他，根本看不出他有什么表情，无法看透他在想什么。

这些天来的无聊和焦躁在他说出处分以后消失得无影无踪，我完全是待腻了待闷了就想生点事出来，他宣布完处分以后我倒是一身的轻松。

真他妈的贱！人有时就是这样的。

轻松以后我静心地在那想，只觉得他应该这样做，他如果不处分我他就不是李云翔，我不接受这处分也就不是关山了。这个处分后来我一直背着，一直跟随我转战南北，一直到转业的时候，军区政治部怕影响我的转业安置才抽掉了它。

队伍解散以后，他却叫人把那小子给送出了大门外，这是让我们最迷惑的事。如果崔队在肯定是送保卫处。

他把我和大千叫进了办公室："不解我为什么放了他吧？如果我不放，你们两个今后只要出这个大院的门，就会有危险，而且这怨会越结越深，我可不希望你两个出什么意外。关山你应该明白今天我为什么要处分你。废话我就不多说了，从明天开始，我教你们小擒拿手和杨式太极！好了，你俩回去睡觉！"一口气说完，根本不给我们两个任何的解释和申冤的机会，就把我们赶了出来。

李教说要教我们两个小擒拿手和杨式太极的时候，我们俩都傻了，敢情李教还是个武林高手，那时一部《少林寺》红遍大江南北，迷倒多少如我和大千一样好动且不安分的孩子！我不由想起在休假的时候列车上的那一幕，我和欧阳一直认为飞行员经过多年的锻炼，应该是他那样的身手。

李教说是他父亲的警卫员教的，那警卫员跟了他父亲几十年，从抗战开始、解放战争、解放一江山、抗美援朝，一路打下来。那警卫一身家传武学，多少次救他父亲于危难之中。李教虽是轻描淡写，却也惊得我们目瞪口呆，想来战火纷飞年代有多少的热血传奇。在他四岁的时候，那警卫就开始对他进行扎实的武术训练，一直到他从军。走的时候，那警卫什么也没送，只送了他一条纯铜的九节鞭。

本不愿意传授我二人功夫，就因为我们两个太能折腾，总不安分，两天不惹事就浑身难受。而今不知得罪了哪路神仙，惹祸上身，虽是身在军营却也难免有落单的时候，他不愿意他最心爱的两个"宝贝"有什么闪失。在教功夫之前，要我们俩立下誓言，除非万不得已或对方先动手脚，不得以武欺人。

"其实这些都是次要的，练习功夫和军人的训练差不多，首先就得有武德，就如军人的政治思想一样重要。我再去给你们讲那些政治都没必要了，但是习武之人，重武德比什么都重要，否则就是后患无穷！"

第二十一章 退学

每天晚上在熄灯以后，李教查完铺哨，他会在我和大千的床头前停留一下。这是我们的约定，等他走后，我俩悄悄地地穿上衣服，然后翻身上楼顶。

崔队和韩教查铺查哨是打着手电筒，用手掌捂着前面的光。李教根本不用这些工具，他扫一眼就会清楚眼前所有的一切情况，我怀疑他前世是猫。

翻上楼顶后，李教已经等在那里，因为我们这几年的训练，所以许多武术的基本功根本不用教，我和大千的智商也不低，别人学一个月的功夫我们两三个晚上就会了。当然，这也得看师傅是什么样的，有时笨师傅比笨徒弟还让人着急。

李教宣布的处分，给了我极大的压力，同时也抱着侥幸的心理，祈祷这个处分别对我带来深远的影响，如果因为这个处分而停飞，我会后悔一辈子。可李教在传授我们功夫的时候却只字不提，完全就当这事不曾发生过。

就在李教传授我们俩功夫的时候这些日子里，潘一农向李教打了个报告，要求退学。

当我们知道这个消息的时候，很吃惊，如果在平时我肯定朝他屁股狠狠地一脚，自打我和大千跟了李教学功夫以后，我们不再敢轻易动手动脚了。

我们俩很正式地把他拉到会议室。

"为什么要走呢？因为太苦？"

"不是!"

"因为太累?"

"不适应这里的生活?"

"不是!"

"因为太寂寞太孤单?"

"自从选择了这身军装,我们都知道选择的就是与众不同的路,如果怕孤单怕寂寞就不会做这样的选择,更何况有你们这帮哥们,我孤单吗?"

"你的理想是什么?为什么而来?"我发现我和大千完全可以去做教导员,再次也是指导员。

"把自己打造成一个合格的军人,一个真正的男人,一个在蓝天上翱翔的天之骄子!为这飞天之梦,我们大家一直都在努力,并为之而奋斗!就算是头破血流,遍体鳞伤也在所不惜!"潘一农把胸脯挺得老高,声音洪亮地回答。

"既然这样你为什么要走?"

"我……我……我……"

"你……你什么你?平时伶牙俐齿的土匪今天居然结巴了!"大千吼了起来

"算了,大千,真的算了,我们不逼他,也许他有他的苦衷。"我以退为进。

"只是,潘土匪,你一定要想好,我们今天能够来到这里,是多么的不容易,不是谁想来就来得了的。人这一辈子也许会做许多后悔的事,有些后悔,也许你就后悔那么一段时间,过了就忘,但是我打赌,你会为你做逃兵而后悔一辈子!永远!如果说你是因为自身的条件不适合再飞行了,兄弟我们不怨你;如果你是因为思想上的原因,我们给你打气,所有的困难,兄弟我们一起扛;如果是你有难言的苦衷,我什么也不想说,不想问。兄弟,一路走好!我就说这么多,你自己再仔细想想。"王伟进行了苦口婆心的劝告,平时二人斗破了嘴,可在这个节骨眼上,王伟的话情深义重。

潘一农想了很久,在半个月以后他收回了自己的退学报告,我和大千、欧阳、王伟、孙大威拥抱了他。

李教和崔队肩并肩站在办公室的窗子前微笑地看着这几兄弟。

"我想退学是因为父母!因为他们离婚了!"潘一农说。

原来他爸爸在生意上获得了很大的成就，同时在博美女的芳心上也获得了"成就"，美女腆着肚子来找他的妈妈，跪着要她的妈妈成全她和肚子里没有出生的孩子。土匪的妈妈说：如果我成全了你，那么我的孩子也没了父亲，我也没了老公！

潘一农的妈妈给了那女人两百万，打发了那美女走得远远的，同时也打发了他的父亲，从此他父亲再也没回这个家。潘一农知道这一切以后，心里很不是滋味，他没恨父亲也没恨母亲，却想退学回去找到那女人然后宰了她！他说他不能穿着军装去干这鸟事。

知道事情真相以后我们都骂潘一农，你傻啊，你以为你现在还是几年前那个毛头小子啊，你现在是命比金子还贵的飞行学员，你如果真的这样做值得吗？为一个那样的女人你搭上自己的身家性命值得吗？不值得的！

"马克思《资本论》的最基本的观点就是等价交换！"大千笑着说，"咱的命，不是拿一个臭不要脸的女人就能换得了的！"

每年体检，已经成为了我们生活里必不可少的部分。虽然进入这个大院后的体检不再似入伍体检那样的严格，却也丝毫不会马虎，一旦发现身体不合格，等待我们的命运就是停飞。身体素质、文化学习、军事训练和政治思想教育构成了我们飞行学员生涯里必不可少的几个因素，缺一不可，在任何环节上出了一点问题，都会对我们的命运造成影响。后来军委对部队提出的"政治合格、军事过硬、作风优良、纪律严明、保障有力"的五点要求，不能不说与我们培养飞行员的经验有关。

潘一农收回了退学报告，但是，却想利用体检的机会做手脚造成身体上的停飞。如果我们自己想停飞，百分之百的人都会选择身体或军事停飞，而不会选择政治或文化学习不合格。道理很简单，一旦政治上出了问题，后半生基本上等于废了。而文化学习上的不合格，对于我们这群人来说，等于你指着他的鼻子骂他是笨蛋、白痴一样。两利相权取其重，两害相权取其轻，所以宁愿在身体上做文章。

等我和大千明白潘一农有这样的想法时，着急起来。

"看来你是想自绝于人民！"我恨不得冲着潘一农鼻子就是一拳。

"还有军队！"欧阳补充了一句。

"我们的赌局，终于有人要步元宝的后尘了。"大千笑嘻嘻地看着潘一农。

"你他妈的能不能让我们少操点心！"王伟率先发难。

"别！"大千一脸的严肃，"千万别说脏话，我们是有文化的军队！"

"那是！没有文化的军队是愚蠢的军队！"施舜牛在这个时候也难得开朗了一回。

"愚蠢的军队是不能战胜敌人的！"欧阳接过了施舜牛的话。

我们最大的本事就是能够在不知不觉中把话题扯到天涯海角。

"不能战胜敌人的军队那就是散兵游勇，等同于土匪！"大千笑道。

"毛主席的原话里没有这一句！"王伟很郑重地纠正。

我看着眼前的这群兄弟，哭也不是笑也不是，但是我知道，这几个家伙会从天涯海角再转回到眼前的，这同样是他们最大的本事。

"我土匪不是散兵游勇！更不是没有文化的军队！我只是……"

"你只是想停飞了！"我冷笑。

"政治上停飞你肯定不愿意，因为你还不想自绝于人民、自绝于军队！"欧阳依旧笑嘻嘻。

"所以你只能选择身体停飞，而体检在即！"王伟打蛇随棍上，"你我的身体素质壮得能打死牛，再加上经过这几年的训练，飞行身体除了甲还是甲，想在这上面做文章比较难，那些血常规、尿常规之类的检查，我们根本瞒不了医生和那些先进的仪器！"

"怎么办？"大千笑道，"其实办法很好解决，就看你怎么选择了！"

"刚刚有了个丈母娘，你就精通医道了啊？"我接过了大千的话。

"怎么办？"杜翔鹏不知道什么时候混进了革命队伍，他很急迫地问道。

"你想看医生？"欧阳歪着头看他，在这个队，就我们三人来自重庆。

我伸手在他的肚子上摸了一下："哇，有了！"

"什么有了？"大千装作不解。

"人家那是腹肌！"施舜牛不解风情。

"难怪我觉得没有手感！"我哈哈大笑起来。

"关山，你别打岔，我想知道大千的办法是什么！"

"什么办法？难道你也想停飞啊？我的杜区队长。"欧阳不再嬉笑。

"想从身体上停飞很简单，那就是在血压上做文章。"大千悠然地说道。

"难道你想整个高血压出来？"王伟追问。

"然也！"大千提醒我们，"有次我想泡病号，就是想在血压上做文章，在腋下敷了一条热毛巾！"

"莫提你那糗事了！我们飞行员丢不起你那人！"王伟反唇相讥。

那时李教刚来，我因为感冒发烧住进了学院的医院，一个人待在那医院里，非常的孤单，于是大千就想弄个高血压也跟着来泡病号。他把热毛巾捂在腋下，然后去医院，结果，还没来得及去量血压，就先把医生的体温表给冲爆了。状告到了李教那里。李教告诉我们的时候，我们笑晕了。

"这孩子连作弊都不会！"队长在宣布拟定口头警告处分以后，为大千的错误如是总结道。

"医生不是很相信那些医学仪器吗？那我们就在简单的血压计上做文章！"大千不理王伟的嘲讽。

"血压也可以做假？"我有些不相信自己的耳朵。记得刚刚体检的时候，我有个同学就是因为血压低而被淘汰的。一直以来在我的印象里，血压那东西是造不了假的。

"当然可以，你可别忘记了那个'贼漂亮的护士'她妈妈是做什么！"欧阳为我的提问做了解释。言下之意，现在的大千已经不是当年那个只知道塞热毛巾不会作弊的孩子了。

"要想血压升高很简单，敷毛巾和跑步以后检查那属于幼儿园的水平，经过这么严格正规的训练以后，现在的我们要玩就玩现代条件下的高科技！"大千一本正经地说道。

"也就是不再冲爆血压计的高科技！"潘一农很认真。

"答对了，加十分！"

"别打岔，专心听讲！"王伟瞪了潘一农一眼。

"乖孩子！"我"飘扬"了王伟一下。

"不就是一个血压问题嘛，喝两支葡萄糖，血压噌就上去了。"孙大威说。

"去掉一个最高分！葡萄糖？你到什么地方去找？有时间允许你去干这事吗？马上就体检了！"大千反驳道，"复查的时候怎么办？还这样做？"

"此路不通！吼吼！"我怪笑道。

247

第二十一章 退学

"那么，有请刘教授，可行的办法是什么？"欧阳毕恭毕敬。

"得有点刺激的东西吧！"大千说道。

"赌性不改！"我狠狠地踢了大千屁股一脚。

"就得有彩头，知识不是这样白白地传授给你们的！"王伟跟着起哄。

"这样吧，我们就以土匪为这个赌的彩头。"我看了杜翔鹏一眼，发现他一直默默地看着我们，这家伙怎么了？

"OK！"大千已经明白我想做什么，率先答应，发的是元宝音。

"此话怎讲？"杜翔鹏很少和我们打赌，不明白我们这几个家伙的想法。

"如果大千的办法可行，那么土匪在复查的时候就不能再采用这个办法，也就是说他只能拿他的身体做实验一次！只允许一次！如果大千的办法行不通，那么就让大千请我们搓一顿！"我抛出了我打赌的办法。

"不干！"潘一农叫了起来。

"由不得你！"王伟恶狠狠地看着他，样子比土匪还土匪。

"我的身体我做主！"潘一农不甘心就此失败。

"自打你进入这个大门，接受欧阳所提的那个赌以来，你自己已经做不了你身体的主了。"我淡淡地说道。

潘一农望着我，他知道我没有开玩笑的意思。他很明白，如果他不接受这个赌，那么等待他的结局将会是我把事实的真相公布于众，那可就不是身体停飞这样的简单了！

大家早就明白，在这七个人里我关山才是真正的土匪！

"那办法很简单，不吃药不打针，没有副作用，一用就灵！"大千侃侃而言。

"原来我们的大千同志是卖打药的①！"欧阳笑道。

"欧阳别多嘴！"我制止了他。

"这个办法真的很简单……"

"你别卖关子了，直接告诉我们是什么！"王伟很着急。

"大千，我们走，这个赌我们不打了！"我笑着说。

我的话音刚落，欧阳、王伟和大威就向我扑了过来。

---

① 卖打药，就是那种走江湖的跌打医生，其药多为假药。

我闪身躲过。

"在体检的时候，绷紧一条腿，血压自然上升，怎么检查都是高血压！"当大千抛出最后的答案时，我们几个家伙全部呆了。

就这样简单？

"那么，如果血压高了呢？怎么办？"杜翔鹏问。

"我奶奶就是高血压，兜里常常揣着降压灵。"欧阳说道。

"吃豆腐也有降压的作用。"大千说道。

"还有吃芹菜！"施舜牛也插了嘴，"这些办法都能降压。"

"难道阿杜你血压高？"我心里一动，脱口问道。

"上次体检是这样的结果，我担心这次还是这样。"他忧心忡忡。

"是不是运动量太大了？"王伟关切地说了句。

"我们大家都一样地锻炼，你们都没有！"

"你去医院治疗过吗？"我望着眼前的这个老乡，心里说不出来是什么味道。高血压是飞行员的噩梦，谁一旦得了这玩意，飞行生命就此了结。

"这样，从现在开始，你每天早餐的时候到炊事班去拿点醋来喝，坚持一段时间，血压就会恢复正常的。"大千看来是吸取了热毛巾的经验教训。

"醋能降低血压？拿出科学依据来！"潘一农叫了起来，"别以为有个做医生的准丈母娘就可以随便地忽悠我们！"

"醋最主要的成分是乙酸。酒能使血压升高是我们大家都知道的事实。"我也不解醋怎么可以降低血压。

"不明白了是吧？告诉你们要多学文化，你们就知道玩，这叫什么呢？"欧阳笑嘻嘻地打趣。

"书到用时方恨少。"我呵呵一乐。

"醋又叫什么？醋酸是也！其降血压的原理就在于它能软化血管。"大千解释道。

"阿杜你可明白了？要不要每天我们帮你从食堂轮流干点小偷小摸的勾当出来？"潘一农很关切地说道。

"真是狗肉好吃，上不得席，什么话到了你土匪嘴里都要变味，看来你还是停飞的好！"王伟叹了口气，"今天我就再牺牲一下，教教你这事应该怎么做！"

我和大千哈哈大笑："光明正大地告诉炊事班长，我们喜欢吃醋！"

第二十二章　大刀向鬼子头上砍去

体检的时候，潘一农很老实地接受了体检，没做任何手脚，他也不敢做任何手脚。在他身后，有着我们这几双贼亮的眼睛盯着，一旦发现有什么不妥的情况，他深深明白，我们这几个家伙肯定是不会照顾战友情面的。

而这次体检对于大千来说，更为重要，那次受伤是否危及到他的飞行生命都将在这次体检中得到验证。

而对于我，心里隐约觉得无所谓，因为那处分实际上已经宣布我停飞了，可我又不甘心，在结果没真正出来前，一切都是假的。

体检以后，中日越野长跑比赛也在即。因为重视，学院挑选最强的体育教官组成了专家小组，这些教官许多都是体育专业人才，有原八一篮球队的体能教练，有原沈阳军区体工大队的长跑教练，"老佛爷"也是这个小组的成员，还从空司借调了一个心理专家。大战尚未开始，却已经是硝烟弥漫。

长跑教练一上来就加码，增加运动量，加到了每天50公里的训练量，因为这次的长跑比赛是30公里，这个数字对我们来说，没跑过，而体能教练却要求再加上5公斤的沙袋。

李教、崔队和胡教官不同意，比赛要比，而且必须赢，但是要科学。他们最不想看到的是因为这比赛废了其中一个宝贝。

最后协商的结果是跑一天休息一天，跑的时候按照专家小组的意见执行。伙食标准在原基础上每人每天增加5元，学院澡堂天天为我们专门开放。

就在这时，我们看到了黄植诚。他原是第十二飞行学院副院长，三十岁已经是中国人民解放军最年轻的师级干部，现在空司担任军校部副部长。我们以为自己的军人仪态已经够牛的了，看到黄植诚，才知道我们的差距有多大，才知道天有多高了，无论任何时候，站、立、卧、坐绝对是标准的，不会丝毫的走样。我们问他为什么能够保持如此的完美姿态，是如何训练出来的，他只回答了两个字：养成！

黄植诚的出现也就意味着我们在这里的学习快结束了。有人说他是挑学员的；有传言说他这是来考察学员的学习训练情况，因为他在空司担任军校部副部长；也有的说他根本就是要到本院当院长。什么样的说法都有，但是无论哪种说法都与我们每个人有着密切的关系⋯⋯

我们现在最重要的任务是要挑选出60名最能跑的孩子出来去为国争光。队里组织了三次选拔，每次30公里，记录成绩最好的前60名，三次成绩综合。大千、欧阳、潘一农、施舜牛、王伟、孙大威和我三次都进入了大名单，而成绩最好的是大千。大家这个时候却怀念起元宝来，如果他不走，也许他也能和我们一样，因为他的长跑有时比大千还好。许多人有这样的误区，认为腿长的人就跑得快，跑得久，而事实恰恰相反，长跑厉害的却是那些个子不高，腿不长，长得像冬瓜的人。李教的成绩比队长好，李教也进入了名单。

挑出了60人以后，李教专门找我们谈话，也可以叫"战前动员"。

"在中日建立外交关系的前提下，在中日人民友好的大前提下，现在举行这样的长跑活动很有意义，这是大政治环境下进行的一次爱国的活动。但是作为军人跟他们跑，要讲民族尊严、要说国耻不能忘。和平时期的军人，我们能做什么呢？这样千载难逢的机会，不是谁都可以得到的，人这一辈子也许就这么一次机会！我不鼓励你们拿命去和人家跑，毕竟我们比日本的那些人的命来说要金贵！所以我首先强调的是安全，安全还是安全！"

队长站了起来，对大家敬礼："这次活动由于本人年龄大了，没跑过你们，我很遗憾。但同时也感到非常光荣，因为有你们，我最亲爱的宝贝们，因为有你们去拼！同志们！孩子们！我强调一点，你们是军人，是有战术思想的军人，平时你们的训练是单兵作战，飞行员能够有这样的集体作战的机会不多，现在这个机会给了你们了，我希望你们能够把战术思想在这次比赛中充分地展现出来，是战术思想！让日本人知道！国富人民就富！国强人民就强！院里要求前十名不能有日本人出现。我要求前三十名全部是我的兄弟！达到要求，回来以后每人一个三等功！大家有没有这个决心？"

"有！"震天的吼声。

队长一连说了三个战术思想，大千看着我，我也看着他，二人相对一笑。李教看到我们二人一笑，他也冲着我们微笑。

"报告！"我举手。

"说！"队长也看到了我和大千的笑，但他不知道我们为什么笑。

"请问允许在长跑的时候进行合理的冲撞吗？"

"大赛的规则好像没有禁止这一条。"队长一脸的惊愕，他没想到我会提出这样的问题来。

"报告队长，他想使诈！破坏中日人民的友谊。"潘一农说。

"你个狗日的潘一农！"王伟也嚷了起来。

"合理地利用规则怎么能叫使诈呢？"队长一脸正经地说，"难不成他日本跟咱拼刺刀就不允许我们扣扳机？我们是军人，灵活机动是我们的原则，打不赢就跑是我们的战术，这是上了教科书的。'敌进我退，敌驻我扰，敌疲我打，敌退我追'的十六字诀，是毛泽东军事思想基本指导原则，咱今儿个就用这战术思想，怎么用、怎么用好、怎么用活，就看你们临场发挥了！"

比赛如期举行，举办双方各自的政要都上台发表演说，不外乎都是些客套话，日语咱听不懂，但是中方的发言说得不卑不亢，中日人民历来是友好的，追本溯源从唐代鉴真和尚东渡就是中日民间友好的开始，但是四十年前的那场战争却使双方蒙上了阴影，给双方的人民带来了水深火热的灾难，中国有句古话叫"相逢一笑泯恩仇"，中日友好，从我们做起，从现在做起。

"狗日的倭寇从元明时期就开始对咱大中华起了狼子野心，他们和我们友好只是口头的！"潘一农嘀咕道，想为刚刚的错误挽回影响。

"难处当自立，男儿当自强，什么时候我们国家我们的人民才能够真正地挺直了腰去说话呢！"李教这时完全没有一点地教导员的架子，接了潘一农一句话。

"少年弱则中国弱，少年强则中国强！兄弟们，咱们今天就做回抗日军人！别叫人小瞧了咱们！"王伟接着李教的话说。

"若是那豺狼来了，迎接它的有猎枪！"欧阳唱道。

大千用手捅了捅我，"想什么呢？"

"观察对手，你看看，全部是练家子，你看那小腿，完全就是专业运动员的身子板！"因为莲子是体工队的运动员，所以我放假的时候常常去体育馆看她们训练，偶尔也会去田径场看看，知道那些运动员是怎么回事。

"说是民间比赛，你以为小日本真那么傻啊？他们照样选派的是专业运动员！不过咱们是个顶个的飞行员，怕个卵！"沉默了许久的施舜牛终于在这个时候发言了。

我回头看了他一眼，然后脚后跟踢了他一脚，算是给他一个拥抱。

上面的讲话完了我们下面的讲话也结束了，李教带着大家做准备活动，操场周围全部是我们那些穿着便服的校友这时也全部围了上来，大家都不说话，用鼓励加油的眼光看着我们。一群女孩子嘻嘻哈哈地想上来与我们合影，被那群校友有意无意地挡了回去。小杜美女等也在其列。

杜生亚看大千的那眼神，让我无法用一个词来形容，一些爱慕、一些怜惜还有一丝哀怨和酸楚，错综复杂，更多的却是关怀。她想离大千近点，身子却又向后缩。自从李教找她谈话以后，她就很少来找我们。虽然她嘴巴上说要跟大千回家种地，这事真正落到她头上，我相信她是干不出来的。

"大家在活动的时候也注意一下，我再次强调，一是注意安全，然后是注意国际影响，不能有任何不利我们的言语动作等行为发生。"李教边做着准备活动边进行国际主义思想教育。

当他走到我和大千身边的时候，压低了声音，"关山和刘大千你们两个，我敲个警钟！你俩的动作幅度要小点，要整什么也得隐蔽一点，别捅娄子！"他知道我和大千肯定会玩花样，更知道我们俩作为他的嫡传弟子不是所谓的正人君子，在比赛的时候，肯定会整点动静出来。一旦比赛开始，那些动静他是控制不了，只好降低最低要求。

"哪能啊，爱国第一！比赛第一！国际影响第一！安全更是第一！"我很正规地回答！典型的太极推手，也是煨耙了的鸭子，嘴壳子硬。

我们六十个人，临时分成六个班，每个班十人，我、大千、王伟、欧

第二十二章 大刀向鬼子头上砍去

阳长河、杜翔鹏都分别带了十个人

"因为是集体比赛，所以要求大家必须一切行动听指挥。比赛开始的时候最好以班为单位集体行动，不要散，在跑步的过程中合理地运用战略战术。在开始跑前半程的时候，对方要抢就让他们抢，我们跟。这个跟，也要讲究方法，跟死！不能掉队，三十公里对大家来说不难，怕就怕跟散跟垮。到后半程我们就拖他们，我相信大家的耐力，拖死他们！在最后的冲刺阶段，一、二、三班由关山、刘大千、欧阳长河带队，有多大劲使多大劲，四、五、六班由我和杜翔鹏、王伟带，一定要跟在后面，同时也是为了保护一、二、三班，这个保护。呵呵，我就不点醒了，大家明白就好！"李教集合大家进行战术交底。

一声枪响，比赛开始，大家跑了出去。日本选手穿的是白红相间的运动服，而我们却是天蓝色的，这服装就是那次我们打赌统一购买的那运动套装，队里觉得好看，耐穿，于是出资全队统一着装，经费由队里出，用我们养猪生产节约下来的经费，李教说，这也叫取之于民，用之于民。本来学院也为这次比赛专门划拨服装经费，可经过民主讨论，大家还是觉得目前我们身上的这套运动服最好，典雅、大方又不失庄重。

我们按照李教布置的战术不紧不慢地跟着，对方想跑前面就让他们跑，但是我们不会让他们形成一个整体，我们以班为单位穿插于其中。死死地咬住他们，但是我们就不领跑，领跑是累死人不偿命的体力活。

赛程过半的时候，对手已经被跟得不耐烦，时不时和大千、欧阳、相视一笑，我们等的就是他们的不耐烦，我们是一整体，他们却不好说。

我对大千、鸵鸟打了个手势，二人带着各自的班在不知不觉中形成了对对手的合围之势。大家都跑得很轻松，可是我们都明白，这轻松只是暂时的，我们有的队员已经开始出现极点现象。长跑运动极点是痛苦的事情，口干、舌燥、胸闷、头涨、四肢无力，而过了极点就是轻松，人完全是机械地去跑，那时就不会再有那些症状。

当杜翔鹏那一队向我和大千靠拢的时候，我发现杜翔鹏和对手的18号队员撞了一下，杜翔鹏却向后仰了下去，跑在他身后的水牛迅速用肩膀把杜翔鹏顶正，接着，在对方23号、35号等队员的身边也发生了类似的情况。我感到很奇怪，在长跑运动中，双方发生碰撞应该是向前或者向侧倒，根本不可能出现这样的情况，如果出现一次，也许是偶然，那么两三次这样的情况就不大对头了。我们的队员也都发现了这个情况，根本不敢和对方进行身体的接触。

"他们那里有柔道高手，刚刚的那几下，在柔道动作里叫'体落'，本是空手道的技术。"李教跑到了我身边，低声说道，"这几个已经把手脚的动作完全隐蔽化了，利用身体的进胯、屈膝和提臀都能够伤人。"

大千也迅速地向我靠拢过来，他也明白对手在要阴招，此时离终点也就只有五公里左右了。

"我盯18号，关山你去和23号接触，大千负责35号，看看这三人水到底有多深，如果他们要敢再使阴的，你们俩大胆出手，在太极推手中混杂小擒拿，先废掉一个，杀鸡儆猴！但是不能下手太狠，不能有外伤，做得隐秘点！"

我和大千呵呵一笑，等的就是李教的这句话，不废掉这三个，最后冲刺的时候，他们将成为我们最大的困难和阻力。

在跑动中我们三人迅速地接近了目标。因为前面我们吃了哑巴亏，其他的战友也迅速地靠在我们四周，不紧不慢地紧咬着他们。在我们合围三人的时候，日本的队员也看出了我们的意图，也把我们围了起来，其场面是你围我、我抢你，反过来我又逼你。表面上大家都在很正常很平静地各跑各的，外人根本看不出来，而身在其中才知道暗流涌动、险象环生，彼此的步步紧逼已经到了白热化的程度。

18号被李教缠得举步维艰，已经是恼羞成怒了，只见他在跑动中双手同时向下，这动作一出现，李教跑步的路线已经变成了半圆弧，顺着他向下的双手，李教的肘部已经和对方迅速地接触，随即又分开，李教直了身子向前蹿出了两米多，而18号的身子却立即慢了下来，一脸的痛苦，却又不敢表现得太充分，嘴里叽里哇啦说了句："八嘎亚路！"

李教的动作让我乐开了怀，他警告我和大千要注意动作幅度，却没想到他自己会率先开了张。

跑在我左边的23号见18号吃了个哑巴亏，也想摆脱我的纠缠，右肘上顶、拧腰、转头、出腿，我身子立即斜靠，左手在他的肘上狠狠一敲，笑嘻嘻地说了句："狗日的，耍阴招啊！"

"你的怎么骂人的？你的不友好的！"23号一张嘴，一串汉语就蹦了出来。

"吼吼！你居然会汉语啊，那好办！"我也一愣，"你再敢耍花枪用柔道空手道里的动作，我立即废了你的武功，要比赛就给老子规规矩矩地比赛！"

而大千那边就没我和李教这样的温柔，这小子在35号向他进攻的时候，立即使出了擒拿手，接着是太极推手，然后用手上的寸劲狠狠地在他身上来了那么一下，潘一农脚下使绊，35号整个身体就向前飞了出去，而大威和欧阳在前方一人抓一只手，又稳稳地把35号接住，在肩膀上拍了拍他，笑着说："你跑稳了啊！"几个人的动作配合默契，一气呵成，在外人的眼里完全就是他自己不小心绊着了，而我方队员出自于友谊第一比赛第二的高风亮节，在他摔倒在地之前非常及时地拉了他一把。

赛道两边的中日观众掌声雷动！

日本队员在我们身上偷鸡不成倒蚀了把米，没讨到好处。而那18号、23号、和35号在他们队里的作用就有点像李教、大千和我。这三人交换了眼色以后，叽叽哇哇地开始说了起来，他们说他们的，我们跑我们自己的，反正都听不懂！不！23号懂汉语。我和大千、王伟、潘一农、欧阳他们打着手势，这手势全是我们自己的语言，只有我们这个小圈子才明白。这些手势，李教崔队他们都不明白是什么意思。

呵呵，23号茫然了，就算你整个的中国通又能怎么！奈我何哉？

在三个日方队员叽叽哇哇以后，日方的队形起了变化，所有的队员都向这三人靠拢，努力地想冲出我们的合、围、逼之势态。在他们形成整体的时候，给我们带来了很大的冲击。如果让他们完整地会合，必然会让我们的计划和目标落空。形势已经非常严峻了，我双手平举，做波浪状，然后迅速地向右边赛道上跑去，我发现李教也在做这个手势，不由笑了起来。

大千、鸵鸟也立即各自带着他那一班从中间像一把钢刀一样狠狠地插向日方队伍中间。与此同时，李教和我各带一个班跑向了左右两边，60个人分成了三把尖刀把对手的队伍撕成了几瓣儿！

对方的整合战术在瞬间就被我们瓦解了。

破坏了对方的阴谋，对手的恼怒写在了脸上。先前还只是靠肢体语言进行暗地里骚扰、偷袭，在大千他们如钢刀插向他们的心脏的时候，他们急了，纷纷地开始踢腿、使绊，动作和行为明显地超越了友谊比赛的范围。

大千、王伟他们在中间也显得有些力不从心，如果他们不能突出来，这20个人就有被吃掉的可能。

李教把中指放于口中，打出一个划破长空的口哨！

多年以后我们常常怀念这个哨音，我们这群孩子，无论谁无论什么时候都无法打出这么浑厚、响亮的口哨，那是从丹田之深处呼啸而出的召唤，是向战友们发出的命令，是吹响的总攻集结号角！

"成班横队——前进！"李教在打出口哨以后，惊天一呼！

成班横队前进？我听到这口令以后，一愣！旋即明白李教下达这个命令的含义了：全歼小鬼子，不让他们任何一个人跑在我们六十个人的前面！

这种放眼天下舍我其谁的霸气不是谁都能有的！

"成班横队前进！"我也吼了起来。

成班横队——前进！

成班横队——前进！

成班横队——前进！

……

六十个人同时发出了地动山摇的呐喊！

我迅速带领一班插到最前面，这时大千也带着二班接了上来，一班二班形成了一个整体，接着是三班和四班成了第二列，五班六班成了第三列，六十个人成了三列。

人不多，但是压断整个赛道已经足够。

大千和我肩并肩地跑着："咱们唱个歌吧！大千！就是那个的那个！"我还是那样地笑着。

"好！"欧阳和王伟在后面接话道！

还没等我起头，我却听到了队长在场外的歌声：

"大刀向鬼子们的头上砍去！"

队长，我们亲爱的队长，你真的是太可爱了！

"大刀向鬼子们的头上砍去

全国武装的弟兄们！

抗战的一天来到了，"

我们跟着吼了起来！

"抗战的一天来到了！
前面有一队的好兄弟，
后面有全国的老百姓。"
赛道周围我们的几千位战友也吼了起来。
我敢打赌，这是这首歌曲自诞生四十多年以来最多人的一次也是最声势浩大的一次合唱！
"不要说唱，就算是吼也要把他们吼趴下！"后来队长说。
一千米……
八百米……
进入体育场，最前面是一片天蓝色的云彩，不带一丝的杂色，后面是一片的凌乱的红白色，接着是一群穿着便装的军人和老百姓。
"咱们中国军队勇敢前进！"
六百米！
四百米……
五十米……
四十米……

"大刀向鬼子们的头上砍去，
全国武装的弟兄们，
抗战的一天来到了，
抗战的一天来到了！
前面有一队的好兄弟，
后面有全国的老百姓，
咱们中国空军勇敢前进！
看准那敌人，把他消灭！把他消灭！
冲啊！
大刀向鬼子们的头上砍去！杀！"
在震天的杀声中，我们成班队列冲过终点，
六十个人！一个不少，一片天蓝。
没有一丝杂色！

崔队长在我们心目中一直是个沉稳的大哥，一个长辈，我们永远没想到他会在我们想要引吭高歌的时候率先地唱出了那首让我们热血澎湃的歌曲。后来问队长，他说是我们感染了他，不是为了名次也不是为了什么名誉，只是因为感动。

经过这次比赛后，我们仿佛在一夜之间长大了。虽然我们依旧是一群"落花踏尽游何处？笑入胡姬酒肆中"的顽皮少年，依旧嬉闹，可是真正在内心深处，我们许多时候又抵制着那些"微笑"。

从某种意义上来说，我认同轮回说。每个人的一生是一段，而每个灵魂都有很多个一段。我常常怀疑我们的前世也许就是一群游侠，一群见山游山、遇水嬉水，在星光下枕鞍而眠，逢酒肆便喝它个醉眼迷离，击箸高歌，纵马驰骋的游侠。

第二十三章　跳伞救生

　　学院在大院后方的一块差不多一百亩的空地上修建了十几个一米见方排列整齐的水泥桩，高矮不一，高的有十米多，矮的也在一米五以上。摄影课的室外拍摄，我们拎着相机四处溜达，发现了这一群排列整齐却了无生气的建筑。摄影课完全就是对中日越野比赛期间大强度训练的补偿和放松，如果我们一直绷着，那根弦早晚会断。因为之后还有强度更大的野外生存训练，按照教学大纲和进度，野外生存完成以后，我们就该转校了。

　　"这玩意是干啥的？"潘一农很好奇。

　　"把我们训练成侦察兵所用的场地！"王伟故意和潘一农开玩笑，"这不马上要野外生存了嘛！"

　　"你真把我当刘姥姥啊？侦察兵攀登的似乎是墙，这东西怎么看都像石碾子。"

　　"难不成又是折腾我们的新鲜玩意？"大千望着眼前的建筑若有所思，"航体项项变态，练得我们很无奈！"

　　"有可能！听'老佛爷'讲，将会把在飞行学院的跳伞救生训练放在我们基础学院这里，你们看，在这些建筑的下方不是都有着一个沙坑吗？"我指着那沙坑说道，"应该是起缓冲作用的。"

　　学院成立了跳伞救生大队，昝春海担任大队长，他是当年在重庆招收飞行学员的六个空军军官之一。我们的跳伞救生教员姓王，单名一个铁字，来自于空降兵十五军，在原部队，他是侦察营的营长，所以我们称呼他王十五。飞行学院到十五军里挑选教官，他从一千多干部中脱颖而出，是整个学院十个跳伞救生教员里唯一从基层部队上来的，着实让他骄傲了一把。

第一堂课是室内理论课。

王铁是绷着脸走进教室的。个子不高，块头却不小，一身的疙瘩肌肉感觉要跳出军装似的。

"天啊！"欧阳看到我们的王教官发出了惊叹。

"怎么？你羡慕他的那身肌肉？"我想起了参军的时候我们刚刚领到军装时的玩笑。

"羡慕个啥！我们的肌肉基本上已经成型了，离他那样的标准也就是时间的问题，早晚的事。"大千接过了我的话。

"哈哈！"我大笑，"欧阳你的意思是担心他把我们练成他那样的身材？"

"然也！我最担心的是以这样的身材去跳伞，伞尚未打开人已着地。"

王教官威严地扫视了我们几个，看来他也是耳朵很利索的家伙。

我们也挑衅一般迎接着他目光的检阅。

比试过后，我发现并没占到多少便宜。

王十五打开讲义。

"跳伞号称是勇敢者的运动，在我们空军特别是空勤部队是必备之技艺。公元1628年，在意大利的一座监狱中，有一位名叫拉文的囚犯，他几次酝酿越狱而不得其计，不仅警察看守很严，监狱围墙还有好几丈高，倘若从上面跳下，不死也残。有一次，亲友在探监时给他送来一把雨伞，这就成了他越狱的工具。他偷偷把一根细绳的一端拴在雨伞的伞骨上，另一端握在手中，在一个月黑风高的夜晚，拉文避过看守，爬上高高的围墙，抱着那把雨伞往下跳，着地后竟然毫发无损。不过拉文后来又给抓回监狱，他的越狱供词引起了航空专家的兴趣。1785年，法国的白朗沙尔受这次冒险越狱的启迪，把狗和重物运上半空，然后乘降落伞下降获得成功。1797年，法国的一位飞行员乘气球升上高空，使用自己的降落伞下跳成功，降落伞由此而诞生。"王十五侃侃而谈。

我举手："报告！"

"有什么问题吗？"王十五做了个请的手势，示意我回答。

"按照教官你讲授的意思，就是说降落伞是意大利和法国人发明的对吗？"

"是这样!"

"我认为不是!"我很肯定地说道,"据……"

"报告!"王伟打断我的话。

"请讲。"

"我认为也不是!"王伟站起来接过了我的话,"按照老师您的论述,降落伞的发明应该是17世纪的事情。可是,在金庸老先生给我们讲的关于郭靖大侠与欧阳锋斗智斗勇的故事里,却明确地告诉我们,降落伞是我们中国人的发明。同学们,南宋是什么年代?"王伟环顾左右。

"约1120年到约1270年!"潘一农跳出来补充,报告都没打,"从这个意义上来讲,降落伞的出现在中国应该比西方起码提前了五百年的历史。"

王伟对他的这个老乡在关键的时刻自告奋勇地帮忙充满了赞许。

"对!鲁迅先生在半个世纪以前就批判过'言必称希腊'的观点,而现在,却是言必称美、英、法。就我个人的观点来说,对于西方的东西要取其精华,去其糟粕,应该更多地从我们博大精深的汉文化中去找寻这个根。如果连根都没有找到,那么我们就不要谈它的起源,直接学它的技术好了。"王伟说道。

"我欣赏这位同学的爱国主义,但是,请你记住那只是小说虚构的情节,查无实据!"王十五对王伟的论述有些不感冒起来。作为军校的教官,居然有学生敢当面质问老师的不是,而且这个质问的根据仅是一本小说里的故事情节。王教官不由想起他在空十五军当营长时的光辉岁月,那可是在他的管辖范围说一不二的主,有谁敢反驳啊?王十五的脸上露出不屑。

"是的,金大侠的小说只是为了故事而虚构的情节,我们没有必要当真,王教官的意思就是要我们拿出有史可查,有据可考的东西来,高中的时候我们的老师就要求我们,论述文必须要有论据。"我笑道,"如果我没有记错,在《史记》里记载得有关于降落伞的文字。"

"不是吧?关山,你还想把降落伞这个伟大的发明再提前一千年的历史?如果真的是这样,我会非常非常崇拜你!"大千故意和我开起了玩笑。

"肃静!请注意,这是课堂!"我板起了脸。

"课堂应该肃静吗?这叫辩论!"欧阳冲着我眼睛一眨,顶了我一句,"师者,传道、授业、解惑也。既然关山你等二人公然藐视我们尊敬的王教官，要驳回教官所言降落伞之起源系西方人发明的观点，那么，就请你拿出有力的根据出来，否则我们就不把你当区队长。"欧阳这话的意思很放肆，言下之意就是说如果我们拿出了确凿的根据，而王教官又不收回降落伞是外国人发明的这话，我们这群混小子也不把他当老师了。

王十五听出了弦外之音，脸上已开始变色。

"想不想赌一把？"我笑了起来。

这还了得，这群孩子公然地在课堂上，当着教官的面打起赌来。

"赌就赌！who怕who！"欧阳接受了我的挑战。

"赌什么呢？"大千来了兴趣。

王教官用力敲了敲桌子以维持课堂纪律，原本就绷着的脸现出了怒色。在他十多年的军旅生涯里，他还没见过这样的兵。

我看了看王教官，作为本区队的区队长，带头这样干实在有些说不过去。于是把声音一缓，不再理欧阳和大千，对王教官毕恭毕敬地回答："在《史记·五帝本纪》里有这样一句话：'瞽叟尚复欲杀之，使舜上涂廪，瞽叟从下纵火焚廪。舜乃以两笠自扞而下，去，得不死。'笠，斗笠是也，柳宗元有诗云'孤舟蓑笠翁，独钓寒江雪'，用竹箬或棕皮等编制而成。'舜乃以两笠自扞而下'翻译成现代汉语的意思就是我们伟大的祖先舜用两张斗笠就完成了人类历史上第一次飞行和降落。可见在尧舜时代的祖先就认识到了空气的浮力并加以应用，这是多么值得骄傲的事情。虽然当时舜的情形有一些狼狈，但仍不失为伟大的发明创造。我的论据论述完毕。如有不当之处，望在座诸位海涵！"我向弟兄们抱拳，而后望向我们的王教官。此时，我们的《流体力学》和《空气动力学》已经结业，依旧是老传统，全部过关，对于文化学习来说，我们这群小子，没有什么好担忧的。而我所言《史记·五帝本纪》只不过是老爹当年逼着我背那些死人的东西中一部分而已，现在才体会到背这些东西还是有用处的。

同学们也都望向我们的王教官。

王教官的脸色由红到紫，由紫到黑，咬着牙说了句："下课！"收拾好讲义气急败坏地离开了教室。

王教官精心准备的第一堂室内理论课，刚刚开始就在我们的闹腾中流产了，下课的时间都没到。

"我不喜欢这个王十五！尽管他是我家门！"王伟说道。

"我也不喜欢！"欧阳说，"他没有高铁杆和'老佛爷'他们那样的霸气和牛气，却想表现出他们那样的威严。"

"关山，你是不是提前做了许多准备工作？引经论典，随手拈来，你是我们的灯塔，我们的偶像，完全可以赶上高铁杆和'老佛爷'了！请接受我们对你的崇拜！"刘大千举手加额行了个军礼。

"哥几个！今天这事到此为止。我这样做主要是对课本上的教条不感冒，王教官只是不幸成了背黑锅的。这样的事只能有一次，不能再与我们的王教官为难。他如没有过人之处，也来不了这个大院，更做不了我们的教官。我不想唱什么师道尊严的高调，如果我们不蜷脚，吃苦的只是能我们自己。在以前我们的班委扩大会议上我曾经说过，懂事，日子才好过。我想我们还是找个机会向王十五赔个不是！"

在内心，我不由反省自己今天的行为是否过了。自己身为教师的孩子，而今不再是中学时期了，虽然这里是军校，也算是走上社会了。

"我们是'五等公民'，本来就在最底层了，没必要还把自己打入地狱！"王伟不干。

我们自我解嘲，在这个大院属于"五等公民"。干部，战士，职工，家属，最后才是学员。物以稀为贵，这个地方最多的就是我们这样的人，在这地方没把我们打上价钱也是再正常不过的了，虽然这群家伙放出去，都是个顶个嗷嗷叫的主。

"我们为什么瞧不上王十五呢？"潘一农抛出了这个问题。

"想来这个大院所有的军事干部都是从我们这样经历过来的，因为有了这样的经历，所以我们骄傲。换句话说，就是排外！"王伟回答了他的老乡的提问。

"所谓的优越感就是建立在瞧不上的基础之上。"大千如是总结。

第二堂课，王教官依旧绷着张扑克脸，好像他的牙齿是感光胶卷做的，笑一笑就会曝光。

他不再侃侃而谈，直接把我们拉到了伞训场，以班为单位排列在那一排冰冷的水泥桩前面，挨个地把我们赶上了那桩子，再逼我们跳下去。

休息的时候，大家围着圈坐在地上。为了缓和我们之间紧张的气氛，我没话找话地提出这样一个问题："教官，请问第一次跳伞是什么感觉？"

"会惊叫吗？叫的是什么？是不是我的妈呀？"潘一农见我向教官发出

了提问，来了劲，一口气问了三个白痴问题。

"你这不是废话吗？多向我们的区队长学着点，别尽问弱智问题。"王伟给了潘一农一个白眼。

"新兵怕离机，老兵怕着陆。"王教官绷着脸吐出了这样一句话，"着陆损伤是空降最大和最多的伤害，所以你们要千百次地在地面进行着陆训练，只有正确地掌握了动作要领，才能不会受到伤害。"

我们的神情严肃起来。

不再嬉笑打闹，这可是关系到我们小命的事情。"跳伞损伤英文叫做parachuting injury，从近几年航空救生专业学员和飞行学员大量的跳伞统计看，着陆时造成损伤的比例数仍很高，约占跳伞事故的百分之七十左右。从负伤特点看，下肢伤最多，手臂、面部次之。因此，减少和预防着陆损伤对保障跳伞安全十分重要。造成着陆损伤的根本原因是跳伞着陆动载过大，跳伞员承受着陆动载的方法不正确等等。"王教官不屈不挠又给我们上起了理论课。

"我很担心你，施舜牛，你这家伙的质量太大了。所以，我们还得给你'加餐'！"我望着施舜牛说道。

"不要吧？我已经很苗条了！"

"你这能叫苗条？根据我的观察你起码反弹了十斤！"大千打击了他的班副。

"在我们所有的课程里，就这跳伞训练最无聊，就是这么几个动作，反反复复地练习，枯燥至极。"王伟叹了口气。

"这就叫千锤百炼！"我笑了起来。

的确，这才一会儿，我们已经不胜其烦了。

"我现在总算知道我们为什么要对被子进行反复地折腾了！"大千接过了我的话，"就是锻炼我们的耐心和精益求精的做事态度！"

休息完毕，大家继续训练。

潘一农的动作不规范，他屁股挨了王教官一脚，土匪歪了下嘴巴。

看来王教官的腿有点力量，平时我们怎么踢他，这家伙都没有这样的表情。

我皱了皱眉头。

王教官的腿让我想起高宏波的铁鞭。高铁杆的鞭子只是个摆设，他不会真正敲打我们，动作不规范，他的教鞭只是蜻蜓点水一样地落在我们不规范的部位上。

潘一农揉了揉屁股，龇牙咧嘴回到了队列里。

又有几个家伙的屁股接受了王教官脚尖的"亲吻"，他们的表情与土匪如出一辙。

当王十五的脚快接触王伟臀部的时候，王伟吼了起来："不许打骂体罚士兵！"

王伟的吼声吸引了所有人的目光。

王教官收回了他的脚，缓缓地走到王伟的面前，依旧绷着脸，狠狠地瞪着王伟。

"不许打骂体罚士兵！"被他踢过屁股的人也都跟着吼了起来。

王教官忽然一拳击在王伟的胸膛上。

王伟飞了起来，在空中画出一道美丽的弧线，落在我面前的沙坑里。

大千、欧阳等人迅速地向王伟靠拢。

我俯下了身体，将王伟抱在我的手臂中，急切地问道："怎么样？"

王伟推开我，站起来，揉了揉胸口，摇了摇头。

孙大威、施舜牛和其他的学员已经将王教官团团围住，抓手的抓手，抱腰的抱腰。有的学员手里拎着武装带，还有个拎了块砖头，潘一农手上抓了一根木棍。

"集合！"我下达口令。

大千、王伟和欧阳迅速回到各自的位置集结整队，跑步把队伍带到我的面前。

"区队长同志，一班应到十人实到九人，一人值日，请你指示！"大千报告。

"稍息！"

"是"

"区队长同志，二班应到十人实到十人，请你指示！"王伟报告。

"稍息！"

"是！"

"区队长同志，三班应到十人实到十人，请你指示！"欧阳报告。

"稍息!"

"是!"

我环视了一圈我眼前的二十八位兄弟,整理了一下自己的着装,吸了吸气,然后一股气从丹田发出:"都有了!听我的口令,稍息!立正!向右看齐!向前看!"

大家在我的口令声中,迅速地做出相应的动作,整齐划一。我停顿了一下:"坐下!"

大千和王伟吃惊地张大了嘴巴,他们不明白我怎么会下达这样一个口令。不解归不解,左小腿还是迅速在右小腿后交叉,坐下,双手放在两膝上,上体正直。几十双眼睛,齐刷刷地盯着我,眼里充满忿然。

"干什么?想群殴啊?"我低沉声音吼道,"都听好了,没有我的命令,任何人不得乱动,否则别怪老子翻脸不认人!"在这个区队,我有绝对的权威,不仅仅因为是区队长。

"是他先动手……"潘一农不服气。

"土匪,你他妈的现在给老子闭嘴!"我直接点了潘一农的外号。

潘一农撇撇嘴,望向王伟。王伟摇摇头,示意他不要说话。

我转身把兄弟们留在那里,跑步到王教官面前。

立正,敬礼。

王教官还礼。

"教官同志,首先,我为第一堂课的不当行为向你表示深深的歉意……"

此话一出,全场哗然。

"关山,老子不认你这老乡了!"欧阳率先发难。

"我也不把你当偶像了!"大千接了句。

"什么战友同志哥们哦,完全就是汉奸叛徒走狗甫志高!"潘一农的声音比谁都响。

我没理会背后的那些声音,继续面对王教官:"作为学员,在课堂上我不应该那样去捣蛋,在此,我当着全区队所有战友的面做深刻的检查,也望教员同志接受我的道歉。"

"你们还是孩子,没有关系的!这也不是什么事儿。"王教官很大度。

"谢谢您接受我的道歉。是的!这在您看来也许不是什么事,但是,在我看来就是大事，我是教师的子女，我知道不遵守课堂纪律本身就是对教师的不尊重。这是我要表达的第一层意思。"

"第二层意思就是你哭鼻子抹眼泪抱着他的大腿摇尾乞怜了！"有人在背后说，"我们没有你这样的战友！"

"我认为，关山兄弟不是那样的人！不会那样去做！"这是大千的声音。

"第二，教官同志，我作为本区队的区队长，有权利要求您向我们全区队二十九人做深刻的检查！因为！因为您的确打人了！在训练上我们有什么做得不好的地方，作为教官您有权利和义务对我们进行批评和纠正，但是，这个批评和纠正是不包括动手打人的。中国人民解放军颁布的'八个不准'里其中最重要的一条就是严禁打骂体罚士兵，所以，您必须道歉！"

寂静，死一般的寂静！

王教官一愣，他没料到我会提出这样的要求，脸上不自然起来。

"道歉！对！必须向我们认错道歉！"潘一农从队列里跳起来挥着拳头说道。

"第三，王教官，我知道您来这里之前，是空降兵侦察营的营长，拳脚功夫了得，我肯定不是您对手，但是，我想和您放手一搏，不计输赢。然后，我们之间所有的恩怨一笔勾销，您答应吗？"

"哈哈……哈哈……"王教官仰天长笑起来，他的牙齿终于不再怕曝光。

"我欣赏你的勇气和胆量，可你还不行，对付你一个，传了出去还说我欺负你。这样吧，你再挑选三人，你们，四人，只要能把我摔在地上，就算你赢，你要做什么，都满足你！"

"我只要求您道歉！"

王十五瞳孔收缩起来，死死地盯着我，一字一句说道："要知道！在空十五军，没有任何人敢在我面前提要求！"

这话我信，在基层部队，没有谁敢在他这样一身功夫的老虎嘴上拔毛。

"这是飞行学院！不是你的空十五军！"我坦然而言，"虽然，我们在这里是普通的飞行学员，但是，我们也是军人！"

"好！"王教官喝彩一声，"上吧，军人！"

"等等！"大千站了起来，走到王教官面前，"您刚刚说了的，任关山挑选人，他还没挑选，你怎么就叫他上了呢？军人应该是一言九鼎的！"

"你想作为四个之一对吧？"王教官不是不会笑，我发现只要到紧张关头，他就会露出他的牙齿。

"是！我是关山的师弟！"大千说的这个师弟，只有我们二人才明白真意，李教传授我二人功夫一直是悄悄进行的。这话在王教官的耳中怎么都带着一种江湖义气的味道。

"还有我！自打体检的时候，我就和关山在一起了。"欧阳快步走了过来。

"这事是我引起的，我当然也应该算其中一个！"王伟说道。

"还有我！虽然我一进校门就成了关山的手下败将，可是这事怎么能少了我？"施舜牛人高马大地站在我们中间。

"我为刚才的甫志高之说向我们心中的灯塔道歉，为了这道歉我得付出实际的行动，所以怎么都有我的份！"潘一农。

"我也是七兄弟的一份子，这事怎能错过！"孙大威跨步向前。大威话一出口，这个乖乖"好儿童"已经被我们彻底拉下水了。

"我刚刚宣布坐下的口令后说的是什么？"我沉下了脸。

"没有你的命令，任何人不许乱动，否则别怪你翻脸不认人！"潘一农重复了我的话，"可是，关山，你一个人去，无疑是自取其辱！"

"什么叫自取其辱？他是我们的教官，我们的老师，我们的战友，我们的同志，你怎么能这样说话呢？"我想了想，"其他人回去敲锣打鼓、摇旗呐喊，大千留下！人多了放不开手脚。"

"我也是你的师兄弟，凭什么只留大千？"欧阳很不爽。

"王教官不是北京的那群纠察，欧阳，仅仅有勇气是不够的。真要干起来，也许我们这三十个人都不是他对手！"

"那我们更应该一起上！"

"不是这样的！欧阳，有件事，我不知道当讲不当讲，这事一直对你们和大家一直保密，虽然李教没有要求我和大千保密，这样说吧，我和大千是李教的开山徒弟，他教授我们武术的。"

欧阳张大了嘴巴，非常吃惊的样子。曾经，在中日越野长跑比赛后，他不解李教为什么独独器重我和大千，问我，当时我笑而不答，今天从这个形势看来，这个谜我不得不解开了。

"你们几个都有了，听我的口令！"我喝道，"以欧阳长河为基准，向中看齐！向前看，向右转，跑步走！"

我把欧阳、王伟、施舜牛、潘一农和孙大威他们几个召回队列。

"就你们两个？"王教官瞳孔收缩，面色凝重起来。在他的记忆里从来不会和三两个战士徒手过招。

"是！"我低垂着眼帘，全身放松，双手缓缓上提，掌心向下，摆了个起手势。

大千向前跨了一步，左拳右爪。

"不错！太极和擒拿！"

初一交手，我和大千就莫名其妙地被摔了出去。

"姜还是老的辣！"大千鲤鱼打挺站了起来，然后说道。

"子姜比老姜贵！"我以肩着地，双腿在空中一轮，打了一个旋子，翻身起来，双手拍了拍身上的沙，然后伸出右手大拇指向左动了动，又在左手上绕了一个圈。

大千一见笑了起来，他明白我的意思，就是放开手脚去整。王铁是教官，伤胳膊动腿没事，我们却是里外都伤不得，他打我们只能用巧劲，不敢动真格，而我们对他却可以甩开了膀子造。他是侦察兵出身，擒拿格斗本就是他的拿手好戏，仅仅从我们的起手就看出了我们的套路，可见此人的武术造诣不浅。

在贴近王教官身子的瞬间，我忽然将太极拳的柔变化为小擒拿手的刚，五指如鹰爪般地扣在了他的左手肘关节上。与此同时，右边大千的擒拿手变成了太极推手，寸劲勃发，推在了王教官的胸膛上。

本来王教官是准备化解我的太极拳和大千的擒拿手，所用的招势完全对路，却没想到我们会突然变招，刚柔相反相济。我锁住了他的肘关节，而大千的推手四两拨千斤，借力打力，推在王教官的胸膛上。王教官用了多少力量对付大千，那些力量全部就回到了他自己身上。在大千击中王教官的同时我顺势一带，只见王教官就如刚刚王伟那样飞了起来。

王教官在空中扭转了身子，翻了一个筋斗，双脚稳稳地站在了地上。

"好功夫！"

"好功夫！"

"好功夫！"

第一声喝彩是我和大千发出来的。

第二声却是出自王教官。

第三声才是集体的喝彩。

王教官走到我们二人面前，不等我二人招架，又把我们摔了出去，然后仰头长啸，"我王铁今天终于输了！"

"新兵怕离机、老兵怕着陆！"王铁如是而言，他说这是老兵们总结出来的经验。也就是说，空中跳伞，危险最大的不是离机，而是着陆瞬间，侧风着陆、开腿着陆、着陆姿势过大都有可能造成严重的训练损伤，甚至结束自己的飞行生命。因此，空中跳伞对着陆动作的要求最高，跳伞地面动作训练也最苦、最难。一个多月的地面动作训练，不仅要在 2 米高的着陆平台上一次次挥汗如雨爬上跳下，还要在 3 米高的吊环平台、10 米高的着陆模拟训练设备上，借助吊环和降落伞背带系统一次次高速俯冲到地面，感受与实际跳伞完全一样的着陆冲击力。每跳下一次、俯冲一次，我们浑身都像散了架似的异常难受，一天下来，双腿肿如馒头，一摁一个坑，连上厕所蹲下都极其困难。

"我不敢拿你们的性命去开玩笑！"这是王铁常常挂在嘴边的一句话。他的意思我们再明白不过了，所以我们更不敢拿自己的性命去打赌。

王铁王十五冷酷的外表下其实藏着一颗温柔的心，他成了我们业余的擒拿格斗教官。在枯燥的跳伞救生训练之余，他把我们当成了他以前部队的那些空降侦察兵，所传授的功夫也是简洁至极，一招制敌，绝不拖泥带水。我们的屁股依旧接受着他脚尖的亲吻，却是无怨无悔。

高度 600 米，运输机即将进入投放空域。

王铁、崔队、李教还有跳伞训练教研室的教官们逐一检查好我们的降落伞背挂情况。他们的检查是对我们的生命的担忧和保护。真正意义上来说，我们的命握在我们自己手里。跳伞这门救生技术，无论是对于飞行部队、空降兵、八一跳伞大队还是我们这些初学者来说，好和坏，完全掌握在自己手里，除了平时练就的技术外，更主要的是叠伞包。叠伞包有个讲究和忌讳，自己的伞包绝不允许他人代劳，只能自己动手。飞行无小事，首先就得从叠伞包开始。如果任何一个细小的环节马虎了，就是拿自己的小命在开玩笑。

从机舱的窗口望出去，一朵朵白云从舱外划过，地面建筑物、农田规则地排列在一起，犹如浓缩成的一幅美丽画卷，尽收眼底。

"蓝天啊！老子来了！"王伟把手放在胸口说道。

"应该说老天爷！老子来了！"潘一农纠正王伟的感慨。

施舜牛嘴巴一张一合。

"牛啊，你在吃草？"欧阳开起了施舜牛的玩笑。

"想来是默默背诵跳伞离机、操纵、着陆动作要领。"大千回答了欧阳的玩笑。

"高度800！速度150！投放时间10秒！"进入着陆场上空后，地面指挥员下达了指令。

开始进入读秒投放准备阶段。大家的心情也随之紧张起来。

黄灯闪烁，短笛声起。

我们迅速从座位上站起来，按照教官事先教导的事项：放座椅、占位置、掖拉绳、推座带、摆姿势……

机舱内，绿灯闪烁，笛声长鸣。

"跳！跳！跳！"

第一个跳出机舱的是大千。大千出舱后，就该施舜牛了，却见他不是跳出机舱而是退后三步。

"我怕……"

"你怕什么？"王铁依旧铁青着脸，"奶奶的！空长这么大的个！"

"下一个！"王铁将施舜牛踢到一边。

欧阳长河跳了出去。

孙大威跳了出去。

王伟跳了出去。

……

"我们平时怎么练习的，就按照那些动作要领去做，只要动作正确了，就没有什么可害怕的！"我悄悄地抓住了施舜牛的手。

"妈呀！"潘一农离机舱后尖叫起来。

施舜牛又退了一步，脸色一下就变得非常的苍白。

"这样吧，我跳出去以后，你就跟着我跳，在空中我尽量把速度放慢点，你跟在我后面。"我对施舜牛耳语。

"在空中能够放慢速度？"

"你忘记了王十五怎么说的啊？在空中其实就像在水里一样，水里能做的事情，空中照样可以完成，否则，那些特技跳伞怎么能够完成呢？"

我扑了出去。

我严格按照离机要领开始数秒："离机1秒钟！离机2秒钟！离机3秒钟……"犹如一匹受惊野马，突然又被一只无形的手拽住，一个急停，惊心动魄3秒钟后，伞开了！

抬头检查张开的降落伞，确认没有出现地面训练时王铁设置的"伞绳挣断"、"伞绳缠挂"、"伞衣冲破"等空中特情后，调了调带子，仰头看了看，施舜牛闭着眼睛也掉了出来。

"1、2、3，开！"我替施舜牛数起数来。

施舜牛的伞张开了。

伞开得很好！

感觉美妙极了。

"空中跳伞员同志，你们的伞开得很好！请你们面向中心点……"对空广播里传来着陆场指挥员的指令。

我低头一看，身下犹如万丈深渊，倒吸了一口凉气，调整了一下近乎慌乱的心神。用右手拉下降落伞右前方操纵带，左手拉下其中的3根伞绳，操纵降落伞转向着陆场中央的"T"字布。

"空中跳伞员同志，地面风2至3米每秒，请你们做好着陆准备，两腿并紧，顺风着陆！"

我对施舜牛竖起了大拇指，同时也是鼓励自己，不要害怕。

"T"字布离我越来越近，30米、20米、10米……拉下降落操纵带后开始减速，7米、5米、3米……

大地向我扑来，在着地的一刹那，我迅速地将身子向下一蹲，卸掉了冲击的力量，然后稳稳地站在陆场中心的"T"字布上。

先着陆的人站在旁边笑嘻嘻地看着我。

我解开了伞，向他们走去。

抬头望了望天，空中飘着一朵朵的伞花，我迅速找到了施舜牛。

我发现施舜牛的降落速度有点不对，感觉比我们要快得多，难道是他比我们重了二十斤的体重，速度才会快成这样？我觉得对他的减肥计划实施得不够，我向大千和欧阳打了一个手势。

二人也发现了这个情况，立即将还未叠好的降落伞牵开，准备迎接施舜牛的到来。

可是我们已经不能充分地进行这项准备工作，施舜牛摔在了大地上。

摔得很结实。

当我们扑向他的时候，他的脸色仅用苍白二字来形容就显得太苍白了。他用手抱着自己的右大腿，脸上满是绝望的神情。

施舜牛的右大腿断了。

救护车就在旁边，医生和护士把施舜牛拉走了。

"他的体重不会是这样的速度下降！"王伟说，"我刚刚用他的质量和重力加速度算了一下，不应该这样快！"

"你算错了，自由落体运动与质量无关！"大千纠正了王伟所说的计算。

"动作变形！我注意观察了，空中的动作完全走样了。"欧阳长河说道。

"怎么会这样呢？我们可是一起训练的！"潘一农不解。

"唉！"大千叹了口气，然后摇了摇头。

"他患上了恐高症！"我也叹了口气，"就在空中的时候，刚才！"

"不会是我的那一声'妈呀'造成的吧？如果是这样，我就罪孽深重了！"潘一农有些自责。

"与你无关！"王铁不知道是什么时候下来的，他插了句话，"第一次跳伞，或多或少都有一些恐惧心理。责任在我，没把工作做仔细。"

第二十四章　挑战

总部决定"八一建军节"前夕，在我们学院进行全军正规化建设示范观摩会。这才是黄植诚作为空司军校部的副部长来这个大院的真正目的。

这个观摩会最重要的一项议程就是阅兵。

每逢重大节日，比如五一、建军节、国庆节，学院都要举行阅兵仪式，这是我们学院的传统，也是其他院校和部队所没有的。阅兵是队与队之间展示训练成果和精神面貌的一种方式，所以每次阅兵的成绩，从上到下都非常重视。

许多教官和队领导都参加过1984年天安门大阅兵，我们的队列动作从一开始就是由这些高手点点滴滴地悉心指导训练成的。

记得入伍一个多月，我们刚刚学会走齐步、跑步，学院按照传统举行"八一"阅兵，要求我们必须参加。因为不会踢正步，所以我们只能参加阅兵式，站在那儿等着院长、政委检阅，而不能像学长们那样踢着正步、气宇轩昂地通过主席台。

我们这些新兵第一次在心灵上被排山倒海的雄壮气势所震撼，也就是在这次的阅兵仪式上，它让我们明白了为什么我们一百三十多个人的吼声在邰教官看来只是有点儿军人的味道。

院长、政委从队列前面走过，每到一个队列前面时，院长敬礼，我们分队的队长、教导员还礼，我们行注目礼。

院长说："同志们辛苦了！"

我们回答："为人民服务！"

就是这一遍又一遍的"为人民服务"，从老学员们的丹田里呼啸而出，在一波又一波呐喊的声浪中，军人的热血在沸腾、在燃烧，那份军人的荣耀油然而生。

没有亲历过阅兵的人，是很难体会个中滋味的。

如此大规模的示范观摩活动在中国人民解放军的历史上值得书上一笔。观摩团的成员将是三总部、各兵种、各军区、海陆空各院校的领导。

学院对此活动的重视超出了中日越野长跑比赛。学院要求我们像新兵一样从零开始训练，举手投足完全地条令化。此时距离我们转校只有两个月的时间了。在这两个月的时间里，我们还要参加各种各样的毕业考试。

"任务是艰巨的。但是，我们不能因为要完成这个任务而荒废了我们的最终目的！"崔队长的动员词表达了他对这个活动最真实的想法。

写家信的时间没有了，周日上街也取消了。我们所有的业余时间全部用在队列训练上，从齐步走到正步，从敬礼到站坐，所有的动作条令化。而队列却只是观摩活动的一个子项目。

马路上整个画上了白色的横线，密密麻麻的，每条横线之间的距离是七十五厘米，食堂到宿舍的距离是500米，这500米我们以区队为单位踢着正步来来回回。

高铁杆手里掐着秒表跟在队伍后面。

每分钟一百零八步。

多或者少于这个数，我们的高教官依然和蔼可亲："孩子们，Once again！"

每当他露出招牌笑容的时候，我和大千一干人等都恨不得扑上去狠狠地掐住他的脖子。而这个"恨不得"我们只是想想。

最多的一回，我们返工了十次。

十次！整整五千米，强度决不亚于越野比赛的三十公里。

"搞这东西有什么用？严重的形式主义！"回到宿舍以后，潘一农瘫在地板上发起了牢骚。

"如果踢正步也能打败敌人的话，那么我建议军事训练从娃娃抓起。"王伟对潘一农的牢骚予以附和。

"就是！分列式踢正步也就那么百八十米的距离，却要我们每天踢几千米。这都什么事啊！"欧阳也叫上了苦。

"据说，高铁杆他们当年在沙河机场训练的时候，一个月踢烂三双大头鞋，平均十天一双！"大千说，"看来我们的强度还不够。但是这样下去，我们的解放鞋也会废掉的，每年才发两双，真不知道我们的鞋是否也无限制地供给。"

"不供给，而是换装！"我接过了大千的话。

"换装？怎么换？"施舜牛一听说有新生事物也不免好奇。

"十月份全军将进行授衔，所有的军人将在肩章上进行等级区别，而我们据说要提前两个月！我们换上新军装新肩章参加阅兵。"我回答。

"学员和干部有什么区别呢？"大千问道。

八五式军装，干部、学员和志愿兵是官兵一致，没有区别的。曾经有个队里的志愿兵炊事班长在休假的时候，家里给他介绍了一女朋友，对方问他是什么干部，他回答是连级，那女孩子就欢天喜地地嫁给了他。当她第一次来学院探亲，发现这个连级干部是炊事班长，哭着闹着要和他离婚。

"据说学员是光板！"王伟接过了我的话。

"什么光板啊，那多难听，准确地说是准尉！"欧阳对王伟的话进行了反击，"什么叫准尉？加上一颗金星就是将军，学员到将军就只有一步之遥也！"

"不是吧？班长，将军啊！你的理想真崇高！"孙大威一脸崇拜地看着他的班长。

"不想当将军的士兵不是好士兵！欧阳，我支持你！"潘一农很郑重地对欧阳说道。

"去！什么叫'我支持你'？你应该说：'欧阳，我们支持你！'请用复数！"鸵鸟跟土匪是友好不了几分钟的。

"成为将军，是每一个军人都期盼的梦，能否实现那可是一个漫长而艰辛的历程，'将军百战声名裂'，此之谓也。"欧阳若有所思。

"你在想什么呢？"刘大千捅了我一下，"难道你也在做着同样的将军梦？"

"我只想这次阅兵去做旗手！"我很郑重地回答。

"你？你去做旗手？"大千和欧阳叫了起来，"那可是高铁杆他们的'专利'！你就梦吧！"

"是！我就是在做梦！难道你们没觉得旗手和护旗手最帅吗？"

"我明白了，关老大，你这是在叫苦了！"孙大威用同情的口气说道，

"每天这样不停地踢着正步，我们已经烦了，而作为全队的标兵，老大你已经不堪重负！"

"班长，你就这样忍心抛弃我们？"王伟做无限痛苦状，"抛弃与你寝食同步多年的兄弟？"

"如果你能够做旗手，我想申请做你的护旗手！"欧阳眼睛闪了一下，然后握住了我的手。

"我也申请！"大千将手搭在我和欧阳的手上然后我们三人将手臂张开，低下身子做飞翔状，围绕着潘一农转着圈，一边转一边唱：

"我们是共产主义接班人，
沿着革命先辈的光荣路程，
爱祖国，爱人民，
飞行学员是我们骄傲的名称.
时刻准备，建立功勋，
要把敌人，消灭干净，
为着理想勇敢前进，
为着理想勇敢前进，前进！
为着理想勇敢前进，
我们是共产主义接班人
……"

"你们仨的意思是将赌打到我们高铁杆高教官身上？"潘一农反应过来，明白我们三个想干什么。

"是！"我很坦然，"总在我们几兄弟之间打赌，没意思，要玩，我们就玩把大的！"

"你这简直是痴人说梦！高铁杆旗手之地位，在这个大院里岂是我们这样的小兵能撼动的？撼山易，撼高铁杆难！这个赌我陪你打了，我赌你输掉内裤！"王伟无情地嘲讽我的梦想。

"什么叫易？什么叫难？"我想了一下，"他也是从我们这样经历过来的，有人就有江湖，有江湖就有霸主，但是没有永远的霸主！"

"对！长江后浪推前浪，前浪死在沙滩上！"欧阳很赞同我的看法。

"笔墨伺候，准备挑战书！"大千把手张开。

"得了吧！就你那破字还笔墨伺候，这种高雅的事情非大威莫属！"欧阳顶了大千一句。孙大威代笔的事情我们一直没有向大千揭穿。

"这不叫挑战书，是赌约，与高教的赌约！"我笑了笑。

我、刘大千和欧阳长河决定向我院的旗手高宏波挑战。李教不是希望我们的赌更上一层楼吗？如果这也算，我们权且就把这赌当做万丈高楼的基石。

"太难了！"孙大威一边摇头一边书写着赌约，"这是什么样的难度啊？完全就是不可能完成的任务！"

"请问你们对这次的挑战有什么想法目的？在这项活动展开前你们都做了哪些准备？"王伟将报纸卷成筒递到了我的嘴边。

"我要飞得更高！"大千把报纸抢了过去。

"关山，有个问题我们必须解决！"欧阳歪头看了我一下，"这个问题就是怎么向队里交代？而且我们是队的标兵，队长教导员他们能答应吗？"

的确，欧阳的担忧不无道理，我们三个是我们队里的标兵，每次分列式我都是第一排的第一名，以便控制着整个方队的步速和步幅，大千和欧阳分别是第二、三排的标兵。整个队分列式的好坏与标兵的控制能力有着极大的关系，一个队真的抽掉了三个标兵会怎么样，后果无法想象。

"先斩后奏！挑战高铁杆，拉参谋长做裁判，生米做成熟饭。离开我们，地球照样转，没有我们，阳光更灿烂。"我回答了欧阳的提问。

张殿洪参谋长是这次阅兵的总指挥，就算我们真正想挑战高教官他们，参谋长不答应，也是徒劳，所以我狡猾地提出让参谋长做裁判。

当我们三人把挑战书递到高教手里的时候，他依旧和蔼可亲，但是嘴巴却变成了O形，这个表情很滑稽却是非常有难度，后来我们多次想模仿这个表情都无法完成。

"拉参谋长做裁判，不错！是我高宏波的弟子，我欣赏你们的勇气！"高铁杆很快恢复了正常，他识破了我的阴谋。

"仅仅有勇气还是不够的，要知道，做旗手与护旗手的动作要领与在分列式里的不太一样，而且你们没有经验。"

"夫子曰，人非生而知之，我要你教我们！"我说道。

大千不由大笑起来，他笑我的无赖和狡猾。

"我想我们三个有能力在这一个月里学会并且超过你！"欧阳很肯定地告诉高宏波。

"好！老师被学生打败不是件丢人的事情！"高宏波很大度同时也充满着自信。作为802阅兵的标兵和八四年天安门阅兵空军徒手方队的总教头，他有足够的资本不把我们放在眼里，"参谋长那边由我去说，这个裁判我想他会答应的！"

张殿洪参谋长答应了，可是我们崔队长偏不干。

"这三个宝贝不参加我队的分列式，就等于抽掉了我队的筋！"

"你崔齐山不是说全院十六个队长你老大吗？原来这老大是建立在这三个宝贝的基础之上的！"张殿洪参谋长将了队长一军。

"不放就是不放，我的兵我做主！"原来队长跟我一样的无赖。

"好个我的兵我做主！崔齐山，你也是我的兵，这个主我做了，如果他们三个不能和高宏波他们比赛，这次观摩会的旗手和护旗手你一人担当！"原来参谋长比队长更"无赖"。

在队里训练之余，高宏波另外给我们三人加了小灶。

开上小灶以后我才后悔为什么要去进行这个挑战啊！

我们的正步得重新学过，队列条令要求踢正步的时候是不能有掏腿这个现象出现的，而此时高铁杆却要求我们略有掏腿。在平时训练的时候他和队长教导员不知道花了多少力气才纠正了我们掏腿这个痼疾动作，而现在却又要求我们略有掏腿。

"为什么要掏腿？"我不解。

"因为你们只有三个人，而且你们三人不是徒手行进，略有掏腿，三个人才能踢出壮观。"

旗手、护旗手动作的优美体现在踢正步、劈旗、出枪上。

看似简单的动作，真正做起来就变形走样，一旦达不到高铁杆的要求，他的铁鞭依旧会无情地敲打在我们身上。

"我们无法超越他！"在经过三天的敲打后，大千露出了失望的表情，坐在地上很无奈地说道。

"就这样认输？你我是认输的主吗？"我咬着牙说，这赌是我挑头打的，绝不能退缩！

"一定是我们方法不对，他高铁杆能做到的为什么我们不能？"欧阳再次在关键的时候支持了我。

"找高铁杆！逼他说出方法，这是唯一可以走近道的办法！"我想起了那次军事考核。

"好办法！可是怎么逼？上老虎凳、灌辣椒水对他根本没用！"

"那就威逼利诱，软硬兼施，是人总会有弱点。"王伟在无限同情我们的自作自受后开始出谋划策。

"对！就找他的弱点！"大千兴奋地翻身坐了起来。

"他的弱点是什么呢？"潘一农反问了王伟一句。

"就目前我的观察，这个人简直完美无缺！"孙大威摇了摇头。

"人非圣贤！连孔老二一辈子都想捞个一官半职，他高铁杆并非圣人！"我突然笑了起来。

"你的意思说你已经找到了破解的办法？"欧阳的眼睛亮了起来。

"他不是完美无缺吗？既然完美，那么他为什么答应我们这个比赛呢？无欲则刚！他能答应了这个比赛，那么就说明他有所求！他求的是什么？求败！担心他的对手不够强，因为他太骄傲和自信，这就是他的弱点，高处不胜寒啊！"

我们用自认为抓住的高铁杆的弱点激他说出快捷的窍门时，他却告诉我们："这不是军事地形学考试，没有捷径可走，更不能穿插！只有苦练！"

整整用了两个星期我们三个才学会了掏腿不变形。后来看仪仗队表演的时候，许多战友对他们的掏腿动作评头论足，我淡淡地一笑，腿不是谁都能掏的！

高铁杆在我们三人完成了基本的掏腿训练以后，收缴了我们的大盖帽，取而代之的是我们吃饭的搪瓷饭碗，里面盛上了满满的一碗水，让我们顶碗走齐步、正步。

高铁杆为此实行了连坐制度，谁的水洒了，另外两个就得加罚正步一千米。

"无他，锻炼吾等之身形尔！"我笑着说。连坐惩罚比同时惩罚三人更狠，更绝！我猜他是想从心理上来打败我们三人联盟，从内部瓦解我们。

我心底里对这招充满了崇拜。

因为我和大千有李教传授的武功根基，这功课对于我俩来说，属于小菜一碟，可在欧阳长河那里，却比重新学正步容易不了多少。

"头正、颈直、腰稳是这项训练的重点，"刘大千把欧阳拉到了一边，"根据我个人的体会，在行进的时候，脑袋得有意识地向上拔高，这样身体才不会晃。"

可是欧阳长河依然把水洒了出来。

"打击报复！"潘一农为我们鸣不平，"完全就是对你们挑战的打击报复！"

"该背时！自作自受！"王伟幸灾乐祸。

在我和刘大千被连坐几次以后，我们知道时间不允许我们再按照高教说的那样苦练。

"老大，我不是做护旗手的料！"欧阳对自己失望了。

"二拖幺！"我想了一下。

"你以为这是吃火锅啊？"欧阳垂头丧气。

"什么叫二拖幺？"大千对这个名词不解。

"这话原来的意思是指重庆火锅的价格，荤菜两块，素菜一块。关山的意思就是说你们两个带我一个。"欧阳替我解释。

大千和我把欧阳的胳膊挎了起来，一边一个，就如青年男女挎着胳膊谈恋爱逛大街那样的姿势。施舜牛将盛满水的搪瓷饭碗恭恭敬敬地放在了我们的头顶上，高铁杆依旧和蔼可亲地看着我们三人，我无法分辨出他的眼神是嘲讽还是赞许。

在我和大千的帮助下，欧阳的腰一天比一天变得稳健起来，在终于能甩掉我们也能走得稳稳当当的时候，他用手在我和大千的头上狠狠地打了一下。

劈旗的动作不复杂，不是很难。可真正开练时我们却招来了高铁杆铁鞭的敲打："拖泥带水！简直是给我们空军丢脸！"

潘一农双手从左拖到右，然后向我鞠躬："杨过杨大侠好，小生有礼了！"

杨过的武功招数有招就叫"拖泥带水"。

看似一个简单的动作，我怎么就做不好呢？

"力量、速度必须把握好！"欧阳想了想以后说，"就像我们练习正步那样，把它给分解了，弄个一步一动一步，两动什么的。"

"我怎么变笨了啊！"我拍了拍自己的脑袋。

挑战比赛定在阅兵预演的时候，还有两天就是正式阅兵。

主裁判：院参谋长

副裁判：院长、政委

评委：军教室主任、军事教官、各队队长、教导员。

开国际玩笑了，只是一时心血来潮地想挑战一下我们的偶像，试图超越我们那难以逾越的巅峰。原以为只是私下那么比画一下，没想到动静会整得这样大。

事到如今，已成骑虎难下。

我将大千、欧阳招到一起。

"哥们，我问你俩一个问题，这套动作的亮点在什么地方？"

"腿上！"大千说道。

"因为没有手上的动作，漂亮与否完全就看腿踢得怎么样！"欧阳补充了大千的话。

"正确！加十分！"我对二人的表现表示了赞许，"那么我再问一个问题，这些评委是些什么样的人？"

"军事教官和每一个队的队领导，而我们的队领导却占了大多数的比例。"欧阳回答道。

"你的意思是我们抛弃高铁杆教授于我们的掏腿，而是按照我们正常的训练去踢正步？"大千反应那个快啊。

"对！"我很坚定地肯定了大千的问题，"既然亮点是踢腿，而且评委里绝大多数是我们的队领导，那么在他们眼里，最漂亮的队列动作就应该是条例条令的翻版，所以我们放弃掏腿这个动作，而是按照我们平时训练的去踢。"

大千和欧阳同时会心一笑。"记住了，在踢正步的时候，我们出腿一定要迅速有力，脚掌砸地的时候一定要狠，在踢出去以后，脚在空中的停顿一定要比平时长，这样我们的气势就出来了！"

"这样既与高铁杆他们的动作略微不同，又取得了同样的气势，更主要的是容易得到裁判们的认同。高！"欧阳就是细心。

"还有，最好我们能在高铁杆他们前面做，这样会给他们的心理上一个打击，而不是等着他来打击我们。"我补充道。

欧阳笑道："关山，我现在开始崇拜你了！"

"这个停留的时间是多少？"大千道。

"平时翻倍！来！我们三个合练一下。"

挑战赛正式开始。

"作为被挑战方，理所当然应该是我去先行。"高宏波高教官上来就想抢先。

"不干！"我反对，"既然是比赛，就应该是建立在公平、公正的基础之上，谁先谁后，不是谁说了算就算！"

"对！要么'乱劈柴'划拳定输赢，要么就抛硬币决定！"大千积极地赞同了我的说法。

"但是，划拳有损我军之形象，所以我们要求抛硬币。"欧阳说。

院长张了张嘴巴，政委皱了皱眉，崔队狠狠地盯了我们三个一眼，而李教却微笑地看着我们。

"好！"参谋长从兜里摸出一枚硬币来，"字还是徽？"

"当然国徽！"面对各种各样的目光，我说道。

参谋长很潇洒地把硬币抛到了天空，在阳光的反射下，硬币闪烁着动人的光芒，最后落到了参谋长的左手背上，参谋长迅速地用右手盖住硬币。

见此景，我不由得大乐，从参谋长熟练的动作看来，我们威严的参谋长同志私下里也喜欢用硬币来做选择。

"国徽！"

"国徽！"

"国徽！"

我们三个人嘴里呼叫着扑向参谋长。

参谋长缓缓地移开了右手，只见硬币面上清楚地刻着"壹"字。

"妈的，头把就不顺！"我嘀咕了句。

高宏波依旧和蔼可亲地看着我们，那神态分明告诉了我们这三个不知道天高地厚的小子："小样！就你仨，也敢跟我玩。"

高教头三人从警卫连战士手中接过了军旗和步枪，精神抖擞，整装待发。

"迎军旗！"参谋长声若洪钟地下达了命令。

齐步走，劈旗，劈枪，正步走。一系列动作下来，精彩绝伦，无可挑剔，比我们以往任何时候所见都要棒。

"太漂亮了！无可超越！"

"我们简直是自取其辱！"欧阳也赞叹道。

我微笑地看看他们两个："照计划进行，我们一定能赢的！"

三人对视中，我看到了他俩眼中升起的信心。

"迎军旗！"参谋长洪亮的声音又一次响了起来。

我从高宏波手里接过了军旗，同时大千和欧阳也从护旗手手里接过了枪。

"好好踢！"高宏波对我仨说。

"齐步走！"我发出了口令。

操场周围参加预演的学员们发出了"嗷嗷"的吼声。一直以来，从来没有过学员担任旗手和护旗手，今天从他们中间走出了三个敢向巅峰挑战的战友，他们不由喝彩起来。

"正步走"当走到适当的位置的时候，我发出了口令。

我打赌，我们三人这辈子再没有踢过这样整齐、有力的正步，偌大的操场顿时静了下来，只听见我们三人脚掌整齐有力地砸向地面的响声。

掌声雷动。

我看到了评委们的笑容，看到了崔队、李教的笑容，看到了高宏波教头的笑容，看到了战友们的笑容。

我知道，我们赢了！

我们赢得很有气势，同时也赢得很狡猾。

这次"全军正规化建设现场观摩会"举办得非常成功，得到了总部、空司、各大军区首长的一致的表扬，这个表扬不是那种形式上的你好我好大家好的表扬,而是实实在在的。总部将观摩会制作了录像带,下发到全军各团以上单位,并且以此为样板要求各部队进行训练。

我、大千和欧阳在正式阅兵的时候没成为旗手和护旗手,一则是怕玩砸了,更主要的是,一个队真的抽调了三个标兵,那队列就像抽了筋一样,我们不敢拿这个去赌,因为我们队是整个大院最先亮相的学员队。现在,这个大院的一队是这所全军唯一的航空大学的仪仗队,成员全部是一米七五以上的个子,其优良的传统得到了保持和发扬光大。

第二十五章　我叫废物

我们飞过院墙，一个接一个，身姿煞是好看，不是那种妙曼，而是只有军人才有的迅捷和英武。有的像平时那样飞出去；欧阳跑几步先是踩在潘一农的肩膀上，然后空翻着出去；我抓住围墙的边沿，卷身引体出去的，就像平时我们玩单杠的卷身上那样；而大千和王伟却在空中穿了一个花才落地。我们将"老佛爷"传授我们的所有的体操动作发挥在这翻院墙上了。

只有我们这群人才能把这个违反纪律的翻院墙动作作得充满了艺术的美感。三年的基础学习就要结束了，我们几个混账小子就想干点混账的事情出来留个纪念。因为要转校，队里管得更严格。如果崔队、李教要知道他们平时最疼爱的几个宝贝集体翻院墙想干出点什么事来，我真的不敢想象他们会是什么样的表情。

翻出来，我本来有两件事情要办，一是将我们几兄弟联名写给翠儿的信发出去，跳伞前，欧阳写了封信给翠儿，提出分手。其实，第一次上天，心里都没谱，却有着壮士一去不复返的悲壮，于是我们每个人都在自己抽屉里留了封遗书给父母，内容基本上大同小异，就像那首歌唱的那样，如果是这样，你不要悲哀，共和国的旗帜上有我们血染的风采。让我们大家没想到的是，欧阳同学却向翠儿姑娘很郑重地提出了分手，理由就是他要专心学习，承受不了翠儿的分分合合。终日喊着分手的翠儿接受不了欧阳同学的理由，凭着女人的直觉，欧阳所提出的分手不是要专心学习那样简单，于是翠儿也给我写了信，旁敲侧击地想了解什么。跳完伞，壮士回来了，欧阳同学觉得应该再续前缘，可是翠儿这次是铁了心地不再理欧阳，无论欧阳说什么样的好话、道什么样的歉、赔什么样的小心，我自岿然不动！欧阳没招了，每天哭丧着一张脸，一筹莫展。我见火候差不多了，于是把大千他们召集起来，替欧阳渡过这个难关。于是几个人一合计，欧阳自己提笔，郑重地向翠儿写了份检查，将自己当时的想法毫无保留地告诉翠儿，并且保证以后不再犯这样的错误，同时也希望翠儿能够理解欧阳并且给他一个改正错误的机会。在信的末尾除了欧阳的落款外，还有我们另外六兄弟的联名。如果这样做都不能挽回翠儿的心，欧阳和翠儿的缘分也就尽了。我们将信装到信封里，决定发航空快件。

第二件事情是我自己的，最近一段时间莲子虽然按时给我来信，可是信的内容没有一点新的变化，我在信里提的几个问题，莲子也根本没有解答。我总觉得有什么不妥。

这个不妥表现为：莲子的信比任何时候都准时，发出的时间和达到的时间都是以三天为基准。我在信里询问莲子到底是工作还是学习的问题，莲子根本不予回复。

我怀疑莲子人没在重庆，给我的信全部事先写好然后他人代发。如果是这样，那么一定是发生了什么事情，否则莲子不会这样做。

发生了什么事呢？我和莲子之间不会存在欧阳、翠儿这样的事情，更不会像小布丁与大千那样的悲剧。这丫头太早踏进社会，对人情世故的了解不是我们这群学生娃娃所能比的。

莲子一定发生了事，我却想不出这个事是什么！于是决定到卫星路去打个长途，求证我内心的想法。

基于这两件事，本区队长带着手下的所有班长、副班长集体违纪。

可当真正地飞出了院墙我们才知道，站在北方这座城市这条中国最长最直的大街上，除了那两件事外，我们却不知道应该去哪里，去干什么。我们已经适应了这个在外人看来非常神秘的大院，我们的肉体、我们的血液、我们的灵魂已经深深地根植于这里了，更准确和高尚地说应该是这身制服所赋予的使命和职责。

军人就是那么的怪，自从你穿上这身服装后，你的血液就不同了，尽管多年以后你脱下了那身衣服，可灵魂依旧还在，直到死去依旧在！这就是军人！真正的军人无论他是否穿军装都不会忘记自己的责任和使命。

我和大千靠在院墙上，你看着我，我看着你，相视而笑。

我说不出这笑是苦涩还是欣慰，而他也有着我同样的心情。我们不该翻这个院墙，因为我们已经是真正的军人了！真正的军人是不会干这些偷鸡摸狗的勾当的。

"班长！"潘一农喊道。

"哎！"我和大千同时答道，我一直喜欢和习惯他们喊我班长而不是区队长。

"我们出来就这样傻站着啊？我想去弄点抽的了！妈的，一年多没抽烟，咋一出这墙就想了呢？"

"因为你这叫犯贱！奴才相，得有人管着！"王伟对他这个老乡常常说话是很不客气的。

"鸵鸟这话说得真有道理！"我说，"我们是干吗的？我常常问自己，一名飞行学员！我们最需要锻炼的是什么？"

"身体强健、政治合格、军事过硬、作风优良、纪律严明！"潘一农回答。

"那是要求那些普通军人的，而我们最需要锻炼的却是独立、自立和习惯孤独的能力。因为你是飞行员，上了天以后，天是那么的大，那么的辽阔，而自己又是那么的渺小。如果我们不能战胜孤独，如果我们没有独立的能力，我们就是被别人拽在手里的一只风筝，没有自己的思想没有自己的灵魂。上了天，仗怎么打，时机怎么掌握完全就是依靠你自己，别看下面那么多的这样那样的地勤，可没有一个人能替你操作。同时，还得时刻不能忘记你是为谁在飞。像你今天这样，一翻出来就想去弄点吃的喝的，今后你一上天岂不是天马行空就由着自己，想往哪儿就往哪儿飞了啊？！"

"班长，我咋觉得你越来越像李教了啊？"

中日越野比赛后，院方给了一队集体三等功的奖励，因此崔队许诺也得到兑现。

这中间出现了一个小插曲，崔队的许诺每人一个三等功其实属于空头支票，因为队长教导员属于营级，没有授予三等功的权限。所以我戏谑还不如每人发三千大洋实在。这话传到了二位队领导耳朵里，崔队一笑了之，他说，我这不是在激励孩子们嘛。

可李教不干了，庆功会改成了教育会。

为此，李教进行了一场生动别致的"为谁而飞"教育。这是对我们刚刚参军时"端正入伍动机"的升级版。

开始，我认为李教是小题大做。不就是一句玩笑嘛，有必要将这话引申吗？结果说得比唱得好听，更何况我们还是师徒的关系。

我有些抵触和想不通。

"几百年前，在雍正年间，有个国防部长，那时应该叫兵部尚书。野史记载，此人出身于市井小混混，其实不然，应是徐州一家境比较富裕的人家。康熙五十六年，此人花钱捐了一个官，入赘为员外郎，补兵部。隔二年，迁户部郎中。"李教一上来不是给我们讲那些革命道理，而是上起了历史课，这让我的抵触有所减少。

"此人就是李卫！"李教说。这是我第一次听到李卫这个人物，后来看《金镖黄天霸》才知道此人更加的了得，黑白两道通吃，天下绿林都归他统管。后来的电视连续剧《李卫当官》只不过是将此人戏说而已。

"据《小仓山房文集》载，李卫在户部供职期间干了一件让当时还是亲王的雍正爷胤禛刮目相看的事，当时分管户部的一位亲王每收钱粮一千两，加收平余十两。李卫屡次谏阻都不听，于是在走廊上置一柜，写着'某王赢钱'，使这位亲王十分难堪，只好停止多收。雍正十分看重李卫'勇敢任事'的优点，一继位就任命李卫为云南道盐驿道，次年擢升为布政使，掌管朝廷重要税源的盐务。雍正三年又被擢升为浙江巡抚兼理两浙盐政。雍正五年，李卫'寻授浙江总督，管巡抚事'；翌年，朝廷又以'江南多盗'，而地方官又'非缉盗之才'为由，命李卫统管江南七府五州盗案，'将吏听节制。'雍正七年，李卫被加封为兵部尚书、太子太傅，雍正十年又内召署理刑部尚书，相当于现在最高人民法院院长，授直隶总督。"李教述说这些前人古事的时候，侃侃而谈。每一个地点、人物、事件清清楚楚。

"李卫任浙江、直隶总督十多年倒做了几件让世人称赞的好事。李卫管理盐政不仅加强了沿海各关隘的巡缉，打击不法商贩盗卖私盐等活动，同时还改革盐政税赋制度，'诸场有给丁滩者，以丁入地，计亩征收；无给丁滩者，暂令各丁如旧输纳'。雍正十一年，李卫不顾忌户部尚书兼步军统领鄂尔泰的地位和眷宠均在自己之上，公开上书指参其弟鄂尔奇'坏法营私，紊制扰民，'使鄂尔奇被革职查办。雍正十二年，他'疏发诚亲王府护卫库克与安州民争淤地'；雍正十三年，他'疏劾总河骷藻贪劣'。所以，雍正对李卫的评价是'嘉许之怀，笔莫能罄。非深悉朕衷，毫不瞻顾，安肯毅然直陈'。"从来，没有任何一场政治思想教育工作像李教这样进行过，按照当时的环境，应该属于惊世骇俗了。可这些却吸引了我们浓厚的兴趣，我也渐渐忘记了这场政治教育是为谁而起。

"当然，李卫也是缺点不少，诸如恃才傲物，对上司无礼，在自己的执事牌子书写'钦用'，有时也接受礼物等。为此，雍正也曾多次告诫他，嗣后极宜谦恭持己，和平接物。川马、古董之收受，俱当检点。两面'钦用'牌，不可以已乎是皆小人逞志之态，何须乃尔。其克慎毋忽。并且很严肃地警告他……"李教转身在黑板上写下了这么几个大字：

书云习与性成，若不痛自刻责，未易改除。将来必以此受累，后悔何及。

李教书写完这行字，我已经浑身臊得连头也不敢抬却还得拼命地挺直着身子。

他这教育专为我一人而开！李教的教育让我想起关一鸣的让我下跪，二者从本质上来说没有区别，但从效果上而言，却相差十万八千里。我拒绝关一鸣的处罚，而李教却让我警醒，他却始终不看我一眼。

个中滋味，酸甜苦辣他知我知。事后，大千、大威和欧阳对李教佩服得五体投地。

李教将那行大字从黑板上擦去，却又画起一幅地图来，我仔细一看，是那么的熟悉。他画的是重庆和贵州的交界地图。

李教转身，指着黑板："这个地图，你们肯定不陌生，当年毛主席就是凭借着这样的一幅从报纸上剪下来的概略地图指挥红军四渡赤水，冲破了国民党重重围追堵截！"接着李教讲起了四渡赤水的每一渡、每一个细节。

四渡赤水充分地展示了毛泽东的军事指挥天才和谋略，奠定了毛泽东军事思想的基础，可是直到现在，我们的那些军事院校很少像当年李教那样详细地阐述讲解这些。李教讲解的"四渡赤水"比任何教科书都要精彩，仿佛把我们带到半个世纪前的那些苦难而又光辉的岁月，这一刻，李教不再像一个教导员，而是一位军事教官，更准确地说他更像军事指挥家。我从来没有听过这样一场精彩绝伦的政治教育和军事课程，从不曾有过。

"我讲这些，其实就是希望你们明白，红军是为什么而战，八路军为谁而战，解放军为谁而战。而你们，更应该明白你们为谁而站岗、为谁而当

第二十五章 我叫废物

兵、为谁而飞！你们时刻要牢记自己的身份，身上穿的是什么衣服！为谁而穿！要知道，这里是中国人民解放军空军的飞行学院！"

"不可否认，到现在，尽管你们已经入伍快三年，也知道自己的责任和到这里的目的。可是，我依然发现，在这些目的和责任后面你们还有着自己的一些私人的目的，以此为跳板，摆脱自己祖祖辈辈过的那种日子，说不好听点，就是跳出农村，我不敢说这样的目的是卑微的，但是这和我们为谁而飞却格格不入。兄弟们，你们扪心自问，你们自己算算，这三年，国家和军队在你们每个人身上花了多少钱，这些钱恐怕比你们大多数家庭一家人一辈子的收入还要多，如果你们依然抱着这样那样的想法，请你们静静地想想，你们对得起国家和军队吗？我不敢对你们提更高的要求和过多的希望，只希望你们明白，你们为谁而飞！"

"我知道，"李教顿了顿，"在你们中间，有些人还打了一个赌。这个赌是什么肯定你们大家都清楚，在这里就不用明说了。我希望，你们的这赌能够更上一层楼，为军队、为民族、为国家而赌！同时，也希望你们在豪情万丈的同时也应该有着悲悯的情怀。作为军人，如果做到了这份上，我想，才是最优秀的军人！这样的军队才是不可战胜的。"

"什么叫悲悯？王国维先生有首词是这样写的：山寺微茫背夕曛，鸟飞不到半山昏。上方孤磬定行云。试上高峰窥皓月，偶开天眼觑红尘，可怜身是眼中人。夕阳西下，落日镕金，鸟飞不到的微茫苍山之中，传来一两声清寂的磬响，山寺上方的云仿佛也因为听到这磬声而静止了，一动不动。山是极高的山，连飞鸟的翅膀都难以抵达，'不敢高声语，恐惊天上人'的百尺危楼的高寒，'千山鸟飞绝，万径人踪灭'的空寂。什么是悲悯？佛教说那是割肉饲鹰，大爱无言的悲悯，是历览红尘，怜悯众生而流下的那一滴眼泪。大悲悯与小悲悯不同，小悲悯只悲悯好人或坏人的不幸，是怜悯或同情，而大悲悯则悲悯世间的一切种种，是怜悯或同情所涵盖不了的。雍正对李卫的忠告是帝王对臣子的悲悯，佛教里的佛祖是普度众生的悲悯；毛泽东，他是救世救民的悲悯；而你们，作为军人的悲悯又该是什么呢？也许，有的同志会说，我们是军人，军人就得有血性和杀气，就不应该有悲悯，恰恰相反，我认为悲悯是军人血性的升华和提高。就我个人的体会而言，军人的悲悯就是对生命的尊重，是对民族、对国家的大爱。从这次的比赛表现来看，兄弟们，你们让我感到欣慰，你们的表现就是一种悲悯!"

这场政治教育让我们震撼,从内心感到了深深的震惊,尽管当时无法完全领会那些深奥的东西,却在日后影响了我们的一生。

我虽然在入伍动机上没有李教所说的抱着跳出农村那样单纯的动机,而自身的不在乎和无所谓的态度才是更可怕和可悲;装几天"好儿童"的想法,仅仅说明自己只是在身体上入伍,在思想上却依旧停留在混混学生上面,所以在施舜牛冒犯了即将作为班长的我的尊严的时候,才会彻底地撕下装几天"好儿童"的面具,连装也不想装了;因为崔队对我的喜欢,所以才敢在会上公然地顶撞韩教树立"学雷锋标兵"拍桌子这样的事,及至发展到拉崔队作伪证。也正如李教说的那样,恃才傲物;虽然在元宝事件上我曾经深深地自责,可这更多的是战友之间的感情,对战友自毁前程行为的惋惜和痛心;所有的那些调皮捣蛋其实就是自个儿捏着鼻子哄眼睛的自我欺骗,还美其名曰"懂事日子才好过";"三千大洋"看似随意的戏谑,却是建立在这些无所谓和掩耳盗铃之上一路发展下来的思想变化,现在还认为李教这是在小题大做。

李教把这些我们平时的点滴看在眼里,用自己的行动慢慢地去改变我们,润物细无声。李教之聪明在于他不是找个别人进行谈话,而是由此及彼地对大家进行的一次灵魂深处的教育。

李教又把我们拉到学院的"报国门"前,指着那三个红色的大字说:"这三个字,你们都认识,也明白其中的意思。在中国所有院校包括军事院校里,只有这个大院才把这三个字醒目地题写出来,并为这三个字建立一个大门,就是要时刻地提醒着大家,不要忘记自己的职责。自从我们踏进了这所院校,并不仅仅意味着荣耀和骄傲,更意味着流血与牺牲。为了这个国家,为了中华民族,我们必须时刻准备着奉献自己年轻鲜活的生命,请你们记住我今天所说的每一句话、每一个字,你们是天之骄子,你们更是共和国的守护神!"

从来没有一个人、一本书、一部电影电视把我们中国人民解放军叫做守护神,我们都明白这三个字的含义,今天李教把我们拉到"报国门"下说出这三个字的时候,我们更加真切地感受到自己的责任和重担。

此时,潘一农所说我越来越像李教,也正是因为李教做的这次教育让我从思想根本上开始去反省自己。在中国没有任何一所大学能像这所大学这样，在学院的时候，一个个恨不得早日逃离生天，真正离开以后却对这个地方刻骨铭心地想念。因为它给予我们的不仅仅是军魂，还有作为中国人的民族魂。

翻出院墙，我告诉自己，这是最后一次。

一个地方小青年从我们面前走了过去，我不由看了他几眼，觉得似乎眼熟，同时大千也注意到这个情况，我对施舜牛、王伟、潘一农他们几个招招手"Come on！"

施舜牛跳伞摔折了大腿，经过空军医院及时的治疗，总算没停飞。

"看到刚刚过去那小子没？你们仨去抓个舌头，把他弄到一个无人的角落。动作要快！要隐蔽！"

"得令！"潘一农一个立正，三人迅速靠了上去，潘一农在左，王伟在右，施舜牛用他打篮球的手一下扣在那人的脑门上。

"跟哥们几个走一趟，有点事问你，懂事就规矩点！"

那小子一见三名空军学员扣住了他，脸一下就白了，弱弱地说："解放军叔叔，什么事啊？"

"你废话那么多做什么？"潘一农冲着那小子左边腮帮子一拳，那小子顿时就哑巴了。

我率先飞过墙头，落到了隔壁的长春大学校内，接着大千、欧阳和大威也飞了进来，潘一农、王伟一人抓一只手，水牛抓着两只脚，一起喊一、二、三，那小子就像麻袋一样被抛过了墙头，在快落地的刹那我脚尖一挑，那小子又飞了起来，我随手在他身上拍了一下，大千把军装下摆一撩，酷酷地摆了个"懒扎衣"，然后肩膀下沉用背接住了那小子下落的身子，头一低就滚在大千的手上。从王伟他们三人的抛，我的挑、拍，大千的懒扎衣几个动作我们五人配合得天衣无缝、行云流水、一气呵成！欧阳和大威在边上拍手叫好。

而那小子的三魂已经出了两魂，我打赌这辈子他就没这样让人如此地戏弄过。

我站在他前面，死死地盯着他："小子，你别害怕，如果你老实懂事，我们就保证你非常的美好，如果你不老实不懂事，你会更加美好。"

他完全惊恐的眼神望着我，看样子完全是吓的。

"我有几句话问你，你还记得我吗？"

他一脸的痛苦，面部肌肉抽缩着，却无法张开嘴。

潘一农那一拳已经让他的下巴脱臼了。

我退了一步，撩腿，上举，横扫，只听咔嚓一声，那小子哎哟一声叫了出来。

"我没打你，对吧？我是在帮你，给你实施外科矫正手术，你这孩子身板子骨头太弱了，经不起折腾，看来要加强锻炼，这样弱的身子学人家舞刀弄枪的做啥呢，好好地做个'好儿童'不好吗？"

"叔叔，我……我……我……"

"你啥呀你！我问你那天你们几个为什么要伏击我？我们有仇吗？为什么李教什么也不给我们解释就把你放了？这几个问题老子憋了很久了，一直找不到答案！"

"你是刘大千，无论任何时候，我们碰着你还会像那天那样打你！"那小子咬牙切齿地说道。

"对，我就是刘大千。我今天不打你，我敬你在这样的情况下还能如此的硬！我敬你是条汉子！"我笑了起来，"但是，你今天必须把那三个问题的答案告诉我！"

我的悲悯就是今天不打他。准确点说，其实应该是高高在上的强者对弱者的视而不见。

"哼！"他骂了起来，"你想知道，对吧？老子告诉你！我们是杜生亚的同学，打小一块长大的同学！"

"反了你小兔崽子！敢骂人！"潘一农做势要打，我用眼色制止了他。

"好！继续！"我微笑着鼓励他，"如果你们也喜欢杜生亚，就应该公平竞争，而不是这样地埋伏下绊啊！就算你们干掉了我刘大千，她明天还会喜欢张大千、李大千！"

"我呸！"他吐了我一脸的口水。

我横着袖子把脸上的口水擦掉："我说过，我不打你！"

我这话刚刚说完，王伟和欧阳就扑了上去，一人一边给他一个嘴巴，"他不打你，我们可没说不打你！"

我拉开二人："你们也不能打！"

"你恨我！我们有杀夫夺妻之恨吗？还是我霸占了你们家的良田啊？犯

得着这样的苦大仇深吗？没必要！我只是想知道几个为什么而已！"

"刘大千，你不是男人，敢做不敢当，你不敢当也就罢了。这个时候还来说什么风凉话，老子瞧不起你这样的男人，你对不起你这身军装！"

乖乖，上纲上线了！事情看样子有点严重。

"说吧，我怎么不男人了，怎么又做了对不起这身军装的事了？"我把手一抄，微笑地看着他，刘大千更是一脸的惊愕！

"你不爱她也就罢了，可是你不应该不认识她。人家不学习请假照顾了你整整一个月，这也没什么！不认识也罢。可人家割腕自杀，你居然连片言只语的问候都没有！是的，你刘大千是这个城市的英雄！可是你不是男人！"

"割腕自杀?!"我和大千同时惊呼！"谁？"

其实，问谁已经是多余的，除了杜生亚还能有谁啊？

"她怎样了？她怎样了？她怎样了？脱离危险了吗？"大千如一颗迎面而来的炮弹击中胸膛一样，脸一下惨白！

原来他根本就不曾忘记，一直没忘记！

我明白了，这四个小子为什么要伏击我了，因为他们为杜生亚不值，为什么在我们抓了他以后而李教不声不响地放了他，因为李教不愿意看到自己心爱的宝贝痛苦，而李教宣布我的警告处分只是他当时无处发泄的一个借口，也明白李教为什么单单只教我和大千功夫了。

我们几个傻小子全部如雷击顶，傻了！

"嗷……"突然大千的喉咙如狼一般地低声吼叫起来，脚一蹬身子就蹿上了墙头。

我跟着扑了出去。

"大千！你别激动！越是这时你越要冷静！"我抱住了他。

他把头放在我的肩上，一动不动。

"大千，难受你就哭出来吧！"

我感觉到大千眼睛望着前方，眼睛空洞洞地，我也常常有这样的感受，对眼前所有的事物常常是视而不见，一切的一切仿佛是那么的遥远。

"问世间，情为何物？"大千幽幽地说道。

我拍拍大千的背，心中怅然。眼前这个哀伤的男人，还是那个潇洒理智的兄弟吗？

"无情未必真豪杰！"我只能这样说。

那丫头曾经对李教说如果大千因为恋爱而被开除，那她就跟着大千回老家去种地。

她可以这么想，大千却不能。

唉！问世间情为何物，只教人生死相许。

在这样的环境之下，崔队、李教、我和所有的兄弟都能理解大千的"选择性失忆"，因为我们的纪律有一条：不允许恋爱。只要你没毕业就不允许，无论你是在家还是在学院，这纪律是打学院创建的时候空军司令员刘亚楼将军定下的，谁也不能去破谁也不能去碰。而这姑娘照顾了他一个多月，无怨无悔，只因为爱这个人。这事全队都知道，如果大千不这样选择，在铁的纪律面前，我们谁也不敢碰，如果碰了，就只有一条路可走，头破血流、体无完肤、粉身碎骨。

元宝是怎么走的？施舜牛是怎么沦陷的？都是因为感情。而大千已经处在众目睽睽之下，除了这，他还能有选择吗？因为他还有梦、还有理想！

而杜生亚，照顾了她爱的人一个月，当他醒来时，他却说不认识，这感情的无望、无果，让她情何以堪！

哀莫大于心死！

问世间，情为何物？

据说仓颉穷一生之力创造了汉字，最后一个字就是"情"字。"情"字从心从青，据说"青"的东西，比如青橄榄、青苹果、青杨梅、青柿子等不是酸就是涩抑或又酸又涩。所以呢，当教师的经常开导初高中的学生不可早恋，恐怕是觉得他们年纪尚小，像那样未成熟的水果，吃到嘴里，却酸到心里、涩在心头。这味道不好。而学生呢？你说味道不好，也许是你口感不对。神农还尝百草呢？有毒没毒，是酸是涩，总要亲自品尝一番才解个中滋味。而对于如大千一样的孩子，抛却了儿女情长，不仅仅是因为铁的纪律，更是为了大情大爱。

由是乎，情为何物，直教人生死相许成了天问。

而一句"问世间，情为何物"完全道出了大千的痛苦、哀伤和无奈。

他的选择性失去记忆才是一种悲悯。

"毕业了就好了，只要她是真心喜欢你，我想，给她讲明白了，她会等你的！"我安慰他。其实我心里也明白，这样的安慰是多么地苍白无力，因为大千经历过小布丁的背叛。

"你两个别在光天化日之下搂搂抱抱地肉麻了！"王伟他们也翻了出来，"难受个啥劲，她又没死！"

"怕个卵！我们大家一起去看她，反正没有多久就转校了！"潘一农笑着说。

"想看美女还是想做灯泡？"我也笑了起来。

在看小杜美女之前，欧阳还得把那信邮了，我也必须弄清楚莲子是否在重庆。

电话是传达室的阿姨接的，当我告诉她我是关山的时候，还没等我下句话说出来，阿姨就说："找莲子是吧？她回大连了，已经一个多月了！"

"什么什么什么？"尽管证实了我的想法，依然不相信自己的耳朵，一连串的什么就蹦了出去。

"等等，她的教练过来了，让她给你说。"阿姨说。

原来莲子退役后，面临着直接工作或者去读书的选择，就在这时，接连接到家里七封加急电报，内容都一致：母病危，速归。莲子是家里的老三，上面有一姐一哥。姐姐早早地嫁到了丹东。哥哥在很小的时候得小儿麻痹症，因为当时医疗条件有限，留下终身残疾。莲子十二岁就被重庆青年女排招到了重庆，也是十二岁的那年认识我，跟着我喊我的爸爸妈妈为爸爸妈妈，所有的亲戚我怎么喊她就怎么喊，她成了我们家的第五个孩子，整整八年。如果不是肌肉组成不好，她已经是国家排球队的队员，几次国家队调上去集训，每次都因为肌肉的原因给打了回来，她非常伤心，于是决定退役。搞运动的都知道，如果一个人特别是排球运动员，在肌肉组成上不好就等于判了他运动生涯的死刑，无论后天多么地努力。当达到一个高度以后，是永远不能再继续前进的了。她的教练也把她当成了自己的妹妹，在莲子作出退役的决定的时候叹了口气，于是给她联系了急救中心，让她去那里任专职的团委书记，她自己也喜欢那工作。同时，因为在首届城市运动会上她们队拿了第二名，莲子可以免试直接到体育学院学习。就在这时她的父亲接二连三地发了七封加急电报来："母病危，速归！"

"想我回去，明说啊！搞这个十二道金牌做啥！"她怀疑那电报是父亲怕她留在重庆，发的假报，可是她姐姐也拍了电报来，于是她也就确信是真的了。在家里、她和她的队友、教练看来，她就是关山的媳妇，就等我毕业办事了。

莲子知道，只要她一回去，就再难回重庆了！她对教练讲了自己的忧虑："姐，关山马上就转校了，不能有半点闪失，他若回来，我就把他交给你了！"同时给了教练十封信，要她每隔两天发一封，全部是给我的。

教练是看着我和莲子长大的，知道哪怕是一丁点的谎言都瞒不了我，与其欺骗，还不如将实情告诉我，让我坦然面对。

欧阳和大千望着我，我望着他们二人，说不出是什么感觉。

突然，冥冥之中，仿佛听到一个声音对我说：关山，去火车站，莲子在火车站。

"大千，点名的时候，如果我没回来，给队长教导员说声，我到火车站去了。"我吸了口气。

"你要干啥？"欧阳说。

"你要干啥！"大千道。

我再次吸了口气，努力地平静自己："我想到火车站去看看，总觉得有人，刚刚一直要我去火车站！"

"关山，你神经！"欧阳冲着我的肚子就是一拳，尽管我有着武术功底，却也痛得弯下了腰。欧阳以为我要做逃兵，跑大连去找莲子。

"真的！"立起身子，反腿把欧阳踢翻，欧阳翻身起来，冲着我的下巴又是一拳。

"还煮的！别忘了，你身上背着一个处分，要停飞不是这样停的！"大千拉开了欧阳。施舜牛、王伟几人从背后把我死死抱住。

"没想停飞，我他娘的比你们谁都想飞出来！"我努力地想从几人手中挣扎出来，"放开我！老子只是想去火车站，没想做逃兵！"

"我们陪你去！"欧阳说。

"不要！"

"由不得你！"欧阳死死地盯着我。

"看样子他是不撞南墙不回头，不到黄河心不死！欧阳陪关山去火车站。我们几人全部回队里，别怪我出卖你们，我现在回去就把事情原原本本告诉队长教导员。"大千想了想说，"但是我有个条件，你们两个必须在四点前归队！"周日四点点名，是这个大院不成文的规定。

"必须！"王伟等人异口同声说。

"必须！"我点了点头。

我和欧阳从候车室转到出站口，找遍了整个火车站，依旧没有莲子的影子。

"关山，我说你神经嘛！"欧阳失望中有一丝不耐烦。

我闭上了眼睛，静静地仰着头，莲子在车站的那种感觉又涌了上来。

"我们有什么地方没去"我问欧阳。

"女厕所和站台。"欧阳说。

这两个地方都是我们进不去的地，前者与我们的性别不符，而后者却需要火车票去购买站台票才能进去。

"站台！莲子一定在站台！"我说，然后拉着欧阳就跑，跑到候车室向一位中年男子讲了我们想进站台的原因。

那男子的神情与欧阳揍我的时候一样，这俩当兵的疯了！

"小伙子，拿我们的去吧。"旁边一妇女很热情地递过了两张票，我接了过来，然后跑向出售站台票的窗口。

"我那边，你这边！"欧阳开始分工。

我摇了摇头，因为我已经看到站台离我近20米远处大柱子的旁边立着一个熟悉的大皮箱子，那上面印着几个字：重庆青年女子排球队。

欧阳也看到了那箱子，张大了嘴看了看那箱子转头又看了看我，然后向那箱子跑了过去。而我却一屁股坐到了地上。

站在莲子面前的时候，我无法相信眼前这个人就是关家小五。

那么黑，那么瘦，那么沧桑！

仿佛老了十岁。

这个和我一起长大的孩子，一个月，仅仅一个多月就比我老了那么。

我将莲子的身子扳了过去，依旧像从前那样抱着她，莲子将头放在我的肩膀上，轻轻地叫了声："哥！"

我却在莲子叫完哥以后拉着她跳上南下的列车："小五，我们回重庆，这兵我不当了！跟我回去！"

她却把我拉了下来，盯着我："你是谁？"

我是谁？

呆了！

我是谁？她又是谁？我问自己！这么简单的问题，居然回答不上来。

原来，莲子回到大连以后才知道这一切还是骗局，只因为她家就这么一个健康的孩子，姐姐有昏厥性贫血，早早嫁人跟丈夫去了丹东承包建筑工程，姐夫是当时最早的那批包工头。父母一直在等她退役，希望她能回来，中国人历来的观念就是养子防老。

她到家时，家里已经是高朋满座，三姑六婆，七舅八姨都为她而来。她心里很虚，几十双眼睛都盯着她，是留还是回就等她一句话。她知道这又是她父亲的一个"阳谋"（她从我这里学的这词，因为我不屑那些背地里使坏的东西，想做什么就公开了喊醒了整），给她开的一个家庭会议。

一群人整整给她上了三天七十二个小时的"思想教育课程"，轮流地做思想工作。你不是运动员吗？那就拖垮你的肉体搞乱你的神经，让你迷糊，让你答应回大连。莲子很气愤父亲使用这样招数把她骗回去，面对所有的亲人，莲子一声不吭。最后那些亲戚没招了，还是她从哈尔滨过来的舅舅的一句话，让她无从选择却又不能不去选择："父母养了你十二年，你认识关山八年，怎么选择，你是要父母还是要关山！只能二选一！"

这个选择题不好做，也太难做，身为儿女的人，任何人都无从选择，也只有一个选择，标准答案早就写好，只有一没有二。从内心而言，莲子做了选择的话，希望我能留在北方，而关家的情况，莲子更清楚，父母都希望我毕业以后回南方去。

当她说出"我回来"三字的时候，老父亲眼泪哗的一下就流了出来。

她却把自己关在屋里不吃不喝不与任何人接触，她妈妈求她吃东西，你想找关山就去找关山，想回重庆就回重庆，想怎么着你就怎么着，别这样苦着自己。莲子答应吃和喝，却始终把自己关起来，整一个月。再见的时候，人像老了十岁，只对她的父亲说了句："我回重庆办手续！"

在沈阳办理车票中转的时候，莲子没有南下，而是北上，她知道，这事早晚我都会知道，与其瞒着，还不如面对。车到长春站，莲子犹豫了，一个人待在站台上，久久不出站，就在她决定不去飞行学院而是回重庆的时候，万万没想到，我和欧阳鬼使神差地跑到火车站，并且进了站台。

看了看表，还有一个多小时的时间就到四点，回到学院，到招待所办理完住宿手续差不多也就到了点名的时间，"走吧！"然后拖起了莲子的箱子，箱子底的轱辘在水泥地上发出了刺耳的噪音。

欧阳从我手中把箱子抢了过去，拖着箱子在前面开路。我抓起了莲子的手，她挣扎了下，然后任我牵着她的手从出站口走出去。不久莲子就要到重庆办理手续了，然后回到大连，这一生，是否还能像今日这样手牵手，是个未知数。

心里有了一份说不出的酸楚和茫然。

6路公交开往学院，起点站就是火车站，欧阳拖着箱子上了公交，我和莲子牵着手在车下聊天。

"哥，我喜欢你！"

"废话！"

"真的！"

"还是废话！"

"哥，我不想回大连，到了重庆再也不回大连了！"

"莲子，做儿女的，没得选择！哪怕只是他们生了你，我们就没得选择！"我叹了口气，摇了摇头，"再等两年，好吗？两年后我就毕业了，只要我飞出来了，无论在哪里，只要我们结婚，你都可以随军。"我心里知道，对莲子不公平，给她画了一个大大的期盼的饼子，身上背着的那处分，其实早就宣布停飞了，在这个大院从来没有谁背着处分还能飞的。

"飞不飞，无所谓，只要你开心快乐就好。我喜欢的是你的人，而不是你的职业。"莲子始终只是说喜欢，打小她就只说喜欢。我很想知道，她为什么不能像其他女孩子那样地说爱呢？

"我他娘的当初就不该选择来这里。"我有些抱怨。

"由得你选择吗？"莲子停了下，"哥，别抱怨，无论生活怎么不公平，都不要抱怨，抱怨只能证明一件事，你做得不够好！"

我歪起了头，看着莲子，想，这丫头怎么变成哲学家了。

就在我想莲子怎么成了哲学家的时候，欧阳急切的声音响了起来：

"关山，闪开！"

还没等我明白发生什么事情的时候，我的身子就飞了出去。

莲子将我撞了出去，而她自己却被一辆公交车撞翻在地。我翻身连爬带滚扑到莲子身边，抱起了莲子："小五，你怎么样？"

莲子站了起来，活动了下身子，摇了摇头。我拉着莲子，上上下下看了看，没有受伤，心里想真不愧是排球运动员，救人如救球，还能保护自己不受伤。

欧阳打开了肇事车的车门，伸手将司机拽出了驾驶室，然后一脚踹在那司机胸膛上，将他踢翻。

"刹……刹……车……失灵……"司机打着哆嗦。

"走吧，时间不多了，你们要点名了。"莲子看了下表，拉着我准备上车。

"不行！得去医院检查！"欧阳把那司机像拎小鸡一样拎了起来。

"欧阳，我没事，真的，你想想，我家小五是干吗的！"莲子说。

见莲子没事，欧阳松开了手，骂了那司机一句"如果她有事，老子宰了你狗日的！"

因为快到点名时间，我们催促司机赶快发车。

车到胜利广场，也就是现在的人民广场的时候，我发现莲子脸色苍白闭着眼靠在我肩膀上，嘴角里渗出了一丝血丝，我摸了摸莲子的脸，冰凉！

"小五，你怎么了？"我摇了摇莲子，她只是微微地张了下然后又闭上了眼，我死死地抱着莲子，"小五，哥求你，你别吓哥！"

"司机！去医院！"欧阳吼了起来

"白医大还是四六幺？"司机问。

"我操，哪近去哪，当然是四六幺了！"四六一医院是长春空军医院，我们学院不能治疗的病都是送这里。

莲子是死在我怀里的。

她本可避免那车的，因为那车是冲着我去的，将我撞开自己却成了目标。莲子受的是严重内伤，肝、脾、心脏大出血。到四六一医院的时候，莲子已经不行了，医生检查完以后摇着头。

我抱着莲子，连死的心都有，如果可以，宁愿是我躺在莲子的怀里，而不是她躺在我怀里。

莲子是笑着离开的，面带笑容地从嘴角冒着鲜血，她的血染红了我新配发的八七式空军夏常服。崔队李教和大千他们接到欧阳的电话赶到医院的时候，看到了这一幕。

莲子的父母第二天也到了医院，她的母亲老泪纵横，父亲扇着自己的耳光只说着同样的话："我为什么要骗她回来，我为什么要逼她留下！"

队里要处理莲子的后事，被我拒绝了。因为莲子是关山的妹妹，是关家的小五，而不是表妹。

"孩子，有空常常回大连来，那也是你的家。"莲子的妈妈临走时说。

我没哭，从莲子出车祸到送走莲子的父母，一滴眼泪都没掉。

送走莲子的父母以后，我翻上了楼顶，躺在楼板上，三天三夜，夜晚看夜空繁星点点，白天看蓝天上的云卷云舒，有时，觉得那么那么的遥远，有时又觉得是那么那么的近，更多的时候对眼前所有的一切视而不见。我以为会在这个时候回想起所有的一切，莲子怎么到重庆，我们怎么认识，我们怎么一起嬉笑打闹，那些成长的足迹，以为会回想起每次的火车站的接送分别与重逢，会想起那些欢乐与泪水。可是我，什么都没想起，什么也想不起，却在这个时候体会到了大千的痛，他的失去记忆，不是装的！

欧阳、大千、杜翔鹏他们几次三番上来陪我，却都被我赶了下去。为这我跟欧阳和大千打架，他一拳头打过来，我一脚踢过去，打完了，我依旧躺在楼板上。

躺到第三天，我想，我连起码乖乖"好儿童"都没做到，如果……无法去如果，也无法去假设。所有的如果，所有的假设，只是不负责任的推卸，是这个世界上最不男人的行为。

违纪不再是撒野青春的证明。

跪与不跪，与尊严无关。飞或不飞，不再重要。作为男人，作为军人，许多事情并不是开心就好。

从此以后，你必须担当责任和理想。

从此以后，走一个人的路，做两个人的梦。

就在这时，我听到了崔队和李教的吵架。

李教也要上来，崔队吵他，崔大嗓门不是浪得虚名的。

"让他自己躺着！就算把全队带上去又能怎么样，谁也帮不了他，也救不了他。能救的只有他自己，闯过这关，他就是关山。闯不过去，他不叫关山，叫废物，也是我崔齐山瞎了眼。"

听到崔队的吼叫，我下了楼，走到二人的办公室。

"我要喝水。"我对李教吼。

"我叫废物!"我平静地对崔队说。

后来我常常问自己,我为什么不哭,我找不到答案。多少人,会在红尘中遇到这样一个人,永远无法长相守,也永远无法长相忘;多少人,会在三生石畔,看见一朵彼岸花,只为自己微笑绽放。而那微笑的瞬间,就是一生一世都不会淡去的芬芳与光华。

人,真的有来世吗?

我没有时间去思考,也没时间去流泪,因为,转校前最后的一堂课就要开始了。

第二十六章　野外生存

王伟生病了。

情况非常糟糕，身子软绵绵地靠在潘一农的身上，一脸的菜色。

这次训练的目的就是锻炼在复杂地形、恶劣气候等条件下的飞行人员的吃、住、行、藏、打，在未知领域中的生存与反生存、求救与反求救、袭击与反袭击的能力。与其说是训练，倒不如说是对我们这三年来学习的综合考核，更是"百炼成钢、剩者为王"的检验。

空投以后，我们随身携带的，除了救生装备外，只有100克飞行救生干粮、596毫升救生水。负责我们这次训练的教官就是那从空十五军调来担任我们跳伞救生教官的、原空降兵特种大队的大队长——王铁王十五，以及高铁杆高宏波教员。

此时，野外生存已经进行到了第五天。

潘一农将王伟的生病归结于生吃了那些活蛇、蚂蚁、老鼠，违反了飞行灶管理条例，以至于鸟儿拉起了肚子，还伴随着低烧。

此时训练正以班为单位进行，我跟随着一班，当得知这个情况以后，跟大千一合计，便把二班跟一班凑在了一起。

我的意思很明显，希望鸟儿不会因为这次意外而耽误什么。潘一农希望鸟儿拉响光烟信号管，王伟却认为没有必要，他要坚持，不就一个拉肚子吗，没有必要小题大做，影响整个班集体的训练。王伟更深的一层意思没有表达出来，就潘一农目前的管理水平来说还不足以领导整个班集体，特别是这样的情形之下。

我和大千同意潘一农的意见，同时向队里和学院汇报这个情况，让王伟退出。可鸟儿死活不干。

"没有商量的余地，鸟儿必须退出！"我的态度很坚决。王伟退出，即或是潘一农的领导能力不够，我还可以插到二班协助他管理。当然，无论是王伟还是我，我们都不能把这层纸给捅破了。

王十五和高宏波以班为单位从空中把我们扔下来以后，就不见了踪影，崔队和李教也不曾露面。我知道他们时常在空中监视着我们的一举一动，并且还在评判着我们表现的好坏，来回穿梭的直升机，时常盘旋于我们的头顶。

前几天的训练只是日行百里路、夜宿乱坟岗这些小儿科的东西。真正的考验——那就是友军对我部的围追堵截！这个友军既不是我校的那些勤务警卫，也不是当地陆军的那些步兵，而是王十五以前的那些老部队。本来这群爷们是在湖北的，却在这个季节跑大东北来搞什么训练，王十五知道这事以后，跟学院一合计，学院再上报到空司，得！我们就成为靶子了。

这个靶子不好当，也难当。

1950年成立的时候，前身就是中国人民解放军空军陆战第1旅，是由许多英雄部队组成的，其中就有上甘岭战役中立下赫赫战功的那支队伍。

此时，我们就成了这支神秘部队的靶子。我们明白学院的意思，用真正的强者来锻造我们。我们是这些个成天穿行于天上地下、陆地水里，饮誉三军的家伙们的对手？虽然已经学习满三年，也学会了各种各样的军事技能，可我们的重心是飞行，而不是他们那样的作战方式，就我们这个区队而言，也许对方只用一个班就会把我们打得溃不成军。

我向大家分析了目前的形势，也把自己的想法告诉了大家，在王伟是否退出问题上我持肯定态度。

"什么围追堵截，在我看来也就是'假把意思'的走过场而已。"一个声音从我背后响了起来。

欧阳和大威也带着三班与我们会合了。

我反手一抓，低头、拱背，一个过肩摔把欧阳摔在我的前面。

"别闹了，人困马乏的。"欧阳坐在地上，将背靠在我的腿上，"借借大腿用用，老子实在来不起了。"

"那你还说'假把意思'走过场！"我笑了笑。

欧阳说的"假把意思"就是说对方走过场，对付我们这群学生兵，他们不好意思来真格的，应付了事。我却从他的话里听出了另外一层意思。

"难道你们已经跟他们接触了？"大千也不傻。

"嗯！"

"对方大概有一个排的兵力，看到我们，居然打了个招呼，然后就放了我们过来……"大威补充了欧阳的话。

我脚尖一挑，将欧阳踢了起来，"什么假把意思啊？鬼子想全歼我们！"

"不是吧？"潘一农有些怀疑。

"施舜牛，鸵鸟交给你了，无论什么样的情况，你必须保证这只鸟儿的完好无损。"我一边布置，一边迅速大千、欧阳交换眼色。

我们身处于树林里的一个小山包后，我挥了挥手，各班迅速就地隐蔽。

"各班长班副过来下！"

一干人等迅速集合在我周围。我掏出地图摊在地上，找到目前我们所在的位置："刚刚一班二班从这个方向过来的时候，一路安全。而欧阳他们班从这个位置过来的时候，已经跟对方接触了。这说明了什么？"

"起码这几天一、二班藏得很好。"潘一农接过了我的话。

"也说明刚刚我们班和对手的照面已经暴露了我们班的行踪。"

"是的！我们能够在强大的对手面前，躲藏四天已经属于奇迹。也许这也是对方没把我们放在眼里，就如欧阳说的那样，'假把意思'走过场。但是就我个人认为，这个'假把意思'更有一层深的含义，这就如我们在大冬天的时候抓老鼠那样。"

"玩儿呗！猫在森林里，如果那对手三下五除二就解决了，今后的日子怎么打发？"大千笑了笑。

"老子很不爽！"我也笑，"可是无论怎么不爽，对手的情况，我们却是两眼一抹黑。他们有多少兵力？什么样的配置？尽管我们区队目前人员一个不落，其他区队的情况呢？我们一无所知啊！"

"关山这样一说，我也怀疑了，我们这一路平安过来，其实不是我们有多大的能耐，而是对手根本没把我们放在眼里。"王伟靠着"水牛"弱弱地说。

"更准确地说，对方已经完全掌握了我们的情况，一举一动尽收眼底。而且对方抱的就是猫玩老鼠的心态，把我们玩疲惫了，玩腻了然后才一口吃掉。"大千一脸的慎重。

"对!"施舜牛附和了他的班长。

我突然发现在欧阳身后不远处有一植物,有手腕那么粗,白色的树干上长满了刺。我踢了踢欧阳:"哥们,借个路!"

我掏出了伞刀,横刀将树砍断,然后趴在地上挖了起来。

"关老大胸中自有百万兵,这个时候居然挖起树根来。"欧阳嘲笑了我一句。

"想做盆景?"

"屁!现在的情况,已经不允许鸵鸟退出了,我们一旦拉爆光烟信号管,也就是告诉了对手我们的准确位置,因为鸟儿而影响整个集体,实在是不划算的事儿。"我用伞刀将挖出来的树根上的泥和刺剔干净,"我就不明白,为什么这次训练上面不给我们配发治疗拉肚子的药,尽整一些蚊叮虫咬的玩意。现在鸟儿生病了,能不能治好他的肚子,全靠这树根了。"

"这东西能治拉肚子?"潘一农撇了撇嘴,根本不相信。

说话间,王伟躲在树丛里拉了一泡回来了。

"我不知道这东西的学名叫什么,我们那里叫它刺老泡,也许是它浑身长满了刺吧。小的时候,只要我们拉肚子,妈妈就会去山上,挖这个东西回来,给我们熬汤喝,喝了包好,而且比那痢特灵什么的见效还快,一个小时内包好。"

大家都将信将疑地望着我。

我却指着地图说道:"大家看,这里有条急造军用公路,在这个位置有几栋建筑的标志,从图上距离来看,离我们也就二十多公里,我们整个急行军什么的,个把小时就到了。也许在这里我们能使用明火为鸟儿熬药。而且……"

"也许还能在那里弄点吃的喝的补充一下给养,这些日子的生吞活剥,嘴里已经能淡出个鸟来!"施舜牛总会联想到吃喝。

"我明白了,刚刚欧阳他们就是从这个方向过来的!"大千那反应不是一般的快。

"这不是去送死吗?"大威疑惑地问了句。

"是的,我就是想去送死!"

"置之死地而后生,妙!"欧阳也明白了我的意图,"再次的穿插,做梦也不会想到我们会跑到他们身后去。"

"前提是我们现在必须甩掉周围的这群家伙。可他们一直跟随着我们，如影随形，这办法理论上可行，实际上操作困难。"有人提出了反对。

"操作困难不等于不能实施。我担心的不是这个，而是我们手里的武器，如果真正地跟对手短兵相接，我们手里的这五四式根本不是对方那八一杠的下饭菜。"欧阳想得更远。

"哥几个，看到没有？我们在这嘀咕了半天，对方居然没一丁点的动静，这说明了什么呢？"大千有些奇怪。

"什么都不说明，我只知道自己来自于重庆，开门见山的重庆，打小就是奔跑于群山峻岭之间。虽然对手无论是在整体力量还是单兵素质上都要强过我们，但是，这是在森林，老子到了这里就是回到了'外婆家'！现在距离天黑，还有那么个把小时的时间，诸位带着你们的人员该干什么就干什么。"我其实也拿不出更好的办法，如果是我独自一个人，或者跟欧阳一块，甩掉对手就跟玩似的，可是我们这些兄弟许多人来自平原地区，对于山地行军来说，他们非常不习惯，每一步都走得小心翼翼。

我将大千和欧阳留了下来，说出我的担心，担心有些平原地区的孩子不能适应深夜的山地奔袭。

"我也是属于你担心的范围。"大千说。

"晚上行动时候，大家注意动静小点，现在回去，前几天怎么做的就怎么做，该扯帐篷就扯帐篷，注意灯火管制，加强警戒，任何人不许喧哗、吸烟。到十点的时候行动，大家别走散了，我和欧阳在前面带路。施舜牛要特别注意，把鸟儿给看好了。"

大千和欧阳答应了一声，回到各自的班忙活去了。

我挨着班检查帐篷搭建、还剩多少口粮等情况。空投下来以后，大家将伞收了起来，到了晚上，以班为单位将伞连接起来，就是一个大型的帐篷。在这点上面，我们空军比陆军野战部队强，他们搭建帐篷是用雨衣和雨布，所以搭建出来的帐篷空间特别的狭窄，人睡在里面也很憋气。各班携带的口粮基本上已经耗尽，潘一农抓了两只老鼠装在塑料袋里养着，屁股上挨了我一脚。附近不远的地方有条山泉，大家将水净化以后，将军用水壶装得满满的。我有点庆幸，如果王十五他们发现了这汪山泉，肯定会宣布水已经被下毒。

一路下来，没少碰到人为设置这样的情况。对于他们而言，能怎么用极致的手段折磨我们,他们就怎么用,我们越痛苦,他们越有成就感。

长白山物产丰富,满山遍野都是野果和野生动物,特别是清晨,野生的菌类满山遍野都是。吃的根本不担心,我是担心弄不好又像王伟那样整几个痢疾出来,如果是这样,这训练根本达不到目的。

我禁止大家采集菌类,因为吃菌死人的例子打小就从妈妈口中得到不少。以前在家的时候,妈妈教我们识别菌类,哪些有毒,哪些没有毒,如果实在分不清楚就别去乱采,特别是不要采集色彩鲜艳的菌类,颜色越艳丽,毒性越大。在煮的时候,千万记得在锅里放上一些"火烧云"菌,那菌是有毒菌类的克星,可单独吃,却又是剧毒无比。

检查完以后,我拣了几十颗胡豆大小的石子揣在兜里,向大千招了招手,他猫着腰就跑了过来。

"走!打猎去!"

大千来回拉着套筒:"空炮弹,打什么猎啊?别让东北虎吃了就算烧高香了。"

我将石子卡在中指和大拇指尖上,瞄准前方树枝上的一只山鸡。中指用力一弹,石子呼啸着飞了出去,正好砸在山鸡身上。山鸡掉了下来,翅膀扑腾了几下,然后倒地。

大千看呆了,缓了一会儿,才吐出一句话来:"你会这手?"

我呵呵一笑。其实这手功夫我不是在课堂上练出来的,而是跟我表叔学的。表叔大我七岁,打得一手好弹弓,小的时候,他常常带我出去玩,看他打麻雀,弹无虚发。他告诉我怎么瞄准,怎么用力。表叔后来参军了,侦察兵,来回穿梭于中越边境,立了不少战功,有一次带领一个班执行侦察任务,为了掩护班里的兄弟,他再也没回来。从此,我再也不用弹弓。在关薇的课堂上因为不喜欢英语,却练就了用泥丸打鸟的本事。

围绕着我们的宿营地转了一圈,大千的手上已经拎上了七八只猎物。

"你不仅仅在打鸟,还想用惊鸟来观察对手到底跟上来没有,离我们有多远。"

我笑了笑,不置可否。

大家生吞活剥完毕以后,大千招呼大家把现场利索,不着痕迹地给对手留了点想象的空间。

"干吗要留点想象的空间?"潘一农不解。

王伟虚弱地翻了潘一农一个白眼,张了张嘴,却把话吞到肚子里去了。

深夜急行军对于我们这样一群学生兵来说,真不是滋味,特别是一群来自平原地区的孩子,翻山越岭那难受滋味还不如让他们在跑完17.2公里以后去打四百个旋梯滚轮。我原计划一个小时的急行军奔袭二十公里,却最后让他们给搞成了五个小时的大溃败,这中间还走了十多里的冤枉路。

大千说这就是当年我们按图行进搞了穿插的后遗症。

东北的天亮得特别早,才三点多钟已经发白。

摸到急造公路边上的几栋建筑旁边的时候,大家你看我我看你,不禁哑然。我们被崔队李教拉了不少的紧急集合,可是连夜干这样的事还是大姑娘上轿子,头一遭,狼狈是难免的。

我很奇怪,鸵鸟又拉了几个小时,还在不停地跑树后面,他哪里来那么多货需要清理,同时也明白鸵鸟再这样拉下去,人会拉虚脱的,当务之急是赶快把药熬了。

这个建筑群体是由几栋红砖建筑和一栋木屋组成的。看那木屋的年代已经很久远,应该是当年的猎人或者挖参人留下的。而红砖建筑的年代却不是很久,不出意外的话,与这急造公路应该有关系。

我将大家安顿在路边的树林里休息,并派出警戒。给大千递个眼色,我俩就猫着腰摸向了离我们最近的红砖建筑。靠着墙根,我从口袋里掏出了石子,贴着地面弹了出去。之所以是贴着地面,不是凌空而出,因为我不想把动静整得太大。

石子在地上像打水漂那样蹦了几下,然后停了下来,与此同时,一声低喝响起:

"谁?站住!口令!"

接着是拉枪栓的声音。

我和大千相视一笑。

从屋角冒出了一个哨兵,离我们也就五步的距离。我和大千同时飞身跃起,一下将哨兵扑倒在地,大千左手指穿到扳机环里,死死地掐住了那哨兵的手指,与此同时,我也完成了锁喉动作,顺便用擒拿手分了他的肩膀的关节，大千夺过枪抵在哨兵的脑袋上。

"按照游戏规则，你现在已经 over 了，如果你要整出什么动静，我不介意在你身上用伞刀插上几个洞！"我恶狠狠地低声道，伸手在他的下巴上捏了一把，他就只能点头不能说话了。

大千解下哨兵的腰带，把他双手反捆起来，拽住其中一头，我们把哨兵牵回了大部队所在之地。

大千学着潘一农给那学生治疗的架势将那哨兵的下巴给复原。

"我靠！你们来真的啊！"那哨兵叫了起来。

"我让你靠！咋呼个啥！"潘一农补上了一拳头，将刚刚大千复原的下颌又给打脱臼了。

"我一边凉快去了，别虐待俘虏啊！"我说完，转身走开了。

"说，你们那边有多少人？"潘一农又一掌帮他矫正了关节。这小子是真下得了手。

"我不是 over 了吗？死人怎么会说话呢？"那哨兵很倔强，可是他这句话却让我们这群混蛋没了脾气。

是啊，刚刚谁说的按照游戏规则来着？

我把几个骨干叫了过来，然后在地上将几栋建筑标上号，一班负责几号，二班负责几号，三班负责几号。施舜牛留下照顾王伟，顺便也监管那哨兵。

"行动！"我发出了命令。

按照我的分工，一群人各自奔向自己的目标，穿窗的穿窗，踹门的踹门，听到几声哎哟之后，战斗就结束了。事后，高宏波说，我也是在这时崭露了初级指挥员的指挥才能，对于他的肯定，我不敢欣喜，担任区队长也两年多的时间了，如果放到基层部队，就算当个排长，这些都是最基本的素质要求。

兄弟们拎着对方的八一杠自动步枪、七九微冲将一干人押了出来堆积在房前平地上。

乖乖，人还不少，清点了一下，足足二十五人，而且以干部居多。

"捞着大鱼了！"大千说。

既然是大鱼，那么就该你大千去审问。

我转过身每个屋子转悠起来，欧阳长河问我在找什么。

"看看有什么地方可以生火。给鸵鸟熬药。"

"貌似我们班那几个占领的三号建筑就是炊事班。"

"他爹的,你为什么不早说?"

"你又没问。"欧阳很委屈。

我不再理会欧阳嘀咕什么,奔向三号建筑。

欧阳跟在屁股后面撵着我。

室内居然有灶,灶上架了口行军锅,地上还支着一口,居然还有案板和水缸。

小日子过得比我们可滋润多了。

我接开锅盖,舀了几瓢水将锅清洗了一下,然后又加了两瓢清水进去,从挎包里取出刺老包,洗净,用伞刀劈成几段,放进锅里,然后升柴烧火。明火执仗,乃兵家之大忌,可我管不了那么多了,一则,对方已经被我们抓了俘虏。再则,王伟的拉肚子,始终是我们的心病,如果不把他治好,就本次训练来说,我们整体都是不及格的。

而我们所做的一切,都没有逃过组织本次训练的院指挥部的眼睛,事后才知道,视频监控并不是现在才有的新鲜事物,我们早采用了。

参谋长张殿洪把崔队李教王十五高铁杆叫到跟前责问:"明火执仗,这家伙要干什么?"

白政委在旁边落井下石凑了一句:"坝子里还有灯光呢,被胜利冲昏了头脑?"

事实上,他们并不知道发生了什么,尽管全程监视着我们,可鸵鸟拉肚子这样的细节是无法知晓的。

"妈妈的!太不公平了!"欧阳揭开地上支着的行军锅叫了起来。

好大一锅白面馒头,足足我们这群人吃一天。

欧阳更有兴趣起来,翻箱倒柜一气乱搜。

压缩饼干、涪陵榨菜,摆了一大堆,居然还有空勤专用巧克力和饮料。

"三大纪律八项注意里有一条是不拿群众一针一线!"我说,欧阳一听这话,木然了。

"老大!可这!这!这!"这什么,他半天也没这出来。

"可是拥有这些东西的不是群众。"我呵呵一笑。

"一切缴获归公。"欧阳说。

"去叫几个人来，把这些东西全部抬出去给我们的肚子充公。"

俗话说人心要实，火心要空，我将几块木材架好，心想，这些燃完，药也该熬好了，然后跟着抬战胜品的兄弟一块走了出去。

大威和潘一农将所有的食品分发到每个人手里。

"我有个亲戚，参加了六二年的中印边境之战，他们那排还剩八个人，这八个人在阵地上打了五天，战斗结束以后，饿慌了，煮了四十斤米的饭，结果是当场撑死四个，另外四个没死，却落下了严重的胃病。"我咬了一口馒头开始讲起了故事。我讲这个故事的目的就是警告大家，别也饿慌了，然后整个停飞啥的就不划算了。这故事的主人公也就是我那亲戚，后来转业到涪陵市二轻工业局当局长，因为那次暴饮暴食落下的胃病，整个人骨瘦如柴。

我们放肆地当着那群俘虏的面故意夸张地吃着他们的食品。那些干部倒很坦然，间或有些怜惜的表情，而那些战士的眼睛完全就是要喷出火来了。

我突然想起，王伟和施舜牛还在公路那边待着，招呼了二班的一个兄弟，让他去接二人过来，顺便也把那哨兵给放了。

我走进熬药的房间，将药灌在军用水壶里，盖上盖子，在水缸里冰了一会儿。

大千冲了进来。

"舜牛不见了！"

舜牛不见了，这么说王伟还在，大千的话传递给我的也是这层意思。

我冲了出去，王伟蔫蔫地靠着欧阳，我将水壶递给了他："喝一半。"

原来我和大千抓捕的那哨兵只是固定哨，忽略了还有一流动哨，当流动哨发现我们的时候，战斗已经结束了，他退身到树林，发现了施舜牛、王伟以及他们的固定哨。施舜牛虽然牛高马大，王伟在生病，二人怎么是这些成天玩技战术单兵动作的家伙的对手？两个回合下来，二人就被制服了。他解救了他的战友，同时活捉了施舜牛和王伟。施舜牛说你们要怎么都可以，但是必须放掉王伟，因为他在生病。两哨兵押着施舜牛消失在树林里，撤离的时候，没有忘记像我们捆绑那哨兵那样将王伟修理一把。

水牛不是不见了，而是被抓了舌头。

奶奶的！

我看着俘房里年龄较大的一个军官，笑了起来，然后转身进了厨房。

大千和欧阳把那军官夹在中间也跟着进了房间。

"你是王铁的学生吧？"没等我们开口，那军官率先发话。

得！真是一个部队出来的，一交手就把你的家底给抖了，一如王铁化解我和大千的武功路数一样。

"我喜欢你！"他对我说，"我喜欢你讲那故事的神态，毫不在乎很随意地去讲一个故事，却把所有的注意事项都交代了，这比宣布什么纪律都强。"

我歪着头，抱着手臂看着他，想，他要干什么呢？这群家伙可是特种兵的特种兵啊！

"你是他们的队长？可是，你和他们的年龄差不多啊！"

"成王败寇，废话那么多干吗！"欧阳不耐烦了。

"你应该清楚我们带你进来的目的。说吧，按照游戏规则！"

大千和欧阳的意思很简单，坦白从宽，按照游戏规则，自个儿招了，免得我们恁动手动脚落下个以多欺少、以下犯上的口实。

"按照游戏规则，我们不玩了！"我说。

大千和欧阳很吃惊。

那军官看着我，沉默了一会儿说："我们违反游戏规则了！"

他说的违反游戏规则，就是说被我们抓了的那哨兵不应该和流动哨一起抓走施舜牛。

平心而论，最先破坏游戏规则的却是我们。活捉了那哨兵，几次三番地让人家下巴脱臼，换个人也会心存怨气，一旦有了机会绝对会找个平衡。

我让大千带这人进来，我觉得这个地方不应该是一般的部队，应该是个指挥所什么的。而眼前这个军官就应该是这个指挥所的头，而他所表现出的气度也证实了我的推测。

我说不玩了，并不是不再继续这个野外生存。毕竟这是我们的训练，是我们的课程。我说不玩了，是不跟对手玩，他们不认真，可是对于我们来说，这不仅仅是训练。我们像这样的训练的机会不多，今后如果真碰到什么情况，也许会因为敷衍而付出代价。

我们必须认真。日后倘若有什么事情发生，至少不抱怨、不后悔！

我布置了一下行动，大千带着一班二班彻底搜查这些建筑，不放过任何对我们有利的东西。欧阳带着三班将缴获的武器弹药全部堆在一起。欧阳顺便将那些战士的上衣给脱了，然后将俘虏们全部给捆绑起来，脱下来的衣服，顺便替代了我们自己本身的服装。

"老子沙皮了！"欧阳用重庆话说。沙皮就是不跟你的路线走，按照我们自己的原则去玩，毛了。

施舜牛被抓走，我们都沙皮了！

大千抱了一叠地图过来，面上看不出什么，眼睛里却满是喜色。

"班长，你猜我们抓的这群人是干什么的？"大千问我。

"指挥所！"我很肯定地说。

"啊？"

"啊！"

前者是欧阳发出的，而后者却是大千的感叹。

"前指！"大千说。

天光已大亮，我将地图铺在地上。

"不需要你了，给我押走！"我低着头看着地图说。

"如果你停飞，老子要定你了！"那军官走出门以后，回头对我说。

"败军之将，也敢要人？"欧阳撇了一下嘴巴。

千山万壑，万马奔腾。地图上的箭头所围所指让我头皮发凉，我们所有的一切全在人家的监视掌控之中，而最后如何全歼我们的战术也在地图上表现得淋漓尽致，并且，我们还只是人家陪练的一个小科目而已。

而这些天的没有接触，完全就是欧阳用重庆话说的那样，假把意思，逗我们玩，看我们这群学生娃娃有多大的尿水，能尿多高、多远。

这是空十五的一支王牌部队，被踹了一脚的那人就是这支部队的邢副团长，前指的最高首长，被我们活捉的那些军官基本上都是前指的参谋。围剿我们的是一个团，而王铁曾经的那营也配合了这次行动。

对方根本没把我们放在眼里！我们连陪练的资格都没有，只不过是卖王铁一个面子。因为王铁是空十五出去的，也是他们的骄傲。

我走出屋子，仰望星空，长长地吐出一口气。如果不是在这样的背景

第二十六章　野外生存

下，这样的清晨，这样的森林，我想我会狂啸一通。

大千和欧阳争执起来。

大千说："舜牛人高马大，趁那三人没走多远，现在追赶还来得及。"

欧阳说："四面楚歌，十面埋伏，你知道那三个家伙跑的是哪个方向？我们向什么方向追？最明智的做法是交换俘虏。"

"交换俘虏是战后的谈判，现在还在战斗中。你们两个平时聪明过人的家伙，现在怎么变成了老子平时的样子，完全就是猪！"潘一农也加入了战团。

"班长，我们用十几个换一个。值得吗？"孙大威反对了他的班长。

"值！怎么不值得？施舜牛是我们的兄弟，而眼前这些人只是我们的俘虏，如是而已！"我笑了笑。

"班长，你真的是我偶像，你多么崇高的战友情怀啊，我简直就要为这而感激涕零了。"潘一农反唇相讥。

"有眼泪横飞没？"王伟弱弱地接上了一句，看样子药已经开始起效。

我走到邢副团长面前，敬礼。

"他，是我们的兄弟！"我指了指王伟，"生病了，已经不能适应这次的训练，但是，我们为了救我们的另外的兄弟，不能带着他。我想把他交给你，请你把他交给王铁，麻烦了！"

邢副团长回了一个礼："请放心！我会按照游戏规则来办事的！王铁这个龟儿子，老子快一年没见到他了。"

他的一句龟儿子让我笑了起来，"那我就不说谢了！如果真有停飞的那天，也许我会考虑接受你的邀请。但是，就目前你们的表现，没有让我动心。"

再见这支部队却是二十多年以后的汶川大地震的重灾区汉旺镇，其中被我们俘虏的一个战士后来成为了这支部队的团长，在一片废墟中我们相遇，他认出了我。

"但是，今天你们得受点委屈，同时还想找你们借点枪支弹药什么的，训练结束以后完璧归赵。你看嘛，我们装备的这些怎么跟你们玩嘛。"我笑嘻嘻地说，转身喊了声孙大威，"把借的东西全部登记造册，给邢副团长打个借条。"

大干见我忙活完毕，悄悄地在我耳边嘀咕了一句："准备大干了？"

集合队伍，各班再次清点人员。

"兄弟们，讲一下！"我站在队列前面，几十号人很争气，齐刷刷地把脚跟一磕。邢副团长的眼睛始终跟着我，一如崔队当年。

"稍息！"我停顿了一下，"本来，这次我们只是一个正常的训练，可是，可是对手认为我们就是一群学生兵，不陪我们玩。既然他们不想陪咱们，咱也不求人家，咱自己玩自己的。平时，我们每个人都牛逼哄哄的，那只代表平时，没碰到对手而已。现在到底有多牛，是骡子是马也该拉出来遛遛了，我的意思大家明白没有？"

"明白！"大家不敢发出震天的吼声，只能压低了喉咙。大家都清楚我们自己的处境，就如欧阳说的那样，四面楚歌，十面埋伏。

"从现在起，在未来的几天内，大家都给把眼睛睁圆了，放亮了！"这话的意思再明显不过了，我就是告诉我们的俘虏，我们也是不把别人放在眼里的主。游戏就得有游戏的规则，既然要破坏规则，那么我们也不会按常理出牌。

大干、欧阳和潘一农组织大家分好了缴获的武器，只拿了自动步枪和七九微冲，班用机枪带起太麻烦。

我们将俘虏们全部捆绑起来，邢副团长是我捆的，一边捆一边说对不住了。我知道，这些捆绑，是难不住他们的，也许我们走不出十步，他们就会解开。

可是，解开以后，他们也会没脸冲上来的，这就是游戏规则。

王伟坚决要求跟我们走，我不干。

"道理不用我多说，鸟儿，你只有认了！目前的形势你明白，带着你，你只能是我们的拖累。这只是一次训练，如果是真正的战场，老子拼死都要带你走！现在不同，乖，别闹了，听话啊！"说完最后一句，我自己也笑。

王伟很遗憾地看着我们离去。

在王伟遗憾的时候，参谋长却在指挥部感慨，他的感慨源自王铁的一句反省。

王铁说:"我们躺在功劳簿上睡得太久了。"

参谋长也有感而发:"国虽大,好战必亡;天下虽平,忘战必危。居安思危,思则有备,有备无患,敢以此规。"

而白政委的一句话却将崔队吓出一身的冷汗。

白政委说:"三年了,这个关山……"

崔队大气都不敢出,白政委的眼睛又盯着他,崔队试探地接了句:"还没变,是吧?"

白政委:"不得不承认,有些本性是天生的,无可更改。"

"他更在乎了!"李教看似无意地接了句,其实接得很用心。

"在乎什么呢?这是在拿自己的前途开玩笑!"崔队与李教唱起了双簧。

"他在乎的是这个集体。"

白政委的这句话让崔队李教松了口气,崔队却也跟着感慨:"曾经以为,我非常了解他,到现在才知道,无法预测他下步会干什么!"

把部队带出几百米以后,太阳已经从东方升了起来。

我再次将几个班长副班长集合起来,让大家各抒己见,下步应该怎么行动。

大千依旧坚持去找舜牛,为这欧阳又跟大千倔上了。

我摊开收缴上来的地图,指着图上离我们最近的点说:"如果我没猜错,他们肯定奔这个点去了,他们起码比我们先动身半个小时,无论我们怎么追,他们都会比我们先到达。我们这个时候追上去就等于去送死。所以,我们不如绕过这个点,扑向下个点,再端一锅,打他们一个措手不及!"

"高!"欧阳拍了下巴掌,"任他们精似鬼,也会喝了关山的洗脚水!"

"天才的军事指挥家!我早就说过了!"大千呵呵一乐,"原来事不关己才是最清醒的。"

"关己则乱!"潘一农接了句。

"老子文言文比你强!"大千拍了潘一农一巴掌。

"从现在起,大家都给我听好了,老子要跟他们玩狠的!从图上的配置来看,这群人,每一个点都不会超过一个排的兵力,我们差不多也是一个排的力量，跟他们玩，正好！所以我只有一个要求，大家必须配合默契。"

"我把前指的电台静默了。"大威说，他登记造册的时候，随便把对方的电台也给登记了进去。

我叹了口气，欧阳却骂了起来，"猪！"

潘一农不解，大千说，"指挥所跟前指是时常保持联系的，如果联系不上，对方就会高度戒备，我们想偷鸡摸狗就难了。"

大威转身拎着电台就返了回去。幸好只有几百米，否则想送回去，时间都不允许。

我们扑到预定地点的对方只有一个班，三下五除二就解决了，不免让我有些失望。我再次摊开地图，大千以为我会带领大家扑回去救舜牛，却不想我却将目标指向了下一个点。

"乘胜追击！"

大千领会了我的意图。

当我们到达第三个点的时候，对方正在集合准备开饭。

不是一个排，而是整编的一个连，连长集合部队正在讲什么。

我们三十来号人端着刚刚缴获来的冲锋枪把整连围了，离大千最近的一个干部身子刚一动，就被大千抓住了关节，把膀子给卸了，同时伞刀顶在他的背上。

"谁再乱动，伞刀不认人！"大千厉声喝道。

这些家伙都知道伞刀的厉害，削铁如泥，如果大千的手稍微抖动那么一下，那可是真要命的事。

"你们，over了！"我宣布。

一队人只能眼睁睁地看着我们补充给养。

最可恶的是潘一农，撤退的时候，将兜里的那两只老鼠扔在了那满满的一锅稀饭里。

我一耳光狠狠地扇了过去，然后一脚把他踢飞起来："你他妈的混账！士可杀不可辱，更何况他们是我们的兄弟！"

潘一农从地上爬了起来，直挺挺地站在我面前。

我知道，这事如果处理不好，这一连的人就会变成狮子老虎，生生地撕碎我们。在他们撕我们之前，我只有赶快"下矮桩"，先打自己的孩子，就如李教宣布的那禁闭一样，只是我无法来得那么的优雅。

"赶快道歉！"我低声喝道，眼睛里喷出了火。事后，欧阳说，如果真的是放在战时，你关山肯定会一枪崩了潘一农。

潘一农憋红了脸。

那连长铁青着脸，摆了摆手。

"难道一句道歉，这事就完了？摆在你前面的路只有两条，要么把这一锅稀饭喝下去，要么自己扇自己的耳光！"连长说。

"别逼人太甚！"我赫然变色，死死地盯着那连长，"我如果说他还只是一个学生，社会历练少，你会说我说这样的话幼稚，可是我还是要说。此时此地，作为他的区队长，所有的责任都在我，而不在他，有什么你直接冲我来，别拿一个学生撒气！"我尽量地将语气放慢，生怕平时的脏话脱口而出。

"好！就找你！"

大千与欧阳见事态发展已经超出我们自己所能掌控的范围，身子一转，就想动作。

"都别动！"我大吼一声。

可为时已晚，就在我吼出以后，形势发生了逆转，只见那一连的士兵三五成团，立即将我们包围分割开来，每个人卡位卡得恰到好处，我的兄弟们丝毫动弹不得。大千等人手上的伞刀根本不能也不敢扎下去，真扎了，就像前面所言的那样，这群人会撕碎我们。

"连长，想打群架吗？"我笑着说，"不就是一个意外情况而已，非要大家都撕破脸皮？"

"我说了，只有两条路，不可更改！"

"如果有第三条，那么就是现在眼前的形势？"我脸上在笑，眼睛却始终盯着他，"而你所提的前两条，其实不过就是小儿科！"

我一直在笑，欧阳后来说，我的笑让他头皮发麻。

"第一条路，一锅稀饭，你也知道的，任何人都喝不完，我无法完成，所以我只能选择第二条路。"我还是在笑，"不就扇个巴掌嘛，简单得很！"

我挥起了手，一巴掌扇在自己的脸上："是这样的不？"

又一巴扇扇了上去："力度够吗？"

接着又是一巴掌："响吗？"

三巴掌扇完，脸火辣辣地疼了起来。

"如果不够，我还可以继续！"

那连长呆了，他没想到我会当着这么多人，面带微笑地连扇自己三耳光，那么地坦然。

"你们干什么？都给老子原队形站好了！"我没想到这连长不接我的话，却对自己的兵发起令来。因为在这时他的队伍开始有了小动作。

"对不起！长官，我们可没时间等你排队，还在上课呢。被我们全歼，你觉得委屈，尽可以向上面反映，也可以把目前的结果推翻重新再来。本人姓关名山，一队一区队学员！"

我根本不提刚才扇耳光的事，也不给他开口的机会，"全体都有了，听我的口令，立正！稍息！集合！"

那群围着我们学员的战士，居然在我的口令下做着立正稍息的动作。而大千他们迅速地整理着队伍，以班为单位带到我的面前。动作比以往任何时候都干净利索。

"同志们！"我停顿了一下，兄弟们把身板挺得笔直，"请稍息！"

我将队伍从头扫到尾，然后目光越过了队伍的头顶，静静地不着一言。后来欧阳说我那目光让他感到害怕，不仅仅是作为军人的冷峻，更是有着一种杀气，如果你关山放在旧时，绝对是一个杀人如麻的主；而潘一农说，他在这目光之下，两腿发软；孙大威说那是目空一切的傲然。而大千却说那是了却生死，物我两忘的悲悯。

"够狠！小子！"那连长在我背后说。

带出部队以后，我下达了关闭电台的命令，大家默然执行。

"无论你干什么，我们都支持你！"欧阳轻轻地说了句。

"与你一起战斗！"大千补充了一句。

二人的话让我很感动。

潘一农说："都是我的错！"

"不关你的事！奶奶的，臊我们的皮，老子就得找回来，没这样便宜的事！"欧阳直接点醒了我要干什么。他所说的臊皮，就是丢脸的意思。

摊开地图，望着图上的布置："大家都说几句吧！"

"说什么呢？都毛了！他们不认真，可是我们要认真！脸皮都让人家臊了，不找回来，咱这兵也就白当了！"欧阳说。

"既然大家已经闹僵了，斗争会更加复杂化，关山的意思不是说臊皮的事，而是今后如何去走。"大千说。

"事到如今，他们已经不能不认真了，我们已经把脸给他们了，对方能够放我们平安地走出来，说明他们不是给脸不要脸的人。从这事上，我可以得出结果，我们即将面临的是怎么样的日子，大家都得有思想准备！"孙大威说。

"甭管怎么玩，这事我们算是跟他们磕上了！"大千将水壶递给了我，我的水壶装药给了王伟。

我接过来，拧开盖，大喝一口，差点没把我呛得背过气去。大千的水壶里装了满满一壶白酒，"哪儿来的？"

"邢副团的，俺将它充公了！"大千很老实。

"什么玩意？"欧阳也闻着了秘密，一把抓了过去，一仰脖子，喝了一口，"安逸！"

轮到潘一农的时候，他喝了一口，却说了一句让我恨不得将那三耳光还给他的想法。

"可惜没烟！"

二十八个人，水壶轮流转了个遍，回到大千手里的时候，已经空了。

"现在的形势，大家都非常明白，我想说的就是大干一场，玩个痛快淋漓。"我环顾左右，"各班长都认真听好了，现在是上午十点，五分钟以后出发，带着你们的人马各自扑向你们的目标，只许胜不许败，打完就走，一个小时以后在547.2高地集合。"我将图上离我们目前位置最近的三个点分了下去，一个班承包一个点，并且再次强调速战速决。

因为接连摸掉了对方三个据点，我想对方已经完全警觉，接下来，他们肯定会调动大批的人马对我们进行围剿、突袭。与其坐以待毙，不如主动出击。现在玩的就是心理和素质，他们认为我们不会分开，我却将人员分散，各个击破，让对手摸不透我们具体的位置。

对方部队的人员的素质，从几次的交手来看，尽管是特种兵，可是他们不如我们的素质整齐，有四年五年的老兵骨干，更多的却是一二年度的新兵，而我们却是寝食同步在一起整整三年的战友，彼此之间的配合和整体军事素质都比他们高上一截，更何况，我们这些人，一个个都是精得似鬼的捣蛋分子。

"你将四渡赤水和游击战术结合起来了。"大千以此来转移潘一农的所作所为给大家带来的不愉快。

大千和欧阳带着各自的班行动。

我跟着二班，潘一农跟在我身后，小声地说道："班长，我错了！"

"何错之有？"我笑了笑。

"不该把耗子扔在锅里！"

"屁话！换了老子手上有那玩意，照扔不误！"

我们扑的这个点，非常扎手，尽管只有八个人，却费了老大的劲才制服这群家伙。如果不是王铁曾经传授了那些一招制敌的功夫，当俘虏的绝对是我们自己。

547.2高地，三个班的人员前后赶到，大家一照面就摇头，三班的遭遇与二班差不多。而一班遭遇的对手与图上的严重不合，本来配置只有一个班的兵力，一班扑过去的时候，却发现十倍于我。大千不敢恋战，虚晃一枪，却把声势造得很大，然后带着兄弟闪了。

形势不容乐观，却达到了我所想要的目的：四处骚扰，草木皆兵。

接下来我们所要做的事情就是一个区队，握成一个拳头，找准目标狠狠地砸，砸完就走，绝不拖泥带水，不给对手任何喘息的时间和机会，更不给对手以规律可循。

许多平原的孩子也学会了如何在山地森林里行军，虽说不如我跟欧阳这样地回到了"外婆家"，起码也是远房亲戚。既然是到了外婆家，该怎么撒野就怎么撒野，该怎么休息就怎么休息。

头顶上的直升机来回穿梭了几回。

"看样子我们端掉了电台，崔队李教他们急了！"欧阳说。

"让他们急去！"我笑了笑。

事后才知道，张参谋长和白政委就在飞机里，因为我的不按牌理出牌，指挥部有了终止训练的想法，却又不甘心，所以抵近了看我到底要玩什么花样。

大千看了我一眼，没有说话，他心里明白，这样做，我们有点过了，

第二十六章 野外生存

可是我们必须得把所丢的脸找回来，训练结束以后等待我们的肯定不会是拟定警告处分这样简单的事儿。同时也抱着侥幸的心理，希望法不责众。

几个回合下来，一群人已经疲惫不堪，我却将箭头一转，直指施舜牛有可能被带向的地点。心里想，把施舜牛救出来以后我们就该收兵了，士气已经让潘一农的行为给灭了，同时，心里还盘算着这事回去怎么向崔队、李教交代。

一路上大家都默不作声，步伐却加快了许多。

快到达的时候，意外地碰上了杜翔鹏带领的四区队，看情形，他们非常的狼狈。

"疯了，他妈的都疯了！"杜翔鹏一见我就开始吼。

"阿杜，怎么了？"我明白杜翔鹏他们区队成了我们的替罪羊，更明白，我们彻底地激怒了对方，疯狂的报复已经开始了。

"老子半小时的时间连续碰上三起袭击，不是老子跑得快的话，已经成了枪下亡魂了！"杜翔鹏说得很轻松，却让人感到背后的惊心动魄。

"跟前几天不一样，一个比一个拼命，完全就是赶尽杀绝。"四区队一名班长接过了杜翔鹏的话。

我笑了笑，然后说："我们也轻松不到哪里去，被一个连的人'追杀'！"

"这都怎么了？"杜翔鹏不解。

"你难道不觉得这样更好玩吗？"大千接过了话。

欧阳递了两个馒头给杜翔鹏，杜翔鹏接过以后感到很奇怪。

"有毒？"欧阳反问。

"这年头还有这么好的东西，到底是一区队，待遇就是不一样！"杜翔鹏无限羡慕。

"没对，你们怎么穿的是战士的军装？还有你们的武器？奇怪了都！"

"有了艳遇呗！"我笑着说，"如果你们也想这样的打扮，就跟我们一起去摸夜螺蛳去！"我其实是想把杜翔鹏他们区队拉下水，事情已经整到这地步，多一个人就是多一份力量，更何况多出来的是整整一个区队的人马。

扑到点的时候，我才知道我犯了多大的一个错误，更不应该将杜翔鹏也拉进来。

我们根本不该去救施舜牛。

王铁原来那个大队所有的人马在那里守株待兔，张着网，就等着我们钻进去。

整整两个区队成了那大队的俘虏。

"能够摸掉我们一个连，端了我们的前指，让我们侦察营全体出动，老子佩服你们！"营长放出施舜牛后说。

"回去以后，这个关山要好好整顿！不行的话，我看停了也没有什么！"白政委在直升飞机里对李教崔队说。

第二十七章　报国门

　　这世界的万事万物都是这样，该来的始终会来，该去的终究会去。无论你是谁，你都无法逃避！

　　自从踏进这个大院的那一刻起，就知道，三年以后，我们将离开这里，铁打的营盘流水的兵，是自打有了军队这个词的时候就有的规律。有的人连最起码的三年时间都没有待到便做了逃兵，比如元宝。不管是主观原因还是客观原因，在真正意义上，他就是做了逃兵，尽管我们思想上无法去接受这个现实。

　　现在，决定我们命运的时刻摆在了我们的眼前，尽管这只是我们人生旅程中众多转折中的一个点，但是我们都知道这个点的意义，以及它对于我们的重要性。飞或者是不飞，如果说当初考这个学校的时候，我们有一些身不由己，现在，我们更是无法知道即将到来的命运的宣判！

　　现场观摩会以后，黄植诚也离开这里，之前学院进行了一次身体复查。复查是对体检的再次把关，生怕整个"冤假错案"什么的。体检对于我们来说，是很正常的事情，每半年举行一次，每一次的体检结果，都会决定我们的命运。每一次的体检，都会淘汰许多和我们同时踏入这个大院的孩子。我们队从开始的一百三十多号人到现在已是不足一百人的队伍了。当年打下那赌的七兄弟依旧是七兄弟，只是孙大威代替了元宝。

　　体检的结果我们无从知道，可我们都想知道这结果，毕竟这是我们在这里最后的一次体检。这次的体检和以往的体检完全不同，科目还是那些，不同就在于它的意义——有的人会上天，而有的人却会下地！

　　总参和空司为那些下地的孩子准备了退路，有航空机务、雷达、导弹学院，有通信、气象学院，还有工程学院，也有陆军的装甲指挥、炮兵指挥、防化分队指挥学院和后勤工程学院，共计十八所各类地面学院。

体检的结果一直保密，其实我们都明白这保密意味着什么，这些孩子想当年一个个都是上一类重点大学的主，而今一旦停飞了，等待他们的将是另外一种生活的开始。如果不保密，这些孩子会想尽一切办法，动用所有的脑细胞去达到自己的目的——去自己想去的学院，而不是按照学院的统一分配。

十八所地面院校的消息也是李教看似无意中透露给我的。

"让训练提前一天结束，真有能耐啊！"李教将我喊进他的办公室，然后让我坐在沙发上。

"你们不是在遛马嘛，不显示一下，咋知道哪匹是拉货的呢？"

"再给一个处分，嫌多不？"

"虱多不痒，债多不愁。"

"如果学院要处分你呢？不是队里，你怎么背？"李教这话的意思其实很明白地告诉我自己要珍惜，队里那处分其实就是教育作用，不装档案。

"一个背着，两个担着，背不了担不动，请棒棒！"可我却死要面子，死猪不怕开水烫。

"就你那十来块津贴还请棒棒？拉倒吧你！航空机务、雷达、导弹、通信、气象学院，还有陆军的装甲、炮兵、防化十八所院校……"

我直愣愣地看着李教。

李教看着我，他没再继续说下去。

望着李教高深莫测的眼神，我的心咯噔一下。从沙发上站了起来，向门口走去。

"站住！"

我站在门口，背对着李教，心里万马奔腾。

"至刚易折，慧极必伤，强极则辱，情深不寿。人当如竹，大雪压枝头，曲劲复还直。刚中有柔，柔中带刚，是为韧。"尽管我没回头，但是我能感知他说这话的心情和表情。

如果这消息是崔队长告诉我的，也许我不会吃惊，他是军事干部，人高马大，偶尔粗心是属于允许误差的范围。但是，这消息不是他透露的，而是李教！

那是我们的政工首长，我们档案的评语就是他在写，政治上是否合格也是他一句话，更何况他是我的半个老乡，我的武术师傅！

我悄悄地问大千、欧阳他们，他们都说不知道这个消息。

李教为什么告诉我这个消息呢？

难道我？难道我属于下地对象？

身体素质一流，文化考核全优，军事、体育全优。难道是因为我身上背的处分？我想这个处分不应该成为我停飞的理由，可我又找不出其他的理由。在飞或者不飞之间，我更在乎不飞。

学院严禁外出！

这命令是在体检以后就下达的，取消所有的休假和外出。

所有的功课我们已经学完了，等待着我们的就是命运的宣判，到底是逃出生天还是下到地狱，我们心里都没有底，可我却感到已经提前判了死刑。

"关山，不允许你去高炮学院和导弹学院！"欧阳第一个提出了建议。

"这个提议我支持！要去你也只能去雷达学院，去了雷达学院，照样可以指挥我们，如果你去了高炮或者导弹学院，你就是我们的敌人了，在感情上我们不能接受！"潘一农附和道。

"难道你就这样忍心抛弃与你同寝食三载的兄弟？"刘大千的眼里写满了忧伤，"我根本就不相信这是真的！要不我们大家一起联名给院党委写信！"

"是不是关山自己吓自己？"王伟发表了他的看法。

"我觉得不像！为什么李教没有对我刘大千说？为什么没有对你鸵鸟讲？而是单单地告诉了关山？事情的严重性和复杂性就在这里！"

"因为他是区队长！而你我只是班长，人对路了，飞机都要刹一脚，如此而已！"王伟说。

"可我们都是同时来到这个大院的！从本质上来说我们都没有高低贵贱的区别！"欧阳想了想说道。

"我大胆地猜测一下！"大千故作深沉状，"也许是我们中间某个人停飞了，而关山作为我们的区队长，李教透露给他这消息，就是希望他能够代表大家去做做这个人的工作！"

"我非常希望是天下本无事，庸人自扰之！"我淡淡地说了句。

马上就要分离了，没有停飞的将转向全空军各个飞行学院继续学习，而停飞的战友只有到地面的学院去学习。此时，具体落实到我们的头上却是茫然。

我的心更是茫然，但奇怪的是，我居然倒在床上睡着了。梦中打着背包回了家，来接我的不是父母，居然是元宝和张天啸。醒来以后我很怅然。

如果真的不能飞了，会打着背包回家吗？我问自己！心里隐约期盼能够再次去参加高考，去读北大清华。就像张天啸那样，他到上海政治学院已经有两年了，时常和我们保持书信联系，他是他们学院最优秀的学员，无论军事、体育还是文化学习，还担任了他们学员队的队长助理，并且提前提干，看发展形势学院有留他的意思，可是他说他还是想回长飞。他对长飞的感情不是任何地方所能替代的。他从来不在信里提当年我们逼走他的那些事，可是从字里行间可以看出他是真正地感激我们这群混账小子。

内心深处，我依旧向往着蓝天。

地方再好再大，都不是我们这群人的理想，在内心里，无论是我还是大千、欧阳和王伟他们，我们骨头里都有着"满堂花醉三千客，一剑光寒十四州"的豪迈，虽然这个时代于我们仗剑天涯终归是梦。

我独自翻身上了宿舍的顶楼。

"来了啊？"一个声音冒了出来。

是另外一个区队的杨西。

这家伙应该有一米八五的个头，棱角分明的线条更加透出他的英气。看着杨西，我常常很遗憾自己的身高，如果我再高那么三五公分，我想我这样的男人绝对可以让无数女人为我痴为我狂。随着时间的推移，人慢慢地成熟，更加明白男人要的不是帅，而是内涵，是品德，就像我前面说的那样，要的是酷，这酷还不能是耍出来、装出来的酷，是骨子眼里的狂狷。

"来一支？"他甩了一支烟过来，我伸手接住，然后又抛了回去。

在没戒烟前，我和大千上楼顶吸烟常常会碰到他。

"真快啊，一晃三年就过去了！"他吐出了一个烟圈。

"是的！马上我们就要离开这里了，真说不出对这个地方是什么感情，管得那么的严，我们完全就像穿着军装的犯人，可是在心里却对这个地方充满着依恋！"大千蹿了出来。

"真是孟不离焦！什么时候都见到你们两个形影不离！"杨西将烟抛给了大千。

"那是当然！我们俩是师兄弟！"

"你会去几飞院？"杨西问大千。

"十二校吧！"

"干脆我们仨去一飞得了，你们俩的身高完全就是干轰炸运输的料！"杨西说道。

大千给他递了一个眼色，然后看了看我，意思就是希望他别提转校的事情。

"不是吧？关山会停飞？他要是停飞了，这个大院还有谁能飞出来？一队的标杆！那是什么？就是这个大院的标杆！挑战高铁杆那一幕试问除了你们这个大院还有谁干过这么牛叉的事？我可是听说他去的是七校！"杨西说的是"牛叉"，后来每每我听到别人这样说的时候就会想起他来。

"你听谁说的？"大千比我还急。

"参谋长！"

"院里第三号人物，除了院长政委就是他了，应该不会假，可是，你怎么知道的？我们李教透露的消息却是关山要停飞！真的搞不明白了！要不关山你去问问李教，落实一下，看看到底是怎么回事？"

"就是，总不能就这样听天由命。咱爷们也不是听天由命的主！"杨西怂恿道。

"我觉得不好意思！"我望着大千说道。

"你比我们还土匪，会不好意思？你就装吧！"

"我什么时候为自己的事情去找过李教、崔队？"

"哼！就你是党员？我也是！但许多时候我觉得还是应该自私一点！"

"人不为己？天诛地灭？"我笑了起来。

"你去不去？"

"不去！开不了那口！"

"关山，如果还认我这个兄弟，你就应该去！别忘了，我们之间还有那个二十年的赌！"大千忿忿然。

"什么赌?"杨西有点好奇,"什么赌要打二十年?"

"不该问的别问,保密守则你没学吗?"大千踹了杨西屁股一脚。

"走,下楼,去问李教!"大千说完拉着我就走。

还没等我们走到房间,队里的集合哨子就吹响了。

"各区队报国门集合!"杜翔鹏在走廊吼道。

我心里咯噔一下,该来的终于来了!

各区队整队带到报国门的时候,崔队和李教已经在那里了,他们身后架着一块黑板,在黑板两边列队站着教过我们所有的教官,上校张雪鹤、高宏波、中校"老佛爷"、王铁。邰教官、关薇等一群文化教官穿着文职干部服装。

整队,坐下,各区队飙歌。教官们也靠着队列坐了下来。

"十八岁,十八岁我当兵到部队,
红红的领章映着我开花的年岁,
虽然没戴上啊大学校徽,
我为我的选择高呼万岁,
生命里有了当兵的历史,
一辈子也不会感到懊悔,
生命里有了当兵的历史,
一辈子里也不会感到懊悔。
……"

军歌依旧嘹亮,却在歌声里多了一些伤感。

"和大家相处一晃就是三年了,今天我和队长在这里首先感谢大家陪我们度过的这一千多个日子!"李教眼光犀利地扫过大家,"这三年来,我们在座的诸位,从莘莘学子成长为共和国的一名军人,一名优秀的军人!这是你们用汗水和鲜血换来的成果!为什么在这里我不说成长为飞行员呢?因为,明天在你们中间有一些同志将成为地面指挥学院的一员。从我内心而言,不希望是这样的结果,更愿在座每一位都能够飞上蓝天!可是,军队的建设,特别是我们空军的建设不允许我们这样去做。我、队长还有一些教官都是从你们这样的时期走过来的，我非常理解大家的心情。但是，我要讲的是，作为军人，我们应该怎么去对待得和失！人生之路并不总是鲜花和掌声，常常会荆棘满布。作为当代军人，我们更应该具有强烈的荣誉感。我们应当正确对待得失，在为人民无私奉献中赢得荣誉；甘于吃苦受累，在为人民不懈奋斗中赢得荣誉；勇于临危受命，在捍卫人民利益中赢得荣誉；无论你是在天上飞行还是在地面做地勤，我们的目的只有一个：保卫我们的祖国母亲不受凌辱！"

"换句话说就是一颗红心，两手准备！"刘大千在下面悄悄接话。

"刘大千！"李教是什么人？这点声音怎么能逃过李教的耳朵。

"到！"刘大千起立，挺得笔直！

"请问什么叫一颗红心，两手准备？"

"我没有两种准备，只有一颗红心！飞行！飞行！还是飞行！"

"如果让你停飞，你会怎么办？"

"报告教导员，没有如果！不能飞，毋宁死！"

"好！我敬佩你对理想和事业执着的追求，但是，这个如果马上就转变成为事实，也不是没有这个可能，请坐下！"

"我想说的是，你们，无论是否飞行，能够从这个大院堂堂正正走出去的人，今后无论在任何时候，任何地点，你们都将是响当当的……"

"一颗铜豌豆！"潘一农响亮地回答道。

铜豌豆的典故来自于关汉卿的《不伏老》，关汉卿自称"普天下郎君领袖，盖世浪子班头"。他在曲中写道：我是个蒸不烂、煮不熟、锤不扁、炒不爆、响当当一粒铜豌豆！李教的意思本来是说我们这群孩子，只要能挺过这炼狱一样的三年，在今后的人生旅途中，无论什么样的艰难困苦都难不倒我们，我们每一个人都将是响当当的、铁骨铮铮的男子汉！

这典故我们大家都明白，却没想到土匪在这个时候接话，而且是接了一句"铜豌豆"出来！

作为军人，在队列里是不允许接话的，如果说刘大千接的话，是私下的议论，而潘一农的话却是理直气壮、声若洪钟。

李教没有生气，只是对着黑板脚指了一下，伸出了五个手指头，那意思再明白不过了。

潘一农乖乖地走到墙黑板脚，趴了下来，然后开始做起了俯卧撑。

这绝对不算打骂体罚下属！而且军队的《八个不准》刚刚颁布不久，第一条就是不准打骂体罚士兵。

李教、崔队和我们非常有耐心地等着潘一农。

"一、二、三、四……"有人开始数起数来，恍然间，我似乎回到我们刚刚跨入这个大院的时候，此情此景是何等的相似！

"我打赌……"王伟说道。

"你赌什么？五百个完成不了？得了吧！哥们，此一时，彼一时也，我们不再是三年前弱不禁风的小屁孩儿了！"刘大千顶了王伟一句。

"我的意思是，土匪会不会因为这颗豌豆而停飞！"王伟狡辩道。

"如果因为这颗豌豆就把土匪咔嚓了，只能说明我们队长教导员比土匪还土匪！"欧阳抢了句话，我发现欧阳这句话说得太妙了，如果，我说的是如果，如果队长、教导员他们就算是心里有什么想法，在这句话的前提之下已经彻底地被封杀了。

也是政治教育、也是我们这些人，也是这样的俯卧撑，也是这样的打赌，而唯一不同的是，我们经过三年的锻炼，已经由一个学生娃娃完成了向一名军人的转变！

潘一农做完了五百个俯卧撑以后，李教清了清嗓子，然后说道："明天你们就要离开这里了，今天，我送十四字与大家共勉励。"

李教站了起来，转过身，在黑板上写下了这样几个字：感恩、珍惜、尊重、自强、自信、责任、担当。

队长翻开了花名册。

队长的每一个动作都牵动着每一个人的心，如果说高考是决定我们人生命运的一个关键的话，此时，队长宣读的命令就是我们人生旅途中又一个最重要的里程碑。

天上地下，会在队长宣布的命令中完成，有的人会继续着他的飞翔梦，而梦破灭了的人依旧微笑着。我们都长大了，我们已经大到能够明白应该把悲痛藏在心底里最深最深的地方！

"刘大千！"

"到！"刘大千应声而道，跨出了队列。

"第七飞行学院！"

"是！"

"欧阳长河"

"到！"

"第七飞行学院！"

"是！"

"潘一农"

"到！"潘一农把脚磕得山响

"第七飞行学院！"

"是！"

"王伟"

"到！"

"第七飞行学院！"

"是！"

"孙大威"

"到！"

"第三飞行学院！"

"不是！"

孙大威的不是一出口，全场皆惊！

队长抬起了头，望着孙大威，李教在一边微笑着。

"什么叫不是？军人的字典里没有不是这个词！"

"是！"孙大威挺直了腰板，"军人的字典里没有不是二字，但是，今天我依旧要说不是！"

"胆儿肥了？八一大裤衩你才穿了几条！"队长皱起了眉头。

"报告！允许我申诉理由吗？"

"有那个什么你就快说，有那个什么就快放！"

"三年前，我们进入这个大院不久，关山、大千、鸵鸟……"

"请尊重你的战友！"李教笑着说。

"是！还有元宝他们七个人打了一个赌，这个赌就是兄弟七人必须飞上蓝天，不离不弃，当时打这个赌的时候，我不在其中。后来，元宝走了，我顶了上来，依旧是七兄弟。现在，他们都到了第七飞行学院，却把我分到第三飞行学院。如果是因为第七飞行学院在长春，而我的家也是在这个地方，那么敬请首长仔细地想想，我这三年，有没有不假回家？所以，我强烈要求我依旧和他们在一起！"

孙大威提到元宝的时候，队长的眉毛向上挑了一下，我知道，元宝是队长心里的一个痛。崔队、李教他们知道我们的那一赌，那赌没有说押什么注，但是却把一个热血男儿所有的梦想都赌了进去，事业、理想……统统囊括了！

"还有，当我们区队的战友得知我父亲在我入伍前去世，妈妈体弱多病的情况下，就是我的这些战友，我的这些兄弟他们利用每周星期天轮流上街的机会到我家里，帮妈妈做事，抹屋扫地做清洁。而且他们一直为这事保密，不告诉本区队以外的任何人。因为他们说，这不是学雷锋，而是回家，回家帮妈妈做事。他们是我的兄弟，我怎么能够与他们分开呢？怎么能够呢！如果非要分开不可，请允许我敬一个军礼，向我的兄弟们！"大威把这事说了出来，他向前跨了一步，然后转身对着我们大家，迅速地将手举了起来，我发现他已经是泪流满面了。

"这是空司的命令，不是某个院领导的意图，更不是我们队长教导员能做主的！"崔队和李教赫然动容，沉默良久，交换了一下眼色以后说道，他们的眼角已经湿润。

队长还是指了指潘一农刚刚趴下的那地方，孙大威很自觉地走了过去。

"杜翔鹏！"

"到！"

"本院军教队！"

寂静，死一般的寂静！

本队第四区队区队长被淘汰出局，留校到了军教队。也就是说从此以后，他每天就会像高铁杆那样去带一批又一批的学员，日复一日，年复一年！

当初上军事第一堂课的时候，我们被高铁杆那特有的军人姿态所折服，没想到今天我们中间也会走出这样的人才！只有军事素质最棒的停飞学员才能到军教队，这批人今后将是空军各大院校军事队列训练的标杆。

杜翔鹏是因为血压高而停飞的，我一直不明白，我们这群孩子里怎么会有高血压，而且还为数不少。体检的时候，我们还帮杜翔鹏想过多喝点

第二十七章 报国门

醋这样的办法。他一直在试图克服这个会影响他实现梦想的问题，一直到宣布命令以前。

杜翔鹏向前跨了一步，他依旧响亮地答着"到"，泪却从眼角滚了出来。

这，就是军人！

尽管我们还是孩子，可我们已经明白身上肩负的是什么！

杜翔鹏的身后已经站了几十名我的战友，而此时依旧没有念到我的名字。

看着身边越来越稀少的战友，我心里突然想起了《道德经》里的一句话，"物壮则老，谓之不道，不道早已"。

这是什么意思？如果用哲学的观点来解释就是从量变到质变，再用通俗的说法那就是——老天爷要使其灭亡，必先使其疯狂！

对于我而言，已经感觉到犹如死亡召唤的折磨。

"施舜牛！"

"到！"

"空军第二航空专科学校！"

施舜牛向前跨出了一步，惊愕地看着队长，脸色已经青了，嘴巴大大地张着，却什么也说不出来。

我向前跨出一步，紧紧地抱着他的肩膀："兄弟！我们早晚都会有这一天，许多事情，只要我们尽力尽心了，只要我们努力了，就不会有遗憾！"

施舜牛挣开了我的手，直挺挺地站着，嘴巴大张，突然他吼出了山崩地裂的两个字。后来我们一直在比较，到底是施舜牛的嗓门大，还是崔队长的嗓门大。

"我不！"

能够吗？

什么"一颗红心两手准备？能够吗！"

对于我们这群孩子来说，飞翔是我们唯一的梦！这些家伙谁又是甘于向命运屈服的主？可是，面对这个命令，谁都无能为力！如果说这个社会有或这或那的不公现象，但是在这里，你停飞了，怪不得谁，因为这是你三年来的训练、学习的结果！

飞抑或停飞——命运之神其实就是我们自己。

施舜牛吼出"我不"以后，愣在那里，他刚刚进这个大门的时候的场景又浮现在我的眼前。三年来，没有为踹施舜牛那一脚后悔过，而此时，我的心，真的很痛。

我的命运虽然不明朗，但我感觉停飞基本上已经成了事实。

崔队的脸色已经变了，我悄悄向大千和欧阳他们做了个手势，他们几个见状，都跨了过来，大家直挺挺地站在施舜牛的身边，虽不发一言，却是对施舜牛最大的安慰。

崔队望着大家，在他冷峻的眼神里，有一种叫做感动的东西。

还没有被宣布命令的只有一个了，那就是我——关山。

大家都静静地看着我，看着这个队里最牛、最捣蛋的家伙。关于我停飞的事情，可谓是全队最早确定的，但是当这真正来临的时候，大家都想看看这个家伙是什么表现！

我静静地看着队长，三年前是他在黑暗中发现了我，一直陪着我体检，也是他把我带到了这个大院，并把一个班、一个区队的兄弟交给了我，更是他，教会了我怎么去做一个军人，教会了我什么叫责任。

李教也静静地看着我，如果说是队长把我领进这个大院，让我完成了由一名学生向军人的转变，他让我明白什么叫怜悯，什么是大爱。我的这个师傅奠定了我由一名普通军人向一名优秀军人转变的基础。

"关山！"崔队长吼道。

尽管已经习惯了他的大嗓门，当他真正地吼出"关山"二字的时候，我还是感觉到空气的颤抖。

"到！"在答到的同时向前跨出一步，收腿，磕脚，尽最大的努力把这些动作做得干净利索，我想把我所有的军事教官、体育教官、文化教官以及我们队领导所传授的知识都集中到这一收一磕里。

我想，无论怎么样的落魄，我都得给他们留下一个完美的谢幕，让他们在许多年许多年以后每每想起我关山，就会想到此时的收腿、磕脚。

我就是要让他们心痛。

对于他们，用不着客气，更不容许他们对我的怜悯！

"第七飞行学院！"

这话不是队长宣布的，而是在我答"到"的同时，从李教嘴里蹦出来的。

"耶！"刘大千第一个扑到了我身上，然后是王伟、欧阳、孙大威、潘一农，连施舜牛都被拉了进来。

一直到现在，我都不明白为什么我的命令会是队长和李教共同宣布。

关于这个命令有多种传说。

有人说是队长、教导员都喜欢这个无法无天的家伙，关于他的命令当然是二人联合宣布了。但是站得住脚的说法是因为我太调皮，队里许多让队长教导员头疼的事都与我有关，虽然身体、学习都是一流，抽烟、喝酒、打架、不假外出，"五毒"俱全，李教不放心我上天，担心我上天也要折腾出惊天动地的事来。而队长却与其意见相左，"我是废物"，让崔队惊喜，他喜欢的关山终于长大了。二人为这多次吵架，谁也说服不了谁，但是作为党支部书记的李教的意见占了上风，最后上报的时候，以他的意见为主，但在最后宣布的时候，他抢在队长的前面修改了命令。事后，他向院党委做出了解释，并且动用了他所有的关系到上层去做工作。

我也问过李教，事实的真相是不是这样，李教却微笑着告诉我："没有的事！"

"那么为什么要向我透露那些消息？"

"因为施舜牛和杜翔鹏要停飞！"

因为施舜牛和杜翔鹏要停飞，由我出面去做工作，在许多时候比他做起来要方便。

可我不相信这个说法！

时年，我们二十一岁。

2007 年 11 月初稿

2008 年 4 月—9 月二、三、四稿

2009 年 12 月五稿

2010 年 2 月六稿

2011 年 3 月七稿

2014 年 8 月 1 日 建军节 终稿